毛姆 短篇小说全集

THE
PORTRAIT
OF A
GENTLEMAN
一位绅士的画像

〔英〕毛姆 著

薄振杰 主编

吴建国 等 译

人民文学出版社
PEOPLE'S LITERATURE PUBLISHING HOUSE

William Somerset Maugham
The Portrait of a Gentleman

图书在版编目(CIP)数据

　一位绅士的画像/(英)毛姆著;吴建国等译. —
北京:人民文学出版社,2020(2023.1 重印)
　(毛姆短篇小说全集)
　ISBN 978-7-02-015586-6

　Ⅰ. ①一… 　Ⅱ. ①毛… ②吴… 　Ⅲ. ①短篇小说-小
说集-英国-现代 　Ⅳ. ①I561.45

　中国版本图书馆 CIP 数据核字(2019)第 176043 号

责任编辑　朱卫净　邱小群
封面设计　钱　珺

出版发行　人民文学出版社
社　　址　北京市朝内大街 166 号
邮政编码　100705

印　　制　山东新华印务有限公司
经　　销　全国新华书店等

开　　本　890 毫米×1240 毫米　1/32
印　　张　11.625
字　　数　291 千字
版　　次　2020 年 6 月北京第 1 版
印　　次　2023 年 1 月第 3 次印刷

书　　号　978-7-02-015586-6
定　　价　65.00 元

如有印装质量问题,请与本社图书销售中心调换。电话:010－65233595

"一花一世界"
——《毛姆短篇小说全集》总序

一 引言

在现代英国文学史上，毛姆（William Somerset Maugham，1874—1965）是一位多才多艺、成就斐然的重要作家。他的社会阅历之广博，创作生涯之漫长，几乎无人堪比。毛姆一生著有二十一部长篇小说、一百五十多篇短篇小说、三十一部戏剧、两部文学评论集、三部游记、四部散文集和两部回忆录，是二十世纪上半叶英国文坛极负盛名的一位能工巧匠。尽管评论家们历来对他褒贬不一，毛姆本人也曾戏称自己为"二流作家中的佼佼者"，但他却是同时代的英国作家群体中寥若晨星的几位雅俗共赏的经典作家之一。他在读者中所享有的声誉远胜于文艺批评界对他的认可度。他的作品，尤其是短篇小说，一直深受读者的喜爱，不仅在欧美反复再版，而且被翻译成多种文字，并改编为戏剧或拍摄成电影，在世界各地广为流传，甚至走进了各类教材。人们对他作品的阅读和研究兴趣至今方兴未艾。

文学向来是生活和时代的审美反映。文学创作的对象是人的社会生活，或者说是社会生活中的人，而社会生活则是文学创作的唯一源泉。作家靠着充实的生活，才可能写出真正的作品。毛姆丰赡的文学成就与他纷繁复杂的生活经历以及独特的审美经验密不可分。他所描写的生活是一个现象与本质、偶然性与规律性、具体性与概括性相融合的不可分割的整体，表现了他对生活和时代整体的透视和评价。他笔下的每一个故事都不啻为一个完整的"自我世界"，一个具体场景的展现即可烛照出一个时代和一代人生活的整体面貌。

毛姆很会讲故事。他在创作中常常刻意追寻人生的曲折离奇，布下疑局，巧设悬念，描述各种山穷水尽的困境和柳暗花明的意外结局。他的作品对上流社会的揭露和批判入木三分，对人的本性的刻画尤为深刻，而且故事性强，情节跌宕多变又不落窠臼。他的故事融思想性和娱乐性于一体，在艺术表现手法上常有神来之笔，隽语警句俯拾即是，幽默的揶揄或辛辣的讽刺随处可见，达到了内容与形式的完美结合。

二 毛姆小传

毛姆出身于律师世家，祖父是英国声名显赫的律师，父亲是英国派驻法国大使馆的律师，其长兄也是闻名遐迩的律师，曾担任过英国大法官兼上议院议长，另外两个哥哥也都是著名律师。毛姆于一八七四年一月二十五日出生在巴黎，他的第一语言是法语，自幼便接受了法国文化的熏陶。他八岁时母亲死于肺结核，十岁时父亲死于癌症，双亲的早逝给他留下了难以磨灭的心灵创伤。一八八四年，他被伯父接回英国，送入坎特伯雷一所贵族寄宿制学校就读。由于英语不好，且身材矮小，常常被同学耻笑，加之伯父生性严峻高冷，缺少沟通，致使毛姆落下了终身间隙性口吃的缺陷。幸运的是，童年的种种不幸遭遇竟然变成了一种伟大而珍贵的馈赠，不仅激发了他的语言和文学天赋，也造就了他善于精妙讥诮、辛辣讽刺的本领，这种本领在他以后的文学创作中随处可见。

毛姆十六岁中学毕业。在伯父的支持下，他于一八九〇年赴德国海德堡大学修习文学、哲学和德语。在此期间，他编写了一部描写歌剧作曲家生平的传记作品《贾科莫·梅耶贝尔传》（*A Biography of Giacomo Meyerbeer*，1890），并与一个年长他十岁的英国青年相恋。次年他返回英国，被伯父安排在一家会计事务所工作，但一个月后他便辞去了这份工作。伯父希望他继承家族传统当律师，但他不感兴趣；伯父继而又劝说他在教会担任牧师，他又因为口吃无法胜任；他想在政府任职，但伯父认为这不是一个高尚的绅士应当从事的职业。最后，在朋友劝说下，伯父勉强同意他进入伦敦圣托马斯医学院学医，同时以实习医生的身份在贫民区兰贝斯为穷苦人接生、治病。五年后，他取得外科医师资格，但并未正式开业行医，因为他从十五岁起就开始练笔写作，渴望成为一名职业作家。他的第一部长篇小说《兰贝斯的丽莎》（*Liza of Lambeth*，1897），就是根据他当见习医生在贫民区为产妇接生的经历，用自然主义手法写成的。他在作品中以冷静、客观甚至挑剔的目光审视人生，笔锋凌厉、超逸，富有强烈的嘲讽意味。这部小说大获成功，首版几周之后便告售罄，这促使他立即放弃了医生职业，从此开启了长达六十五年的文学生涯。为积累创作素材，他在西班牙、法国等欧洲各国游历了近十年，创作了十部长篇小说、大量散文、文学评论、新闻报道和短篇故事。一九〇七年，他的剧作《弗里德里克夫人》（*Lady Frederic*，1903）首次在伦敦公演，好评如潮。第二年，伦敦西区有四家剧院同时上演他的四部剧本，盛况空前，他成为了英国名噪一时的剧作家，从而也使他创作舞台剧的热情一发不可收。一九〇三至一九三三年间，他编写了近三十部剧本，深受观众的欢迎。

　　第一次世界大战爆发时，毛姆因已超过服兵役年龄，便自告奋勇地加入了英国红十字会组织的"文艺界战地救护车队"（Literary Ambulance Drivers），在欧洲前线救治伤员。这支救护车队的二十四名成员里有美国作家约翰·多斯·帕索斯、E.E.卡明斯、欧内斯特·海明威等人。一九一四年十一月初，毛姆结识了同在这支救护车队中、来自美国旧金山的文学青年弗里德里克·哈克斯顿（Frederic Gerald Haxton，1892—1944），俩人遂成为好友并发展成同性恋人，这种关系一直存续了三十一年，直至哈克斯顿于五十二岁时在纽约死于肺癌。在此期间，毛姆始终孜孜不倦地坚持创作，并在敦刻尔克附近的军营里校对了他的长篇巨作《人生的枷锁》（*Of Human Bondage*，1915）。这是一部具有自传性质的小说，描写了医科大学生菲利普·凯里受到不合理的教育制度的摧残和宗教思想的束缚，在爱情上屡遭打击的人生经历，表现了作者对新思想和新的人生道路的向往与追求，是毛姆最重要、流传最广的作品之一。小说出版之初曾受到英美两国一些评论家的抨击，但是美国小说家兼文学评论家西奥多·德莱塞却对它赞誉有加，称它为"天才之作"、"堪与贝多芬的交响曲相媲美"，将这部小说高举到了经典之作的地位。

一九一五年九月，毛姆加入英国情报机构，负责在瑞士搜集情报，监视和记录参战各国派驻日内瓦的使节们的外交活动。一九一六年，他辞去间谍工作，与哈克斯顿结伴而行，首次前往南太平洋诸岛，为他的长篇小说《月亮和六便士》（*The Moon and Sixpence*，1919）收集素材。这部小说以法国印象派画家保罗·高更的经历为原型，描写一位画家来到南太平洋中的塔希提岛，与当地土著人共同过着原始的生活，创作了不少名画。小说表现了这位天才画家对社会的逃避和对艺术的执著追求，这是毛姆又一部广为流传的重要作品。一九一七年六月，他再次受聘为英国"秘密情报局"（后简称"MI6"）的军官，被秘密派往俄国，肩负劝阻俄国退出战争的特殊使命，并与临时政府的首脑克伦斯基有过接触。两个半月后他回国述职时，俄国爆发了"十月革命"。毛姆自认为继承了父亲的律师天赋，具有沉着冷静、多谋善断、慧眼识人的本领，不会被表象所迷惑，是适合做间谍的人才。后来，他以这段当间谍和密使的经历为素材，写出了脍炙人口的《英国特工》(Ashenden: Or the British Agent, 1928)。他在该系列故事中，塑造了一位风度翩翩、精明强干、特立独行的特工阿申登。这部小说对英国小说家伊恩·弗莱明 (Ian Lancaster Fleming, 1908—1964) 影响颇深，在他后来创作的长篇系列小说《詹姆斯·邦德》(James Bond) 中的那位风靡全球的主人公邦德，可谓与阿申登一脉相承。

在一九一五至一九一六年间，毛姆与英国著名药业巨擘亨利·卫尔康姆 (Henry Wellcome, 1853—1936) 风姿绰约的妻子赛瑞 (Syrie Wellcome, 1879—1955) 有过一段婚外情，并与她生下女儿丽莎。他们于一九一七年五月正式结婚，遂将女儿改名为玛丽·毛姆 (Mary Elizabeth Maugham, 1915—1998)。然而这段婚姻并不幸福，俩人终于在一九二七年宣告离婚。毛姆于一九二八年迁居法国，在海滨度假胜地里维埃拉的卡普费拉镇买下了占地面积达九英亩的莫雷斯克别墅。此后他的大部分岁月都在这里度过。这座豪华别墅也是当时英法文人和上流社会名流常相聚的文艺沙龙之地。

一战结束后，毛姆曾多次前往远东和南太平洋地区旅行，足迹遍布东南亚各国、南太平洋诸岛、中国和印度等地。毛姆历来喜欢将沿途的所见所闻、风土人情和自己的真实感受详细记录下来。正因如此，他的许多游记、随笔、散文、戏剧和长短篇小说都写得栩栩如生，具有鲜活的生活气息和时代的可感性。一九二〇年，他来到中国的大陆和香港，写下游记《在中国的屏风上》(On A Chinese Screen, 1922)，并以中国为背景，创作了长篇小说《面纱》(The Painted Veil, 1925) 和若干短篇小说。此后他又游历了拉丁美洲。毛姆的作品之所以能够引起不同国家、不同时代和不同阶层读者的兴趣，都与他作品中富有浓郁的异国情调和他丰富的阅历息息相关。

　　二十世纪二十至三十年代，毛姆依然保持着旺盛、高产的创作势头，各类作品层出不穷。长篇小说《寻欢作乐》（Cakes and Ale，1930）堪称他艺术上最圆熟的作品。这部小说以漫画式的笔调描绘一战后英国文艺圈内各种可笑和可鄙的人与事，锋芒毕露地鞭笞和嘲讽西方社会种种光怪陆离、尔虞我诈的丑陋现象。迷人的酒吧侍女罗西，是毛姆笔下最为丰满的女性形象，而故事里的另外两位作家则是毛姆在影射英国作家托马斯·哈代和休·华尔浦尔。短篇故事《相约萨马拉》（An Appointment in Samarra，1933）以巴比伦的古老神话为题材，表现"叙事者和主人公的最终归属都是死亡"的主题。美国小说家约翰·奥哈拉（John O'Hara，1905—1970）曾宣称，他的同名长篇小说《相约萨马拉》（Appointment in Samarra，1934）的创作灵感即得益于毛姆。《总结》（The Summing Up，1938）则是一部文字优美、可读性极强的作家自传，毛姆以直白、坦诚的语言描述了自己的创作生涯和心路历程。

　　二战爆发后，由于法国沦陷，毛姆在一九四〇年逃离了里维埃拉，旅居美国。在此期间，他应英国政府的要求发表过数次爱国演讲，号召美国政府支持英国联合抗击纳粹法西斯。在洛杉矶时，他改编了不少电影脚本，是当年稿酬最高的作家之一。之后他相继在南卡罗来纳、纽约、罗德岛等地居住，潜心于文学创作。长篇小说《刀锋》（The Razor's Edge，1944）即是他旅美期间的作品。《刀锋》是毛姆的重要代表作，描写一名年轻的美国复员军人如何丢掉幻想、探索人生终极意义和存在价值的艰苦历程，富有哲学和美学意蕴。故事的场景大多在欧洲和印度，但主要人物均为美国人，主人公拉里·达雷尔以著名哲学家维特根斯坦为原型。作品中表现的东方神秘主义和厌战情绪，激起了正身处二战硝烟烽火中读者的心灵共鸣，那些引人入胜的故事情节和通俗易懂的艺术表达形式，也深得历代读者的喜爱。

　　一九四四年毛姆回到英国，两年后再度返回他在法国的别墅。此后，除外出采风，他常年居住在此，尽管已年逾七十，却仍笔耕不辍，主要撰写回忆录、文学评论和整理旧作。一九四七年，他设立了"萨默塞特·毛姆文学奖"（Somerset Maugham Award），用于奖励优秀作品和资助三十五岁以下杰出文学青年。英国著名作家 V. S. 奈保尔、金斯利·艾米斯、马丁·艾米斯、汤姆·冈恩等，都曾获此奖项。一九四八年，他出版了以十六世纪西班牙为背景的长篇小说《卡塔丽娜》（Catalina: A Romance），并陆续发表了《作家笔记》（A Writer's Notebook，1948）、《随性而至》（The Vagrant Mood，1952）、《观点》（Points of View，1958）、《回望》（Looking Back，1962）等著作。毛姆曾收藏了大量戏剧油画，数量仅次于英国嘉里克文艺俱乐部的藏品。从一九五一年起，这些油画在英、法各地巡回展出达十四年之久，一九九四年被收藏在英国戏剧博物馆。为表彰毛姆卓越的文学成就，牛津大学在一九五二年授予他荣誉博士学位，英国女王在一九五四年授予他"荣誉爵士"称号，并吸纳他为英国"皇家文学会"成员。一九五九年，毛姆完成了最后一次远东之行。一九六五年十二月十六日，毛姆在法国与世长辞，享年九十一岁。去世前夕，他将自己的全部版税捐赠给了英国皇家文学基金会。

三　毛姆短篇小说的艺术特色

　　毛姆享有"故事圣手""英国的莫泊桑""二十世纪最伟大的短篇小说家"之盛誉。在跨越两个世纪的文学生涯中，毛姆曾数度将他的短篇小说汇编成册出版，如《方向集》（Orientations，1899）、《叶之震颤》（The Trembling of A Leaf，1921）、《木麻黄树》（The Casuarina Tree，

1926）、《阿金》(*Ah King*，1933)、《四海为家的人们》(*Cosmopolitans*，1936)、《杂如从前》(*The Mixture As Before*，1940)、《环境的产物》(*Creatures of Circumstance*，1947) 等。一九五一年，他从中甄选出九十一篇精品佳作，汇编为洋洋三大卷《短篇小说全集》。一九六三年，英国企鹅出版公司将其改为四卷本重新刊印。此后，该版本被多次再版，并被翻译成各种文字，在世界各地广为流传至今。这套《毛姆短篇小说全集》(7 卷) 即据此译出，以飨我国读者。

毛姆的创作始终坚持把读者放在首位，力求"投读者所好"，创作"具体、充实、戏剧性强的故事"。他的短篇小说有伏笔、有悬念、有高潮、有余音，结构紧凑、情节曲折，强调故事的完整、连贯和生动。他的短篇小说大体可分为三大类：以欧美为背景的"西方故事"；以南太平洋、东南亚、中国和印度等为背景的"东方故事"；以及"阿申登间谍故事"系列。

叙事视角与叙事声音 毛姆的短篇小说大多采用第一人称视角讲述，故事中的"我"几乎就是毛姆本人的形象：温厚、友善，喜欢读书和打桥牌，对世事和人生的千变万化充满好奇。故事常常用一种漫不经意的口吻开头，然后娓娓道来发生在普通人身上的那些富有传奇色彩的经历，犹如在向朋友闲聊他道听途说来的轶事趣闻，因而能快速地拉近作品与读者间的距离。即便在以第三人称讲述的故事中，叙事者通常也是个置身局外的旁观者，只是用其敏锐的目光观察事件的发展，偶尔加以评判，与毛姆的"我"如出一辙。在聆听那些或身陷囹圄、或心怀鬼胎、或历经磨难，往往也是可笑之人的主人公诉说衷肠时，这位"旁观者"至多只是点点头，或宽慰地附和几声。换言之，故事里"重中之重"的叙述者常常扮演着一个次要的角色，但他始终是一位饱经世故、处事不惊、温文尔雅的人。

他的叙事声音富有通感，文情并茂，言近旨远，斐然成章，即使是讽刺挖苦也不乏幽默感，而且总是那么超然而儒雅。在很多故事中，叙事声音通常出自一个见多识广的作家，他周围的大都是上层社会的名流，如作家、歌手、演员、政要，或他所熟悉的绅士，而作为作者的毛姆与他笔下的叙事者间的界线却被有意混淆了。采用这种若是若非的叙事声音，无疑增添了故事的可信度，然而这种将真实生活中的人与事作为创作原型的手法，难免会使心虚者"对号入座"，招来非议。我们不难看出，在他创造的这个首尾呼应的文学世界里，既有令人着迷的社会各阶层人物的百态脸谱，也有出人意表的启示和顿悟。

人物塑造　一个多世纪以来，受弗洛伊德和拉康理论的影响，文学创作和文艺批评越来越重视"意识流"和"心理现实主义"，试图通过心理分析来解读人的内心世界，解构人脑的思维机理和对客观世界的认知。但毛姆既没有像詹姆斯·乔伊斯和弗吉尼亚·伍尔夫那样采用"意识流"手法，通过心理描写"由内向外"地塑造人物，也没有像 E. M. 福斯特和 D. H. 劳伦斯那样去深入探究两性关系相和谐或相对抗的深层原因，而是在他创作中始终坚持现实主义和自然主义传统。尽管他在一些作品里对人物的心理活动和情感变化也描绘得细致入微，富有艺术张力，但这不是他关注的焦点。他的大部分故事主要涉及的是社会生活中人的世态百相，叙事者似乎也只关心眼前人物的外表形象。正因为如此，他的故事能最大程度地贴近读者的现实生活。

毛姆笔下的人物大多是肖像式的，常"以貌取人"，通过对人物直观、具体的描绘来揭示其内在的心理和性格特征，寥寥数笔就将人物从外表到灵魂刻画得活灵活现，有时甚至连故事情节也因此而外化地显现出来。毛姆不仅采用人物的对话和各种错综复杂的矛盾冲突来铺设和展开情节，而且常常以人物的仪表容貌为线索，着重描写他们在面对一系列事件、场景和紧要关头时做出的反应，细腻地刻画他们在表情、姿势、言行举止、生存方式甚至穿着打扮等方面出于本能或习惯性的细节变化，以此突显人物的本质特征，由表及里、有血有肉地塑造人物形象。即使在那些描写惊心动魄的谋杀或惨不忍睹的自杀事件的故事中，人物的心理活动往往也是通过其外表形象及其微妙的变化表现出来，而叙事者则不露声色，保持着冷峻、超然的态度。读者看到的往往是表象，并保持着一定的审美距离，很少能走进这些各具特色人物的内心世界，因为叙事者讲述的大多是他"事后"听来的，或通过"第三者的叙述"得来的故事。这种由"物理境"向"心理场"渗透的写法使人物形象显得更加丰满，也更容易使读者有身临其境的感觉，诚如奥斯卡·王尔德的那句绝妙的遁词所言："只有浅薄的人才不以貌取人。"[1]

艺术真实　艺术真实是文学的基本品格，文学作品所反映的善与美必须以真为伴。毛姆短篇小说的成功秘诀就在于其源于生活又高于生活。他的很多故事，究其本质而言，是经过他自出机杼的拔高，已经升华为艺术真实的"街谈巷议"。除了利用第一人称或第三人称的叙事者在故事中夹叙夹议、推波助澜之外，毛姆还时常别出心裁地呼唤读者的"群体意识"，因为他笔下的人物及其非凡的人生故事，往往正是人们在日常生活中耳熟能详或津津乐道的人与事。这些源自生活、为大众所喜闻乐见的"民间杂谈"、"桌边闲话"和"内幕新闻"，经过作者融会贯通的再创造之后，往往被赋予了崭新的艺术魅力，既能满足读者的猎奇心理，也能激发人们的心灵共鸣。尤其在以南太平洋诸岛和远东各地为背景的故事中，毛姆不但以精湛的笔触如实记述了英属末代殖民地的社会风貌、生活习惯和旖旎的自然风光，还刻意使用当地的土语和词汇来描写富有东方神秘色彩的宗教礼俗、田园房舍，以及人们的服饰装束、菜肴饮品、交往方式等，栩栩如生地展现

---

[1] 语出《道林·格雷的画像》第二章。

了当地原生态的生活。这些富有原始质朴的乡土气息的故事，使人百读不厌。

毛姆一生走南闯北，交游广阔，结识了大量禀赋各异的人，从高官贵族，到平民百姓，从欧洲白人到土著居民，三教九流无所不有。如同他在很多故事中所说，作为深谙人情世故的作家，人们愿意向他敞开心扉，吐露衷肠，使他获得了大量真实的创作素材。经过艺术提炼后，这些或凄婉动人、或骇人听闻的奇人逸事都被他绘声绘色地融化在作品里。毛姆喜欢搜集和讲述来自现实生活中的人们千姿百态的人生故事，他笔下的主人公们也喜欢讲故事和听故事，而不少故事本身也会交待或评判故事的来龙去脉（即所谓"环环相扣"的"故事套故事"）。这些具有艺术品质的真实故事，既使读者真实地认识和了解历史的原貌，感悟人生，也使作品拥有了持久的生命力。

反讽　在人类思想史和文学批评史上，反讽是理论家们争论已久、各执己见的话题。长期以来，研究者们从哲学、语言学、修辞学、叙事学、跨文化研究等领域对其进行阐发，使反讽得到了较为全面的诠释。

反讽源于古希腊语 *eironeia*，意为"装傻"，原指苏格拉底式的谈话方式：即在智者面前装作一无所知地请教问题，结果却推演出与之相反的命题。反讽的基本特征是"言非所指"或"言此而意反"的二元对立。言语反讽又称反语（ verbal irony ），是一种修辞手段，与讽刺和比喻相近，其意义产生于话语的字面意思与真实内涵的不符甚至悖反，并能不动声色地传递某种情感诉诸，听者 / 读者可从这种"表象与事实"相互矛盾的对比反观中解读出具有幽默或讽刺意味的"韵外之韵"。戏剧性反讽则是一种文学表现方法，具体可分为悲剧性反讽、结构性反讽、情境反讽和随机反讽等，其意义蕴涵在作品的整体结构之中，通过故事的语境和情节铺展来实现：读者对故事里的事件、场景、个人命运的了解会先于或高于"身在其中"的人物，因此，故事中的人物的言行举止、动机和目的往往与读者的理解和审美体验相冲突，呈现出截然不同甚至完全相反的意义。在文学叙事中，作者不仅通过话语层面的反讽，更通过现象与本质、期望与现实、主观意志与现存伦理等方面的相互矛盾、相互排斥、相互消解来表现人的认识能力和价值取向的相对性、多重性和心智活动的复杂性，藉以形成强烈的反讽意味，从而增强故事的戏剧性效果和艺术张力。

如同欧·亨利、契诃夫、莫泊桑，毛姆也是善于使用戏剧性反讽的行家里手。我们可以看到，在悲剧故事中，他常常直截了当地采用悲剧性反讽，故事的主人公大多是"被命运之神捉弄的傻瓜"——满怀希望、孜孜以求地想实现某个既定目标，经过百般努力和抗争后却发现，结果总是事与愿违、适得其反。在言情故事、间谍故事和寓言故事中，毛姆常巧妙运用随机反讽、情境反讽和结构性反讽，由低到高、张弛有度地构建不同层级的反讽意义，使故事情节峰回路转，并逐步将故事推向高潮。在叙事进程中，毛姆常将叙述的焦点集中在读者、叙事者与主人公之间在伦理判断和心理期待等方面的审美差距上，通过多角度的交替变换和对比关照，形成多层次、多维度的反讽。故事戛然而止的零度结尾或出人意表的结局往往蕴含着幽默而又深刻的道德意义，耐人反复回味。这是他的短篇故事常使人掩卷之余久久难以忘怀的另一个原因。

中年视阈 毛姆在短篇小说创作上取得卓越成就的另一重要原因或许与他的年龄有关。早在一八九九年毛姆就有短篇小说集问世，但他自认为这些故事不够成熟。晚年他在选编这套《短篇小说全集》时，便没有将那些早期作品纳入其中。毛姆真正开始热衷于创作短篇小说是在一战结束之后。一九二一年出版的《叶之震颤》标志着他在这一领域的新高度。这时他已人到中年，具有宽广的视野、丰富的经验和敏锐独到的见解。他创作的优秀、精湛的短篇小说，大都是他年届五十之后写成的。

毛姆已臻成熟的创作观和审美取向使他讲述的故事都带有意味深长的人生哲理和岁月的厚重感。毛姆经历过爱德华时代的歌舞升平和维多利亚时代的空前繁荣，纵情参与过英国上流社会声色犬马的时尚生活和法国名人荟萃、灯红酒绿的社交聚会，但他并没有像司各特·菲茨杰拉德那样去描绘朝气蓬勃、怀揣理想的年轻一代在面对令人眼花缭乱的现实世界和"美国梦想"时的惊奇不已以及他们在理想幻灭之后的失望、彷徨与悲哀，也没有像海明威那样浓笔重墨地记叙"迷惘的一代"在巴黎天马行空、纸醉金迷、放浪不羁的生活景象。他描写的常常是年长的一代人稳练达观、富有雅趣的行事作风和虚怀若谷的境界。作为一个饱经沧桑、老成持重的作家，他的激情已经渐渐淡去，能够以冷静、超脱的姿态看待世态炎凉和生死人生。他笔下的主人公们也常以疑惑、忧戚、嘲讽的眼光看世界，尽管偶有迷离困窘、错愕惶恐，但终究还是表现得温厚、儒雅、理性、风趣。无论风云变幻，他都处之泰然，始终保持着他那份闲情逸致和文质彬彬的良好修养。

同样，毛姆笔下的女主人公大多也是与他本人年龄相仿、已身为人母甚或祖母的女人。故事中虽不乏清纯美丽的少女和风骚冶艳的美妇，但他着重描写的并不是她们年轻貌美的姿容或离经叛道的表现，而是长辈对她们的担忧和管束。值得一提的是，毛姆的同性恋倾向使他描绘的女性形象与众不同。他对女性的态度向来礼貌得体，既没有把她们塑造成供男人去勾引和发泄的对象，也没有墨守成规地谴责和批判她们不守妇道的堕落行为，而是客观中肯、准确传神地描摹她们本来的面貌，把她们从外表到心灵刻画得惟妙惟肖。为了创造喜剧效果，他的故事中有时会出现饱经风霜、邋遢干瘪、面目丑陋，却浓妆艳抹、搔首弄姿的老妇人，但作者同样也对她们寄予了深厚的同情。这是毛姆不同于新生代年轻作家、常被读者和评论家们所称道的一大特点。

剖析人性 毛姆对人性的深切理解和锐敏透彻的洞察力与他的家庭背景、童年经历和他后来在坎坷的职业生涯中逐渐形成的人生观密不可分。毛姆一生见证了整整三代人的盛衰变迁。他亲历了两次世界大战的浩劫，切身体验过英国宦海沉浮和文坛争衡的滋味，亲眼目睹了各色人物的悲欢离合和命途多舛的凄凉境遇，而他的个人生活中也多有艰辛和变故，因此，对人生的态度他总体上是消极、悲观的。在他看来，人的命运是由各种充满变数、个人无力左右的外界因素和偶然事件决定的。他是个无神论者，认为基督教信仰纯属一派胡言。他蔑视"普渡众生"之说，不相信上苍能拯救芸芸众生。他也不相信善良和美德是人类与生俱来的本性，甚至对人的聪明才智也持怀疑态度。这些尖锐的观点和他对人的本质的深刻认识，使他的作品具有一种愤世嫉俗、悲天悯人的基调，再用他所特有的寓庄于谐、意在言外的讽喻形式和戏谑幽默、引人发噱的精妙笔调表现出来，非常迎合普通读者的心理诉求和审美品位。

对人性鞭辟入里的剖析应该是毛姆的作品最震撼人心的显著特色，也是他的每一篇短篇小说几乎必不可少的重要内容和主题。作为当过医生和间谍的作家，毛姆无疑会将这些经历糅合到他的创作中去。他常常会别开生面地以医生的眼光审视和剖析人的本性和良知，或从间谍和侦探的视角去探究和破解现实生活中各色人物的日常活动、行为方式、爱恋与婚姻、希望与失望、道德与罪孽等的成因和导致他们最终结局的奥秘，将人性中可憎可悲的阴暗面，诸如怯懦、嫉妒、傲慢、虚荣、愚妄、歧视、偏见、自私、自负、贪婪、色欲、势利、骄横、残忍等缺陷，毫无保留地展示在读者面前，并对其根源加以深入细致的剖析，做出恰如其分的评判。在这些故事里，我们可以清楚地看到，他对盛行于西方上流社会的因循守旧、浮华炫鬻、腐败堕落之风深恶痛绝，对欧洲中上阶层的绅士贵妇、神甫和传教士、政界要人、商界大贾、文艺圈名流，以及英国派驻在南太平洋和东南亚等殖民地的总督和各类官员充满了鄙夷和嫌恶之情，经常站在道德的制高点上，以犀利、辛辣的笔锋揭露和抨击他们欺世盗名、尔虞我诈、恃强凌弱、伤天害理、草菅人命、肆意践踏法律和人的尊严，以及嫖妓、通奸、乱伦等道德缺失的恶劣行径，毫不留情地讽刺和痛斥他们表面上道貌岸然、实为男盗女娼的虚伪本质。对于生活在社会底层的穷苦人和殖民地的土著居民，他却有一颗仁厚友善、宽宥大度、以礼相待的心。尽管他在作品中也常常会善意地取笑他们的愚昧无知和缺少教养，幽默地调侃他们刁顽古怪的性格和某些滑稽可笑的恶习和癖好，挪揄和嘲讽他们的自私自利、目光短浅等缺点，但他喜欢这些淳朴、善良、耿直的民众，对他们怀有真挚的同情、怜悯和关爱之心。

毛姆对人性细腻、透彻的剖析和拷问使他刻画的形形色色的人物，还有那些刺穿人心的故事，不仅富有不可抗拒、令人着迷的艺术魅力，而且具有极强的说服力和可信度，因为那些讽刺和鄙夷、怜悯和感伤，是经历过苦难和创伤，见识过世道悲凉的人才能有的感悟。这样的文学作品无疑具有强大的感染力，可改变人们对人性的根本认识，甚至刷新人们的世界观。

鲜活明畅的语言 毛姆虽说成名已久，但他并没有像同时期的其他现代主义作家那样勇于革故鼎新。就文体艺术而言，他没有多少实验性或"先锋派"的创举，而且对文辞奥博、用典繁芜的文风也不以为然。毛姆的语言以清新流畅、简洁朴实、诙谐幽默、通俗易懂见长，尤其注重让人"看着悦目、听着悦耳"。他的叙述鲜有生涩冷僻或华美矫饰的辞藻堆砌，几乎没有诘屈聱牙、艰涩难懂的句法结构，更罕用深奥玄妙的心理描写，而是采用贴近生活、直白易懂的语句和扣人心弦的情节来讲述故事。我们常可以看到，他一个段落就能将一个人物的容貌特征勾勒得纤毫毕见，然后便执手牵引着你缓缓走进他布下的迷宫，在张弛有度的节奏中一步步走向令人意想不到的情景和地域，循序渐进地发现始料不及的惊天秘密，最终到达快意恩仇的结局，或走向假作悲哀、实则富有喜剧色彩的故事高潮。

毛姆向来喜欢从现实生活中去捕捉和采撷鲜活、生动的语言。那些自然、人人皆知的语句经过他的打磨之后，被赋予了新的含义，一经问世便广为流传，成为人们常挂嘴边的时尚用语甚至金科玉律，尤其为普通读者所喜爱。在他的作品中，无论借景抒情、或阐发议论、或人物对话，毛姆一般采用口语化的语言，以一种体恤人意、推心置腹、犹如在酒吧与朋友交谈的口吻娓娓道来，仿佛他就在你的眼前，在不露声色地运用他的睿智和冷幽默与你侃侃而谈，并煞有介事地向你讲述"蜚短流长"、令人称奇的坊间传闻。这些故事会令你时而忍俊不禁，时而目瞪口呆，时而又不寒而栗。他善于运用富有活力的意象比喻，善于借助特定的细节来渲染和烘托气氛，那些精湛的象征和比拟常含有多种层次的意义和情感，能诱发丰富的联想，使读者进入如梦如画的意境。此外，毛姆设譬的智慧和他特有的暗含讥讽的幽默格调也无处不在。即使在主题非常严肃或描写血腥凶杀案的故事里，他也照样妙语如珠，精辟、凝练、发人深省的隽语警句和至理名言俯拾即是，运用得恰到好处。这些特点使他的故事不仅具有极高的可读性，而且具有极高的欣赏性和美学意义。毛姆鲜活明畅、幽默风趣的语言是他能拥有无数读者的一个重要法宝。

四　毛姆短篇小说的迷人魅力

这套《毛姆短篇小说全集》（7卷）题材广泛，风格多样，几乎囊括了短篇小说这一文学样式的所有类别：爱情故事、间谍故事、悬疑故事、恐怖故事、童话故事，历险小说、惊悚小说、艳情小说，赌场见闻、幽默小品等应有尽有，而且长短相宜，各具特色，中篇短篇辉映成趣，可谓名篇荟萃，异彩纷呈。这些作品如实反映了社会生活中各个层面的世情风貌和各种矛盾与冲突，触及到人类灵魂最深处的隐秘，力透纸背地揭示了人的本性中的善恶是非及其可悲、可恨、可怜、可笑之处，同时寄托了作者深藏若虚的忧患意识和人文情怀。这些风格各异、富有奇趣的故事的共同点是：主题明确，结构严谨，情节引人入胜，语言幽默晓畅，寓意深刻隽永。每一篇都堪称经典之作。

文学作品的功用之一就是给人带来阅读的快感。毛姆的短篇小说不仅内容丰富多彩，艺术表现形式也不拘一格：有言重九鼎的社会伦理小说，有感人至深的悲情故事，有令人唏嘘的人生无常，有令人毛骨悚然的惨案，也有皆大欢喜的喜剧和令人捧腹的闹剧，更有美轮美奂、令人心驰神往的异域风情的描写，凡此种种，不一而足。这些各有千秋的故事有供娱乐消遣的，有令人扼腕感慨的，也有让人会心一笑的，故事的结尾一般都含有振聋发聩的反讽意义或耐人寻味的弦外之音。读者倘若看厌了那些揭露和批评社会丑恶现象和人性阴暗面的故事，不妨转而去浏览那些滑天下之大稽的历险故事，或者去翻阅那些篇幅短小、却笑话迭出的轶事趣闻之作。无论是为了欣赏名作、陶冶情操，还是为了猎奇解颐、消磨时光，读者都能从这部全集中找到适合自己当下心情的故事。尽管有评论家认为，其中一篇很短的故事《一位绅士的画像》是例外，但这个短篇也写得妙趣横生，值得玩味。毛姆短篇小说的迷人魅力就在于其老少皆宜、雅俗共赏。

五　无法终结的结语

毛姆是一位视野广阔、博闻强识的文学家和旅行家。他一生探奇览胜，足迹几乎遍及欧亚美三大洲。这些故事大都以他自己在英国和世界各地的切身经历为原型和素材创作而成的。让人匪夷所思的是，毛姆本人的身影何以会毫不避讳地时时出现在故事里，而且常以第一人称来讲述那些奇人奇事，我猜想，这也许正是他屡遭英国上流社会的嫉恨，却让普通读者倍感亲切的原因所致吧。

毛姆笔下的版图幅员辽阔，从欧洲到南美洲，从南太平洋到亚洲，这些地域都是他的故事的生发地。值得注意的是，这些故事里的人物虽然来自不同国度，操各种语言，穿不同服饰，肤色和形象迥然有别，但本质上却如此惊人地相近——他们的所思所想，他们的爱与恨，甚至连欺骗和撒谎的招数都大同小异。我们不可否认，世界各地的人们确有诸多相通之处，但也存在千差万别。毛姆以不同的故事向我们展现的正是这个千奇百怪的世界里同时并存、互为映衬的同质性和异质性的相互交融和碰撞，以及由此而产生的无穷魅力，正所谓"一花一世界"。

至于毛姆是不是"二流作家"，还是由读者来评说为好。

吴建国

2020 年 3 月 5 日

目录

冬
航

在弗里德里克·韦伯号抵达海地之前，厄尔德曼船长对丽德小姐几乎一无所知。她是在普利茅斯①上船的，但他那时已经接纳了不少旅客，有法国人，有比利时人，也有海地人，他们中的许多人以前都搭乘过他这艘船，于是，她便被安排坐在轮机长那一桌。弗里德里克·韦伯号是一艘货轮，沿哥伦比亚海岸线定期从汉堡②驶往卡塔赫纳③，中途也会在西印度群岛④的不少岛屿作短暂停靠。这艘船从德国运来的是磷肥和水泥，装载回去的则是咖啡和木材；然而其船东，即"韦伯兄弟公司"，但凡有什么货物值得去装运，向来都愿意指派这艘船脱离其规定的航线前去跑一趟。弗里德里克·韦伯号的配置可以随时承运牛羊、马骡、土豆，等等，或者说，只要有机会能赚到点儿正当的小钱，运什么都行。这艘船也承接客运业务。船的上层有六个舱室，下层也有六个舱室。舱位虽谈不上奢华，但膳食不错，清淡爽口，供应量充足，价格也很便宜。往返旅程需要九个星期，

① 普利茅斯（Plymouth），英国港口城市。
② 汉堡（Hamburg），德国港口城市。
③ 卡塔赫纳（Cartagena），哥伦比亚港口城市。
④ 西印度群岛（West Indies），位于加勒比海和大西洋之间。

而丽德小姐的花费还不到四十五英镑。她翘首期盼的不仅是沿途可以观赏到许多令人心驰神往的名胜古迹，而且还能获得大量的信息和见闻来充实自己的头脑。

那位代理商早就告诫过她，在这艘船抵达海地的太子港①之前，她得跟另一个女人合住一间舱室。丽德小姐对此并不介意，她喜欢有人做伴儿，所以，当船上的那位管事告诉她说，她的室友是波林太太②时，她马上想到的是，这不啻为一个重温法语的极好机会。后来发现波林太太黑得像煤炭时，她也只是略微有点儿慌乱而已。她暗暗告诫自己，人必须顺境逆境都能兜得住才行，再说，包罗万象才构成一个大千世界嘛。丽德小姐是个从不晕船的人，这一点倒确实是人们可以料想到的，因为她的祖父就是一名海军军官嘛，经过两三天风狂雨猛的颠簸之后，天气转而晴好起来，于是，没过多久，她便与同船的旅客们都混熟了。她是个很善于交际的人。这是她之所以能把她的生意做得风生水起的原因之一；她经营着一家茶室，开在英格兰西部一个闻名遐迩的风景区里，她对走进店铺的每一位顾客向来都笑脸相迎，再客客气气地问候一声；冬季来临时，她就不营业了，最近这四年来，每到冬季，她便乘船去漫游世界。她说，这样做不仅可以结识到如此这般妙趣横生的人，而且总能学到点儿东西。诚然，搭乘弗里德里克·韦伯号的这些旅客档次并不高，远不如她一年前在地中海的邮轮上所结识的那些人，不过，丽德小姐并不是一个瞧不起穷人的势利眼，尽管他们中有些人在餐桌上的举止或多或少让她感到有些震惊，但她已经拿定主意，要以特定的眼光去看待事物光明的一面，于

---

① 太子港（Port au Prince），海地共和国首都，也是全国最大的城市、西印度群岛的著名良港。原为印第安人的居住地，相传在殖民时期，海上刮起特大风暴，但法国太子号轮驶进港口后竟平安无事，后来人们便以这艘船的名字命名该港口为"太子港"。居民大多为黑人和黑白混血种人，大多信奉天主教和伏都教，官方语言为法语。
② 原文为法文：Madame Bollin，丽德小姐据此推测，这位女士是法国人。

是便定下心来，尽最大努力与他们处好关系。她是个酷爱看书的人，浏览了一遍船上的那间图书室之后，她便欣喜地发现，那里居然有很多菲利普斯·奥本海姆 ①、埃德加·华莱士 ②、阿加莎·克里斯蒂 ③ 等人的作品；可是，因为有那么多的人要去攀谈，她便无暇顾及看书了，她决定暂且忍痛割爱，等这艘船抵达海地、旅客们都走光了之后再说。

"不管怎么说，"她说，"人性总比文学重要得多。"

丽德小姐是个很善于交谈的人，也素来享有这种好名声，她私下里常为此而感到沾沾自喜，在海上航行的这么多日子里，她一次也没有让桌边的谈话走向冷场。她知道该怎样去鼓动人们畅所欲言，每当有某个话题似乎要让大家无话可说了，她便非常机灵地插上一句，顿时就能让这个话题起死回生，要不就把早已等候在她舌尖上的另一个话题抛出来，使交谈再次热烈起来。她的闺蜜，普莱斯小姐，也就是坎普顿镇 ④ 的那位已故教区牧师的女儿，此次还专程赶来普利茅斯为她送行，因为她家就住在那边，普莱斯小姐经常对她说：

"你知道吗？维尼夏，你像男人一样很有头脑呢。你从来不会一时犯迷糊而找不到合适的话来说。"

"好吧，我想，如果你对人人都很关心，人人也会对你很关心的，"丽德小姐谦逊地说，"熟能生巧嘛，再说，我也肯下苦功夫，我

---

① 菲利普斯·奥本海姆（Edward Phillips Oppenheim, 1866—1946），英国著名小说家，是西方现代"类型小说（Genre Fiction）"和"惊悚小说（Thrillers）"的主要代表作家之一。

② 埃德加·华莱士（Richard Horatio Edgar Wallace, 1875—1932），英国著名小说家、剧作家、新闻记者，著作等身，以其众多反映社会犯罪题材的小说而闻名于世，其遗作《金刚》（King Kong，1933）的影响尤其巨大。

③ 阿加莎·克里斯蒂（Dame Agatha Mary Clarissa Christie, 1890—1976），英国著名女侦探小说家、剧作家，被称为世界三大推理小说宗师之一，著有66部侦探小说和14部短篇小说集，主要围绕她笔下的大侦探波罗展开故事情节。

④ 坎普顿（Campden），英国普利茅斯市的一个城镇。

这方面的本事大得使不完呢,狄更斯说,这就是天资。"

丽德小姐其实并不叫维尼夏,她的本名叫艾丽斯,但她并不喜欢这个名字,在她还是个小姑娘的时候,就开始采用现在这个富有诗意的名字了,她觉得这个名字非常适合于她的个性特点。

丽德小姐和同船的旅客们待在一起时,尽情享受过许许多多饶有趣味的高谈阔论,等到这艘船终于抵达了太子港,最后一位旅客也离船而去时,她真感到有些依依难舍。弗里德里克·韦伯号在太子港停泊了两天,在这期间,她游览了这座城市及其附近的乡镇。弗里德里克·韦伯号再次起航时,她成了船上独一无二的旅客。轮船沿着这座岛屿的海岸线继续向前航行,为了卸货或者装货,中途又停靠了一系列港口。

"丽德小姐啊,你孤身一人跟这么多男人待在一起,但愿你不会因此而感到难为情。"他们坐下来吃午饭的时候,船长热诚地对她说。

她被安排坐在船长的右手边,旁边的餐桌上依次坐着大副、轮机长,以及那位船医。

"船长,我可是见过世面的女人。我向来认为,如果一个大家闺秀是一个名副其实的大家闺秀的话,那么绅士也会保持地地道道的绅士风度的。"

"尊敬的女士啊,我们这些人只不过是一些粗野鲁莽的船夫,你可千万不要抱有过高的期望。"

"船长,善良的心要胜过小小的冠冕,朴实的信义要胜过诺曼人①的血统。"丽德小姐回答说。

船长是一位五短身材、体格壮硕的男子汉,脑袋剃得精光,一张红脸膛也刮得干干净净。他身穿一件白色的对襟衫,不过,只有在甲

---

① 诺曼人(Norman),指公元 10 世纪起定居于法国诺曼底的斯堪的纳维亚人和法国人的后裔。

板上用餐的时候，他才会解开钮扣，露出他那毛发旺盛的胸脯。他是个天性乐呵呵的汉子。他好像不大声吼叫就说不出话来似的。丽德小姐觉得，他无非就是个性格乖僻之人，但她有非常敏锐的幽默感，也有良好的心理准备，能够充分体谅这一点。对于这种交谈，她是驾轻就熟的。她在出航之前就对海地作过大量的了解，在停泊的这两天里，她又对海地进行过实地了解，掌握了更多的信息，但是，她也深知，男人们喜欢高谈阔论，却不太喜欢倾听，于是，她便向他们提了若干个问题，对于这些问题，她心里其实早已经知道答案了；十分奇怪的是，这些人并不喜欢高谈阔论。到头来，她忽然发觉，居然是她自己情不自禁地开了一场小小的讲座，这顿饭还没来得及吃完，用他们自己那套滑稽可笑的说法，叫做"神圣的午餐"①，她已经向他们传授了大量引人入胜的信息，内容涉及海地共和国的历史由来及其经济形势，这个国家目前所面临的诸多问题，以及这个国家未来的发展前景。她说话的语速相当缓慢，拿腔拿调地说得很优雅，所涉及的语句也非常广泛。

夜幕降临时，他们停靠在一个很不起眼的港口里，他们要在那儿把三百袋咖啡装上船，那位代理商也上了船。船长邀请他留下来共进晚餐，还点了鸡尾酒。那位管事刚把鸡尾酒端上来，丽德小姐忽然仪态万方地飘然走进了这间会客室。她的姿势从容不迫、娉婷典雅、充满自信。她经常说，一个女人究竟是不是一个很有教养的大家闺秀，根据她行走的步态，你立即就可以判断出来。船长把这位代理商介绍给她之后，她便坐了下来。

"你们这些男人在喝什么呢？"她问道。

"鸡尾酒。你要不要来一杯，丽德小姐？"

---

① 原文为德文：Mittag Essen。

"来一杯也无妨。"

她喝下了这杯鸡尾酒，船长有点儿吃不准，满腹狐疑地问她要不要再来一杯。

"再来一杯？行啊，我的这种表现还算平易近人吧。"

那位代理商的长相比某些人要白皙一些，却比大多数人都要黑很多，他是海地派驻德国的一位前任公使的公子，在柏林生活了好多年，能说一口漂亮的德语。果然是由于这层关系，他谋得了一份与一家德国航运企业打交道的职位。吃晚饭期间，在这位丽德小姐的竭力怂恿下，他向大家谈起了他沿着莱茵河溯流而下的一次旅程，因为她也曾经这样游览过莱茵河。吃完晚饭之后，她和这位代理商，这艘小商船的船长、医生以及大副，都围坐在同一张餐桌边喝起了啤酒。丽德小姐成心要撩拨起这位代理商的谈兴。他们在往船上装载咖啡这一事实向她表明，他说不定会雅兴大发，借此机会来了解一下人们在锡兰①是如何种植茶叶的，没错，她曾经乘邮轮去过一趟锡兰，而他父亲是一名外交官这一事实，肯定也会促使他想乘兴了解一下英国皇室的概况。她度过了一个非常惬意的夜晚。等她终于告退要去休息了，因为她决计不会说她要去上床睡觉了，这时，她才暗暗寻思道：

"毫无疑问，读万卷书不如行万里路啊。"

想不到自己竟孤身一人同这么一帮男人混在一起，这可真是一次难得的体验啊。等她回家后跟大伙儿说起这段经历时，他们不知会笑成什么样子呢！他们准会说，这种事情只会发生在维尼夏的身上。她情不自禁地笑了笑，就在这时，她忽然听见船长在甲板上唱起歌来，他那特有的声若洪钟的嗓门不绝于耳。德国人就是这样富有音乐天赋。他那两条短短的腿儿在神气活现、忽上忽下地蹦跶着，嘴里唱着

---

① 锡兰（Ceylon），斯里兰卡的旧称。

瓦格纳①的曲调，而歌词却是他自己杜撰出来的，模样显得十分滑稽可笑。他这时忽而又唱起了《汤豪仕》②，（大概是关于黄昏之星③的那个美妙的传说吧），由于不懂德语，丽德小姐只有好奇的份儿，却不知他即兴编造出来的那些荒诞不经的歌词究竟是什么意思。反正那歌声也挺好听的。

"啊，这个女人真惹人烦，要是她再这样没完没了地唠叨下去，我就当机立断宰了她。"紧接着，他又突然换成了《齐格弗雷德》④的战歌曲调，"她真惹人烦，她真惹人烦，她真惹人烦。我要把她扔进大海。"

这段歌词当然是针对丽德小姐的秉性有感而发的。她真是个特爱夸夸其谈的女人，她真是个语不惊人誓不休的女人，她真是个让人备受折磨、格外令人厌烦的女人。她说起话来绵绵不断，声音也单调得毫无曲折变化，打断她也无济于事，因为她随后便会再次从头说起。她对各类见闻有一种永不餍足的求知欲，桌面上的任何一句漫不经心的交谈都会引起她的谈兴，使她提出数不清的问题来。她是一个超级梦想家，而且还不厌其烦地娓娓讲述她自己的那些梦想。这世上没有

---

① 瓦格纳（Wilhelm Richard Wagner，1813—1883），德国作曲家、剧作家、指挥家、哲学家，著名浪漫主义音乐大师，是德国歌剧史上举足轻重的巨匠。他继承了莫扎特的歌剧传统，开启了后浪漫主义歌剧的作曲潮流，理查·施特劳斯紧随其后。由于他在政治思想和宗教等方面的复杂性，使他成为欧洲音乐史上最具争议的人物。

② 《汤豪仕》（*Tannhäuser*），由瓦格纳作词、谱曲，创作于1845年的三幕歌剧，剧情取材于德国的两大传说。汤豪仕原为公元13世纪德国的一位武士和抒情诗人，相传其曾在山洞中与女神维纳斯纵情淫乐，后忏悔。故事情节主要围绕汤豪仕在神圣的爱情和荒淫无度的色情之间的挣扎，以及他通过真正的爱情所获得的救赎，这是贯穿于瓦格纳诸多作品中的重要主题之一。

③ 黄昏之星（The evening star），指水星、木星等，尤指金星。

④ 《齐格弗雷德》（*Siegfried*），又译《齐格飞》，系瓦格纳作词、谱曲、创作于1876年的四部系列歌剧《尼伯龙根之歌》（*Der Ring des Nibelungen*）中的第三部，剧情取材于德国叙事长诗《尼伯龙根之歌》。齐格弗雷德是德国传说中一位屠龙英雄，他因沐浴龙血而刀枪不入，在战争中屡建奇功，其后背被椴树叶遮盖的地方是他全身唯一的死穴，后来因此而遭暗杀。

一个话题是她插不上嘴的，而且还说得头头是道。她有一套可适用于每一个场合的老生常谈的说辞。对于那些司空见惯的话题，她能立即一针见血地说出自己的观点，就像在挥舞着一把榔头把一枚钉子钉在墙上一样。对于那些平淡无奇的事情，她也会毫不迟疑地投入进来，就像马戏团的一名小丑突然窜出了呼啦圈一样。即使大家都哑口无言，她也不会感到窘迫。那些远离自己家乡的男人都百般无聊，连吧嗒吧嗒的脚步声都很轻微，加之圣诞节即将临近，难怪他们都打不起精神；为了调动起他们的兴趣，逗引他们开心起来，她付出了双倍的努力。她下定决心，要把一点儿微不足道的欢乐注入他们这无精打采的生活中来，因为这是旅途中最难熬的一段时光：丽德小姐的本意是无可厚非的。她不仅想让自己度过一段愉快的时光，也竭力想让大家都度过一段愉快的时光。她坚信，他们都喜欢她，就像她也喜欢他们一样。她觉得她是在尽自己的绵薄之力，让这伙人有一个好的结局，她自己也天真地高兴起来，满以为自己也会有一个好的结局。她向大伙儿谈起了她那个闺蜜普莱斯小姐，说这位闺蜜经常对她说：维尼夏呀，只要有你做伴儿，谁也不会感到枯燥无味，绝不会有一分钟的冷场。对乘客要以礼相待，这是船长的职责，然而，无论他心里多么想教训她，让她免开尊口，却怎么也说不出口，即使他可以无所拘束地把自己的心里话说出来，但他深知，他决不能口无遮拦地伤害她的感情。没有任何办法可以堵住她那张口若悬河、滔滔不绝的嘴。实在无计可施了，他们便用德语交谈起来，可是，丽德小姐立即制止了这种交谈。

"瞧，我可不愿让你们说这些我听不懂的话。你们大家都应该充分利用你们这么好的运气才对，因为有我这么全心全意地向着你们，好好操练你们的英语吧。"

"我们在谈技术方面的事情呢，这些事情没什么意思，只会让你感到厌烦，丽德小姐。"船长说。

"我才不会感到厌烦呢。这就是我为什么从不招人厌烦的原因，你不会认为我这样说有点儿刚愎自用吧。你瞧，我就喜欢了解各种事情。样样事情都能勾起我的兴趣，何况你压根儿也不知道哪条信息将来能派上用场啊。"

船医干涩地笑了笑。

"船长只是这么一说罢了，因为他觉得有些不好意思了。就实际情况而论，他刚才是在讲一个传奇故事，这种故事不宜让一个黄花大闺女听见。"

"就算我是个黄花大闺女吧，可我也是一个见多识广的女人啊，我又没指望海员个个都是圣人。不管你在我面前说什么，你根本用不着害怕，船长，我不会感到震惊的。我倒很想听听你讲的这个故事呢。"

船医是一位年届六旬的男人，灰白色的头发已经稀疏，蓄着灰白色的八字胡，一双蔚蓝色的小眼睛炯炯有神。他是个寡言少语、不苟言笑的人，丽德小姐无论怎样煞费苦心地想把他拉进这场谈话中来，也没法从他嘴里套出一句话来。不过，她可是一个不撞南墙不回头的女人，于是，有一天早晨，那时候他们还在海上航行呢，她看见他坐在甲板上看书，便把自己的座椅拉到他的座椅边，在他身旁坐了下来。

"你喜欢看书啊，大夫？"她满面春风地说。

"是的。"

"我也喜欢看书。我估计，像所有德国人一样，你也很有音乐天赋吧。"

"我喜欢音乐。"

"我也喜欢音乐。我一见到你，就觉得你很聪明。"他朝她瞄了一眼，便抿紧嘴唇，白顾看书去了。丽德小姐并没有因此而乱了方寸。

"不过，当然，人随时都可以享受读书的乐趣。我向来宁愿跟人家好好聊一聊，也不愿独自抱着一本好看的书。难道你不喜欢这样吗？”

“不。”

“真有意思。那就劳驾你跟我说说为什么呢？”

“我说不出理由。”

“那就太不可思议啦，对不对？但是，话说回来，我向来认为，人的本性就是这么不可思议。想必你也知道，我特别爱好跟人打交道。我向来喜欢当医生的人，他们深知人的本性，但是，我可以告诉你一些连你都会感到惊讶的事情。要是你像我这样经营着一家奶茶铺的话，你就会对各式各样的人有非常深入的了解啦。”

船医站起身来。

“请原谅，丽德小姐，我必须向你告辞啦。我得去看一个病人。”

“不管怎么样，我总算打破这矜持的气氛啦，”他走开之后，她暗自思忖道，“在我看来，他只不过有些害臊罢了。”

没想到，过了一两天之后，船医忽然感觉身体不太舒服了。他患有一种脏器性疾病，这种病时不时会折磨他，不过，他已经习惯了，因而不愿把自己的病情告诉别人。一旦病情发作起来，他只想独处一隅，免得有人来打扰。他那间舱室很小，又密不透风，所以，他便独自一人来到甲板上，闭着眼睛坐在一张长条椅上歇息。丽德小姐此时正在那儿来来回回地跑动，进行她每天早晚必做的为时半个钟头的锻炼。他暗暗寻思，假如他假装睡着了，她或许就不会来打搅他了。岂料，她在他身边来回经过了五六次之后，便突然在他面前收住了脚步，静静地站在那儿。尽管两眼紧闭，但他心里有数，知道她在仔细端详着他。

“大夫，有没有什么我能帮得上忙的事情？”她说。

他吓了一跳。

“哎呀，不会有什么事情要劳驾你吧？”

他朝她瞥了一眼，却发觉她的眼睛里满含着忧虑。

"你看上去病得不轻呢。"她说。

"我现在疼得很厉害。"

"我知道。我看得出来。有没有什么办法可以止痛？"

"没有，这种病痛一会儿就过去啦。"

她迟疑了片刻，随后便走开了。没过一会儿，她又回来了。

"没有枕头、软垫之类的东西，你显得很不舒服。我把我自己的枕头给你拿来了，我外出旅行时向来都随身带着这个枕头。请允许我把这个枕头垫在你的脑袋后面吧。"

他感到自己此刻确实病得很厉害，无力抗拒她的这一举动。只见她温情脉脉地抬起他的脑袋，把这只柔软的枕头垫在他的脑袋后面。这下果然让他真的感觉舒服多了。她顺手摸了摸他的额头，发觉他的额头软绵绵的，很凉。

"可怜的人儿啊，"她说，"我知道大夫都是些什么样的人。他们压根儿就不懂，他们的首要任务应该是如何关心自己的健康。"

她离开了他，不料，一两分钟后，她竟然搬着一把椅子又返身回来了，还拎来了一只袋子。船医一看见她，便痛苦得抽搐了一下。

"瞧，我不会让你说话的，我打算就守在你身边织毛线。我向来认为，人要是感觉身体不太好，身边有个人陪着，总是一件让人舒心的事。"

她坐了下来，随手从袋子里拿出了一条尚未织成的围巾，接着便开始飞针走线地编织起来。她真的自始至终一句话也没说。说来奇怪，船医竟不由自主地发觉，有她陪在身边果然是一种安慰。船上甚至都没有一个人注意到他生病了，他感到很孤独，因此，这个特爱夸夸其谈、特别惹人厌烦的女人的这份同情心，不免令他心存感激。看着她在不声不响地编织着，他的疼痛渐渐减轻了，不一会儿便睡着了。等他一觉醒来时，她还在织毛线。她朝他嫣然一笑，却没有开口说话。由于疼痛已经消失，他感觉好多了。

那天下午，他拖到很晚才来到会客室。他发觉船长和汉斯·克劳斯，也就是那位大副，正坐在一起喝啤酒。

"请坐，大夫，"船长说，"我们正在开紧急会议呢。你也知道，后天就是除夕夜①啦。"

"没错。"

除夕夜，新年的前夕，是德国人极为看重的一个传统节日，他们都在翘首期盼着这个节日。他们还不远万里专门从德国带来了一棵圣诞树。

"今天在用餐时，丽德小姐比以往任何时候都健谈。我和汉斯已经商量好啦，必须采取相关措施来应对这种情况。"

"她今天早上陪我坐了足足有两个钟头，一句话也没说。我估计，她大概很想把白白失去的时间补回来吧。"

"不管怎么说，此时此刻，远离自己的家乡和亲人，总是让人心情很不好，我们只能在这种不利的情况下尽力而为。我们要欢度我们的除夕夜，可是，如果不对丽德小姐采取点儿措施，我们将无缘欢度这个节日。"

"有她缠着我们，我们就没法享受这份快乐，"大副说，"她肯定会破坏节日的气氛，这是明摆着的，就像鸡蛋就是鸡蛋一样。"

"除了把她扔进海里，你打算用什么办法干掉她呢？"船长笑着说，"她是个还算不错的老熟人，她只是缺少一个情人罢了。"

"就她这把年纪？"汉斯·克劳斯大声吼道。

"尤其在她这个年纪。那么肆无忌惮地饶舌，对各类见闻的那份

---

① 原文为德文：Sylvester Abend。

激情，她提出的那些数不清的问题，她那些说得头头是道的话，她那种絮絮叨叨的说话方式——这些全都是一种迹象，表明她依然还保持着爱吵吵闹闹、缺乏社会经验的处女身。要是有一个情人，她就会平静下来啦。她那些绷得很紧的神经就会松弛下来了。她至少可以享受到一个钟头的令她满意的生活嘛。她眼下所需要的那种令她身心满意的生活就会击穿她那些愈演愈烈的言辞的核心，这样一来，我们就能安安静静地过节啦。"

要想弄明白船医所说的话里有几分是真话，向来有一定的难度，尤其是在他拿你开玩笑的时候。不管怎么说，反正船长的那双蓝汪汪的眼睛调皮地一连眨巴了好几下。

"好吧，大夫，我对你的高超的诊断能力还是很有信心的。你提出的这个治疗方案显然值得试一试，既然你是一个单身汉，这个治疗方案就要靠你来实施啦，这可是明摆着的事实啊。"

"你就饶了我吧，船长，为这条船上的病人开出对症下药的治疗方案，这是我的职业范围所规定的我应尽的义务，但是，这并不等于要我本人亲自来实施这些治疗方案，再说，我已经六十岁啦。"

"我是个已婚男人，还有几个已经长大成人的孩子，"船长说，"我又老又胖，还是个散光眼患者，显而易见，你们总不能指望我来承担这项使命吧。老天爷规定我只能担任丈夫和父亲这个角色，并没有规定我要担任一个情人的角色。"

"在这些事情上，年轻是最主要的因素，漂亮的长相也占有很大的优势。"船医非常严肃地说。

船长捏紧拳头使劲儿擂了一下桌子。

"你考虑的人选是汉斯吧。你的想法完全对。汉斯必须承担这项任务。"

大副吓得猛然站起身来。

“我吗？绝对不行。”

“汉斯啊，你人高马大，相貌英俊，身体健壮得像头雄狮，向来英勇无畏，而且也很年轻。我们还要继续在海上航行二十三天才能抵达汉堡港，遇到紧急情况时，你总不能开小差，抛弃这个与你肝胆相照的老船长吧，再说，你也不能辜负这位大夫、你的好朋友的一片苦心吧？”

“不行啊，船长，这个要求太高啦。我结婚还不到一年，我也很爱我的老婆。我迫不及待地想早日回到汉堡呢。我老婆在盼望着我回去，我也在盼望着早日跟她团聚。我可不愿对她不忠，尤其不愿跟丽德小姐通奸。”

“丽德小姐真的很不错。”船医说。

“有人甚至还说，她长得挺标致呢。”船长说。

的确，如果仔细看看丽德小姐的容颜和身段，你就会发现，她确实不是一个相貌平平的女人。诚然，她生了一张傻乎乎的长脸蛋，但她那双棕褐色的眼睛却很大，眼睫毛也很浓密，她的发型是一头短短的棕褐色的秀发，鬈曲的波浪相当漂亮地披散在她的脖子上；她的皮肤也不错，身段既不算太胖，又不算太瘦。她并不像人们现如今所说的那么老，假如她对你说，她已经四十岁了，你肯定非常乐意相信她的这一说法。唯一对她不利的特点是：她缺乏应有的朝气，不是那么活泼有趣儿。

“如此说来，在这漫长得要命的二十三天里，难道必须由我来忍受那个令人生厌的女人喋喋不休的啰唆话吗？在这漫长得要命的二十三天里，难道必须由我来回答她那些颠三倒四的问题，听她说那些没头没脑的蠢话吗？难道必须让我，一个老头子，来牺牲我的除夕夜，牺牲我一直在翘首期盼的欢乐之夜，任凭那个让人难以忍受的老处女不受欢迎地陪伴着我、毁了我的快乐时光吗？难道就找不到一个人愿意向一个孤苦伶仃的女人献上一点儿殷勤，向她表示一点儿富有人情味的善意，向她施舍一星半点儿的仁爱之心吗？我干脆让这条船触礁沉没得啦。"

"那个报务员随时都可以派上用场。"汉斯说。

船长顿时兴奋得大吼了一声。

"汉斯啊，让科隆①成千上万的处女们站出来，向你高呼万岁吧！管事，"他大声吩咐道，"通知报务员，我要见他。"

报务员一走进会客室，脚后跟便"咔嗒"一碰，潇洒地行了个礼。那三个男人全都默不作声地朝他打量着。他忐忑不安地疑惑起来，不知自己会不会因为做错了什么事而被训斥得灰头土脸。他略高于中等个头，肩膀宽阔，腰胯匀称，身材挺拔而又苗条，被晒成了棕褐色的皮肤光洁细腻，看上去仿佛从来没有碰过剃须刀，他天生一双蓝得让人吃惊的大眼睛，蓄着一头像马鬃似的鬈曲的金发。他简直就是年轻的日耳曼男子汉完美的标本。他显得那么健康、那么精力充沛、那么活力四射，即使他与你还隔着点儿距离，你也能感受到他浑身上下散发出的朝气。

"雅利安人②，行啦，"船长说，"这事准能成。你多大啦，我的孩子？"

"二十一岁，长官。"

"有没有结婚？"

"没有，长官。"

"有没有订婚？"

报务员嘿嘿一笑。他的笑声中依然还带着一股子惹人喜爱的孩子气。

---

① 科隆（Cologne），德国西部城市，濒临莱茵河，以其天主教堂而闻名。
② 雅利安人（Aryan），19世纪末至20世纪中叶名噪一时的人类学术语，用以指称印欧语系的白人，尤指北欧人。

“没有，长官。”

“你知不知道，我们船上有一位女性乘客？”

“知道，长官。”

“你认识她吗？”

“我在甲板上见到过她，我对她说过‘早上好’。”

船长装模作样地摆出一副官气十足的样子。他那双眼睛一般情况下总是要朝你逗趣儿地眨巴几下的，此时却显得非常严肃，他那浑厚、圆润的说话声里似乎也在骤然间平添了几分威严。

“尽管这是一艘货轮，尽管我们运载的是非常值钱的货物，但我们同时也承运我们能够接受的诸如此类的旅客，这是我们扩大了的一项业务，因为公司急于要发展这项业务。我的命令是，务必尽一切可能提高旅客的愉快感和舒适感。丽德小姐需要一个恋人。大夫和我已经有了结论，你是非常合适的人选，可以满足丽德小姐的各种要求。”

“我吗，长官？”

报务员羞得满脸绯红，但随后便咯咯儿地笑了起来，不过，他很快便镇静下来，因为他看到了那三个男人一本正经的面孔，他们都正襟危坐地面对着他。

“可是，她的岁数大得简直可以当我的母亲啦。”

“就你这个年纪而言，这种事情没有任何不良后果。她可是一位高不可攀的上流社会的女子，而且跟英国所有的名门望族都有千丝万缕的联系。她要是德国人的话，那她至少也是个女伯爵。特意挑选你来担当起这个责任重大的角色，这就是一份荣耀，你应当对此深表感激才对。再说，你的英语老是毫无长进，这可是你提高英语水平的一个极好机会啊。”

“这当然是一件值得考虑的事情，”报务员说，“我也知道，我需要锻炼。”

"既可以享受性爱的快活，又可以提高知识水平，两不耽误，人这辈子不会经常碰到这种好事的，你应该庆幸自己有这么好的福分才是。"

"可是，长官，请允许我提一个问题，行吗？丽德小姐为什么需要一个恋人呢？"

"这好像是一个古老的英国习俗，每到一年中的这个时节，那些养尊处优的未婚女子都会放下架子，主动向她们心仪的恋人投怀送抱。公司方面急于想了解，丽德小姐在我们这儿是否受到很好的款待了，如同她在英国轮船上所享受到的待遇一样，我们相信，如果她得到满足了，凭她与贵族阶层的那些关系，她能够把她的许多朋友都发动起来，搭乘本公司的轮船去漫游世界。"

"长官，我只好恳求你放过我啦。"

"我可不是在提什么要求，这是一项命令。你必须主动去见丽德小姐，在她的舱室里，今晚十一点。"

"到了那儿之后，我该干什么呢？"

"干什么？"船长雷鸣般地吼道，"干什么？顺其自然呗。"

他挥了挥手，打发他走开了。报务员脚后跟"咔嚓"一碰，敬了个礼，转身走了出去。

"行啦，让我们再来一杯啤酒吧。"船长说。

当天晚上，在吃晚饭的时候，丽德小姐竟然自我膨胀到了登峰造极的地步。她的啰苏话格外多。她顽皮地开着玩笑。她的言谈举止也变得高雅起来。没有一个不言而喻的事情是她搭不上腔的。没有一个老生常谈的话题能让她忍得住不发表意见。船长一直在努力克制他内心的满腔怒火，脸涨得越来越红；他感到自己再也没法继续对她以礼相待了，假如大夫提出的那个治疗方法不管用，他总有一天会全然不顾自己的身份，向她提出的就不是一句警告，而是要把他心里的所有怨愤都一股脑儿发泄出来。

"我会丢了这份工作的，"他暗暗想道，"可是，到底值不值得这样大动肝火，我也没有把握啊。"

第二天，他们已经围坐在餐桌边了，她才进来用餐。

"明天就是除夕夜啦。"她兴高采烈地说。这种事情她居然也不揣冒昧地说起来。她接着又说："今天上午你们大家都干了些什么？"

由于他们每天干的都是些雷打不动、完全相同的事情，她也非常清楚都是些什么事，这个问题着实让人十分恼怒。船长的心情陡然跌入了低谷。他言简意赅地对大夫说起了自己对他的看法。

"喂，行行好，别讲德语啦，"丽德小姐调皮地说，"你们知道的，我可不允许你们讲德语，船长啊，你干吗那么一脸愠怒地望着可怜的大夫呢？现在正值圣诞节期间，你知道；我祝福普天之下所有的人幸福安康、心想事成。一想到明天晚上的情景，我就兴奋得不得了，你们会在圣诞树上插满蜡烛吗？"

"当然。"

"多么令人激动啊！我向来认为，不插蜡烛的圣诞树就不是圣诞树。哦，你们知道吗？昨天夜里，我遇到了一件非常滑稽的事情。我到现在都弄不懂究竟是怎么一回事。"

众人大吃一惊，顿时都哑然无语了。大家都目不转睛地望着丽德小姐。这一回，他们都在全神贯注地听她往下讲了。

"真的，"她用她所特有的那种单调乏味、平铺直叙的腔调娓娓讲述起来，"昨天夜里，我正准备上床睡觉了，却忽然听见有人在敲我的门。'谁呀？'我说。'是我，报务员。'我听到的是这声回答。'有什么事吗？'我说。'我可以跟你谈谈吗？'他说。"

众人都凝神静气地听着。"'好吧，等一下，我要换件晨衣，'我说，'马上就来开门。'于是，我赶紧套了件晨衣，把门打开了。报务员说：'对不起，小姐，请问，你需要发无线电报吗？'唉，他居然在这个时候跑来问我要不要发一份无线电报，我当时就觉得这事很滑稽，我就当着他的面哈哈大笑起来，这事大大触动了我的幽默感，但愿你们明白我这话的意思，可是，我当时并不想伤了他的感情，所以，我就说：'非常感谢你，不过，我觉得我不需要发无线电报呀。'他愣愣地站在那儿，显得十分滑稽，他似乎感到非常尴尬，于是，我就说：'谢谢你专门前来问我，可是，我不需要发电报啊。'接着，我又说：'晚安，愿你好梦常在。'随后就把门关上了。"

"这该死的傻瓜。"船长气得大叫一声。

"他还很年轻，丽德小姐，"船医插进来说，"那是他热情得过了火的表现。我估计，他大概以为你很想给你的朋友们发一份新年贺词吧，他巴不得你利用这个有利条件，想让你享受特别优惠的价格呢。"

"哦，我压根儿也没计较。我喜欢这些稀奇古怪的小事情，人在旅途中，难免会碰到这些奇人奇事。我一笑了之就是了。"

晚餐一结束、丽德小姐离开了他们之后，船长马上就派人去叫来了报务员。

"你这个白痴，昨天夜里，你是怎么搞的？怎么能鬼使神差地跑去问丽德小姐要不要发无线电报呢？"

"长官，是你吩咐我要顺其自然的。我是报务员。我还以为问她要不要发无线电报是理所当然的事情呢。我也不知道还有什么别的话可说啊。"

"上帝在天作证，"船长高声喊道，"看到布伦希尔德[1]躺在她的礁石上时，西格弗雷德哭喊道：'这不是个男人啊[2]。'"（船长唱起了这句歌词，由于对自己的歌喉颇为得意，便把这句歌词反复唱了两

---

① 布伦希尔德（Brunhilde），德国英雄传奇中力大无穷的女英雄，也是瓦格纳系列歌剧《尼伯龙根之歌》（Der Ring des Nibelungen）中的重要人物。
② 原文为德文：Das ist kein Mann。

三遍，然后才接着说。）"看到布伦希尔德苏醒过来时，西格弗雷德有没有问她要不要发一份无线电报，要不要告诉她爸爸她在哪儿？我估计，她睡了一大觉之后，就一直坐在那儿等消息吧？"

"我诚恐诚惶地恳求长官阁下注意这一事实，布伦希尔德是西格弗雷德的姊姊。对我来说，丽德小姐却是一个素不相识的陌生人。"

"他当时并不清楚她是他的姊姊啊。他只知道，她是一个如花似玉、毫无自卫能力的良家女子，他做了任何一个正人君子都会做的事情。你血气方刚、相貌英俊，是地地道道的雅利安人，德国的荣誉掌握在你的手里呢。"

"很好，长官。我尽力而为吧。"

当天夜里，丽德小姐的门上又响起了一阵叩击声。

"谁呀？"

"是我，报务员。丽德小姐，我有一份电报要交给你。"

"交给我？"她感到非常诧异，不过，她马上想到的是，肯定是其中一位曾经与她同行、在海地下船的旅客给她发来了新年贺词。"真是好人啊，"她暗暗想道，"我已经上床啦。放在门口吧。"

"这份电报需要回复。要预付十个单词的电报费。"

如此看来，这份电报就不可能是一份新年贺词啦。她紧张得心脏都停止跳动了。唯独只有一种可能：她的店铺被彻底烧毁了。她一跃而起，跳下床来。

"把电报从下面的门缝里塞进来吧，我马上写回电，再从门缝里塞还给你。"

一只信封被人从门槛下面的门缝里推了进来，信封赫然出现在地毯上时，乍一看真是一个不祥之兆。丽德小姐一把抓起电报，迅速撕开了信封。电文在她眼前模糊不清地摇晃着，她急得一时都找不到眼镜了。以下是她看到的电文：

"新年快乐。愿普天下所有的人幸福安康、心想事成。你的确非常美丽。我爱你。我必须向你表白。落款:报务员。"

丽德小姐把这份电文通读了两遍。随后,她慢慢摘下眼镜,把眼镜藏在一条围巾下。她打开了门。

"进来吧。"她说。

第二天是除夕。高级船员们坐下来用餐时,个个都既兴致勃勃,又有点儿伤感。乘务人员早已用热带地区的匍匐植物弥补了没有冬青植物和槲寄生植物的缺憾,把会客室装饰得焕然一新,那棵圣诞树也矗立在餐桌上,树上插满了蜡烛,准备在吃晚饭的时候点燃。丽德小姐直到那些高级船员全都入座后,才姗姗来迟地走进了会客室,众人朝她道"早安"时,她也没吭声,只是点了点头。大家都好奇地望着她。她这顿饭吃得很香,却始终没说一句话。她这样默不作声倒让人觉得很不可思议了。到最后,船长再也忍不住了,于是,他说:

"丽德小姐,你今天不怎么说话嘛。"

"我在想心事呢。"她回应道。

"你大概不愿意把你的那些心事告诉我们吧,丽德小姐?"船医调侃地问道。

她冷冷地白了他一眼,那副表情简直可以称之为目中无人。

"大夫,我宁可憋在自己心里,也不愿告诉别人。我想再来点儿肉末土豆泥,我今天胃口特别好。"

他们在饱享口福、一派肃静的氛围中吃完了这顿饭。船长大大地舒了一口气。这才是吃饭时间应该有的样子嘛,吃饭时间就应该好好吃饭,别叽叽喳喳地饶舌。等大家都吃饱肚子后,他起身走到船医面前,使劲儿握着他的手。

"大夫啊,好像有眉目了。"

"已经有眉目啦。她已经是一个脱胎换骨的女人啦。"

"可是，这种情况能不能一直保持下去呢？"

"我们只能怀着最好的希望。"

为了欢度除夕夜，丽德小姐特意换上了一件晚礼服，那是一件非常素雅的黑色连衣裙，胸前佩戴着手工制作的玫瑰花，脖子上挂着很长的一串仿玉项链。灯光已被调得朦朦胧胧，插在圣诞树上的那些蜡烛都点亮了。这情景颇有点儿让人觉得像置身在教堂里似的。这天晚上，级别较低的船员们也都在会客室里聚餐，他们身穿洁白的制服，显得非常精神。公司出钱，让大家畅饮香槟酒。晚宴结束之后，他们又喝起了"香车五月酒"①。他们拉响了彩色爆竹②。他们伴随着留声机播放的乐曲一支接一支地唱起歌来，唱的是"德国，高于一切的德国"③，"老海德堡"④，以及"友谊地久天长"⑤。他们热情奔放地高唱着这些歌曲，船长亮开歌喉，歌声比其他人都要高亢，丽德小姐也用她那甜美的女低音加入进来。船医注意到，丽德小姐的那双眼睛时不时会落在报务员的身上，他从她那双眼睛里看出了一丝心慌意乱的神色。

"他是个美男子，对不对？"船医问道。

丽德小姐转过身来，冷冷地朝船医看了一眼。

"谁呀？"

"报务员啊。我还以为你是在看他呢。"

"哪一位是他？"

---

① 原文为德文：Maibowle，这是德国传统中为迎接春天和五月节的到来，用香料和葡萄酒调制而成的一种饮品，常加入正当季的草莓，或混合柠檬汁、橙汁等，果香满溢。

② 彩色爆竹（crackers），内装糖果或小物件、拉开时噼啪作响的一种爆竹。

③ 原文为德文：Deutschland, Deutschland uber Alles。

④ 原文为德文：Alt Heidelberg。海德堡是德国内卡河畔的著名文化古城和大学城，位于法兰克福南约80公里处，风景秀丽充满诗情画意，是浪漫德国的缩影。

⑤ 原文为德文：Auld Lang Syne。

"女人口是心非的典型表现。"船医喃喃自语地嘀咕了一声，但他依然面带微笑地回答说，"坐在轮机长旁边的那一位就是他。"

"哦，没错，我总算认出他啦。你知道吗？我向来认为，一个男人的长相怎么样，其实并不重要。我看重的是一个男人的头脑，根本不在乎他的长相。"

"啊。"船医说。

大家都喝得有点儿醉醺醺的了，丽德小姐也不例外，但她一点儿没有失态，她向众人道"晚安"时，依然保持着她的最佳风度。

"我度过了一个非常愉快的夜晚。在一艘德国轮船上度过的这个除夕夜，我将终生难忘。这个除夕夜过得非常有趣。多么美好的一次经历啊。"

她泰然自若地朝门口走去，这简直就是一种大获全胜、得意非凡的姿态，因为她整个晚上都和其他人一样，左一杯右一杯地喝了不少酒。

第二天，他们多少都有些疲惫。等到船长、大副、船医、轮机长下来用餐时，却发现丽德小姐已经端坐在那儿了。他们每个人的座位前都摆放着一个小包裹，上面扎着粉红色的丝带。每个小包裹上都写着：新年快乐。他们都满腹狐疑地朝丽德小姐瞥了一眼。

"大家一直都对我这么关心，这么友好，我心里早就有这个想法了，我想给你们每个人都送上一份小小的礼物。太子港也没有多少可以挑选的东西，所以，你们千万不要有过高的指望。"

她送给船长的礼物是一对用欧石楠根制成的烟斗，送给船医的是六条丝巾，送给大副的是一只精美的雪茄烟盒，送给轮机长的是两条领带。大家吃好晚饭后，丽德小姐便起身告退，回她的舱室休息去了。这几个高级船员面面相觑，都感到有些不太自在。大副抚弄着她送给他的那只雪茄烟盒。

"我真为自己感到有点儿难为情。"他终于开口说道。

船长则陷入了沉思，显而易见，他有点儿忐忑不安了。

"不知我们该不该开那种玩笑捉弄丽德小姐，"他说，"她是个挺好的老熟人，她也并不是很有钱；她是一个靠自己挣钱谋生的女人。她肯定做了精打细算，才舍得花费一百马克买下这些礼物的。要是我们不干涉她该多好。"

船医耸了耸肩。

"是你想把她的嘴巴封住的，我已经封住她的嘴巴了。"

"既然话都说到这个份儿上了，事情也做下了，再听她叽叽喳喳地唠叨三个礼拜对我们也没多大坏处。"大副说。

"在她这件事情上，我感到不太痛快，"船长又补了一句，"我总觉得，她这样寡言少语不是什么好兆头。"

他们刚才和她同桌共进晚餐期间，她几乎一句话也没说。她好像也没太注意听他们说话的内容。

"大夫，难道你不觉得我们应该去问问她，现在是不是感觉挺好？"船长提议道。

"她现在当然感觉挺好啦。她现在吃起饭来活像一头饿狼。你要是想打听具体情况，最好去找那个报务员。"

"你也许还没注意到吧，大夫，我可是一个感情很脆弱的人。"

"本人也是一个心肠很软的人啊。"船医说。

在剩下的这段旅程里，那些男人便毫无节制地宠着丽德小姐了。他们个个都对她非常体贴，关怀备至，就像对待一个罹患了一场旷日持久的重病之后正处于康复期的人似的。尽管她的胃口好极了，他们仍挖空心思地变换着花样，用新的菜肴来勾起她的食欲。船医点了葡萄酒，执意要她和他一起来品尝这瓶酒。他们陪她玩多米诺骨牌。他们陪她下棋。他们陪她打桥牌。他们想方设法地邀请她加入他们的谈话。不过，有一点是毫无疑问的：虽然她客客气气地应答着他们大献殷勤的举动，却很矜持，不愿跟人交往。她仿佛用那种近乎鄙夷的眼光打量着他们；你没准会认为，她把那些男人，连同他们旨在表示友好的诸般努力，都当成荒诞不经的笑料了。她很少开口说话，除非别人主动跟她搭讪。她白天看侦探小说，晚上则坐在甲板上看星星。她沉浸在自己的生活之中。

本次旅程终于要接近尾声了。在一个风平浪静、天色灰暗的日子里，他们驶进了英吉利海峡；他们总算看到陆地了。丽德小姐收拾好了旅行箱。下午两点钟时，他们停泊在普利茅斯码头。船长、大副、船医一起来向她告别。

"行啦，丽德小姐，"船长用他那乐呵呵的口吻说，"我们都舍不得让你走，可是，我估计，你盼着早点儿到家呢。"

"你对我一直都很亲切，你们大家都一直对我很亲切，我不知道我有何德何能，才修来了这个福分。跟你们在一起的这些日子里，我过得非常愉快。我永远忘不了你们。"

她说得相当感人，她竭力想笑一笑，嘴唇却在颤抖，紧跟着，泪水便顺着她的脸颊奔流下来。船长脸红得很厉害，他很尴尬地笑了笑。

"丽德小姐，我可以吻你一下吗？"

她比船长高半个头。她俯下身子，船长在她那泪水涟涟的脸颊上结结实实地吻了一下，接着又在她的另一侧脸颊上结结实实地吻了一下。她朝大副和船医转过身去。他们俩也都亲吻了她。

"我真是个大傻瓜呀，"她说，"人人都这么好。"

她擦干眼泪，随后便以她所特有的那种仪态万方、很不协调的姿势，慢慢走下了舷梯。船长的眼睛湿湿的，盈满了泪水。走到码头上时，她仰起头来看了看，朝甲板上的某个人挥了挥手。

"她在向谁挥手致意？"船长问道。

"报务员呗。"

为了迎接她，普莱斯小姐早已恭候在码头上了。她们办理了海关手续，把丽德小姐的那只沉重的行李箱寄存好之后，便去了普莱斯小姐家，在她家提前用了下午茶。丽德小姐的火车五点钟才发车。普莱斯小姐有好多话要对丽德小姐倾诉。

"可是，你刚刚回国，我就像这样没完没了地说起来，这也太不像话啦。我一直在期盼着听你讲讲有关你这趟旅行的方方面面的事情呢。"

"恐怕没有多少值得讲给你听的事情。"

"我不信。你这趟旅行大有收获吧，对不对？"

"一种截然不同的收获吧。这份收获很微妙。"

"你不在乎跟那帮德国佬混在一起吗？"

"当然，他们跟英国人不一样。人必须适应他们的行为方式才行。他们有时候干的那些事情啊——还算不错，你也知道，英国人是不会那样干的。不过，我向来认为，人必须审时度势，安于现状才对。"

"你指的是哪一类事情？"

丽德小姐心平气和地望着她的闺蜜。她那张傻乎乎的长脸蛋上全然是一副安之若素的表情，普莱斯小姐根本就没注意到，她那双眼睛里闪烁着一种异样的、调皮的光芒。

"真的是一些无关紧要的事情。就是些滑稽可笑、出人意料、相当微妙的事情。毫无疑问，旅行是一种让人受益匪浅的教育。"

（吴建国　译）

梅布尔

我那时住在缅甸的蒲甘[①]，于是，我就从那儿乘船去了曼德勒[②]，不过，在到达曼德勒之前的那两三天里，由于这艘船停泊在一个河滨村庄里过夜，我便拿定主意，准备上岸去看看。船长告诉我说，那边有一家秀色可餐的小俱乐部，我一进那儿就会有宾至如归的感觉；他们早就习惯于接待像我这种临时决定离船上岸的不速之客了，俱乐部的文书也是个挺不错的小伙子；我甚至还可以打上一局桥牌。我本来就闲得无事可干，所以，我就钻进了一辆牛车，浮码头上那会儿停泊着许多牛车，都在等着拉客呢。我坐着这辆牛车来到了这家小俱乐部。有一个男人坐在游廊上，看见我走上来时，朝我点了点头，接着便问我要不要来一杯兑苏打水的威士忌，或者来一杯兑苦味滋补药酒的杜松子鸡尾酒。万一我什么都不要呢，这种可能性他甚至连想都没想。我有意要了一杯用啤酒和果汁调制而成的鸡尾酒，然后便坐了下来。他是个

---

① 蒲甘（Pagan），缅甸历史古城，著名旅游胜地，位于缅甸中部，为缅族的中心地区，以其在各个历史时期建造的众多佛塔、佛寺等古老建筑而闻名于世。

② 曼德勒（Mandalay），缅甸第二大城市，缅甸王朝的最后一个都城，至今仍保存着完整的王城，是一座历史与现代相交融的城市。

身材高挑、精明强干、古铜色皮肤的男子汉，蓄着浓密的小胡子，身穿卡其布短裤和卡其布衬衫。我根本不知道他叫什么名字，不过，我们聊了一小会儿之后，又来了一个人，此人一进屋就告诉我说，这小伙子就是这儿的文书，而文书朝我即将认识的这位朋友打招呼时，则称他为乔治。

"你有没有收到你老婆的来信？"文书朝他问道。

那人的眼睛顿时露出了喜色。

"收到了。这趟邮船捎来的信件，我都收到啦。反正她现在有的是时间，打发不完的时间。"

"她有没有叫你别整天愁眉苦脸的？"

乔治朝我们"嘿嘿"一笑，不过，我总觉得，他的笑声中似乎带着点儿哭腔，难不成是我听错了？

"就事实而论，她的确说过这话。可是，这种话说起来容易，做起来难啊。当然，我知道，她想过来度假，她要是愿意到这儿来散散心，我也求之不得啊，可是，对一个男人来说，这事实在太难啦。"他转过身来面对着我，"你瞧，这是我头一回跟我妻子分居两地这么久，没有她，我就像一条失魂落魄的狗。"

"你们结婚多久啦？"

"五分钟。"

俱乐部的文书忍不住哈哈大笑起来。

"别弄得像个傻瓜似的，乔治。你已经结婚八年啦。"我们交谈了一会儿之后，乔治忽然看了看手表，说他马上要去出席一个宴会，得去换身衣服了，说罢便起身离开了我们。文书注视着他的身影渐渐消失在茫茫夜色之中，笑嘻嘻的脸上带着一丝并无恶意的嘲讽。

"由于他如今是孤身一人，我们大家都会尽所能请他吃饭，"他告诉我说，"自从他老婆回国之后，他一直闷闷不乐，难过得不得了。"

"他老婆要是知道丈夫对她这么忠心耿耿，一定非常高兴。"

"梅布尔真是个了不起的女人啊。"

他叫来了服务生，又点了不少酒。在这个热情好客的地方，他们根本不问你愿不愿喝酒，也不问你喜欢喝什么酒；他们想当然地认为，这种事情用不着征求你的意见。随后，他便稳稳地坐在他自己的那张长条椅上，点燃了一支方头雪茄烟。他对我讲起了乔治和梅布尔的传奇故事。

他们是在他回国休假期间订下这门亲事的，他返回缅甸后，根据他们商定好的安排，她应当在六个月之后前来跟他团聚。岂料，风云突变，麻烦事接踵而来：她父亲亡故了，接着又发生了战乱，乔治被派遣到了一个根本不适合白人女子去的地区，结果，这一等就是七年，她总算可以启程过来了。他做好了准备结婚的一应安排，婚礼计划在她到达的当日举行，接着，他又专程赶往仰光①去迎接她。轮船即将抵达的那天早晨，他租了一辆汽车，把车直接开到了港区。他在码头上来来回回地踱着方步。

后来，突然间，也没有任何先兆，他竟气馁得怎么也提不起精神来了。他已经有七年没看见过梅布尔了。他连她长得什么模样儿都不记得了。她已经成了一个地地道道的陌生人。他感到心窝里油然泛起了一阵难以忍受的窝囊感，两只膝盖也不由自主地哆嗦起来。他过不了这一关啊。他必须告诉梅布尔，他感到非常遗憾，却又开不了口：他实在没法娶她为妻。可是，人家是一个已经跟他订婚七年的姑娘，而且还风尘仆仆地赶了六千英里的路专程跑来跟他结婚，一个男人怎

---

① 仰光（Rangoon），缅甸最大的城市，自 1885 年缅甸成为英国的属地后，英国人把缅甸的首都从曼德勒迁到了仰光，将它作为出口柚木等商品的港口，从那时直到 2005 年，仰光都是缅甸的首都。作为重要的港口城市，仰光至今仍保持着殖民时期的特色，城内有无数镀金和汉白玉佛塔，每年 4 月这里都要举行盛大的泼水节。

么能忍心对她说这种话呢？何况他也没有勇气对她说这种话。乔治感到特别揪心，绝望至极。码头上当时刚好有一艘即刻就要起航驶往新加坡的轮船；他匆匆给梅布尔写了一封信，也没有带一件行李，就穿着身上的那套衣服，纵身一跃跳上了那艘船。

梅布尔收到的那封信，大意如下：

> 最最亲爱的梅布尔，
>
> 我突然接到调令，公务在身不得不离开此地，且不知何时方能回来。我认为，你返回英国才更加明智。我的计划都很靠不住。
>
> 爱你的乔治。

可是，他一到新加坡，便发现有一份电报在等着他：

> 十分理解。少安毋躁。
>
> 妻 梅布尔

恐慌反倒促使他急中生智了。

"啊，天哪！我明白了，她一直在马不停蹄地跟踪我。"他说。

他马上给派驻在仰光的船舶业务代理处发了一份电报，毫无疑问，梅布尔的芳名肯定记录在此刻正朝新加坡驶来的那艘轮船的旅客名单上。情况紧急，刻不容缓。他迅速跳上了开往曼谷①的列车。但他还是放心不下：她可以毫不费力地查找到他的去向，知道他已经去了曼谷，接着，她便可以像他一样轻装上阵，直接登上火车。幸运的

---

① 曼谷（Bangkok），泰国首都和最大城市，东南亚第二大城市，别名"天使之城"，素有"佛教之都"之称，是著名贵金属和宝石交易中心，也是全球最受欢迎的旅游城市之一。

是，第二天恰好有一艘法国不定期远洋轮要发往西贡①。他便乘上了这艘货轮。到了西贡，他就平安无事了；她绝对想不到他已经去了那儿；即便她真的知道了，走到如今这一步，想必她也该明白这层含意了。从曼谷到西贡是五天的航程，而这条货轮却肮脏不堪、非常拥挤、很不舒服。他暗自庆幸的是，他终于到达西贡了。他叫了一辆黄包车径直去了宾馆。他刚在旅客住宿登记簿上签好自己的名字，立刻便有一份电报递给了他。这份电报的内容只有两个单词：妻　梅布尔。这两个单词足以吓得他冒出一身冷汗。

"发往香港的下一班船是什么时间？"他问道。

事已至此，他的逃婚行为变得越发严重起来。他乘船去了香港，却不敢在香港停留；他接着又去了马尼拉②；马尼拉也有不祥之兆；他随即又去了上海；上海也让人心惊肉跳；每次从宾馆里走出来，他都害怕自己会一头撞进梅布尔的怀抱里；不行，上海绝对不是久留之地。唯一的办法是去横滨③。他一踏进横滨的那家洲际大酒店，便有一份电报在恭候他的到来：

非常抱歉，在马尼拉与你失之交臂。

妻　梅布尔

他火烧眉毛般的迅速浏览了一遍航运通告。她现在究竟在哪儿呢？他返身回到了上海。这一次，他直奔海员俱乐部，想通过询问

---

① 西贡（Saigon），越南首都的旧名，位于湄公河三角洲东北部，素有"东方巴黎"之称，是东南亚著名港口和米市，1975年改名为"胡志明市"。

② 马尼拉（Manila），菲律宾首都及第一大城市，也是菲律宾最大的港口，素有"亚洲的纽约"之称。

③ 横滨（Yokohama），日本第二大城市，仅次于东京，著名的国际港口城市，被视为"东京的外港"，也是日本东西方交流的重要城市。

台来查找一份电报。此时，立即有人把这份电报递给了他：

即将到达。
　妻　梅布尔

不行，不行，他可不是如此轻而易举就能追得上的人。他早已制定了周密的方案。扬子江是一条源远流长的大河，而且正处于枯水期。他大概还能赶得上最后那班轮船，他可以乘着这艘船溯流而上，前往重庆，到那时，不等到第二年春天，谁也甭想去那儿，除非摇着中国的平底小舢板去。对一个单身女人来说，这段路程是绝对行不通的。他去了汉口，接着又从汉口去了宜昌，他在此处换了好几次船，渡过了从宜昌到重庆的湍流险滩。但他现在是在铤而走险，他不想再冒任何风险了：那边有一个地方叫成都，是四川的首府，离重庆有四百英里远。去成都只能走陆路，沿途有大批土匪强盗出没。一个男人到了那边或许就可以高枕无忧了。

乔治招募了几个抬滑竿儿的轿夫和几个脚夫，然后便出发了。他终于看到了这座孤零零的中国都城，看到了那些有许多垛口和炮眼的城墙，这才如释重负地舒了一口气。在日落时分，从那些城墙上，你可以看到西藏的雪山。

他总算可以歇歇脚了：梅布尔休想在那儿找到他。驻成都的英国领事恰好是他的一个朋友，乔治便与他住在一起。他享受着住在一幢豪华大别墅里的这份舒适感，享受着经过艰苦卓绝、跑遍亚洲的亡命逃窜之后的这份清闲，最重要的是，他享受着这份得天独厚的安全感。他就这样懒懒散散地过了一周又一周。

有一天早晨，乔治和那位领事正在院子里察看一些古董，那些古董是一个中国人送过来请他们检验的，就在这时，领事馆厚重的大门上突然响起了一阵急促的敲门声。看门人急忙飞奔过去把门打开。四名脚夫抬着一架滑竿闯进了门，一步步走上前来，把滑竿稳稳地放在地上。梅布尔跨出滑竿。她干净利落、神清气爽、满面春风。从她的外表上一点儿也看不出，她已经风尘仆仆地赶了两个星期的路，刚刚来到这儿。乔治顿时吓得呆若木鸡。他脸色煞白，像死人一样。她迎面朝他走来。

"你好，乔治。我起先还在担忧，生怕又赶不上跟你见面了。"

"你好，梅布尔。"他结结巴巴地说。

他不知道该说什么才好。他左看看、右看看：她亭亭玉立地站在他面前，堵在门口。她面带微笑，用那双蓝汪汪的眼睛打量着他。

"你一点儿也没变嘛，"她说，"男人们可以那么不顾死活地一走就是七年，而我还老是在担忧，生怕你已经弄得发胖、秃顶了。我一直那么担惊受怕。要是过了这么多年之后，我还是没法自己找上门来跟你结婚，那就太糟糕啦。"

她转过身来面对着乔治的东道主。

"你就是那位领事吧？"她问道。

"我就是。"

"那就万事大吉啦。我一洗好澡，马上就来跟他结婚。"

果然，她说到做到了。

（吴建国　译）

马斯特森

离开科伦坡①时，我压根儿就没打算去景栋②，不过，我在船上认识的一个人却告诉我说，他已经在那儿消磨了五年时光。他说，景栋有一个非常壮观的集市，每五天举办一次，前来赶集的有五六个村镇的土著居民，以及五十多个部族的成员。那里有很多雄伟庄严的寺塔庙宇，有一种宁静修远的氛围，可以使寻求皈依的灵魂消除焦虑，得到解放。他说，他宁可定居在那儿，也不愿生活在这世上的任何其他地方。我问他，那个地方究竟给他带来了哪些好处，他回答说，满足感呗。他是个身材高挑、肤色黝黑的汉子，言谈举止间有一种孤傲冷漠的架势，你常常可以在那些长期孤身生活在人迹罕至的地区的人身上看到这种态度。这种人一旦遇到有其他人在场时，往往都有点儿不太安分，

---

① 科伦坡（Colombo），斯里兰卡最大的城市和商业中心，印度洋重要港口，世界著名的人工海港，位于锡兰岛西南岸，是进出斯里兰卡的门户，素有"东方十字路口"之称，原名出自僧伽罗语 Kola-amba-thota，意为"芒果港"，后来葡萄牙人将其改写为 Colombo，以纪念哥伦布。
② 景栋（Keng Tung），又称孟艮，缅甸最边远的城镇之一，位于掸邦山脉中金三角的中心地带，是掸邦最美丽的城市，古时曾是佤族人的国都。这座古城的周围居住着20多个不同的部族，山上和山谷里零星散落着一些小村落，至少有10多个不同的部落散居在此，几乎每个村落均有10多个民族毗邻而居，至今仍遵循非常传统的生活方式。

尽管在船上的吸烟室里，或者在俱乐部的吧台前，他们或许会变得很健谈、很爱交际，会夸夸其谈地向别人讲述他们的传奇故事，或者开开玩笑，有时也会乘兴大谈他们那些不同寻常的经历，不过，他们似乎总是刻意隐瞒着什么事情。他们有珍藏在自己内心深处、不愿让外人知道的人生，他们的眼睛里总有一种别样的神情，仿佛把注意力转向了内省，让你知道，唯有这种讳莫如深的人生才对他们具有重要意义。他们的眼睛时不时便会暴露出他们对周围这个社交场合的厌倦感，仿佛他们是碍于情面，或者是出于貌似怪诞的担忧，才身不由己地卷入这个社交圈的。随后，他们似乎便憧憬起他们所钟情的某个地方千篇一律的隐居生活了，在那边，他们可以再次独享他们所发现的那种现实生活。

　　从很大程度上说，正是由于这位偶然相识之人的态度，以及他对我所说的那番话，才使我动了这个心思，想去掸邦①走一趟的，我现在就在旅途上。从北部缅甸境内的铁路线的起点，到北部暹罗②境内的铁路线的终点，全程大约为六七百英里，我还可以顺着这条铁路线前往曼谷。古道热肠的人们早已想尽一切办法，尽可能为我的这趟短途旅游提供方便，派驻在东枝③的英国特派代表也致电我说，他已做好一应安排，连骡子和矮种马都准备好了，随时恭候我的光临。我在仰光购买了许多似乎必不可少的备用品，诸如几把简易的折叠椅和一张折叠桌、一只过滤壶、若干个灯具，等等，凡此种种，不一而足。

我乘火车从曼德勒去了达西①，本打算在那儿租一辆车前往东枝的，没想到，我在曼德勒俱乐部里结识的一个人却邀请我和他一起去吃一顿早午饭（缅甸把早餐和午餐并做一餐吃的好办法），吃好饭之后再动身，因为他家就住在达西。他名叫马斯特森，是一个刚刚三十出头的男子汉，长着一张和蔼可亲的脸，一头鬈曲的黑发掺杂着星星点点的银丝，那双黑黑的眼睛很漂亮。他说起话来慢条斯理，嗓音格外悦耳动听，我也说不清是什么原因，反正他这副腔调能激发起你对他的信任感。你会觉得，一个人花费了这么长的时间来说那些他非说不可的话，满以为全世界的人都有足够的闲情逸致来听他说，那他一定享有很高的社会地位，才使他触景生情，对自己的同胞如此体谅的。他想当然地认为，全人类都有亲善友好的禀性，我估计，他大概也只能这样认为，因为他本人就是个待人特别亲善友好的人。他有很好的幽默感，当然不会抢着去出风头，也不会闪烁其词，而是和颜悦色地加以冷嘲热讽；人们也正是由于具有这种和颜悦色地冷嘲热讽的秉性，才能以人之常情来解释人生的变化无常，才能以一种若无其事、滑稽可笑的态度来看待人生的变化无常。他因为有要事缠身，一年的大部分时间都马不停蹄地在缅甸来回奔波，在四处游历的过程中，他养成了爱收藏的习惯。他告诉我说，他把所有的闲钱都花在购买缅甸的珍稀古玩上了，没准就是为了特意炫示一下他所收藏的那些奇珍异宝，他才特意邀请我和他一起来吃这顿饭的。

火车是在凌晨时分到达的。他提前告诫过我，由于他不得不守在他的公司里，他不能来接我，不过，早午饭安排在十点钟开饭，让我一处理好必须在城里才能办妥的一两件事情之后，就直接去他家。

"你不用客气，"他说，"要是想喝杯酒的话，直接找那个用人要

---

① 达西（Thazi），缅甸曼德勒地区的重镇。

就是了。我处理完手头的业务，马上就回来。"

我好不容易才找到了一家车行，跟一辆破烂不堪的福特车的车主进行了一番讨价还价，想叫他送我连同我的行李去东枝。我留下了我那个来自马德拉斯①的随从，让他去照看是否所有的物品都能塞进那辆车里，剩下的干脆统统绑在车子的脚踏板上，然后便悠闲自得地朝马斯特森家走去。那是坐落在马路边的一幢干净整洁的小平房，掩映在高大的树木之中，在这天气晴好的晨曦下，显得很别致，很像家园。我拾级而上，却听到马斯特森朝我打了声招呼。

"我也没想到这么快就把事情处理完了。趁现在早午饭还没准备好，我可以抽空带你来看看我的宝物。你想喝点儿什么吗？我恐怕只能用兑苏打水的威士忌来招待你啦。"

"现在喝这种酒未免过早吧？"

"的确有点儿早。不过，这是我们家的一条规矩，但凡跨过这道门槛的人，都得喝上一杯才行。"

"这么说，我只有遵从这条规矩，没别的办法啦？"

他朝那个用人吩咐了一声，不一会儿，一个身段苗条的缅甸姑娘便端来了一大瓶威士忌、一瓶苏打水、几只玻璃酒杯。我坐下来，环顾四周，仔细打量着这间屋子。虽然此时天色还很早，但外面已经很热了，屋里的百叶窗全都放了下来。经受过路上耀眼的阳光暴晒之后，屋里的光线显得很柔和、很凉爽。这间屋子布置得很雅致，摆放着几张白藤编制的藤椅，墙上挂着几幅描写英国风景的水墨画。这些画儿都画得有点儿拘谨、有点儿老派，我猜想，它们大概出自我这位东道主的那个上了年纪的老处女姑妈在其少女时代的手笔吧。其中有

---

① 马德拉斯（Madras），即金奈的旧称，印度港市，坐落在孟加拉湾的岸边，是印度泰米尔纳德邦的首府，印度第四大城市。

两幅画的是一座我从没见过的天主教堂，有两三幅画的是一座玫瑰花园，有一幅画的是一座乔治王朝时期的庄园。他一看见我的目光落在这幅画上，马上便说：

"那是我们家从前在切尔滕纳姆①的庄园。"

"哦，你就是从那儿来的？"

接下来该说说他所收藏的那些宝物了。这间屋子里堆满了菩萨以及菩萨的使徒们的人物雕像，有的是青铜制品，有的是木雕制品；还有大大小小的木箱、形形色色的器皿、各种各样的奇珍古玩，尽管多得不计其数，却都按照一定的格调和品相排列得井然有序，效果倒也令人赏心悦目。他还有不少让人爱不释手的物件呢。他带着自豪感，把这些东西都逐一拿出来向我展示，同时也向我讲解，他是怎么把这件或那件古董弄到手的，他是怎么得知了另一件藏品，又是如何一追到底，才终于把它搞到手的，他采用了何种精明得让人难以置信的手段，去劝诱某个坚决不愿放手的宝主，最后终于迫使其忍痛割爱的。他描述到某一笔大获成功的买卖时，那双仁慈的眼睛便高兴得大放异彩，痛骂起某个商贩不讲道理的做法时，那双眼睛便恶狠狠地闪动着凶光，痛斥那个商贩怎么也不肯接受一个公道的价格，硬是把那个青铜盘拿走了。屋子里布满了鲜花，并不像置身于东方的许多单身汉的家那样，满目都是孤独凄凉的景象。

"你把这个地方布置得非常舒适嘛。"我说。

他迅速扫视了一眼这间屋子。

"过去还行。现在就没那么舒适啦。"

我不太明白他这话究竟是什么意思。接着，他领我去观赏一口镀

---

① 切尔滕纳姆（Cheltenham），英国英格兰格洛斯特郡的自治市，以其温泉而闻名，拥有大型温泉疗养区和闻名遐迩的赛马场。

金长木箱，木箱上镶嵌着水晶马赛克，我曾经在曼德勒王宫里深感惊叹地看过这种东西，但是，这只木箱上的镶嵌工艺却更加精细，我在王宫里看到的任何物件都没法与之相媲美，这种艳如宝石般的华贵色彩，倒真有几分像出自意大利文艺复兴时期的巧夺天工的装饰品。

"他们告诉我说，这个物件大约有二三百年的历史呢，"他说，"他们已经有很长时间拿不出任何堪与这个物件相媲美的东西啦。"

此物显然是专为王宫定制的贡品，你不禁心生疑惑，不知它究竟是派什么用场的，也不知它已历经过多少双手。它真是一件瑰宝。

"里面怎么样？"

"哦，不怎么样。只是上了一层漆而已。"

他掀开木箱，我看到箱子里放着三四幅镶着玻璃框的照片。

"哦，我都忘了，那些照片原来都放在这儿啊。"他说。

他那温文尔雅、悦耳动听的说话声里含有一丝奇怪的腔调，我从侧面瞥了他一眼。尽管他已被晒成了古铜色，但那张脸还是涨得比先前更红了一层。他正要关上箱子，却又随即改变了主意。他从箱子里取出一张照片，然后拿给我看。

"这些缅甸姑娘有的在少女时代长得还是相当甜美的，对不对？"他说。

相片上是一个少女，颇有点儿忸怩地保持着站姿，背后是摄影社司空见惯的常规布景，布景里有一座佛塔、一丛棕榈树。她身穿盛装，秀发里插着一朵鲜花。你看得出来，她在拍照时感到有些不好意思，然而那羞赧的表情并没有妨碍她绽开羞答答的微笑，那种笑意分明还挂在她那颤抖的嘴唇上，而那双一本正经的大眼睛也调皮地闪动着。她长得小巧玲珑，身材非常苗条。

"多么让人怦然心动的小美人啊！"我说。

随后，马斯特森又取出了另一帧相片，在这帧相片上，她是坐姿，身边站立着一个孩子，孩子的手腼腆地放在她的膝头上，她怀里还抱着一个婴儿。那孩子两眼圆睁地直视着前方，脸上带着恐惧的表情；他弄不懂那架机器要干什么，也弄不懂躲在机器后面、头蒙在一块黑布里的那个人要干什么。

"那都是她的孩子吗？"我问道。

"也是我的孩子。"马斯特森说。

偏偏就在这时，那个用人走进屋来说，早午饭已经准备就绪，可以开饭了。我们走进餐室，坐了下来。

"我不知道你习惯吃什么。自从我那心爱的姑娘走了之后，家里一切都乱了套，乱得像地狱似的。"

一阵愠怒的神色陡然浮现在他那真诚的、红彤彤的脸膛上，而我却不知道该怎么回答他才好。

"我饿得不行了，不管吃什么都会很香的。"我结结巴巴地说。

他没再说什么，接着，用人把一盘稀粥摆放在我们面前。我自己动手加了些牛奶和蔗糖。马斯特森只吃了一两勺，随后便把食盘朝旁边一推。

"要是我刚才没看那些该死的相片就好了，"他说，"我是故意把那几幅相片藏起来的。"

我向来不愿打听别人的隐私，或者去强人所难，硬要东道主违心地对我说一通推心置腹的话，但是，我也不想摆出一副漠不关心的样子，让他没法开口向我倾诉衷肠。我常常遇到这种情况，在莽莽丛林中的某个荒无人烟的营地里，或者在某个气氛沉闷的豪宅里，或者在某个人山人海的中国闹市里孤寂落寞地独处一隅时，有人向我讲起了自己的人生境遇，我马上就知道，这些话他还从来没有对一个活生生的人说起过。我不过是他的一个偶然相识之人，他以前与我素未谋面，今后估计也不会再见面了，我只是他单调乏味的生活中萍水相逢的一个漂泊者，大概是出于极度渴望倾诉的冲动，才导致他想敞开心扉、一吐为快的。我以这种方式一个晚上就能深入了解到男人们的很多隐情秘闻（就着一两瓶苏打水和一大瓶威士忌，坐在那儿边喝边聊，那个充满敌意、不可名状的世界早已被抛在乙炔灯的半径范围之外了），比我认识他们十年所了解到的情况还要多很多。如果你有志于了解人的本性的话，这便是人生之旅的一大乐事。到了你们要分别的时候（因为你还得早早起床呢），他们往往会对你说：

"我胡言乱语地说了这么一大通废话，恐怕让你烦得要命吧。我已经有六个月没这么痛痛快快地说过话了。不过，把心里话都倒出来，对我自己也有好处。"

用人拿走了盛粥的盘子，随即又给我们每个人上了一份色泽暗淡的煎鱼。这份煎鱼冷冰冰的。

"这种鱼难吃极了，是吧？"马斯特森说，"我最讨厌吃河鱼了，除了鳟鱼；唯一的烹饪办法是，炖了吃，再浇上伍斯特① 出产的酱。"

他随意自如地浇了些酱，然后把酱瓶子递给了我。

"我那个姑娘啊，她真是个非常难得的好管家；她在这儿的时候，我常常吃得像只斗鸡似的。要是厨师送上这样难吃的饭菜来，她不出一刻钟就会把他赶出家门了。"

他朝我笑了笑，这回我注意到了，他笑得很甜蜜。这微微一笑使他脸上多了一份格外温柔体贴的神情。

"你知道吗？跟她分手可是一件让人相当难受的事情啊。"

话说到了这个份儿上，很显然，他此时已经迫切希望要倾诉一番了，于是，我便毫不犹豫地给了他一个由头。

---

① 伍斯特（Worcester），英国英格兰中部历史名城，位于塞文河东岸，距伯明翰西南40公里，中世纪为英国羊毛集市，主要特产有羊毛手套、瓷器、机床、小五金、伍斯特酱等。

"你们大吵了一场吗？"

"没有。你也不能说那就是吵架呀。她跟我同居了五年，在这期间，我们甚至从来都没有发生过一次口角。她是人世间找不到的脾气最好的小美人。不管碰到什么事，她似乎都不会生气。她非常活泼，总是快乐得像只小云雀。无论你什么时候朝她看，都会看到她嘴唇一动，就绽开了甜甜的笑容。她向来都开开心心的。何况她也没有什么理由要不开心啊。我待她可好了。"

"我相信，你肯定待她很好。"我回答说。

"她是这儿的女主人。凡是她想要的东西，我都给她了。假如我比那些人面兽心的家伙做得还要过头的话，她也许就不会离我而去了。"

"别逼我说出什么有目共睹的话，女人的心思总是捉摸不透的。"

他很不赞成地朝我瞥了一眼，刚刚在他眼角闪过的笑意中似乎还带着点儿羞涩。

"要是我跟你谈谈这件事，你会不会觉得很无聊？"

"当然不会。"

"好吧，有一天，我在大街上迎面碰见了她，我顿时就喜欢上她了。我给你看过她的相片，不过，那张相片根本就没有拍摄出她本人的真实相貌。这样议论一个缅甸姑娘，听上去好像蠢得可笑吧，可是，她确实就像一朵含苞待放的玫瑰，不是英国的那种玫瑰，你知道的。我让你看过那只箱子上的水晶花，那种花简直跟真花一模一样，她就有点儿像那种花，但她是一朵生长在东方花园里的玫瑰花，浑身散发着不可思议、富有异国情调的魅力。我不知道该用什么办法把我心里的意思说清楚。"

"没关系，我想，我听得懂你的意思。"我笑着说。

"我跟她见过两三次面，也找到她家住在哪儿了。我派了一个用人去打听她的消息，用人回来告诉我说，她父母倒是挺愿意的，只要我们能商量出一个解决办法，我就可以把她领走。我也不想讨价还价，很快就把所有事情都摆平了。她家人举办了一场饭局来庆贺这件事，她随后就住到我这边来了。当然，我也处处都把她当我老婆待，让她来负责操持这个家。我吩咐过那些用人，他们必须服从她的命令，要是她对谁不满意，谁就得立即滚蛋。你知道的，有些家伙把他们的小情人藏在仆人们住的地方，一旦他们外出旅行去了，那些姑娘的日子可就惨啦。唉，我认为，那是很龌龊的事情，万万使不得。如果你打算找一个姑娘来跟你同居，那你最起码也应该保证让她过上好日子才对。

"她样样事情都做得非常漂亮，我也高兴得像潘趣先生 ① 一样。她把屋子收拾得一尘不染。她勤俭持家，帮我省钱。她不容许那些下人盗取我的财物。我教会了她打桥牌，她真的学得很快，牌打得棒极了。"

"她喜欢打桥牌吗？"

"喜欢得不得了呢。要是家里来客人了，她招待起他们来不知有多热情周到，俨然是个小老板娘。你知道吗？这些缅甸姑娘很懂礼貌，落落大方。看着她招待客人时那种有恃无恐的样儿，我有时候都忍不住想笑，你要知道，我的那些客人有的是政府官员，有的是身经百战的军人。要是碰到某个年纪轻轻的陆军中尉羞答答的很放不开，她马上就能让他轻松自如起来。她从不莽撞行事，也不强人所难，却总是恭候在一边，随叫随到，竭尽全力地保证让样样事情都有条不紊地进行下去，让人人都玩得很尽兴。我还没告诉你呢，她能调制出口味最好的鸡尾酒，在仰光和八莫 ② 这两地之间的任何地方，你都喝不

---

① 潘趣先生（Punch），英国传统木偶剧《潘趣与朱迪》（*Punch and Judy*）中的主角，一个驼背的滑稽木偶。《潘趣与朱迪》是一部悲喜剧，距今已有400年历史。

② 八莫（Bhamo），缅甸克钦邦的重要城镇，华人称之为"新街"，位于缅甸北部，居住着克钦族（中国称景颇族）、掸族（中国称傣族）、华侨、印侨等民族，是中缅两国的陆路交通枢纽，也是缅甸的水陆交通枢纽，尤其是缅甸北部的交通枢纽。

到这么好的鸡尾酒。人家都说，我真有福气。"

"我不得不承认，我就觉得你很有福气。"我说。

用人送上了咖喱，我把食盘装满米饭，自作主张地取了些鸡肉，然后从十多个小碟子里挑了些我感到很新奇的辛辣的调味品。这顿咖喱饭好吃极了。

"后来，她生宝宝了，三年生了三个，不过，有一个宝宝在六个星期大的时候夭折了。我给你看过那两个孩子的相片，他们现在都活得好好的。看上去还挺逗的小家伙，是吧？你喜欢孩子吗？"

"喜欢啊。尤其对刚出生的宝宝，我向来都怀有一种莫名其妙甚至不合常理的喜爱之情呢。"

"你知道吗？我不太喜欢孩子。我甚至对自己的孩子都没有太多的感情。我时常也感到纳闷，不知这种态度是否表明，我就是个十足的下流胚。"

"我不赞成你这种观点。我认为，许多人在孩子们身上表现出的那种巨大的热情，不过是一种赶时髦的装腔作势罢了。我的看法是，孩子们要是没有背负着父母过分溺爱的包袱，一定能更好地成长。"

"后来，我的小情人便提出要我跟她结婚，我指的是，她要我按照英国人的方式，合法地娶她为妻。我把她这个要求当作开玩笑了。我不知道她脑袋瓜里怎么就冒出了这种念头。我当时还以为，那不过是某个突然产生的念头在作怪，于是，我就给了她一只金手镯，让她别再提这事。没想到，她这个要求根本就不是突然冒出来的念头。她对结婚这件事，态度十分认真。我告诉她说，这事没法办。可是，你知道女人是什么德行，一旦她们铁下心来要干成哪件事，她们就会搅得你永无安宁之日。她时而甜言蜜语地哄我，时而又给我脸色看，时而又哭哭啼啼，她真让我动了恻隐之心，每当我喝得醉醺醺的时候，她就软硬兼施地逼迫我做出承诺，每当我感到正在做爱的兴头上时，她便眼巴巴地等待着我表态，她在生病的时候几乎也缠着我不放。她对我的关注程度，恐怕比一个股票经纪人对股票市场的关注还要仔细。我也明白，不管她表面上装得有多自然，不管她因为别的事情有多忙碌，她总是小心翼翼地对那个猝不及防的时刻保持着高度的警惕，随时都会朝我猛扑过来，不达到目的，她是誓不罢休的。"

马斯特森又一次朝我不急不躁、胸无城府地笑了笑。

"我估计，全世界的女人差不多都是这副德行。"他说。

"大概是吧。"

"有一点我始终弄不明白，为什么一个女人认为值得让你干的事情，偏偏正是你最不愿干的事情呢。与其让你干一件违心的事，还不如干脆不干呢。我看不出这样做究竟能给她们带来什么样的满足感。"

"大获全胜的满足感呗。一个男人认为是违背自己意愿的事情，也许就是他坚持认为不该干的事情，但是，女人却不在乎这一点。她已经赢得了胜利。她已经证明了自己所具有的实力。"

马斯特森不以为然地耸了耸肩。他呷了一口茶。

"你瞧，她说，我迟早肯定会娶一个英国姑娘为妻，把她赶出家门的。我说，我现在还考虑不到结婚的事。她说，这种事情她清楚得很。她还说，即使我不想结婚，我总有一天要退出江湖，回英国去的。到那时，她在哪儿安身呢？日子就这样又过了一年。我就是不松口。后来，她说，如果我不肯娶她为妻，她就要带着两个娃娃走了。我叫她别说蠢话，弄得像个小傻瓜似的。她说，要是她现在就离开我，她还可以嫁给一个缅甸人，可是，倘若再过几年，恐怕就没人要她了。她开始收拾东西了。我以为这不过是一种虚张声势的做法，便唆使她摊牌，我说：'得啦，你想走就走吧，不过，你要是真的走了，就永远别再回来。'我本以为，她肯定舍不得放弃这么舒适的别墅，舍不得放弃我送给她的那些礼物，以及所有这些唾手可得的钱财，回到她原来那个家庭去。她家人穷得像叫花子似的。唉，她照样在收拾着自己的行囊。她依然还像往常一样对我很体贴，照样还是那副高高兴兴、满面春风的样子，要是有朋友上这儿来过夜，她还是一如既往地热情招待，甚而会陪我们打桥牌，一直打到凌晨两点钟。我简直不敢相信她去意已决，但我心里还是感到很恐慌。我非常喜欢她。她真是个天下难找的好姑娘啊。"

"可是，既然你那么喜欢她，那你究竟为什么不肯娶她为妻呢？这就是一桩水到渠成的美满姻缘啊。"

"你听我说呀。我要是娶了她，就得一辈子待在缅甸，在这儿度过我的余生啦。我迟早是要退出江湖的，到那时，我要回到我的故乡去，在那儿安度晚年。我不想客死他乡，被埋葬在这种地方。我想被安葬在一座英国教堂的墓地里。虽然我在这儿过得很幸福，但我不想在这儿生活一辈子。我做不到。我想念英格兰。我对这种赤日炎炎的气候和这些花里胡哨的颜色，有时也感到非常腻烦。我想念家乡那灰蒙蒙的天空、那阵阵飘落的细雨和原野里的芬芳气息。等我哪天回到家乡时，我就成了一个憨态可掬的胖乎乎的老头儿啦，老得没法去打猎了，即使我出得起钱去打猎也不成啊，不过，我还可以去钓钓鱼。我不想打老虎，我想打兔子。我也可以在正规球场上打打高尔夫球。我知道，我终究会被淘汰出局的，我们这些远离家乡到这儿来闯荡江湖的人，总归是要被淘汰出局的，不过，我可以在本地那家俱乐部里消磨时光，跟那些英印混血儿聊聊天。我要去寻找走在英国乡下小镇灰白色的人行道上的那种感觉，我要有这个能力走出去，找那个卖肉的摊主吵一架，因为他昨天给我送来的牛排老得咬不动，我要去浏览那些二手书店。我要让那些少年时代认识我的人在大街上见到我时，主动跟我寒暄几句。我要在我的别墅后面建一座有围墙的花园，种上玫瑰花。我啰里啰唆地说了一大通这种话，好像很无趣，也很土气，肯定让你见笑啦，可是，这就是我们这号人向来所过的那种生活，也是我自己所向往的那种生活。就算是一个梦想吧，可是，我只有这个梦想，对我来说，这就是活在这世上的全部意义所在，因此，我没法放弃。"

他停顿了一下，直视着我的眼睛。

"你会不会觉得，我就是个十足的笨蛋？"

"不会。"

"后来，有一天早晨，她忽然来到我面前，说她马上就要动身走了。她已经把她的物品装在一辆大车上了，即使到了这种时候，我也认为，她并不是执意要走。过了一会儿，她把两个孩子安顿在一辆黄包车上，来向我告别了。她忍不住哭了起来。天哪，那种场面真让我乱了阵脚。我问她是不是真的铁了心要走，她说是的，除非我正式娶她为妻。我摇了摇头。我差点儿就要做出让步了。我恐怕也在哭。后来，她猛然抽泣了一声，随即便冲出了家门。我猛灌了大半杯威士忌，才静下神来。"

"这件事是多久以前发生的？"

"四个月前。起先，我满以为她会回心转意的，后来，我以为她是拉不下面子，不肯先做出让步，于是，我就派了一个用人去告诉她，要是她愿意回来，我会接受她的。岂料，她拒绝了。这个家要是没有她，就格外显得空落落的。起先，我以为我会慢慢习惯的，没想到，这种状况非但一点儿也没有好转，反而更让人感到寂寞了。我也说不清她对我到底有多重要。她已经在不知不觉中牢牢拴住了我的心。"

"我估计，只要你答应娶她，她就会回来的。"

"啊，没错，她对我那个用人就是这么说的。我时常也扪心自问，为了区区一个梦想而白白牺牲我的幸福，这样做究竟值不值得？说来也很荒唐，使我踌躇不前的理由之一，就是因为心里老想着我至今仍记忆犹新的一条烂泥巷，烂泥巷的两侧是高大的土坝，笼罩在头顶上方的则是那些浓荫蔽日的山毛榉树。那种沁人心脾的泥土的气息，我永远也没法从鼻孔里抠出来。我不怪她，你懂的。我太喜欢她啦。我没想到她居然会如此倔强。有时候，我都忍不住要做出退让了。"他欲言又止地愣了一会儿，"我想，也许吧，要是我认为她是真心爱我的话，我会娶她的。可是，当然，她并不是真心爱我；她们从来就没有真心爱过谁，这些跑来和白人同居的姑娘。我想，她只是喜欢我吧，仅此而已。你想在我这儿干点儿什么呢？"

"哦，我亲爱的朋友，我怎么说得出口呢？你能不能忘掉你那个梦想？"

"永远也忘不了。"

就在这时，用人进屋来通报说，我那个马德拉斯随从带着那辆福特车刚刚赶过来了。马斯特森看了看手表。

"你急着要赶路了，是吧？我也得赶回我的公司去啦。说了这么一大通我的家务事，恐怕让你听得腻烦透了吧。"

"一点儿也没有。"我说。

我们握手告别，我戴上通草帽，他朝我挥了挥手，目送车子开走了。

（吴建国 译）

九月公主

　　起初，暹罗国的国王有两个女儿，他给这两个女儿取名叫"夜"和"昼"。后来，他又添了两个女儿，于是，他便更改了前两个女儿的名字，以一年四季为名，把这四个女儿叫做"春""秋"和"冬""夏"。不料，随着岁月的流逝，他又添了三个女儿，于是，他决定再次更改女儿们的名字，按一星期七天为名，又给他的七个女儿重新取了名。等到他的第八个女儿出生时，他不知道该如何取名才好了。有一天，他忽然灵机一动，想到一年有十二个月份呢。王后说，那也不过才十二个名字呀，再说，还得记住那么多的新名字才行，她有些茫然不知所措。可是，国王有一颗足智多谋的脑袋，一旦拿定主意，如果不试一试，他是绝不会改变的。他把所有女儿的名字都重新作了更改，把她们叫做"元月、二月、三月……"（当然要依照暹罗语的说法），直到他迎来了小女儿的诞生，他为她取名叫"八月"，没过多久，他又添了一个女儿，便取名叫"九月"。

　　"只剩下'十月、十一月、十二月'了，"王后说，"等到这三个名字用完之后，我们又得从头再来，重新给所有的孩子取名啦。"

　　"不会的，我们不会再这样生下去的，"

国王说，"因为，我觉得，对任何一个男人来说，一连生了十二个女儿已经足够啦，要是再生下一个可爱的小女儿'十二月'来，我就不得不忍痛割爱，砍掉你的脑袋啦。"

说完这话，他便抱头痛哭起来，因为他实在太喜欢这位王后了。当然，这句话也让王后甚为不安，因为她知道，国王真要是迫于无奈而砍下她的脑袋，他自己也会痛不欲生的。她怎么舍得让他那么伤心欲绝呢。不过，世事难料，他们双方其实都没有必要为此而担忧，因为"九月"是他们这辈子生下的最后一个女儿。打那以后，王后生的就全都是儿子了，他们以字母为序给儿子取名，所以，他们有很长时间都无须再为取名之事而发愁，因为她只生到字母 J 就不再生育了。

话说回来，由于如此这般频频地更换名字，久而久之，暹罗国王的女儿们便养成了终身难改的性格乖张和为人刻薄的特点，尤其是那几个年龄稍大些的女儿，由于她们的名字更改得比那几个年龄稍小的女儿还要频繁，她们的刻薄之心更是秉性难改。不过，"九月"的性格却非常乖巧，非常讨人喜欢，她只有"九月"这一个名字，从没听说过她还有别的什么名字（当然，她的姐姐们除外，由于姐姐们都性格乖戾、心怀怨恨，便给她取了各种各样的绰号）。

暹罗国王有一个习惯，我想，这个习惯大概是他依样画葫芦地从欧洲学来的。他过生日时非但从不收受礼品，反而要大发礼品，他好像很喜欢这样做，因为他经常说，他很遗憾，他的诞辰只有一天，因此，他每年只能举办一次生日庆典活动。可是，这样一来，随着岁月的流逝，他只好将就着把他所有的结婚礼物都分发掉了，把暹罗国各大城市的市长们为了向他表忠心而进贡给他的所有贡品也奉送掉了，甚至把他自己的王冠也统统拿出来充当礼物，好在那些王冠也早已不合时尚了。有一年过生日时，由于手头已经没有别的东西可送，他便给每个女儿送了一只非常美丽的绿鹦鹉，放在一个非常美丽的金色鸟笼里。一共有九只鹦鹉，因此，每只鸟笼上都标有月份的名称，代表每个公主的名字。九个公主都无比骄傲地领到了自己的鹦鹉，于是，她们每天都花一个钟头的时间教鹦鹉学说话（她们继承了父王足智多谋的头脑，个个都很有禀赋）。没过多久，所有的鹦鹉都会说"上帝保佑吾王"（这句话用暹罗语来说，不知有多难），有几只鹦鹉竟然会用七种以上的东方语言说"漂亮的波莉"。不料，有一天，九月公主兴冲冲地跑来，想跟她的鹦鹉说"早晨好"时，却突然发现，那只鹦鹉躺在金色的鸟笼里，已经死掉了。她顿时大哭起来，泪如雨下，她的侍女们无论怎么劝，也安抚不了她。她哭得昏天黑地，那些侍女都不知如何是好，便去禀报王后，王后说，纯属胡说八道，干脆别给这孩子吃晚饭，直接打发她上床睡觉得了。那些侍女都想去参加一个晚会，所以就手忙脚乱地把九月公主弄上了床，随即便丢下她扬长而去。她躺在床上，尽管感到很饿，却还是在哭个不停，哭得精疲力竭时，她忽然看见一只小鸟蹦蹦跳跳地跑进了她的房间。她从嘴里抽出大拇指，坐起身来。接着，那只小鸟开始唱起歌来，唱的是一支优美动听的歌，歌颂的全都是王宫后花园里的那汪湖泊，岸边垂柳在静静的湖面上流连顾盼，金鱼在倒映水中的树影间游来游去，时而跃出水面。小鸟唱完这支歌时，九月公主再也不哭了，而且全然忘记了自己还没吃晚饭。

"那支歌真好听。"她说。

小鸟朝她鞠了一躬，因为艺术家们理所当然都彬彬有礼，很有风范，当然也喜欢受到知音的赏识。

"你愿意留下我，别再惦记你那只鹦鹉好吗？"小鸟说，"诚然，我的确没有鹦鹉那么好看，但是，从另一方面说，我有一副比鹦鹉好听得多的歌喉呢。"

九月公主高兴得直拍手，于是，小鸟便跳上了她的床头，用婉转的歌喉唱起来，直到把她哄睡着了。

第二天，她一觉醒来时，小鸟依然守候在她的床前，她刚睁开眼睛，小鸟就朝她道了声"早晨好"。侍女们把她的早饭端进屋来，小鸟吃了她托在手掌上的米饭，在她的茶碟里洗了个澡，接着又把茶碟里的水也喝了。侍女们说，她们认为，喝洗澡水是非常不雅的行为，九月公主却说，那是艺术家特有的气质风范。小鸟吃完早饭后，又开始歌唱起来，唱得那么优美动听，侍女们都感到十分惊奇，因为她们从来没有听到过如此美妙的歌喉，九月公主感到非常自豪、喜不自胜。

"瞧，我想把你介绍给我的八个姐姐看一看。"九月公主说。

她伸出右手的食指，权当鸟儿的临时栖枝，小鸟见状，立即展翅飞扑下来，停落在她的食指上。随后，她率领着她那几个侍女，穿过逶迤的王宫，挨个儿呼唤公主姐姐们出来，她首先请的是"元月公主"，因为她很讲究礼数，然后再一路请下来，直到"八月公主"。小鸟每觐见一位公主，都会唱一首不同的歌。那些鹦鹉却只会说"上帝保佑吾王"和"漂亮的波莉"这两句话。最后，她把小鸟带给国王和王后看了。他们都感到很惊讶，十分喜欢。

"我就知道，我没给你吃晚饭就打发你上床睡觉一点儿也没错。"王后说道。

"这只鸟儿唱得比鹦鹉好听多了。"国王说道。

"我早该想到，人们老是说这句'上帝保佑吾王'，你肯定早就听厌了，"王后说道，"我就想不通，女儿们为什么都想教她们的鹦鹉说这句话呢。"

"这份感情还是值得大加称赞的，"国王说道，"因此，这句话无论听多少遍，我都不会厌烦。可是，我倒真有些听不惯那几只鹦鹉老是说'漂亮的波莉'。"

"那些鹦鹉能够用七种不同的语言说这句话呢。"公主们异口同声地说。

"我想，那几只鹦鹉大概没错，"国王说道，"可是，这一点难免会让我想起我那些幕僚的嘴脸。明明是同一件事，他们偏要用七种不同的方式来说，而且还说得天花乱坠，根本没有任何意义嘛。"

那些公主，我前面已有交代，由于本来就性格乖戾、满腹怨恨，一听这话，都感到很不是滋味儿，那几只鹦鹉似乎也是一副垂头丧气的样子。但是，九月公主却自顾穿行在王宫大大小小的屋子里，一边奔跑，一边像只云雀一样欢快地唱着歌，那只小鸟也始终围绕在她身边飞来飞去，像只夜莺似的歌唱着。它确实就是一只夜莺。

日子像这样又保持了几天，后来，那八位公主凑在一起碰了个头。她们来到九月公主的住处，围成一圈坐下来，把她围在当中。她们个个都盘腿坐着，脚藏在裙裾下，这是暹罗国的公主们最合乎礼仪的坐姿。

"我可怜的九月啊，"她们七嘴八舌地说道，"听说你那只美丽的鹦鹉死了，我们都很难过。我们都有宠物鸟儿，而你却没有，你肯定很不乐意。所以，我们就把自己的零花钱集中起来了，我们正打算给你买一只非常可爱、绿喙黄羽的鹦鹉呢。"

"得了吧，我可不想麻烦你们，"九月说，（她这种态度并不是很有礼貌，不过，暹罗国的公主们彼此间有时候也有点儿不讲情面。）"我有宠物鸟儿，它会唱最美妙动听的歌给我听，我不知道我要一只绿喙黄羽的鹦鹉到底有什么用。"

元月公主轻蔑地擤了擤鼻子，紧跟着，二月也擤了擤鼻子，随后，三月也擤了擤鼻子；事实上，那几个公主个个都在擤鼻子，只不过是严格按照她们地位的高低依次进行的。等她们都擤了鼻子之后，九月朝她们问道：

"你们为什么老是擤鼻子？难道你们个个都得了头痛脑热的重

伤风吗？"

"唉，亲爱的妹妹啊，"她们说，"你那只鸟儿说起来也真够荒唐的，那小家伙老是飞进飞出，想什么时候来就什么时候来。"她们横眉竖眼地朝四处张望着，傲慢地翘着脑袋，翘得连额头都完全看不见了。

"你们就不怕弄得满脸皱纹啊。"九月说。

"你不会介意吧，我们想打听一下，你那只鸟儿现在到底躲在什么地方呢？"公主们异口同声地问道。

"它走了，拜见它的岳父去了。"九月公主说。

"那你凭什么认为，它还会再飞回来呢？"那几个公主问道。

"它向来言而有信，肯定会回来的。"九月说。

"唉，亲爱的妹妹啊，"八位公主齐声说道，"你要是肯听从我们的劝告，保你以后不会再碰到类似于这样的风险。如果它回来了，你听着，如果它真的回来了，算你运气好，你就赶紧捉住它，把它关进笼子里，千万别再放它出来。只有这样做，你才能万无一失地把它留在你身边。"

"可是，我喜欢让它在我的房间里自由自在地飞。"九月公主说。

"安全第一啊。"她那几个姐姐都很不吉利地说。

她们站起身来，个个都摇着头走出了房间，丢下九月心神不宁地独自守在那儿。她仿佛觉得，那只小鸟已经离开她很长一段时间了，她想象不出它究竟在干什么。它也许碰到麻烦事了。万一遇到老鹰怎么办，万一落入了人们布下的罗网怎么办，你压根儿就不知道它会陷入什么样的困境。此外，它说不定已经把她给忘了，或者喜欢上别的什么人了；那可就糟糕啦；啊，她多么希望它能安然无恙地回到这儿来啊，那只金色的鸟笼正虚位以待地等候在那儿呢，因为侍女们安葬了那只死去的鹦鹉之后，又把鸟笼放在老地方了。

突然间，九月听见了一声鸟儿的啁啾，那声音分明就在她耳后，她扭头一看，发现那只小鸟正栖息在她的肩头上。它来得这么悄无声息，飞落得这么轻柔徐缓，她一点儿也没听见它的动静。

"我刚才还在担心，不知你到底出什么事了呢。"九月公主说。

"我料到你会担心的，"小鸟说，"事实上，我今晚还真的差点儿就回不来了。我岳父正在举办晚会，大家都希望我留下来，但是，我心想，你会着急的。"

在这种情况下，小鸟真不该说这句会给它惹来大祸的话。

九月感到自己的心在怦怦乱跳，胸腔难受得隐隐作痛，接着，她横下心来：绝不能再冒任何风险了。她抬起手来，一把捉住了小鸟。这一举动它早已习以为常，她喜欢把它捧在手里，抚摸它的心，感受它那颗心在轻快、有力地搏动，我想，小鸟大概也喜欢让她用那只温软的小手抚摸它。所以，它一点儿也没有起疑心，等到她抱着它走向鸟笼、突然把它往鸟笼里一塞、"啪嗒"一声关上了鸟笼的门时，它才大吃一惊，一时间竟想不出该说什么才好。但是，过了一两分钟后，它跳上笼中的象牙横杆，说：

"这回是在开什么玩笑呢？"

"没有开玩笑，"九月说，"妈妈养的那几只老猫今晚一定会暗中四处觅食的，所以，我想，你还是待在笼子里更加安全。"

"我想不通，王后为什么要养那些猫呢。"小鸟气呼呼地说道。

"唉，听我说，它们是非常稀奇古怪的猫，"九月公主说，"那些猫都生着一双蓝眼睛，而且个个都诡计多端。还有，它们个个都是王室特别宠爱的宝贝疙瘩，但愿你明白我这话的意思。"

"完全明白，"小鸟说，"可是，你为什么不事先说一声，就把我关在这个笼子里呢？我想，这可不是我喜欢待的地方。"

"要是我没法确保你平安无事，我整夜都没法合眼。"

"好吧，仅此一次，下不为例，"小鸟说，"只要你明天早晨放我出去，我就不计较这件事。"

它吃了一顿非常丰盛的晚饭，然后便亮开歌喉唱起来。不料，那支歌刚唱到一半时，它突然停了下来。

"我也弄不明白这究竟是怎么一回事，"它说，"我今晚感觉不好，不想唱歌。"

"好得很，"九月公主说，"不想唱就赶紧睡觉吧。"

于是，小鸟把脑袋藏在羽翼下，不一会儿便酣然入睡了。九月也上床睡觉去了。不料，天刚破晓时，她忽然被小鸟的叫声吵醒了，小鸟在高声呼喊她：

"醒醒，快醒醒，"它说，"快打开这个笼门，放我出来。趁露水还在大地上，我要去痛痛快快地展翅飞翔。"

"安心待在那儿吧，你会过上更加舒适安逸的生活的，"九月说，"你已经拥有一只这么精美的金色的鸟笼啦。那是我爸爸的王国里手艺最好的工匠制作的，我爸爸因为太喜欢这只鸟笼，就把那个工匠的脑袋砍了，免得他再制作出这么精美的鸟笼来。"

"放我出去，放我出去。"小鸟说。

"你一日三餐都有侍女们伺候；你从早到晚什么事都不用操心，你可以尽情地放声歌唱。"

"放我出去，放我出去。"小鸟说。它试图从鸟笼栏杆间的缝隙里钻出来，却怎么也钻不出来，它使劲儿撞击着鸟笼的门，却怎么也撞不开。没过多久，八位公主进屋来了，个个都朝它打量了一眼。她们对九月说，她非常聪明，肯听从她们的劝告。她们说，它很快就会适应鸟笼里的生活的，再过几天，它就会完全忘记它一贯享有的那种自由自在的日子。她们在场时，小鸟什么也没有说，不过，等她们一走，它马上便高喊起来："放我出去，放我出去！"

"别这样啦，弄得像个大傻子似的，"九月说，"我不过是因为非常喜欢你，才把你放在笼子里的。我知道怎么做才对你有好处，比你自己要清楚得多。给我唱一支小曲吧，唱完我就给你吃一块红糖。"

岂料，小鸟站在鸟笼的角落里，抬头仰望着蓝天，却一声也不肯唱。它整整一天都没再吭声。

"生闷气有什么用？"九月公主说，"你为什么不唱歌，忘掉你的烦恼呢？"

"我怎么唱得出来？"小鸟回答说，"我想去看看树木，看看湖泊，看看生长在稻田里的绿油油的水稻。"

"如果你只有这么点儿要求，我带你出去散散步好了。"九月公主说。

她提起鸟笼，走了出去。她径直来到湖边，湖畔周围生长着郁郁葱葱的柳树，接着，她站在稻田边，眺望着眼前这一望无际的稻田。

"我以后每天都带你出来，"她说，"我爱你，我一心只想让你感到开心。"

"我们说的并不是一码事，"小鸟说，"如果你隔着鸟笼的栏杆往外看，那些稻田、湖泊、柳树都是一幅截然不同的景象。"

于是，她又带着它回到家里，喂它吃晚饭。但它一口也不愿吃。九月公主见状，真有点儿着急了，便去请教姐姐们有没有什么好办法。

"你必须毫不动摇地坚持下去。"她们说。

"可是，如果它不肯吃饭，它会死掉的。"她回答说。

"那就怪它太忘恩负义了，"她们说，"它必须懂得，你现在这样做，是一心一意为它好。如果它顽固不化，绝食死掉了，那也是它咎由自取，你干脆扔掉它得了。"

九月心里明白，照这样下去对她自己并没有多大好处，可是，她们是八人对付一人，而且个个都比她岁数大，所以，她没有发表任何意见。

"也许它明天就会习惯住在笼子里的生活了。"她说。

第二天，她一觉醒来就兴致勃勃地高喊了一声"早上好"，却没有听到任何回音。她急忙跳下床，直奔鸟笼。她吓得惊叫了一声，因为那只小鸟侧身倒在鸟笼的底部，两眼紧闭，看上去好像已经死掉了。她打开鸟笼的门，一只手伸进鸟笼，把它托了出来。她如释重负地呜咽了一声，因为她感觉到了，它那颗小心脏依然还在搏动着。

"小鸟，醒醒，快醒醒。"她说。

她忍不住哭了起来，泪水洒落在小鸟的身上。小鸟睁开眼睛，发觉自己已经不再处于鸟笼围栏的团团包围之中了。

"如果我得不到自由，我就唱不出歌来，如果我没法歌唱，我就死定啦。"它说。

九月公主无比伤感地啜泣了一声。

"那就享受你的自由去吧，"她说，"我之所以把你关在一只金色的鸟笼里，就是因为我非常喜欢你，想把你完全占为己有。可是，我根本不知道这样做反而害了你。去吧。远走高飞去吧，飞向湖畔周围的树林去吧，到绿茵茵的稻田上空去自由自在地翱翔吧。我既然十分爱你，就应该让你称心如意地去获得幸福。"

她推开窗户，温情脉脉地把小鸟摆放在窗台上。小鸟情不自禁地抖了抖羽翼。

"小鸟啊，你自由了，来去自便吧，"她说，"我再也不会把你关在笼子里了。"

"我会回来的，因为我爱你，小公主。"小鸟说。

"我会为你唱歌的，我要把我所知道的世上最优美动听的歌都唱给你听。我要飞向远方去了，但是我会时常回来的，我永远也忘不了你。"它不由自主地再次抖了抖羽翼。"我的老天啊，我都快僵硬得飞不起来啦！"它说。

随后，它展开双翅，潇洒自如地飞向了蓝天。可是，我们的小公主却号啕大哭起来，因为她要把心爱之人的幸福放在首位而牺牲自己的幸福，实在太勉为其难啦，直到那只心爱的小鸟远远飞出了视线之后，她才突然感到自己非常寂寞，百无聊赖。她的姐姐们得知了事情的原委后，都在嘲笑她，她们还说，那只小鸟恐怕永远也不会回来了。没想到，它果然又回来了。它停落在九月公主的肩头，吃着她托在手中的食物，为她唱起了它新学的那些优美动人的歌。在学歌期间，它南来北往地飞遍了世上风景秀丽的地方。打那以后，九月公主日日夜夜都开着窗户，这样，小鸟只要想来，随时都可以飞进屋来，这种做法也对她自己大有裨益；所以，她出落得无比美丽。长大成人后，她嫁给了柬埔寨国王，坐在一头白象上，随着国王前来迎亲的队伍浩浩荡荡地去了柬埔寨首都。可是，她的姐姐们从来没有开着窗户睡觉，所以，她们个个都长得面目可憎，无比丑陋，到了该出嫁的年龄时，她们都被许配给了国王的幕僚，国王赏赐给她们的陪嫁是一磅茶叶和一只暹罗猫。

（张鋆　吴建国　译）

权宜之婚

我搭上一艘破旧不堪、约有四五百吨级的小船离开了曼谷。船上那间邋里邋遢的会客室同时也兼做餐室，里面有两张非常狭窄、长度相等的长条桌，两边放着几把转椅。客舱设置在这条船的内部，全都极其肮脏。大大小小的蟑螂在地板上肆无忌惮地到处乱窜，无论你性情有多平和，每当你走到洗脸盆前想洗个手时，突然有一只肥硕的蟑螂从容不迫、旁若无人地从洗脸盆里爬了出来，难免不把你吓得惊慌失措。

我们沿着这条江顺流而下，江水宽阔、流速缓慢、波光粼粼，江的两岸郁郁葱葱，星罗棋布的小棚屋层层叠叠，蔚然矗立在水边。我们驶过了江口的沙洲；随后，那片蔚蓝色的公海，那片波澜不惊的公海，便蓦然展现在我眼前。一看到大海，一嗅到大海的气息，我顿时便感到欢欣鼓舞起来。

我一大清早就上了船，然而没多久却发现，我已经身不由己地置身在这帮我这辈子都没碰见过的思想极其守旧的人当中了。同行的旅客中有两名法国商人、一名比利时上校、一名意大利男高音歌唱家、一个美国马戏团的老板和他的老婆、一个已经退役的法国军官和他的老婆。用当今的行话来说，马戏团的老板不啻为一个很善于交际的人，对于这号人，你可以根据你自个儿的心情或退避三舍，或曲意迎合，可我偏偏对人生的千变万化抱有浓厚的兴趣，因此，在登船之前的那一个钟头里，我们俩已经用掷骰子的方式喝下了好几杯酒，他还领着我去看了看他的那些动物。他是个五短身材、体态肥胖的汉子，那身对襟大褂儿虽然为白色，却不怎么干净，把他那气度不凡的丹田绷得原形毕露，但衣领却扣得严严实实，使你不禁感到疑惑，不知他会不会被勒得喘不过气来。他生就一张红脸膛，胡子刮得干干净净，一双滴溜溜的蓝眼睛，一头乱蓬蓬的沙色短发。他戴着一顶皱巴巴的通草帽，帽子整个儿歪戴在他的后脑勺上。他名叫威尔金斯，出生于俄勒冈州的波特兰市①。东方人似乎向来对马戏团情有独钟，所以，威尔金斯先生二十年来一直率领着他那群无奇不有的野生动物和旋转木马，南来北往地在东方世界四处周游，从塞得港②到横滨（亚丁③、孟买、马德拉斯、加尔各答④、仰光、新加坡、槟榔屿⑤、曼谷、西贡、顺化⑥、河内、香港、上海，他们的名头携着阳光，携着千奇百怪的声音，携着丰富多彩的活动，所到之处，不仅妇孺皆知，如雷贯耳，而且充斥着人们的想象力）。他过的就是这样一种令人匪夷所思的生活，很不寻常，人们忍不住会

---

① 波特兰（Portland），美国俄勒冈州最大的城市，濒临太平洋，市内有众多玫瑰种植园，因而享有"玫瑰之城"的美称。

② 塞得港（Port Said），埃及第二大港市，塞得港市的首府，位于埃及东北沿海苏伊士运河的河口，濒临地中海北岸，埃及的主要港口城市之一，世界最大转运港之一，也是世界煤炭和石油储存港之一，素有"埃及的香港"之称。

③ 亚丁（Aden），也门城市，位于阿拉伯半岛西南端，扼守红海通向印度洋的门户，素有欧、亚、非三大洲海上交通要冲之称，世界著名港口。

④ 加尔各答（Calcutta），印度西孟加拉邦首府，位于印度东部恒河三角洲地区，是印度第三大城市，仅次于孟买和德里。

⑤ 槟榔屿（Penang），马来西亚西北部风光秀丽的小岛，因盛产槟榔而得名，位于马来半岛西北侧，北隔玻璃市州与泰国相邻，西隔马六甲海峡与印尼苏门答腊岛相对，扼守马六甲海峡北口，地理位置十分重要。

⑥ 顺化（Hue），越南城市，位于越南中部，是越南的三朝古都。

遐想，这种生活一定为他那令人好奇的种种人生经历提供了极好的机会，然而，十分奇怪的是，他完全就是个其貌不扬、个头矮小的男人，倘若说他是加利福尼亚州的某个二流城镇开洗车店的，或者开三流旅馆的，你大概也不会感到意外。事实是，我也时常注意到，却又不知何故总是让我感到很诧异，如此不同凡响的人生并没有把他打造成一个不同凡响的人。不过，话说回来，如果一个人果真不同凡响，即使过着像乡村助理牧师那样单调乏味的生活，他也能打造出不同凡响的奇迹来的。要是我能够合情合理地在此讲述一个隐士的故事该多好，我要到托雷斯海峡①中的一座岛屿去看望那位隐士，他是失事船舶上的一名海员，与世隔绝地在那座孤岛上生活了三十年之久，但是，在撰写一部作品时，你会受到创作主题四壁合围的禁锢，虽然我也乐得让自己的思绪信马由缰，但我现在必须静下心来，最终也应当受到一定的制约，必须知道从头至尾哪部分内容还算适合，哪部分不合适，从而把不合适的内容删除掉。不管怎样，总的情况是，尽管他那水乳交融的本性和思想是长期形成、不可更改的，等到这番经历结束时，此人也不过就是个感觉迟钝、麻木不仁、举止粗俗的蠢汉，他肯定从一开始就这样。

　　那位意大利歌唱家从我们身边走了过去，威尔金斯先生告诉我说，他是那不勒斯人，此行去香港是为了重返他那个合唱团，由于当初在曼谷染上了疟疾，他被迫离开了那个合唱团。他是个身材魁梧的人，而且很胖，兀自在一张椅子上重重地坐下去时，椅子顿时便发出了刺耳的嘎吱声。他摘下通草帽，露出了一颗硕大的脑袋和满头鬈曲、油腻的长发，接着便用他那胖乎乎的戴着戒指的手指头捋了捋头发。

---

① 托雷斯海峡（Torres Straits），位于澳大利亚与新几内亚的美拉尼西亚岛之间，其南面是澳大利亚昆士兰州的最北端，北面是巴布亚新几内亚。

"他这人不怎么合群，"威尔金斯先生说，"他收下了我送给他的雪茄烟，但他就是不肯喝酒。如果有人说他精神不太正常，我一点儿也不会感到诧异。看样子就是个很难相处的家伙，对不对？"

接着，一个矮矮胖胖的女人走上了甲板，她一身白衣，手里牵着一只"娃娃"猴。那猴子郑重其事地走在她身边。

"这位就是威尔金斯夫人，"马戏团老板向我介绍说，"这是我们的小儿子。拉把椅子过来吧，威尔金斯夫人，也过来认识一下这位先生。我还不知道他的尊姓大名呢，不过，他已经自掏腰包请我喝了两杯酒啦，要是他掷骰子的手气还是不见有任何好转，他也会掏钱请你喝一杯的。"

威尔金斯夫人心不在焉、表情严肃地坐了下来，由于她那双眼睛一直在眺望着蔚蓝色的大海，那副神态似乎表明，她想不通为什么不来一杯柠檬汽水呢。

"喔唷，天真热啊。"她含混不清地咕哝了一声，随手摘下通草帽，拿通草帽当扇子扇了起来。

"威尔金斯夫人总是觉得热，"她丈夫说，"这种酷暑天，她已经忍受了二十年啦。"

"二十二年半啦。"威尔金斯夫人说，两眼依然眺望着大海。

"她至今也适应不了这种天气。"

"永远也适应不了啦，你明明是知道的。"威尔金斯夫人说。

她的身材和她丈夫一模一样高，也和他一模一样胖，她那张圆圆的、红彤彤的脸和她丈夫的那张脸也十分相像，而且同样也长着一头乱蓬蓬的沙色头发。我很纳闷，不知他们是不是因为彼此长得酷似对方，这才结为夫妇的，或者因为多年的朝夕相处，他们才渐渐长成了这副令人惊奇、简直一模一样的尊容的。她并没有扭过头来，而是继续在那儿心不在焉地眺望着大海。

"你领他去看过那些动物吧？"她问道。

"你可以拿命来打赌，我已经领他去看过啦。"

"他对帕西有什么看法？"

"认为他很棒。"

我不由自主地感到，我已经被他们当成了一个局外人，在这场交谈中，不管怎样，我或多或少已然成了他们议论的对象，这样做未免也太不像话了，于是，我便问道：

"帕西是谁？"

"帕西是我们的大儿子。有一条飞鱼，叫埃尔默。帕西是那只红毛大猩猩。他今天早晨乖乖儿地吃饭了吗？"

"吃得可香呢。他是目前人们捕获到的最大的红毛大猩猩。出价一千美元我也不卖。"

"那么，你们和大象是什么关系呢？"我问道。

威尔金斯夫人并没有正眼看我，她那双蓝汪汪的眼睛依然置之度外地凝视着大海。

"没有任何关系，"她回答说，"只是个朋友罢了。"

服务生为威尔金斯夫人送上了柠檬汽水，为她丈夫送上了一杯兑苏打水的威士忌，为我送上了一杯兑了滋补药酒的杜松子鸡尾酒。我们掷骰子，结果还是由我签单。

"如果他每掷必输，就得掏不少钱啦。"威尔金斯夫人朝着海岸线喃喃自语道。

"我估计，艾格波特也想喝一口你的柠檬汽水呢，亲爱的。"威尔金斯先生说。

威尔金斯夫人稍稍扭过头来，看了看坐在她膝头上的那只猴子。

"艾格波特，你想来一口妈妈的柠檬汽水吗？"

那猴子"吱吱"地轻轻叫唤了一声，要她抬起一只胳膊来搂着它，她给了它一根吸管。猴子吸吮了一点儿柠檬汽水，喝饱了之后，便紧贴着威尔金斯夫人那丰满的乳胸，又软绵绵地坐了下来。

"威尔金斯夫人心里只有艾格波特，"她丈夫说，"你千万别因为这一点而感到大惊小怪，它是她最小的儿子嘛。"

威尔金斯夫人重新换了根吸管，若有所思地喝着她的柠檬汽水。

"艾格波特好着呢，"她说，"艾格波特没有任何毛病。"

就在这时，早已端坐在那儿的那名法国官员突然站起身来，在甲板上来来回回地走动着。当初陪同他上船来的是法国驻曼谷的公使、一两个秘书，以及王室的一位亲王。他们相互鞠躬、握手，忙得不亦乐乎，船驶离码头时，他们又举着帽子和手绢挥舞了好一阵子。他显然是一位举足轻重的人物。我亲耳听到船长称呼他"总督大人 ①"。

"那家伙才是这条船上的大人物呢，"威尔金斯先生说，"他过去是法国一个殖民地的总督，如今正在满世界跑着玩儿呢。他曾经专门来看过我在曼谷的马戏表演。我估计，我应该去问问他想喝点儿什么。亲爱的，我该怎么跟他打招呼呢？"

威尔金斯夫人缓缓转过头去，打量着那个法国人，只见他胸前的钮扣眼里插着玫瑰花形的荣誉勋章 ②，依然还在甲板上来来回回地踱着方步。

"用不着跟他打什么招呼，"她说，"只要朝他晃一晃呼啦圈，他就会'嗖'的一下直接从呼啦圈里窜过去了。"

我忍不住哈哈大笑起来。总督大人是一个身材矮小的男人，远不及常人的身高，骨架也较常人矮一大截，生着一张非常难看的小脸，五官紧凑得几乎看不清楚，嘴唇厚得简直像黑人的嘴唇；他有一头灰

---

① 原文为法文：Monsieur le Gouverneur。
② 指拿破仑于 1802 年在法国设立的荣誉勋章。

白色的又粗又厚的头发，两条灰白色的又粗又厚的眉毛，蓄着灰白色的又粗又厚的八字胡。他看上去的确有点儿像一条鬈毛狗，也长着鬈毛狗的那双温顺、机警、闪闪发亮的眼睛。他再次从我们身边走过去时，威尔金斯先生高声喊道：

"先生，你知道这是什么吗？[①]"我模仿不出他那怪腔怪调的法语口音，"一小杯波尔多葡萄酒啊[②]。"他转过身来对我说，"外国人嘛，他们都爱喝波尔多葡萄酒。你喝这种酒向来平安无事。"

"荷兰人除外，"威尔金斯夫人说，她两眼依然望着大海，"他们只喝香奈普[③]，别的酒碰也不碰。"

那位身份显赫的法国人停下脚步，困惑不解地望着威尔金斯先生。威尔金斯先生见状，立即拍了拍自己的胸脯，说：

"莫亚，马戏团的老板。跟你同船的旅客。[④]"

接着，我一时还没反应过来究竟是出于什么原因，只见威尔金斯先生用他的两只胳膊围成了一个呼啦圈，又一连做了几个示意动作，意思是要让鬈毛狗从那个呼啦圈里钻出去。接着，他又朝威尔金斯夫人依然搂在她膝头上的那只"娃娃"猴指了指。

"我老婆的小儿子[⑤]。"他说。

总督这才如梦初醒，立即爆发出一阵特别悦耳动听、特别有感染力的笑声。威尔金斯先生也跟着哈哈大笑起来。

"对，对，"他大声说道，"莫亚，马戏团老板。一小杯波尔多葡

---

① 原文为法文：Monsoo, Qu'est-ce que vous prenez，"Monsoo" 是对马戏团老板发不清"Monsieur"的戏仿。

② 原文为法文：Une petite verre deport。

③ 香奈普（*Schnapps*），荷兰语，意为"产自荷兰的杜松子酒或烈酒"。

④ 原文为法文：Moa, proprietarre Cirque. Vous avec visite，根据语境，此处是转意。

⑤ 原文为法文：La petite fils de mon femme。

萄酒。对，对，是这样吧？①"

"威尔金斯先生说起法语来，活像一个法国人似的。"威尔金斯夫人朝着瞬息万变的大海说道。

"我倒很乐意洗耳恭听②。"总督依然面带微笑地说。我为他拉来了一把椅子，他朝威尔金斯夫人躬身一揖，坐了下来。

"告诉那个鬈毛狗嘴脸的家伙，他名叫艾格波特。"她说，两眼依旧望着大海。

我叫来服务生，我们每人都点了一杯酒。

"埃尔默，这回你来签单吧，"她说，"这位先生，他叫什么名字来着？他的手气一点儿也不好，根本掷不出一对超过三点的骰子。"

"您听得懂法语吗，太太？③"总督彬彬有礼地问道。

"亲爱的，他想知道你会不会说法语呢。"

"他以为我是在哪儿长大成人的？在那不勒斯吗？"

于是，总督便手舞足蹈地比画着，滔滔不绝地说了一大通乱七八糟的英语，我只有拿出我所掌握的全部法语知识，才能勉强听懂他到底在说什么。

威尔金斯先生立即带着他到底舱看他的那些动物去了，等了一会儿之后，我们才在那间密不透风的会客室里聚齐，准备吃午饭。总督的老婆总算露面了，被安排坐在船长的右手边。总督向她说明了我们都是何许人也，她便优雅得体地朝我们点了点头。她是个身形庞大的女人，不仅个头很高，而且体格健壮，年龄大概在五十五岁上下，然而不知何故，她穿的是一套黑色的丝绸服饰，显得颇有些令人畏惧。她头戴一顶硕大无朋的圆形通草帽。她的五官都很大，而且都生得端

---

① 原文为法文：Oui, oui. ... N'est-ce-pas。
② 原文为法文：Mais tres volontiers，此处是转意。
③ 原文为法文：Vous comprenez le Français, madame。

端正正，她的体型如同雕像般轮廓分明，会令你情不自禁地想起混在游行队伍中的那些高大威猛的女性。倘若举办一场爱国游行，她倒非常适合担任哥伦比亚或者大不列颠女神这类令人高山仰止的角色①。她居高临下地俯视着她那身躯矮小的丈夫，犹如一座摩天大楼俯瞰着一间寒酸的小棚屋。他喋喋不休地说着，话语中倒也不乏诙谐、机智之处，说到什么引人发笑的事情时，她那凝重的五官便会松弛下来，露出大大咧咧、妩媚动人的微笑。

"你可真傻呀，我的朋友②。"她说。她接着又转过身来对船长说："你千万别理他。他向来就是这副样子。"

我们的确享用了一顿妙趣横生的饭，吃完午饭后，我们便各奔东西，回自己的舱室睡觉去了，以便躲过这午后的炎热。在这样一艘很不起眼的小船上，一旦认识了这帮同船的旅客，只要不待在自己的舱室里，我就不可能时时刻刻都碰不到他们，即使我有意回避他们，恐怕也做不到。唯一自恃清高、自我封闭的人是那个意大利男高音歌唱家。他对谁都不搭理，独自坐在尽可能远离众人的地方，拨弄着吉他的琴弦，发出很轻微的声音，你不得不竖起耳朵才能听见那呜咽的琴声。我们依稀看得见陆地，大海犹如一大桶牛奶。我们一边漫无边际地闲聊着，一边望着天色由晨曦渐渐转为暮霭，接着便吃晚饭，然后再出来，坐在星空下的甲板上接着聊天。那两个商人守在闷热的会客室里当警戒哨，而那个比利时上校反倒加入了我们这一小群人。他生性腼腆，体态肥胖，但凡开口，说出的也只是一句客套话。没过多久，兴许是受了这夜色的感染，或者受到他那不为人知的内心世界的鼓舞吧，在船艏处，由于独自一人面对大海油然而生的苍凉感，那个

---

① 指身材高大、头戴钢盔、手持盾牌或三叉戟的女人。
② 原文为法文：Que tu es bête, mon ami。

意大利男高音歌唱家竟抱着吉他，自弹自奏吟唱起来，起初声音很低沉，后来逐渐高了起来，直到他忘情地沉浸在自己的乐声之中，突然放开歌喉高唱起来。他果然有意大利人的好嗓门，通心面、橄榄油、阳光，等等，从他的歌声中滚滚而出。他唱的是那不勒斯的歌谣，我年轻时曾在圣·费迪南多广场[①]听到过这些歌，也从《波希米亚人》[②]、《堕落的女人》[③]、《利哥莱托》[④]等歌剧中听到过这些歌曲的片段。他唱得很动情，还带有虚情假意的重音，他唱出的颤音会使你不由自主地回想起你迄今所听过的每一个三流意大利男高音歌手的嗓音。不过，此时此刻，在这海阔天高的迷人的夜晚，他那无比夸张的唱法只会让你开怀一笑，你会情不自禁地从心底里感受到一阵慵懒而富有肉欲的快感。他唱了大概足足有一个钟头，我们全都鸦雀无声地听着。后来，他总算安静下来，却一动不动地待在那儿，在群星璀璨的夜空的衬托下，我们可以看到他那魁伟、肥胖的身躯朦朦胧胧的轮廓线。

我看到那个身材矮小的法国总督一直紧握着他那高大威猛的老婆的手，这一情景既很荒诞，又很感人。

"你们知道吗？今天是个值得纪念的日子呢，我就是在这一天第一次认识我妻子的。"他突然打破这静谧的氛围，又喋喋不休地说起来。他肯定受不了这沉甸甸的寂静之重，我还从没遇到过一个像他这么健谈的家伙呢。"今天也是她答应做我妻子的纪念日。而且，说出

---

① 圣·费迪南多广场（the Piazza San Ferdinando），位于意大利那不勒斯南部的城镇，以该地区标志性建筑物圣·费迪南多大教堂而得名，大教堂前的广场常有歌舞表演。

② 《波希米亚人》（La Bohème，1896），意大利著名四幕歌剧，由意大利歌剧作家贾科莫·普契尼（Giacomo Puccini，1858—1924）根据法国作家亨利·木格（Henry Murger，1822—1861）的小说改编而成，该剧如今已成为意大利歌剧的典范，常在世界各地巡回上演。

③ 《堕落的女人》（La Traviata，1853），意大利著名三幕歌剧，由意大利歌剧作家居塞佩·菲尔蒂（Giuseppe Verdi，1813—1901）根据法国作家大仲马的小说改编而成，常在意大利各大剧院上演。

④ 《利哥莱托》（Rigoletto，1851），意大利著名三幕歌剧，由居塞佩·菲尔蒂根据法国作家雨果的剧作改编而成，剧中主人公利哥莱托为朝廷弄臣。

来准会让你们感到无比惊讶，这两件事恰好都发生在同一个日子。"

"得啦，我的朋友①，"贵妇说，"你别再用那种老掉牙的传奇故事来烦我们这些朋友啦。你真是太让人忍无可忍了。"

不过，她说这话时，微笑分明洋溢在她那张威严、刚毅的大脸上，她说话的那种腔调也表明，她很乐意再听一遍这段往事。

"我倒觉得，这种故事准能让他们听得津津有味，我的小宝贝②。"他总是用这种方式称呼他老婆，而听到这位威仪凛然甚至有君临天下之势的女人居然被她那个小不点儿的丈夫这样称谓，着实令人觉得滑稽可笑。"你说对不对呀，先生？"他用法语朝我问道，"这是一段罗曼史，谁不喜欢罗曼史呢，尤其在一个如此美妙的浪漫之夜？"

我向总督保证说，我们大家都迫不及待地等着听他讲呢，那位比利时上校也不失时机地再度表现了他的彬彬有礼。

"你瞧，我们的婚姻就是一桩权宜之婚，既纯洁，又简单。"

"这倒是真的，③"贵妇说，"否认这一点不啻愚蠢之举。不过，爱情往往产生于结婚之后，而不是在结婚之前，而且结婚越久，感情越深。这种爱情才会天长地久。"

我不由自主地注意到，总督情意绵绵地轻轻掐了一下她那只手。

"你瞧，我过去一直在海军服役，退役时，我已经四十九岁了。我那时身强力壮、才思敏捷，我万分焦急地想找一份工作。我四处寻找；我动用了一切我能够找到的关系走后门。幸运的是，我的一位表兄有一定的政治势力。这就是民主政府的一大优势，只要你有足够的影响力，你的功绩一般情况下都能收到应有的回报，否则也许就无人问津啦。"

---

① 原文为法文：Voyons，mon ami。
② 原文为法文：mon petit chou。
③ 原文为法文：C'est vrai。

"你这么谦虚啊，我可怜的朋友①。"她说。

"没过多久，我就受到殖民部部长的召见了。他任命我去某个殖民地担任总督。鉴于那是个非常遥远的地方，而且还是个荒无人烟的地方，他们才巴不得派我去的。不过，我大半辈子都在四海漂泊，从一个港口奔向另一个港口，这种事情难不倒我。我高高兴兴地接受了这个职位。部长吩咐我说，我必须做好准备，一个月之内出发。我对他说，这事好办，对一个老光棍来说，除了几件衣服和几本书之外，这世上再没有什么可牵挂的事了。

"'怎么样，我的中尉②，'他突然大喊一声，'你是单身汉吗？'

"'当然是啦，'我回答说，'而且我一心一意地要继续做一名单身汉呢。'

"'如此说来，我恐怕就不得不撤销我这项任命啦。这个职位的前提条件是，你必须结了婚才行。'

"这段故事说来话长，我就不告诉你们了，不过，问题的核心是，由于我的前任，一个单身汉，把当地的姑娘们弄到总督府里来同居而闹出了丑闻，后来又遭到了白人、种植园主，以及机关工作人员们的老婆们的抗议，他们便做出了这个决定，下一任总督必须是一个遵从传统礼仪的楷模。我好说歹说。我据理力争。我扼要重述了我对这个国家的贡献，以及我表兄在下一届选举中可以做出的奉献。岂料，那个部长是个顽固分子。

"'可是，我能做什么呢？'我灰心丧气地高声喊道。

"'你可以结婚嘛。'部长说。

"'可是，你知道吗，部长先生③，我什么女人都不认识。我又不

---

① 原文为法文：mon pauvre ami。
② 原文为法文：Comment，mon lieutenant。
③ 原文为法文：Mais voyons，monsieur le minister。

是一个喜欢在女人堆里瞎胡混的人，再说，我已经四十九岁啦。你指望我用什么办法去找个老婆呢？'

"'办法简单得很。在报纸上登一个征婚启事。'

"我惊讶得目瞪口呆。我一时竟不知道该说什么才好。

"'好吧，这事你先考虑考虑，'部长说，'如果你有本事能够在一个月之内找到老婆，你就能走马上任，但是，如果找不到老婆，这份工作就没你的份儿。这件事我说了算。'他微微一笑，在他看来，这种情况倒也不乏妙趣。'如果你考虑登征婚启事，我建议登在《费加罗报》①上。'

"我心灰意冷地离开了殖民部。我对他们想任命我去当总督的那个地方很熟悉，我也知道那个地方非常适合我去；那儿的气候还算不错，总督府也很宽敞、很舒适。即将出任总督的念头还不至于让我生闷气，可是，除了作为一名海军军官所拿到的那份津贴之外，我一无所有，因此，当总督的这份薪水还是不可小觑的。突然间，我横下心来。我朝《费加罗报》编辑部走去，草拟了一份征婚启事，交给了他们，让他们赶紧刊登出来。不过，我实话告诉你们，事毕之后，我沿着香舍丽榭大街走过去时，我的心脏在前所未有地狂跳不止，比我的军舰奉命去执行战斗任务时跳得还要厉害。"

总督朝前探过身来，激动不已地把一只手按在我的膝盖上。

"我亲爱的先生啊②，这事说出来你也绝不会相信的。真没想到，我居然收到了四千三百七十二封回信。大批信件如同雪片似的飞来了。我本来以为，我能够收到五六封回信就算不错了；我不得不叫了

---

① 《费加罗报》(Figaro)，法国历史最悠久的报纸，创办于1826年，报名源自法国剧作家博马舍的名剧《费加罗的婚礼》中的主人公费加罗，其座右铭是："倘若批评不自由，赞美则无意义。"

② 原文为法文：Mon cher monsieur。

一辆出租车把这些信件拉到我的旅馆去。这些信件把我的房间堆得到处都是。真有四千三百七十二个女人愿意来分担我的孤寂落寞之苦，愿意成为一个总督的夫人。这事实在太让人吃惊了。她们从十七岁到七十岁，各种年龄层次的都有。有出身于高不可攀的名门世家、文化修养极高的大家闺秀；有未婚女子，她们在职业生涯中的某个阶段出过小小的差错，如今很想调整好她们的处境；有的是寡妇，她们的丈夫在最为惨痛的环境中亡故了；有些寡妇的孩子对我这把年纪的人来说倒也不失为一种安慰。她们有的是金发碧眼，有的是深色皮肤，高的矮的，胖的瘦的，应有尽有；有些人会说五种语言；有些人会弹钢琴。有些人主动向我示爱，有些人则热切地向我求爱；有些人只是向我表达了一种真挚的、掺杂着敬仰之情的友爱；有些人已经发了财；有些人则前程似锦。我受宠若惊。我感到晕头转向。最后，我急得发起脾气来，因为我是个性情急躁的人。我站起身来，把那些信件和照片统统踩在脚下，嘴里狂呼乱叫：这些人我一个也不想娶。这事没希望了，事到如今，我只剩下不到一个月的时间了，在这么短的时间里，我根本没法跟手头这四千多个趋之若鹜的人见面。我感到，假如我不跟她们都见上一面的话，我很可能就白白错过了命中注定会让我幸福的那个女人，我这辈子恐怕都会为此而于心不安的。我干脆把这事当作一件苦差事放弃得了。

"我怀着对那些照片和扔得满地都是的信件深恶痛绝的心情走出了房间。为了驱散烦恼，我走上了那条林荫大道，在'和平咖啡馆'里坐下来。过了一会儿，我看到一位朋友正好路过那儿，他朝我点点头，笑了笑。我竭力想报以微笑，心里却很酸楚。我猛然意识到，我只能靠一笔微薄的复员费，以一名海军退伍军官[①] 的身份，在

---

① 原文为法文：officier de marine en retraite。

土伦①或者在布雷斯特②度过我的余生啦。呸！我朋友停下脚步，迎面朝我走来，然后便坐了下来。"

"'什么事情把你弄得这么一脸苦相啊，我亲爱的朋友？'他朝我问道。'你可是所有人当中最无忧无虑的啊。'

"我暗暗庆幸，总算遇到一个我可以推心置腹地倾诉满腹苦水的人了，于是，我便把整个事情的原委一股脑儿都告诉了他。他笑得前仰后合。我现在才明白过来，也许从那一刻起，这桩事情就具有其喜剧性的一面，可是，我向你保证，我当时根本看不出这事有什么好笑的。我颇有点儿粗暴地把实情告诉了我朋友，他好不容易才强忍住笑，对我说：'可是，我亲爱的朋友，你真的想结婚吗？'一听这话，我顿时气得忍无可忍。

"'你这个地地道道的白痴，'我说，'我怎么就不想结婚呢，我不但想结婚，而且要赶紧结婚，在即将到来的这两个星期之内结婚，你以为我本来就该花三天时间拜读那些我压根儿就没见过一眼的女人写来的情书吗？'

"'你先冷静冷静，听我说，'他回答说，'我有个表妹，住在日内瓦。尽管如此③，她是瑞士人，她的家庭拥有共和国至高无上的社会地位。她的贞操观是无可厚非的，她的年龄也很般配，一个出身名门的未婚老处女，她最近这十五年来一直在悉心照料她那个体弱多病的母亲，她母亲前不久已经病故了，她受过良好的教育，此外④，她长得也不丑。'

---

① 土伦（Toulon），法国东南部濒临地中海的港湾城市，位于马赛以东65公里处，是法国最大的军港。
② 布雷斯特（Brest），法国海港城市，位于布列塔尼半岛的西端、布雷斯特湾的北岸，是法国西部最大的海军基地和造船厂所在地。
③ 原文为法文：du reste。
④ 原文为法文：pardessus le marche。

"'你这话听上去就好像她是个尽善尽美的女中楷模呀。'我说。

"'我不是这个意思，不过，她从小就受到过良好的教养，与你需要她来担当的这个身份完全相称。'

"'有一点你疏忽啦。得有什么样的诱惑力才能吸引得使她放弃她的亲朋好友、放弃她早已习惯的生活方式，背井离乡地来陪伴一个四十九岁的男人呢，何况这个男人压根儿就不是一个美男子？'"

总督大人[①]突然中断了他的长篇叙述，无比夸张地耸了耸肩膀，脑袋差点儿都缩进了两肩之中，然后朝我们转过身来。

"我长得很丑。我承认。我这副丑陋的相貌不会让人感到恐怖，也不会让人尊敬，只会遭人耻笑，这才是最难堪、最丢丑的事情。人们头一回看见我时，不会恐怖得对我避之犹恐不及，反倒会有点儿喜出望外，会忍俊不禁地哈哈大笑。听我说，当这位可亲可敬的威尔金斯先生今天早上领我去参观他的那些动物时，帕西，就是那头红毛大猩猩，竟突然伸出两只胳膊来，要不是因为有兽笼的铁栏杆挡着，他就把我当成他失散已久的兄弟，一把将我揽到他的怀里了。的确，有一回我在巴黎植物园里游玩时，一听说有一头类人猿逃走了，我就立即以最快速度径直朝公园的出口处狂奔而去，生怕他们错把我当成那头在逃的类人猿逮住我，不容我分说，直接把我关进那间关猿猴的屋子里。"

"行啦，我的朋友，"他的老婆大人用法语说，嗓音浑厚又持重，"你这通胡说八道比平时还要不着边际。我不能说你是阿波罗，就你的地位而言，你也用不着当阿波罗，但是，你有尊严，你有姿态，你就是女人们常说的好人。"

"我还是接着讲我的传奇故事吧。我对我那位朋友说了那句话之后，他马上回答说：'女人的心思谁也没法预料。谈婚论嫁这件事还

---

① 原文为法文：Monsieur le Gouverneur。

是有几份吸引力的，会让她们心旌摇荡。即使向她求婚也无伤大雅。不管怎么说，女人总是把有人向她求婚当恭维话来听的。她充其量也不过是拒绝罢了。'

"'可是，我不认识你那个表妹，我也不知道该用什么方法去结识她。我总不能冒冒失失地闯到她家，强行要求见她吧，一旦他们家人把我领进了客厅，我总不能一见面就说：瞧，我是专程来向你求婚的，嫁给我吧。她准以为我是个精神病患者，准会尖叫起来，大喊救命的。再说，我生来就是个性格极其腼腆的人，这种事情我根本做不出来。'

"'我来教你该怎么做吧，'我朋友说，'去一趟日内瓦，以我的名义给她送一盒巧克力。一听到有我的消息，她会很高兴的，就会热情接待你。你可以先跟她聊一会儿，接下来，如果你看不中她的长相，你可以马上告辞，大家都相安无事。换句话说，如果你看上她了，我们就来详细商议这件事，然后，你就可以正式向她求婚啦。'

"我只好豁出去了。看来也只有这个办法可行。事不宜迟，我们立即去了一家商店，买下了一大盒巧克力，当天夜里，我就乘火车去了日内瓦。一到那儿，我就迫不及待地给她发了一封信，说我给她捎来了一份她表哥给她的礼物，很希望能不揣冒昧地前去拜访，亲自把这份礼物交给她。不到一小时，我就收到了她的回信，大意是，她很乐意在下午四点钟接待我。在这段空余时间里，我反反复复地照镜子，光领带就打了十七次。时钟刚敲响四点钟，我已经兴冲冲地来到她家门口了，他家人立刻把我领进了客厅。她正在那儿等着我呢。她表兄说她长得不丑。试想一下我见到的是一位年轻女子时有多惊讶吧，我终于有缘见到了一位依然风华正茂、仪态非常高贵的女子，尊贵得堪比朱诺①，容貌堪比维纳斯，脸上洋溢着的智慧堪比密

_____

① 朱诺（Juno），古罗马神话中的天后、主神朱庇特之妻，专司婚姻、生育及妇女之事，后泛指"仪容高贵端庄的女子。"

涅瓦^①。"

"你太荒唐啦,"总督夫人说,"不过,话说到现在,这几位先生也都知道了,谁也信不过你说的这些话。"

"我向你们发誓,我并没有夸张。我当时惊惶得差点儿失手把那盒巧克力摔在地上了。不过,我也在暗暗给自己打气:近卫军宁死也决不投降^②!我献上了那盒巧克力。我把她表兄的消息告诉了她。我发觉她待人很亲切。我们交谈了有一刻钟。后来,我暗暗寻思:该进入正题了^③。我就对她说:

"'小姐,我必须实话告诉你,我这趟来,并不仅仅是为了给你送一盒巧克力。'

"她笑着说,我显然怀有比这更重要的事由,才到日内瓦来的。

"'我是来向你求婚的,请你嫁给我吧。'她吓了一大跳。

"'可是,先生,你疯了吧。'她说。

"'我恳求你先别回答,听我把事实情况告诉了你之后再表态,'我急忙打断了她,也没等她来得及说一个字,我就把整个事情的来龙去脉一股脑儿全告诉了她。我把自己在《费加罗报》上刊登征婚启事的事也说了,她笑得眼泪都淌下来了。于是,我把求婚的事情又说了一遍。

"'你不是在开玩笑吧?'她问道。

"'我这辈子从来没有哪一次像这样郑重其事过。'

"'我不想否认,你的求婚不亚于一场突然袭击。我压根儿就没考虑过结婚的事;我已经过了这个年龄啦;不过,这是明摆着的,你的求婚倒也并不是一个女人可以不加考虑就断然拒绝的。我深感荣幸。

---

① 密涅瓦(Minerva),古罗马神话中专司智慧、工艺和战争的女神。
② 原文为法文: La garde meurt mais ne se rend pas,语出"滑铁卢战役"(Waterloo Campaign)中法军在面临全军覆灭的危急关头高呼的一句豪言壮语:"近卫军宁死不降。"
③ 原文为法文: Allons-y。

请你给我几天时间，让我认真想一想，好吗？'

"'小姐，我虽然是个绝对不受待见的人，'我回答说，'可是，我也等不得了。如果你不愿嫁给我，我只好重返巴黎，继续去翻看那一千五百到一千八百封来信，看看究竟还有没有哪封信能够引起我的注意。'

"'我不能马上就答复你，我做不到，这是明摆着的。一刻钟之前我还没看见过你呢。我必须找亲朋好友和家里人商量商量再说。'

"'这事跟他们有什么关系？你是个具有合法年龄的成年人。这件事已经迫在眉睫。我等不及了。我已经把一切情况都告诉你了。你是个聪明的女人。左思右想有什么好？还不如当机立断好。'

"'你不会要求我此时此刻当场就表态，说同意还是不同意吧？你这种做法也太蛮横无理啦。'

"'这恰恰正是我向你提出的要求。我那趟火车一两个小时之内就要返回巴黎去了。'

"她若有所思地望着我。

"'你就是个地地道道的精神病患者。为了你自己的安全，也为了共和国的安全，应该把你关押起来才对。'

"'行啦，同意还是不同意？'我说，'你表个态吧。'

"她耸了耸肩膀。

"'我的上帝啊①！'她等了有一分钟，而我却如坐针毡。'好吧。'"

总督朝他老婆挥了挥手。

"你们瞧，她此刻就坐在这儿呢。我们不到两个星期就完婚了，随后，我也如愿以偿地当上了一个殖民地的总督。亲爱的先生们，我娶了一个无价之宝啊，一个极品女人，一个千里挑一的女人，一个既

---

① 原文为法文：Mon Dieu。

像男人一样足智多谋，又柔情似水、很有韵味儿的女人，一个值得大加赞美的女人。"

"别再乱嚼舌头啦，我的朋友，"他老婆用法语说，"你快要把我说得像你自己一样成为大家的笑柄啦。"

他转过身去望着那个比利时上校。

"你还是个单身汉吧，我的上校①？如果是的话，我强烈建议你去一趟日内瓦。那是个培育绝色佳人的鸟巢（他用的是"苗圃"②这个词）。你一定能在那儿找到一个举世无双的老婆。此外，日内瓦也是一座迷人的城市。一分钟也别耽搁啦，去那儿走一趟吧，我待会儿就给你写封信，让你捎给我老婆的侄女。"

真正为这个传奇故事收场的人是她。

"事实情况是，在一桩权宜之婚中，你本来就没有太高的指望，所以，你也不会感到太失望。由于你并没有向对方提出毫无道理的要求，也就没有理由来发泄愤怒。你寻找的并不是完美无缺的人，因此，你就会容忍彼此身上的缺点。有激情固然很好，但激情并不是婚姻牢不可破的基础。你瞧③，两个人要想在婚姻生活中得到幸福，就必须相互尊重，必须夫唱妇随，还必须志趣相投；如果他们都是正派人，也心甘情愿地互谅互让，相敬如宾，他们的婚姻就会和我们的婚姻一样，没有理由不幸福，"她顿了顿，"不过，当然，我丈夫是一个非常非常出类拔萃的男人。"

（吴建国　译）

---

① 原文为法文：mon colonel。
② 原文为法文：une pépinière。
③ 原文为法文：Voyez-vous。

海市蜃楼

我在东方国家周游了好几个月，最后才抵达海防①。这是一座商业城市，也是一座很不景气的城市，但我知道，我可以从那儿随便找一条船送我去香港。为了等船期，我有几天无所事事的闲暇时间。诚然，你也可以从海防出发去游览一下亚龙湾，那是印度支那的一道靓丽的风景线②，可我已经对观光景点感到厌倦了。我自得其乐地坐在咖啡馆里，因为这里还不算太热，我也乐得脱掉这身热带服饰，悠闲地翻翻几份过期的《画报》③，或者去活动活动筋骨，沿着笔直、宽阔的马路快步行走。海防的运河四通八达，我时而能瞥见一幕生龙活虎的景致，都是具有本地特色的水上工艺，色彩斑斓，煞是迷人。那里有一条运河，两岸耸立着鳞次栉比的中国式房屋，构成了一道令人赏心悦目的弧线。房屋的外墙虽然都粉刷过，但白涂料已经败了色，显得斑斑驳驳；由于都是清一色的灰蒙蒙的屋顶，在灰白色的天空的衬托下，那

---

① 海防（Haiphong），越南北部的海滨城市，为越南第三大城市，仅次于河内市和胡志明市，也是越南北方最大的港口。
② 原文为德文：Sehenswurdigkeiten。
③ 《画报》（L'Illustration），法国周报，1843 至 1944 年间出版于巴黎。

些房屋倒也形成了一幅相得益彰的构图。这幅画面具有老派水墨画的典雅，只是光泽已经退尽。无论哪里都见不到一笔浓墨重彩之处。画面虽很柔和，却也有点儿颓靡，使人油然生出一丝淡淡的忧伤感。我至今都不知何故，我当时怎么就情不自禁地想起了我小时候认识的一位老处女，一位维多利亚时代的遗老，戴着一副黑色丝绸露指长手套，成天用钩针为穷苦人编织披肩，黑色的送给寡妇，白色的送给出嫁的女子。她年轻时受过不少苦，究竟是由于疾病缠身，还是由于单相思，就不得而知了。

不过，海防有一份当地人办的报纸，一份乌七八糟的小报，翻看时，污秽难闻的油墨常常沾在你的手指头上，然而你可以在报上看到政论性文章、电讯新闻、广告，乃至当地的情况通报。办报的那个编辑，无疑是由于处境窘迫，把到达或离开海防的人员的名字统统印在报上，分为欧洲人、本国人、中国人，我的名字被列在其他人员这一栏。有一天早晨，就在那艘很不起眼的旧船即将起航送我去香港的前一天，我当时正坐在旅馆的咖啡厅里自斟自饮地喝着一瓶杜博尼酒①，想待会儿再去吃午饭，不料，一名服务生突然跑进屋来冲着我说，有一位先生前来求见。我在海防一个人也不认识，便问他来者是什么人。服务生回答说，他是个英国人，也住在本地，却说不出他叫什么名字。服务生不怎么会说法语，我很难听懂他的话。我虽然一头雾水，但还是吩咐他去把那个访客领进来。过了一会儿，服务生回来了，身后跟着一名白人，接着又把我指给他看。那人朝我打量了一眼，随即便朝我走来。他是个块头很大的汉子，身高远远超过六英尺，长得相当肥胖，而且还很臃肿，天生一张红脸膛，胡子刮得

---

① 杜博尼酒（Dubonnet），一种法国生产的烈性红葡萄酒，酒液呈深红色，略带甜味，风味独特。

干干净净，一双浅得泛白的蓝眼睛。他下身穿着一条非常寒酸的卡其布短裤，上身是一件对襟衫，领口敞开着，头戴一顶破旧的遮阳帽。我马上断定，他是个身陷困境、一筹莫展的海滨流浪汉，是来跟我套近乎，想弄一笔钱的，我心里没底，不知得施舍多少钱才能把他打发走。

他一来到我面前，就朝我伸出一只肥大、通红的手，手指甲残缺不全，非常肮脏。

"我估计，你已经不记得我啦，"他说，"我叫格罗斯里。我曾经和你一起在圣托马斯医院[①]里待过。我在报纸上一看到你的名字，马上就认出来了，我当时就觉得，我一定能找到你。"

我一点儿也回想不起来他究竟是何许人也，但我还是请他坐下来，为他点了一杯酒。根据他的外表形象，我起初以为，他会找我要十块皮阿斯特[②]，我或许会给他五块，可是，现在看来，他十有八九会开口找我要一百块了，倘若五十块能够满足他的胃口，我就该谢天谢地啦。习惯性向别人借钱的人所提出的数目，向来都比他自以为能弄到手的数目多出一倍，倘若你按照他自己提出的数目给了他这笔钱，只会使他深感不满，因为他会为自己为什么不多要些而懊悔不迭。他老是觉得，是你欺骗了他。

"你是医生吧？"我问道。

"不是，我只不过在那个血淋淋的地方待了一年。"

他脱下遮阳帽，毫不避讳地露出了一头乱糟糟的灰白色的头发，显得十分难看，确实需要认真梳理一下才好见人。他那张脸不可思议地

[①] 圣托马斯医院（St Thomas's Hospital），一家集教学、科研于一体的大型综合性医院，位于伦敦中央城区，由英国慈善家、书商托马斯（Thomas Guy，1644—1724）创办于1721年，其医院大楼是世界第二高的医院大楼，至今仍为伦敦最高建筑物之一。
[②] 皮阿斯特（piaster），埃及、土耳其、利比亚、越南等国家的辅币单位。

布满了白癜风花斑，显得很不健康。他患有非常严重的龋齿，嘴角两边都是牙齿脱落后形成的空洞。服务生过来取酒水单时，他要了白兰地。

"把酒瓶拿过来吧，"他说，"酒瓶①。听得懂吗？"他朝我转过身来，"最近这五年来，我一直生活在这边。也不知是怎么回事，我就是没法跟法国人相处。我会说东京话②。"他仰靠着椅背，两眼直勾勾地望着我。"你瞧，我可记得你。想当年，你老是跟那对双胞胎混在一起。他们叫什么名字来着？我想，我的变化比你大多啦。我在中国度过了大半辈子。气候糟透了，你知道的。那种日子不是人过的。"

我依然丝毫也回想不起来他到底是谁。我暗自思忖，还是把话说出来为好。

"你和我是同一年待在那家医院的？"我问道。

"是啊。一八九二年。"

"那可是很久很久以前的事啦。"

每年大约有六十来个毛头小伙子和血气方刚的年轻人进驻那家医院，他们中的大多数人都还很腼腆，对即将开始的新生活感到茫然不知所措；许多人以前压根儿就没来过伦敦；至少在我看来，他们不过是被莫名其妙地列在一张白纸上，而后又莫名其妙地一晃而过的幻影，既没有任何具体的韵味，也没有任何具体的理由。在第一年里，有一批人出于这样或那样的原因中途退出了，到了第二年，那些留下来的人开始在一定程度上崭露头角了。他们不仅表现得很自然，而且有人陪他们一起去上课，可以坐在同一张午餐桌上吃烤饼、喝咖啡，在同一间解剖室里的同一张解剖台上做解剖，结伴儿坐在夏夫兹博里剧院③

---

① 原文为法文：La bouteille。
② 东京话（Tonkinese），越南北方地区的一种方言。东京（Tonkin）原为越南北方地区的旧称。
③ 夏夫兹博里剧院（Shaftesbury Theatre），又称"伦敦西区大剧院"，创建于1911年，坐落在伦敦西区夏夫兹博里大道上。

楼下正厅的后座里观看《纽约交际花》①。

服务生送来了那瓶白兰地，格罗斯里——但愿这就是他的真名——立即自己动手，毫不客气地倒了满满一杯，也不兑矿泉水或者苏打水，就仰起脖子一口喝干了。

"我受不了当医生的差事，"他说，"我辞掉了。我的同胞们对我满腹怨恨，我就漂洋过海去了中国。他们给了我一百英镑，让我去自谋出路。实话告诉你，我巴不得逃出去呢。我估计，我对他们有多厌恶，他们就对我有多厌恶。我从此再也没有打扰过他们。"

这时，有一丝淡淡的线索从我记忆深处的某个地方悄然露出了苗头，似乎在我意识的边缘若即若离地徘徊着，如同涨潮时潮水徐徐漫上了沙滩，接着又退了回去，伴随着下一个力道更足的浪头继续向前推进。我起初依稀想起的是一桩低俗得不足挂齿的丑闻，然而这桩丑闻后来竟登上了各家报纸。随后，一个毛头小伙子的面孔慢慢浮现在我眼前，渐渐地，诸多往事开始重新闪现在我脑海之中了；我终于回想起他是谁了。我一时无法相信他怎么会叫"格罗斯里"这个名字，我记得他是一个单音节的名字，不过，我对此也没有十足的把握。想当初，他还只是个少年，个头很高（他的模样开始清楚地显现出来了），人长得很清瘦，还略有点儿佝偻，虽然只有十八岁，却发育得过快，有使不完的力气；他有一头油光闪亮的棕褐色的鬈发，大大的眼睛（那双眼睛如今好像没那么大了，也许是因为他那张脸过于肥胖，而且还有些浮肿的缘故吧），他的肌肤鲜嫩得出奇，白里透红，很像女孩子的肌肤。我猜想，人们，尤其是女人，一定认为他是

---

① 《纽约交际花》(The Belle of New York)，两幕音乐剧，描写"救世军"的一位美少女弃恶从善、献身正义事业、终获纯真爱情的故事。该剧 1897 年在百老汇首演时，并未引起广泛关注，但次年在伦敦演出时极为轰动，史无前例地连续上演了 674 场，成为第一部在伦敦西区连续上演整整一年的美国音乐剧。

个非常英俊的小伙子，然而，在我们看来，他不过就是个笨头笨脑、举止猥琐的乡巴佬。这时，我忽然回想起来，这家伙经常不来上课，不，我想到的绝不是这一点，在阶梯教室里上课的学员多得很，你根本回忆不出谁出勤了、谁没来。我回想起的是那间解剖室。他的那张手术台上有一条腿，我当时正在他旁边那张手术台上忙着，但他几乎压根儿就没碰过那条腿；我不记得当时在忙着处理人体其他部位的那些学员为什么会投诉他玩忽职守，我猜想，大概是他吊儿郎当的态度妨碍了他们吧。那时候，关于对人体某个"部位"的解剖，有不少内幕新闻，流言蜚语满天飞，时隔三十年之后，我又重新回想起了某些闲话。有人挑明了这件事，说格罗斯里是个非常淫荡的下流胚。他喝酒如牛饮，还是个特别喜欢玩弄女性的好色之徒。那些毛头小伙子大多数都还单纯，他们把当初在家里和学校里所习得的观念也带进了这家医院。有些人在性问题上过分拘谨，因而感到十分震惊，还有些人，那些勤奋刻苦的人，则对他嗤之以鼻，问他以后打算用什么办法通过考试；不过，也有不少人对此感到兴奋不已、津津乐道，说他干的那些事情也正是他们想干的，只可惜他们缺少这份勇气。格罗斯里自有他的崇拜者，你经常看到他被一小帮人簇拥着，个个都大张着嘴巴、聚精会神地听他讲述他自己的那些猎艳事迹。如烟的往事现在纷纷涌上了我的心头。没过多久，他的腼腆便荡然无存了，装模作样地摆出了一副不可一世的架势。男人们（他们总是以男子汉大丈夫自诩）喜欢相互吹嘘自己胡作非为的恶作剧。他居然摇身一变成了大英雄。每当他从博物馆门前经过，看到两个很用功的学员正头碰头地在那儿温习解剖学，他总要刻薄地挖苦几句。他在附近那几家酒肆茶楼里玩得如鱼得水，跟那些酒吧女招待混得很熟。回首往事，我猜想，大概是由于刚从乡下来，再加上没有父母和学校老师们管束的缘故，他完全被自己的放任自流、被伦敦灯红酒绿的刺激给迷住了。他那些放浪形骸的所作所为其实也并无大碍，应当完全归咎为青春萌动期的一时之快。他晕头转向了。

　　不过，我们大家那时候都很穷，弄不懂格罗斯里究竟用什么招数来支付他那些花天酒地的消遣的。我们知道，他父亲是一位乡村医生，他每月给他儿子多少钱，我想，我们当时也都清楚。那笔钱远远不够支付他在伦敦亭大剧院^①的走廊里所搭识的那些娼妓，也不够支付他在标准大酒店^②的酒吧里请朋友喝酒。我们都以充满畏惧的口吻相互谈论着，他肯定已经债台高筑、身陷危机了。当然，他可以把某些物品拿出去抵押，不过，我们凭经验也知道，一架显微镜大致可以抵押三英镑，一副骨骼大致可以换来三十先令。我们说，他每星期的消费肯定至少都在十英镑。我们都胸无大志，因此，在我们看来，这似乎已经穷奢极侈到了疯狂的地步。最后，还是他的一个朋友揭开了这个谜团：格罗斯里发现了一个可以赚钱的妙招，我们都觉得很有趣，也很佩服。我们谁也想不出如此精明的主意，也从来没有他这份胆量去试一试。格罗斯里去了拍卖会，当然不是去克里斯蒂拍卖行^③，而是去斯特兰大街^④和牛津大街上的那些拍卖会，以及在私人宅邸里秘密举办的那些拍卖会，买下一些便于携带、价格低廉的物品。然后，他就带着他淘来的这些便宜货去找一家当铺的老板，以高出他

---

① 伦敦亭大剧院（London Pavilion Theatre），建于1885年，坐落在剧院与娱乐中心汇集的皮卡迪利广场的东北部，位于夏夫兹博里大道和考文垂大街的交汇处。

② 标准大酒店（Criterion Restaurant），建于1873年，坐落在伦敦市中心，面对皮卡迪利广场，具有新拜占庭建筑风格，为世界10大历史最悠久的著名大酒店之一，英国名流常在此举办盛大庆典活动，是英国作家H.G.威尔斯、埃德加·华莱士、伯特兰·罗素等著名人物经常光顾的地方。

③ 克里斯蒂拍卖行（Christie's），即佳士得拍卖行，是历史最悠久的美术品、珠宝和家具拍卖行，由英国商人詹姆斯·克里斯蒂（James Christie，1730—1803）创办于1776年。

④ 斯特兰大街（Strand Street），又称河滨大道，位于泰晤士河北岸，伦敦中央城区威斯敏斯特市内的一条主要干道，是12至17世纪英国上流社会所钟情的聚居区，查尔斯·狄更斯、拉尔夫·艾默生、弗吉尼亚·伍尔芙等著名作家也居住在此。

所购买的价格把那些物品典当掉，换来十先令到一英镑现钞。他一直在干这种赚钱的勾当，每星期能挣四至五英镑，因此，他说，他不打算学医了，准备在拍卖市场大干一场。我们这些人一辈子也没赚到过一分钱外快，于是，我们都怀着钦佩的心情对他刮目相看了。

"天哪，他真聪明！"我们说。

"他要多精明，就有多精明。"

"照这样干下去，最后准能成为百万富翁。"

我们都深谙人情世故，我们心里也都十分清楚，到了十八岁这一人生阶段，我们还弄不明白的事情，往往也不值得去弄明白了。遗憾的是，每当考官问我们问题时，我们都紧张得不得了，答案常常直接从头脑中飞向了九霄云外，每当某位护士要我们帮她寄一封信时，我们都兴奋得满脸通红。大家后来都知道了，教务长派人把格罗斯里叫了过去，劈头盖脸地狠狠训斥了他一顿。教务长扬言，如果他再继续这样故意对本门业务置之不理，将会受到各种各样的严厉惩罚。格罗斯里非常气愤。他在学校念书时就受够了这类训斥，他说，他不能再让一个马脸太监像训斥一个小顽童一样训斥他了。全他妈的一派胡言！他都快要到十九岁了，你也没有多少东西可以教他了。教务长说，他对他经常酗酒早有耳闻，这样下去会有害于他的身心健康。瞧那副该死的嘴脸。他这把年纪的男人谁都可以喝烈性酒，他怎么就不能喝呢，他上个星期六就喝得醉眼惺忪，下个星期六还要故意去喝它个昏天黑地，谁要是不喜欢，可以去干别的事情嘛。格罗斯里的那帮狐朋狗友都赞成他的观点，一个男子汉决不能忍声吞气地蒙受这种侮辱。

但是，大祸最终还是临头了，我此时已经清晰地回想起来，我们当时都感到十分震惊。我估计，我们那时已有两三天没看见过格罗斯里了，不过，他已经养成了习惯，越来越不按常规来医院，所以，倘若我们偶然想起他没来上课，我想，我们只会说，他又迷上了哪个狐狸精，被人家勾走了。他常常一两天之后又露面了，虽然脸色苍白，却带来了又一个精彩的传奇故事，说他又勾搭上了某个姑娘，跟她在一起度过了一段销魂的时光。解剖学课早上九点钟开始上课，大家都急匆匆地按时赶到了那间教室。在这个非同一般的日子里，大家似乎都没太在意那位讲课人，此人显然为自己能说一口字正腔圆的英语和常人难以望其项背的演讲口才而自鸣得意，他那会儿正在口若悬河地讲解人体的骨骼构造，我至今都不知道他讲解的是哪个部分，因为一排排座位上都是骚动不已的窃窃私语声，有一份报纸被大家偷偷摸摸地挨个儿传阅着。突然间，讲课人戛然而止。他很懂教学法，有一套讽刺挖苦人的话。他装着不知道学员名字的样子。

"我恐怕打扰了那位正在埋头看报纸的先生啦。解剖学固然是一门非常枯燥、令人乏味的科学，不过，我很遗憾地告诉大家，皇家外科医学院① 的规章制度迫使我要求你们必须对这门课程予以足够的重视，以便通过最后的考试。但是，如果有哪位先生觉得这种规定无法接受，可以马上出去，可以在外面随心所欲地继续翻看那份报纸。"

那个倒霉的小青年挨了这顿责难，脸涨得一直红到了头发根儿，狼狈不堪地试图把那份报纸塞进自己的口袋。那位解剖学教授冷冷地观察着他。

"先生，我担心那份报纸稍许大了点儿，装不进你的口袋啊，"他揶揄道，"也许你可以大大方方地拿出来，把它交给我？"

那份报纸被大家从一排排座位上传了过去，最后递送到了阶梯教室的讲台上，尽管那位大名鼎鼎的外科医生已经把那个可怜的小子奚落得手足无措了，但他似乎仍不肯就此罢休，一接过报纸便问道：

---

① 皇家外科医学院（The Royal College of Surgeons），始创于 1368 年，位于伦敦，旨在推进外科手术的标准，规范外科医生的职业操守，培养医术精湛的各类外科医生，出版有多种世界一流的医学杂志。

"请允许我询问一下，这份报纸上到底刊登了什么内容，居然让刚才那位先生看得如此津津有味？"

把报纸交给他的那名学员一言不发地指了指报纸上的那条短讯，我们大家一直在传看的就是那条短讯。教授浏览着那条短讯，我们都怔怔地望着他，全场鸦雀无声。他放下报纸，随即又接着讲课了。那条短讯的标题是：《**一名医学院学生被逮捕**》。格罗斯里因赊账骗购物品，再将这些物品拿到典当铺去换钱，被带到了治安法庭的主审官面前。这似乎是一桩有根有据的犯法行为，主审官准予他一个星期之内交保候审。保释金被拒绝了。由此看来，他通过在拍卖市场买东西，再把东西拿去典当铺换钱的这一生财之道好像行不通，从长远看，这个赚钱的路子并不像他所期望的那样可以作为一种稳定的收入来源，他忽然发觉：典当他不花钱赊购来的东西更加有利可图。这堂课一结束，我们就乱哄哄地谈论起这件事来，我必须交代的是，由于我们自己没有什么钱财，对钱财的神圣性先天缺乏应有的认识，因此，我们谁也没有把他的罪行当作十分严重的犯罪；但是，由于年轻人天生爱胡思乱想，我们当时几乎没有人不认为，他准会受到两年强迫苦役到七年牢役监禁的惩罚。

我至今仍百思不得其解，不过，我当时似乎也回想不起来格罗斯里到底犯了什么事。如今想来，在一期培训即将结束之际，他可能已经被逮捕了，等到我们大家都各奔东西去度假时，他的案子兴许经过重新审理了。至于这桩案子究竟是由治安法庭的那位主审官处理的，还是上交给法院进行审判的，我就不得而知了。我只依稀记得，他被判了个刑期很短的有期徒刑，大概是六个星期吧，因为他干的那些勾当都价值不算高；但我知道，从那以后，他便从我们当中销声匿迹了，过了一段时间之后就再也没有人提起过他。我觉得很奇怪，过了这么多年之后，我居然还能如此清晰地回忆起这件事。这就好比在翻阅一本旧相册，我一眼就看到了久已忘怀的照片上的情景。

但是，毫无疑问，在眼前这个头发已经花白、红脸膛上布满了白癜风花斑、身躯臃肿、老态龙钟的男人身上，我怎么也辨认不出，他就是当年那个身材瘦长、面若桃花的少年。他看上去有六十岁了，但我知道，他肯定远远没有那么老。我有些纳闷，不知他在这风风雨雨的岁月里究竟是怎么谋生的。看他那模样，似乎并没有兴旺发达过。

"你一直在中国做什么呢？"我问他。

"我当了一名港口稽查员。"

"噢，是吗？"

这算不上特别重要的职位，我留了个心眼儿，没流露出任何惊讶的神色。港口稽查员是中国海关的雇员，其职责是：在条约规定开放的各大口岸登上进港的各类船舶实施检查，我想，他们的主要任务是严防鸦片走私。他们大多是从皇家海军退伍的一等水兵和已经履行完服役期而未接到新的任命的海军军官。我在扬子江沿岸的许多地方都看见过他们登上船舶来稽查。他们与领港员和轮机长们混得很熟，常在一起喝酒聊天，不过，船长对他们的态度却有点儿简慢。他们都学会了说中国话，说得比大多数欧洲人都要流利，往往也都娶了中国女人为妻。

"离开英国时，我就发过誓，等我发了大财再回来。可惜我从没发过财。在从前那些日子里，他们巴不得有人愿意去做港口稽查员，什么人都行，我是说，只要是白人就行，他们根本不面试。他们不在乎你是什么人。搞到这份工作时，我真他妈的高兴极了，实话告诉你吧，他们雇用我的时候，恰好正是我快要穷得身无分文的时候。我接受这份差事，仅仅是为了有朝一日能够谋到一份更好的差事，没想到，我一直在原地踏步，反正这个差事也挺适合我。我要赚钱，我也打听清楚了，港口稽查员只要摸准了干这一行的路子，就能捞到大笔的外快。我二十五年中的绝大部分时间都在跟中国海关打交道，我离开的时候，说句大言不惭的话，许多政府大员肯定都很高兴，因为他们都拿过我的钱。"

他用狡黠、卑污的眼神朝我看了看。我依稀听懂了他这话的意思。但是，有一点我倒很愿意核实清楚；如果他打算向我索要一百块皮阿斯特（我现在对这笔钱只能听天由命），我想，我不妨就立即忍痛割爱吧。

"要是你继续干下去就好了。"我说。

"那当然，我就是这么干的。我把所有的钱都投在上海了，离开中国时，我把所有的钱都押在美国铁路债券上了。安全第一是我的座右铭。我对形形色色的骗子太了解啦，绝不会自投罗网去冒任何风险的。"

我喜欢他这句话，于是，我便问他是否愿意留下来与我共进午餐。

"不啦，我觉得不太合适。我中饭吃得不多，再说，我家里有饭菜，家里人正等着我回去吃呢。我想，我该告辞啦。"他站起身来，居高临下地俯视着我，"不过，听我说，你干吗不今晚就过来一趟，看看我的住处呢？我已经结婚了，娶的是一个海防姑娘，也有孩子了。我难得有机会跟人谈谈伦敦的情况。你最好别过来吃晚饭。我们只吃本地的饭菜，我估计，你大概也吃不惯那种饭菜。你九点钟左右过来吧，好吗？"

"行啊。"我说。

我已经告诉过他，我第二天就要动身离开海防了。他叫服务生去给他拿张纸来，大概想写下他的住址吧。他写得很费劲儿，写出的东西如同出自一个十四岁少年的手笔。

"叫那个看门人对你的黄包车夫讲清楚这个地址。我住在三楼。那儿没有门铃。直接敲门好了。行啦，再见吧。"

他一走，我就进餐厅吃午饭去了。

吃完晚饭后，我叫来了一辆黄包车，在看门人的协助下，总算让车夫听懂了我要去的地方。没过一会儿，我就发现，他正拉着我沿着那条弯弯的运河向前跑，运河两岸的房屋我先前就看到过，颇像一幅败了色的维多利亚时代的水墨画；他停在其中一幢房屋前，朝那扇门指了指。这座房屋看上去非常寒酸，左邻右舍也很邋遢，我犹豫起来，以为他弄错了地址。格罗斯里似乎不大可能住在这么远的当地的住宅小区里，也不大可能住在一间这么破破烂烂的屋子里。我嘱咐黄包车夫先等一等，便去推开了那扇门，却见眼前是一道黑乎乎的楼梯。周围一个人影也没有，马路上也空荡荡的。此时也许已经到了凌晨一两点钟。我擦亮了一根火柴，一路摸索着爬上楼梯；来到三楼时，我又擦亮了一根火柴，看到眼前是一扇棕褐色的大门。我敲了敲门，过了一会儿，门开了，前来开门的是一个矮小、瘦削的东京女人，手里拿着一支蜡烛。她身穿档次更差的土黄色的连衣裙，头上紧紧地裹着一条黑色的包头巾；她的嘴唇以及嘴角周围的皮肤都被槟榔叶染成了红色，她一开口说话，我便看到了她那乌黑的牙齿和乌黑的牙龈，这些都极大地破坏了她们这些人的形象。她用本地话说了句什么，接着，我便听见格罗斯里喊道：

"进来吧。我刚才还在念叨，以为你不来了呢。"

我穿过黑咕隆咚的小客厅，走进了一个相当宽敞的房间，房间显然面朝着那条运河。格罗斯里躺在一张长椅上，见我走进屋来，赶忙支起身子。他正在凑着一盏煤油灯翻看香港的报纸，煤油灯放在他身边的小茶桌上。

"坐下吧，"他说，"把脚也放上来。"

"我怎么好意思霸占你的宝座呢。"

"得啦。我坐这把椅子好了。"

他拉来一把餐椅，坐下之后，把两只脚搭在我脚前的床头上。

"那是我老婆，"他一边说，一边竖起大拇指朝那个东京女人指了指，她已经跟在我身后走进了这间屋子，"瞧，那边角落里是我的孩子。"

我顺着他的目光望去，看见了一个熟睡中的儿童，紧贴着墙壁，躺在竹席上，身上盖着一条毯子。

"他只要一觉醒来，就是个活泼可爱的小叫花子。要是你以前看见过我老婆该多好啊。她马上又要生娃儿啦。"

我朝她看了看，显而易见，他说的是大实话。她长得非常瘦小，手脚都很纤细，却生了一张大扁脸，皮肤也黑不溜秋的。她不苟言笑地绷着脸，不过，也许只是因为害羞的缘故吧。她一声不吭地走出了房间，但很快便回来了，送来了一瓶威士忌、两只玻璃酒杯、一瓶苏打水。我朝四下里打量着。那扇黑乎乎的没有上过油漆的木板门后面还有一扇隔板，我估计，那是为了隔开另一个房间，木板门的正中央贴着一幅从画报上裁剪下来的画像，是一幅约翰·高尔斯华绥[1]的画像。画像上的高尔斯华绥显得很庄重、很谦和，一派正人君子的模样，我有些疑惑，不知怎么会把他的画像贴在这儿。其余那几面墙壁都粉刷过，但白色涂料已经变得脏兮兮的，沾满了污渍。那几面墙壁上都贴着从《写真报》[2]或者从《伦敦新闻画报》[3]上剪下来的画页。

"是我贴上去的，"格罗斯里说，"我觉得这些画页可以让这个地方增添一点儿故乡的味道。"

---

[1] 约翰·高尔斯华绥（John Galsworthy，1867—1933），英国著名小说家、剧作家，20世纪初期英国现实主义文学的代表作家，1932年诺贝尔文学奖得主，主要代表作有《福尔赛世家》(三部曲)和《现代喜剧》(三部曲)。

[2] 《写真报》(The Graphic)，英国画报，为周刊，由英国著名木刻画家威廉·托马斯（William Luson Thomas，1830—1900）创办于1869年。

[3] 《伦敦新闻画报》(The Illustrated London News)，英国画报，为周刊，由英国自由党政治家、著名新闻人赫伯特·英格拉姆（Herbert Ingram，1811—1860）创办于1842年。

“你为什么张贴高尔斯华绥的画像呢？你看过他写的书吗？”

“没有。我不知道他是个写书的人。我喜欢他那张脸。”

地板上铺着一两块破破烂烂、用白藤编织的非常简陋的垫子，角落里堆放着一大摞《香港时报》。唯一可见的家具是：一个脸盆架、两三把餐椅、一两张桌子、一张具有当地特色的柚木大床。整个气氛显得很凄凉、很贫穷。

“地方虽小，还算不赖，是吧？”格罗斯里说，“挺适合我的。有时候我也想搬家，但是，我估计，我永远也不会搬家啦。”他嘿嘿一笑，“我来海防花了四十八个小时，可我在这儿一住就是五年。我其实很想去上海。”

他忽然默不作声了。由于无话可说，我就什么也没说。过了一会儿，那个身材瘦小的东京女人朝他说了句什么，我当然听不懂她在说什么，他回答了一声，接着又默然无语地过了一两分钟，不过，我觉得他在打量着我，似乎想开口向我要点儿什么。我不明白他为什么欲言又止了。

“你在东方国家四处周游时，有没有尝试过抽鸦片？”他终于问道，说得很漫不经心。

“尝试过，我抽过一次，在新加坡。我当时只是想看看抽鸦片到底有什么感觉。”

“怎么样？”

“说实话，没觉得有多刺激。我当时还想，我马上就能体会到那种让人飘飘欲仙的感觉了。我期盼着那种美好的幻觉，像德·昆西[①]

---

① 德·昆西（Thomas De Quincey，1785—1859），英国著名散文家，其散文作品热情洋溢、语气庄重、韵律优美如诗，堪与弥尔顿的作品相媲美，因罹患胃病和牙痛，靠吸食鸦片镇痛，终成为瘾君子。后来搬至湖畔区，与英国"湖畔派诗人"华尔华兹、柯勒律治、骚塞等成为好友，在其作品和回忆录中讲述了很多他们之间的轶事趣闻。

所描写的那样，你知道的。我当时唯一体会到的是，有一种神清气爽的感觉，跟你洗土耳其浴的那种感觉一模一样，就像洗了澡之后躺在凉爽的房间里一样，接着，头脑里便奇怪地开始浮想联翩起来，所以，我想到的所有事情似乎都极其清晰地浮现出来了。"

"我知道。"

"我的真实感受是，二加二等于四，绝不会对这个答案有一丝一毫的怀疑。可是，第二天早晨——啊，上帝！我感到天旋地转。我生病了，病恹恹的像条狗，恶心了整整一天，我简直把五脏六腑都呕吐出来了，我一边呕吐，一边难受地暗暗想道：还有人把这种事情称为富有刺激性的乐趣呢。"

格罗斯里在椅子上直起腰板，幽忧地干笑了一声。

"我猜想，是那玩意儿质量太差了。要不就是你抽得太猛了。他们看出了你是个容易受骗上当的傻瓜，便把人家已经抽过的残渣给了你。那东西够厉害的，谁抽了会呕吐。你现在想不想再试一口？我这儿有这种东西，我心里有数，都是上等货。"

"不想，我觉得，尝试过一次就足够了。"

"我抽一两斗烟，你不反对吧？在这种气候条件下，你需要抽上一两口。这玩意儿可以帮你预防痢疾。每到这个季节，我一般都会稍微抽一点儿。"

"抽吧。"我说。

他又朝那个女人说了句什么，她马上亮开嗓门，音调粗哑地高喊了一声。只听木隔板后面的房间里传来了一声应答，过了一两分钟后，一个老妇人从里屋出来了，手里端着一只小圆盘。她已是满脸皱纹、老迈色衰，一进屋就咧开她那张涂抹得红彤彤的嘴，奉承地朝我微微一笑。格罗斯里立即站起身来，横冲直撞地朝那张床奔去，在床上躺了下来。老妇人把那只小圆盘安放在床上；盘子上摆着一盏酒精灯、一杆烟枪、一根长长的针、一只圆圆的小盒子，盒子里装着鸦片。她蹲在床上，格罗斯里的老婆也跟着爬上床来，盘起两只脚坐在那儿，背抵着墙壁。格罗斯里眼巴巴地瞅着那老妇人，只见她取了一小块鸦片放在那根针上，举着它在火上炙烤，直到烤得嗤嗤作响，这才把它塞进了烟枪。她把烟枪递给了他，他如释重负地吐了一口气，随即便贪婪地猛吸起来；他把吸进去的烟屏在嘴里憋了一小会儿，然后才喷出一大团浓浓的灰白色的烟雾。他把烟枪递还给她，她又开始如法炮制起来。谁也没有吭声。他一连抽了三斗大烟，这才软绵绵地重新躺下了。

"真舒服！我现在感觉好多啦。我刚才已经疲乏到了极点。炮制大烟她最拿手了，这个老妖精。你真的不想来一口吗？"

"真的。"

"悉听尊便。那就喝点儿茶吧。"

他朝他老婆吩咐了一声，她立刻翻身下床，匆匆走出房间。没过一会儿，她就回来了，端来了一只小巧玲珑的瓷茶壶和两只具有中国特色的茶碗。

"你知道吗？此地抽大烟的人多得很。只要别抽得太过量，对你并没有什么坏处。我每天都抽，但绝不超过二十至二十五烟斗。如果你限定自己只抽这么多，那你抽多少年都没关系。有些抽得多的法国人，一天要抽四十到五十烟斗呢。那么抽未免太过分啦。我从不抽这么多，我偶尔感到需要痛痛快快地发泄一下的时候除外。我可以肯定地说，抽大烟从来没有对我造成任何危害。"

我们边聊天边喝茶，茶汤色泽通透，有淡淡的清香味，非常爽口。过了一会儿，老妇人又给他炮制了一袋大烟，接着又是一袋。他老婆再次爬上床来，但很快便蜷缩起身子，在他脚边酣然入睡了。格罗斯里每次要抽两三烟斗，吸食大烟时，他似乎只醉心于此，眼中全无他物，然而在间隙时间里，他却非常健谈。我几次提出要走，他都不肯放我走。好几个小时过去了。有那么一两次，他在抽大烟时，我打起了瞌睡。他向我讲述的全都是与他自己有关的事情。他没完没了地诉说着。我偶然插上一句，也只是为了向他提供线索。我现在无法按照他自己的原话转述他当时告诉我的那些事情了。他不由自主、翻来覆去地重复着那些事情。他说得非常冗长、拖沓，颠三倒四地对我讲述着他的人生经历，时而扯一点儿后来的事情，时而又扯一点儿先前的事情，我只好自己来理清先后顺序；有时候，我看得出来，由于担心言多必有失，他便吞吞吐吐、有所隐瞒；有时候，他说的全都是谎话，我只好根据他的笑容或者眼神来猜测有几分是真话。他找不到贴切的词语来描述自己的真情实感，我只好根据他那些充满俚语、黑话的隐喻和陈腐、粗俗的废话来揣摩他的意思。我一直在扪心自问：他的真名到底叫什么呢，那个名字分明就在我嘴边，可我就是回想不出来，只好生闷气，尽管我也说不清这个名字为什么对我具有最起码的重要意义。他起初或多或少对我怀有一定的戒心，我看得出来，他在伦敦的胡作非为以及他坐过牢这一事实，这些年来一直在折磨着他，是他不可告人的一块心病。他老是提心吊胆，生怕迟早会有人发现。

"真滑稽，你居然到现在还回想不起来我也在那家医院待过，"他一边说，一边狡黠地打量着我，"你的记性肯定太烂啦。"

"真该死，那是将近三十年前的事了。你想想，打那以后，我跟成千上万的人打过交道。我为什么偏要记得你，这话毫无道理嘛，就像你也没有任何道理要记得我一样。"

"说得对。我也觉得没有什么道理。"

这句话似乎让他放下心来。他终于抽足了大烟，老妇人随即又为她自己炮制了一袋烟，也吸食起来。抽完之后，她就势一滚，爬到那小孩正在熟睡的竹席上，依偎在孩子身边躺了下来。她一动不动地躺在那儿，我估计，她一躺下就睡着了。等我终于走出他家时，却发现我雇来的车夫正蜷作一团，趴在黄包车的脚踏板上呼呼大睡，我只好摇醒了他。我知道自己身在何处，再说，我想透透气，活动活动筋骨，于是，我便给了他两块皮阿斯特，对他说，我想自己走一走。

这段让人匪夷所思的经历始终如影随形地萦绕在我的脑海中。

听格罗斯里讲述那些往事时，我真感到有些毛骨悚然，他把他在中国度过的那二十年的人生阅历全都告诉了我。他果然赚了大钱，我虽然不知道他到底赚了多少钱，不过，按照他说话的口气，我应该能想象到，大约有一万五千至两万英镑，对一名港口稽查员来说，这不啻为一笔可观的财富。他不可能通过正当手段赚到这么多钱，尽管我不太清楚他那个行当的具体情况，但根据他时而突然缄口不语，时而机警地斜睨着我，以及那些欲盖弥彰的线索，我可以猜测到，不管是什么下三滥的勾当，只要值得他动脑筋去巧取豪夺，都绝不会使他畏缩不前的。我估计，无论什么生财之道也比不上他走私鸦片，他的岗位给他创造了走私鸦片的机会，可以干得既平安无事，又能从中牟取暴利。我听得懂他的潜台词，他的上级官员常常怀疑他有走私鸦片的嫌疑，却根本抓不住他营私舞弊的把柄，因而找不到正当理由对他采取任何措施。他们只好将就着不停地把他从一个口岸调换到另一个口岸，然而这种调换对他并无妨碍；他们密切监视着他，但他太狡猾，他们奈何不了他。我看得出，他既担心对我说得太多会露出马脚，又想向我炫耀他自己有多精明老练。他自鸣得意的是，那些中国人给他树立了这份信心。

"他们知道，他们可以信任我，"他说，"这就给我创造了有利条件。我从来没有两面三刀地出卖过一个中国人，一次也没有。"

由于怀着老实人自满自足的心态，他对这个想法感到很满足。那些中国人发现他酷爱古玩，便投其所好，经常给他送这类小礼物，或者把东西带过来让他掏钱买下来；他从不过问那些古董的来路，而是直接用非常低廉的价格购买下来。搜刮了一大批之后，他就把那些古玩发往北京去出售，从中赚取一笔相当可观的利润。我想起了他当初是怎么走上从商之路的：在拍卖市场买东西，再把东西拿到典当铺去换钱。二十年来，通过卑劣的倒买倒卖和猥琐的欺诈手段，他积攒了不少钱。他把赚来的所有钱都投资在上海。他平时日子过得很吝啬，把一半薪水都节省下来了；他从不度假，因为他不想浪费钱；他不愿跟那些中国女人有什么瓜葛，他想保持自己天马行空、不受任何牵连的状态；他从不喝酒。他因为怀揣一个远大的抱负而不能自拔：积攒下足够他能体面地回到英国去的钱，过上他从少年时代起就为之心醉神迷的那种生活。他心中唯独只有这一个念想。他在中国的生活如同一场梦；他从不关心周围的现实生活，那些灯红酒绿、光怪陆离的社交场面，那些唾手可得的男女之欢，对他来说都毫无意义，统统与他无关。浮现在他眼前的景象向来都是那个如同海市蜃楼般的伦敦，那幅蜃景里有"标准大酒店"的酒吧，他自己正站在吧台前，两脚踏在吧台的围栏上；有帝国大剧院[①]和伦敦亭大剧院的走廊，有他在那儿搭识的风尘女郎；有音乐大厅里上演的亦庄亦谐的歌舞剧；有欢乐大戏院[②]上演的音乐喜剧。这才是生活、爱情和充满冒险的奇遇。这才叫富有浪漫色彩的传奇故事。这才是他热切向往、真心诚意地想得到的东西。从某种程度上说，他的叙述当然也有几分感人至深的地方，这么多年来，他一直生活得像一名遁世隐居的修道士似的，心中只怀着一个目标，要重新过上那种俗不可耐的生活。这是本性的彰显。

---

① 帝国大剧院（Empire Theatre），伦敦东北区最大的演出场所之一，始建于1906年，1907年正式对开放，至今仍是英国少有的拥有四层看台的剧院，可容纳2200名观众。

② 欢乐大戏院（Gaiety Theatre），坐落在伦敦西区斯特兰大街尽头，始建于1864年，原名斯特兰音乐大厅，曾对英国现代音乐喜剧的发展产生过重大影响。

"你瞧,"他对我说,"即使我有能力回英国去度假,我也不愿去。我不想去,除非我去了就能一劳永逸地待在那儿。再说,我想把事情做得风风光光的。"

他幻想着自己每天晚上都会穿上晚礼服,出门时还要在胸前的钮扣眼里插上一朵栀子花;他幻想着自己身穿长风衣、头戴一顶棕色圆礼帽、肩膀上挎着一副观剧镜,去观看德比赛马会①。他幻想着自己在仔细打量着那些姑娘,然后从中挑选了一个他最中意的姑娘。他主意已决,在到达伦敦的当天夜里,他就要喝个酩酊大醉,他已经有二十年没喝过酒了;他所从事的工作容不得他喝酒,得时刻保持清醒的头脑才行。他要多加小心,不能在返回故乡的轮船上喝醉了。他要等回到伦敦以后再喝酒。他想得到的是一个多么浪漫的夜晚啊!这个浪漫之夜他已经朝思暮想了二十年之久。

我至今也没有弄明白格罗斯里后来为什么离开了中国海关,不知是不是因为他嫌那个地方太热,还是因为他的服务期已满,或者是因为他已经聚敛足了他原先定下的那个数目。反正他最后登上了回国的船。他乘的是二等舱;他不愿人还没到伦敦就开始乱花钱。他在杰明大街②住下来,他过去就一直盼望着能住在那儿,接着,他径直去了一家成衣店,为自己定制了一套行头。最时髦的上等服饰。随后,他在城里走马观花地兜了一圈。一切都已今非昔比,完全不同于他记忆中的景象,大街上车水马龙,比原来繁忙多了,他感到有些迷乱,有点儿不知所措。他去了标准大酒店,却发现他早年经常混迹于其间喝

---

① 德比赛马会(the Derby),由12世德比伯爵爱德华·斯坦利(Edward Smith-Stanley,1752—1834)创立于1780年,每年6月的第一个星期三在伦敦附近的埃普瑟姆(Epsom)举行,参赛马匹的年龄均为3岁。

② 杰明大街(Jermyn Street),位于伦敦的威斯敏斯特市,邻近皮卡迪利广场,是著名的"男士服饰一条街",由英国政治家、朝廷侍臣亨利·杰明(Henry Jermyn,1605—1684)创办于1664年。

酒泡妞儿的酒吧，如今已经不复存在了。莱斯特广场①有一家饭馆，他从前只要手头一有资金，就喜欢去那儿下馆子，已经养成了习惯，如今却怎么也找不到了；他估计那家饭馆早就被拆除了。他去了伦敦亭大剧院，却发现那儿根本没有女人；他感到非常愤慨，一气之下又去了帝国大剧院，没想到，人家早就取缔了剧场走廊。这不啻为一记沉重的打击。他怎么也想不通。唉，不管怎么说，他必须做好思想准备，接受这二十年来的巨大变迁，既然别的事情都干不成，他不如去喝个烂醉得了。他在中国发过好几次高烧，气候一变，又让他犯病了，他感觉不是那么太舒服，四五杯酒下肚后，他干脆上床睡觉去了。

　　回国后的这头一天不过是后来许多日子的一个样板。样样事情都不对头。格罗斯里对我说起那些不如意的事情怎样一桩又一桩地接踵而来时，竟越说越气急败坏，声音也酸溜溜的。老地方都不复存在了，人也换了新气象，他发觉自己连交个朋友都很困难，他有一种莫名其妙的孤独感；他根本没料到，像伦敦这样的大都市居然也变成了这副模样。这就是问题的症结所在，如今的伦敦实在太大，已经不是九十年代初的那个趣味盎然、十分熟悉的欢乐之地了。伦敦已经支离破碎得不成样子了。他搭识了几个姑娘，岂料，她们都远远不如他从前所结交的那些姑娘那么招人喜欢，然而，在她们眼里，他不过就是个酒色之徒。他才四十岁刚出头，她们居然把他当成了一个糟老头儿。他试图跟站在吧台周围的那些小青年搭讪，却没有人愿意搭理他。不管怎么说，这些毛头小伙子不懂该怎样喝酒才对。他愿意教教他们。他每天晚上都灌得酩酊大醉，在这个该死的地方，唯独只有这一件事可干，可是，上帝啊，这使他第二天的心情坏透了。他估计，

---

① 莱斯特广场（Leicester Square），伦敦西区的一处无车辆行驶的休闲广场，由英国政治家、外交家、莱斯特伯爵二世罗伯特·西德尼（Robert Sidney，1505—1677）于1670年修建。

这都怪中国的气候不好。他在医学院当学生的时候，每天晚上能喝一瓶威士忌，第二天早上照样精神抖擞。他越来越想念中国了。他曾经留意过、却压根儿没往心里去的诸般事情现在都纷纷涌上心来。他在中国过的那种生活其实并不赖。也许他就是个大傻瓜，居然把那些中国姑娘统统拒之门外了，她们当中有几个还是挺漂亮的小美人儿，她们也不像现在这些英国姑娘爱摆臭架子。一个人只要有他这么多钱，就可以在中国过得十分惬意。你可以搭上一个中国姑娘，搂着她钻进俱乐部，那里有很多性情相投的人，你可以跟他们举杯共饮，可以跟他们打打桥牌、打打台球。他回忆着大街小巷琳琅满目的中国商店，街头人声鼎沸的喧闹声，挑着重担穿街走巷的脚夫，港口里停泊着的中国平底帆船，以及矗立在河流两岸的中国宝塔。说来好笑，当初在中国时，他向来认为中国不怎么样，现在倒好——唉，中国竟然在他心目中怎么也挥之不去了。中国令他魂牵梦绕。他渐渐认为，伦敦绝不是一个白人男子的理想之地。伦敦已经堕落得不成体统了，于是，有一天，他忽然灵机一动，重返中国也未尝不是件好事情。当然，这个念头也很愚蠢，他辛辛苦苦地在中国干了二十年，目的就是为了能够在伦敦过上好日子，倘若再背井离乡住到中国去，未免太荒唐。他有这么多的钱，随便在哪儿都能生活得很快活。可是，他心里偏偏只有中国，别的地方都不行。有一天，他去参观画展，看到了一幅地点为上海的风景画。那幅画立即奠定了他的想法。他已经对伦敦深感厌倦了。他痛恨伦敦。他打算逃离出去，这回出去就永远也不回来了。他回国才待了一年半，倒好像比他在东方国家待了整整二十年还要长。他乘上了从马赛起航的一艘法国轮船，看见欧洲大陆的海岸线渐渐没入海平面时，他如释重负地长舒了一口气。航行到苏伊士运河，刚刚接触到东方这片土地时，他便深知，他的决定完全正确。欧洲完蛋了。东方国家才是独一无二的理想之地。

他在吉布提①上过岸，在科伦坡也上过岸，在新加坡又上了岸，尽管轮船在西贡停泊了两整天，他却待在船上没挪窝儿。他那时一直在拼命喝酒，因为他老是觉得心里不太痛快。不过，船在海防靠岸时，他们准备在那儿停留四十八小时，他觉得不妨上岸去看看风景。海防是本航次到达中国之前所停留的最后一个港口。他的目的地是上海。他打算一到那儿就去找旅馆，在附近稍微转一转，然后再找一个姑娘，找一个他自己中意的去处。他要买一两匹矮种马去参加赛马。他很快就能交上朋友。在东方国家，人们没有那么古板、那么冷漠，跟生活在伦敦的这些人大不一样。在海防上岸后，他在旅馆里吃了晚饭。晚饭一吃完，他就匆匆叫来了一辆黄包车，一上车就对车夫说，他要找女人。车夫送他去了一所非常寒酸的公寓，就是我在里面坐了好几个钟头的这套公寓，当时住在这儿的人就是这个老太婆和这个姑娘，这姑娘如今已经成为他孩子的母亲了。苟且了一会儿之后，老太婆便问他想不想抽一口大烟。他从来没有尝过鸦片，他向来对鸦片深感畏惧，可是，事到如今，他认为没有理由不试一试，打打精神。那天晚上，他心情好极了，那姑娘也是个特别讨人喜欢、如小鸟依人般的小美人儿；她长得很像中国姑娘，小巧玲珑，非常漂亮，宛如一尊偶像。唉，他抽了一两袋大烟，感觉很快活、很舒服；他在她家待了整整一夜。他通宵未眠。他就躺在床上，感觉非常舒坦，也想了好多心事。

"我留宿在这儿没走，直到我搭乘的那条船继续驶向了香港，"他说，"既然船已经开走了，我干脆继续待下去得了。"

---

① 吉布提市（Djibouti），吉布提共和国首都，该国最大的城市，也是东非最大的海港之一，位于亚丁湾的西岸，地处欧、亚、非三大洲的交通要冲，凡北上穿过苏伊士运河开往欧洲或者由红海南下印度洋绕道好望角的船只，都要在吉布提港补水加油，战略地位十分重要，被西方称为"石油通道上的哨兵"。

"你的行李怎么办呢？"我问道。

因为我关心的是，人们究竟该采用什么方法才能将现实生活中具有实用价值的具体细节与那些理想化的成分糅合在一起，这样做也许不值得。每当我在小说中看到那些身无分文的恋人驾驶着风驰电掣般的汽车长途跋涉、奔向远方的山峦时，我总是怀着迫切的心情想知道他们究竟是如何支付这笔费用的，我也时常扪心自问，亨利·詹姆斯笔下的人物在细致入微地审视其处境的间隙时间里，究竟是如何处理他们肉体上的生理需求的。

"我只有一个行李箱，里面装的全都是衣服，我这号人从来不愿随身携带太多物品，只要别弄得衣不蔽体就行，我和这姑娘一起下楼去叫了一辆黄包车，把箱子取回来了。我的本意只是想继续留在此地，等下一趟船过来再说。你瞧，我这个地方离中国这么近，我想，我不如稍微再等一等，先熟悉熟悉情况，然后再继续赶路，但愿你明白我这话的意思。"

我当然明白。在我看来，他的最后这句话使他的心迹昭然若揭了。我知道，站在进入中国的门槛上时，他的勇气荡然无存了。英国如此令人大失所望，然而，事到临头时，他又不敢去经受中国的考验了。倘若连这份勇气都没有，他也就一事无成了。多少年来，英国就像沙漠中的一片海市蜃楼。但是，当他真的沉湎在这片美景之中时，那些波光粼粼的水池、蔚然成行的棕榈树林、郁郁葱葱的草地，只不过是连绵起伏、一望无际的沙丘而已。他了解中国，由于他再也没看过中国一眼，他便将中国珍藏在心中了。

"不知怎么回事，我就留下来了。你知道的，你会很惊讶地发现，日子过得不知有多快。我好像总感到时间不够用，我想干的事情连一半都干不了。不管怎么说，我在这儿过得很舒服。这老太婆炮制的大烟味道好极了，这小姑娘，我心爱的姑娘，也很讨人喜欢，再说，我也有孩子啦。一个活泼可爱的小叫花子。如果你在某个地方过得很幸福，干吗还要去别的地方呢？"

我环顾四周，打量着这间面积虽大、却家徒四壁、破破烂烂的屋子。屋子里根本没有舒适可言，也不会让人联想到，屋里有哪件小小的私人物品或许能给他以家的感觉。格罗斯里接手了这套很不起眼却非常可疑的公寓，把它当成了幽会之屋，当成了供欧洲人前来吸食鸦片的秘密场所，由这个老妇人负责管理，像过去一样，而他只是暂时栖身于此，并非长期居住在此，仿佛依然还有明天，他还会收拾起行囊奔向远方。过了一会儿，他解答了我心头的疑问。

"我这辈子也没有过上这么幸福的日子。我常常也想，我总有一天还要去上海，不过，我估计，我永远也去不了啦。但是，上帝知道，我永远也不想再看见伦敦了。"

"难道你就不感到寂寞得难受，偶尔也需要找个人倾诉一下？"

"没有。有一个中国流浪汉偶尔会带一名英国船长或者一名轮机长上这儿来，事过之后，我就跟他们到船上去，我们会聊一聊从前的日子。这儿有一个老家伙，是个法国人，过去也在海关工作，他会说英语；我有时也会去看望他。问题是，我不想过多地跟人打交道。我喜欢独自思考。如果我在思考的时候，有人夹在当中，我就感到特别心烦。我并不是一个烟瘾很大的瘾君子，你也知道，我早晨只抽一两袋烟，缓和一下我胃痛的毛病，但我真的不会整夜抽大烟。抽完之后，我就接着思考。"

"你思考的都是些什么事情呢？"

"啊，各种各样的事情。有时会想想伦敦，想想我小时候伦敦是什么模样。但是，绝大部分都是关于中国的事情。我时常怀念我在中国度过的那些快乐的时光，怀念我赚钱的门路，我也想念我过去经常打交道的那些人，那些中国人。我那时经常碰到九死一生的险境，但我每次都能安然脱险，顺利渡过难关。我时常感到纳闷，不知我本该弄到手的那些中国姑娘到底怎么样。我至今都感到很遗憾，我没有留住一两个。那是一个伟大的国家，中国；我很喜欢那些商店，店里有一个老先生坐在高脚凳上抽水烟袋，还有那些店招牌。还有那些寺庙。天哪，那才是一个适合男人居住的地方。那才叫生活。"

这片海市蜃楼又熠熠生辉地浮现在他眼前。他完全被这幅幻景迷住了。他很快乐。我有些疑惑，不知他的终极目标究竟是什么。得啦，这幅幻景目前还不是他的终极目标。因为他大概有生以来第一次把现状紧紧掌握在自己手中了。

（张　鋆　吴建国　译）

情书

外面的码头上烈日炎炎，酷暑难当。摩托车、卡车、公共汽车、私家小轿车，各种车辆川流不息，雇工们也不停地穿梭在其中。人流，车流，时快时慢，争先恐后地行驶在拥堵不堪的大街上，每个司机都在不耐烦地按着喇叭；黄包车敏捷地穿行在人头攒动的夹缝里，那些气喘吁吁的苦力们但凡喘得过气来，便大喊大叫地彼此打着招呼；他们扛着沉甸甸的包裹，一边侧着身子小步快跑着，一边大声嚷嚷着，叫行人给他们让道。流动摊点的小贩们吆喝着自家的货物。新加坡是上百个民族的汇集之地；各种肤色的人应有尽有，有黑皮肤的泰米尔人[①]，有黄皮肤的华人，有小麦肤色的马来人，有亚美尼亚人[②]，有犹太人，也有孟加拉人，他们互相打着招呼，声音此起彼伏、喧闹非凡。不过，雷普利先生、乔伊斯先生和内勒先生的事务所里此时却显得凉爽而又舒适；扬尘四起中，落日的余晖慢慢退去，屋子笼罩在一片昏黑之中。街道上持续了一天的喧嚣渐渐消失，屋

[①] 泰米尔人（Tamil），来自南亚次大陆的民族之一，分布在印度南部和斯里兰卡东北部、马来西亚、新加坡、斐济、毛里求斯和南非。

[②] 亚美尼亚人（Armenian），欧洲南高加索地区的古老民族，是亚美尼亚共和国（the Republic of Armenia）主体民族。

内越发显得十分安静，让人觉得很惬意。乔伊斯先生坐在他自己那间办公室的桌子旁，一台电风扇正对着他呜呜地转动着，马力十足。他仰靠着椅背，两肘搭在椅子的扶手上，一只手的手指伸展开来，指尖与另一只手的指尖整齐划一地搭联在一起。他的目光落在面前一个长书架上放着的几卷已被翻阅得皱巴巴的《律法汇编》上。橱柜顶上有几只涂了日本漆的四方形的铁皮匣子，匣子上用毛笔写着形形色色的委托人的名字。

这时候，门外传来一声敲门声。

"进来。"

一名华人职员推开门走了进来。他身穿白色的帆布服，显得干净又整洁。

"先生，克罗斯比先生到了。"

他说着一口漂亮的英文，每个词的发音都很准确，乔伊斯先生对他丰富的词汇量常常感到很惊讶。王志成是广东人，曾在格雷律师学院①学习过法律。一两年来，他一直跟在雷普利先生、乔伊斯先生和内勒先生后面学习，好为自己日后能够独立处理案件积累经验。他勤勉刻苦，责任心强，堪称模范。

"请他进来吧。"乔伊斯先生说。

乔伊斯站起身来与来访者握手，并请他坐下。他一坐下来，灯光便落在了他的身上，而乔伊斯先生的脸则被隐在一片阴影之中。他是个天性沉默寡言的人，此时，他盯着罗伯特·克罗斯比看了足足有一分钟，却一言不发。克罗斯比是个大块头的汉子，身高超过六英尺②，肩膀宽阔，肌肉发达。他是个橡胶种植园主，常年在庄园里奔

---

① 格雷律师学院（Gray's Inn），14 世纪英国伦敦四大律师学院之一，位于伦敦霍尔本街，培养专业律师人才，现也为律师提供办公场所。
② 1 英尺约为 30 厘米，6 英尺身高约 1.83 米。

波劳作，工作之余喜欢打打网球，以此来消遣放松。他晒得黢黑，两只大手毛茸茸的，双脚塞在一双笨重的靴子里，显得巨大无比。乔伊斯先生暗暗思忖，他大概一拳头就能轻而易举地打死一个弱不禁风的泰米尔人。但是，克罗斯比的那双蓝眼睛里却没有丝毫的攻击性，他的眼神里充满了信任和友善；他的五官虽然都很大，却毫无特色，脸上写满了单纯、坦率和诚实。不过，此时此刻，他显得非常焦虑，脸色憔悴不堪，眼圈乌黑。

"你看上去好像已经有一两个晚上没睡过安稳觉啦。"乔伊斯先生说。

"可不是嘛。"

乔伊斯先生这时才注意到克罗斯比放在桌子上的那顶折叠式宽边旧毡帽，随后，他的目光又游移到了克罗斯比穿的那条卡其布短裤上，短裤下裸露着两条红彤彤、毛茸茸的大腿，他上身穿着一件短袖网球衫，领口敞开着，没有系领结，外面套了一件脏兮兮的卡其布夹克衫，袖子卷得老高。他这副模样看上去就像刚刚在橡胶林中跋涉了很久。乔伊斯先生微微皱了一下眉。

"你得打起精神来才行啊。这个时候你一定得保持冷静。"

"啊，我还好。"

"你今天见到你老婆没有？"

"没有，我准备下午去见她。你知道吗，他们居然逮捕了她，这事做得简直太不像话了。"

"我想，他们是不得已才这么做的吧。"乔伊斯先生语气平和，不急不躁地回答道。

"我本来以为他们可以让她保释出狱的。"

"这是一桩非常严重的指控。"

"真该死。她做的是任何一个正经女人在那种处境下都会做的事情。只是女人们十有八九都没有这份勇气。莱斯利是这世上最好的女人。她连一只苍蝇都不会伤害！哎呀，真是活见鬼，真的！我跟她已经结婚十二年了，你觉得我会不了解她的为人吗？上帝啊，我当时要是逮住那个家伙，我一定会拧断他的脖子，我会毫不犹豫地宰了他的！换做是你也一样。"

"我的好兄弟啊，每个人都会站在你这边的。没有人会替韩蒙德说一句好话的。我们会把她救出来的。我估计，不管是陪审员还是法官，都会先拿定主意，做出无罪宣判的决定，然后才会走进法庭的。"

"整个事情就是一场闹剧，"克罗斯比十分愤怒地说道，"首先，她根本就不该被抓起来，其次，这事也太可怕了，这可怜的姑娘毕竟吃足了苦头，她还不得不遭受审判的折磨。自打我走进新加坡以来，但凡我遇到的每一个人，无论男女，大家都对我说，莱斯利的做法绝对是天经地义的。这些天来，她一直被关在牢里，我觉得，这件事太糟透了！"

"法律就是法律。她毕竟坦白自己杀了人。情况的确很糟糕，我对你和她目前的处境也感到非常难过。"

"我一点儿也不在乎。"克罗斯比打断道。

"可是，事实情况是，这起谋杀案已经发生了，在一个文明社会里，一场审判是在所难免的。"

"消灭了一个道德败坏的人渣也叫谋杀吗？她枪杀了他，就跟枪杀了一条疯狗没什么两样。"

乔伊斯先生又重新仰靠在椅背上，再次把十根手指头的指尖对接在一起。他搭起的这个小小的构架看上去活像屋顶的轮廓。他沉默了好一会儿。

"作为你的法律顾问，我自然会履行我的职责，"他终于用平稳的语调开口说道，同时用他那双镇定自若的棕褐色眼睛望着他的客户，

"即使我并没有告诉过你，这起案子里有一点也使我感到有些焦虑不安。如果你老婆只是朝韩蒙德开了一枪，那么整个案件运作起来就绝对要容易得多。不幸的是，她一共开了六枪。"

"她已经解释得十分清楚了，在那种情形下，换做谁都会那么做的。"

"我想，大概是吧，"乔伊斯先生说道，"当然，我也认为她的解释非常合理。但是，对事实视而不见，这对我们毫无益处。你要把自己放在他人的立场上，设身处地地想一想，这一点向来是正确的做法。我不否认，即便我是为王室做辩护，我刚提及的那个疑点也是我要调查询问的重点。"

"我的好兄弟啊，这样做未免太愚蠢了！"

乔伊斯先生用严厉的目光朝罗伯特·克罗斯比扫了一眼。他那线条分明的嘴唇边残留着的一丝笑意也快要退去了。克罗斯比虽然是个好人，但很难说他是个聪明人。

"我想，这一点大概也无关紧要，"律师回答道，"我只是认为，这个疑点值得一提。你现在也用不着等太久了，等一切都结束之后，我建议你陪你老婆离开此地，到某个地方度假去，把这件事统统抛在九霄云外。即使我们现在已经几乎可以肯定，最终判决必定是无罪释放，但这种审判怎么着也是个劳心费神的事，你们俩到时候都需要好好休整一下。"

从进门开始，克罗斯比第一次露出了笑容，可他的笑容很怪异，使他的面容有些扭曲。他这一笑，你会忘了他的粗野的一面，只看到他灵魂深处美好的一面。

"我觉得，我比莱斯利更需要休息。她居然挺过了这一切，简直令人惊叹。上帝作证，你的委托人真是个坚强勇敢的小女人。"

"是啊，我也为她的自控能力而感到十分惊讶，"乔伊斯律师说道，"我真没想到她能有如此坚定的意志。"

作为克罗斯比夫人的辩护律师，自从她被捕入狱以来，出于他的责任所在，他有必要三番五次地过来找她面谈。尽管事情已经被尽可能简化了，但她如今身在狱中，因谋杀罪而面临审判，即使她的神经承受不住，那也不足为奇。她似乎沉着冷静地经受住了这些磨难。她在狱中仍坚持读了很多书，尽可能多锻炼，还获准做些针线活——缝制枕头的蕾丝花边，这项活动向来是她打发那些漫长的无所事事的时光的主要消遣。每当乔伊斯先生来看望她时，她都打扮得干干净净，穿着素雅、清爽、款式简单的女装，头发梳理得整整齐齐，连指甲也精心修剪过，举手投足也镇定自若。她甚至还能拿自己现在多有不便的身份开开玩笑。她说起之前的那场悲剧时，语气似乎也颇有点儿漫不经心，在乔伊斯先生看来，这完全是她具有良好教养的缘故，才使她不至于在这种极其严重的处境下做出什么略有点儿荒唐可笑的举动来。这让他很惊讶，因为他压根儿就没想到，她居然会这么幽默。

断断续续算起来，他已经认识克罗斯比夫人很多年了。每当她来新加坡探亲时，她通常都会过来跟他夫人以及他本人在一起共进晚餐，有一两次，她还跟他们夫妇俩一起在他们海边的那幢印度式平房①里度过周末。乔伊斯夫人曾和她一起在那所庄园里住过两个星期，也曾与杰弗里·韩蒙德见过几次面。这两对夫妇之间的关系尽管不算特别亲密，彼此相处得也挺友好，正因为如此，那场惨案发生之后，罗伯特·克罗斯比便立即火急火燎地赶来新加坡，恳求乔伊斯先生亲自来担任他那不幸的妻子的辩护人。

他第一次与她见面时，她就向他道出了事情的来龙去脉，连最琐

---

① 平房（bungalow），带有宽大露天阳台的平房，起源于印度，因凉爽、通风，盛行于英帝国（及其他）的热带地区，成为白人主要的住房形式。

碎的细枝末节都描述得清清楚楚。她在这起惨案发生之后的几小时里就冷静地坦白交代了一切，如同她现在所描述的一样。她的交代前后一致，声音平和，不卑不亢，只有在描述到事件中的一两处细节时，她的脸颊上才涌现出一丝淡淡的红晕，显得有点儿窘迫和尴尬。谁也料想不到这种事情竟然会发生在她这样的女人身上。她三十刚出头的年纪，是个娇弱的人儿，身材不高也不矮，与其说她漂亮，倒不如说她优雅。她的手腕和脚踝都很纤细，但她的身段却极其苗条，你能透过她那白皙的皮肤看到她手骨的形状，看到她那些非常显眼的蓝色血管。她苍白的面色中微微透着几分蜡黄，双唇也毫无血色。你简直看不出她眼睛的颜色。她有一头浓密的浅棕色的头发，而且天生略有些卷曲，这样的秀发要是再精心打理一番，肯定会让她显得格外漂亮，但是克罗斯比夫人不会想到要凭借任何刻意的修饰来凸显自己。她是个文静、和善、谦逊有礼的女人。她的风度也优雅迷人，倘若说她人缘没那么好，那也是因为她颇有些害羞的缘故。这倒也能理解，因为种植园主的生活太单调了，她待在自己家里，周围也都是她认识的人，就连展示魅力的方式，也是不动声色的。乔伊斯夫人和她在一起待了两个礼拜之后，回来便对她丈夫说，莱斯利是一位很善解人意的女主人。乔伊斯夫人还说，她可不像常人所认为的那样，她懂的可多了；要是你渐渐了解她了，你会很惊讶地发现，她居然读过那么多的书，而且人也那么的风趣。

她是这个世上最不可能犯下谋杀罪的人。

乔伊斯先生尽其所能地说了很多让人安心的话，让罗伯特·克罗斯比先回去。办公室里又只剩下他独自一人时，他再次一页页地翻阅着这份辩护状。不过，这只是一个习惯性的动作而已，因为辩护状的所有细节他早已烂熟于心了。这件案子当天就引起了巨大的轰动，从新加坡到槟榔屿，在所有的俱乐部里，在所有的餐桌上，在整个半岛的上上下下，传得沸沸扬扬。克罗斯比夫人给出的说法其实很简单。她的丈夫出差去了新加坡，那天晚上，她孤身一人待在房里。晚间，到了八点四十五分，她一个人吃的晚饭，晚饭后便坐在客厅里，在绣制蕾丝花边。客厅的门是朝外边的露台开着的。平房里没有人，因为用人们都回到屋后他们自己的住处休息去了。这时，她忽然听见外边花园里的砾石路上传来了一阵脚步声，而且是皮靴的脚步声，她很惊讶，这说明来者是一个白人，而不是当地人，由于没听到有汽车开上环形车道的声音，她也想象不出这么晚了会有谁来找她。只听有人踏上了直通平房的台阶，穿过露台，出现在她所在的客厅的门口。在起初那一刻，她没看清这个不速之客是谁。她伴着有灯罩的台灯坐在那儿，而他则站在那儿，背对着黑咕隆咚的夜色。

他说："我能进来吗？"

她甚至没听出那是谁的声音。

"是谁呀？"她问道。

她是戴着眼镜干活儿的，开口说话时便摘下了眼镜。

"吉奥夫·韩蒙德。"

"好的。快请进来，喝点儿什么吧。"

她站起身来，彬彬有礼地跟韩蒙德握了握手。看到来者是他，她感到有些吃惊。尽管他们是邻居，但罗伯特和她俩人近来与韩蒙德都没什么密切往来，她也有好几个星期没看见过他了。他也是个橡胶庄园主，他的庄园与他们的庄园相距近八英里呢。她不免有些纳闷，不知他为什么要挑这么晚的时间前来拜访。

"罗伯特不在家，"她说道，"他今晚不得不去新加坡了。"

韩蒙德或许觉得该为自己深夜来访作点儿解释吧，因为他说：

"我很抱歉。我今晚感到特别的孤单，所以，我就想干脆过来一趟吧，看看你们近来过得怎么样。"

"那你究竟是怎么来的？我根本没听见汽车的声音嘛。"

"我把车停在公路边了。我以为你们俩也许都上床睡觉了。"

这个解释再自然不过了。种植园主为了清点工人的人数，通常天刚破晓就得起床，所以晚饭过后就上床休息是再好不过的。事实情况是，第二天，人们在距离平房四分之一英里的地方找到了韩蒙德的那辆小轿车。

因为罗伯特不在家，屋子里没有威士忌，也没有苏打水。莱斯利心想，仆人大概已经酣然入睡了，便没有召唤他过来，而是自己亲自去取来了酒水。韩蒙德给自己调了一杯酒，接着又把烟斗装满了烟丝。

吉奥夫·韩蒙德在这片殖民地里人脉甚广。他此时已经是三十七八岁年纪的人了，但他看上去依然还像个年轻小伙子。战争爆发时，他是第一批主动请缨、奔赴战场的人，也曾立过赫赫战功。由于膝盖负伤，两年后他便以残废军人的身份从军中退役了，带着"杰出军人勋章"[①] 和"十字军功章"[②] 回到了马来联邦[③]。他曾经是在这片殖民地里台球打得最好的人之一。他曾是舞场上的佼佼者，网球打得也很好，如今由于膝头不太灵便，舞姿、球技都大不如前了，但是他天生善于笼络人心，所到之处总是受到众星捧月般的欢迎。他是个身材高挑、相貌英俊的家伙，有一双迷人的蓝眼睛和一头漂亮、乌黑的鬈发。老兵们都说，他唯一的缺点就是太喜欢拈花惹草，那起惨案发生之后，他们无不摇头唏嘘，因为他们早就知道，他那风流成性的

---

① 杰出军人勋章（Distinguished Service Order），陆军和海军军功章。设立于1886年，由英国及部分英联邦国家授予立下战功或服役期间表现优异的士兵或军官。

② 十字军功章（Military Cross），授予英国武装部队的军官或其他军衔军人的三级军功章，早先也会授予英联邦国家的军官。

③ 马来联邦（the Federated Malay States），是英国在马来半岛的殖民政体之一，由半岛上4个接受英国保护的马来王朝所组成，包括雪兰莪、森美兰、霹雳和彭亨，于1895年成立，首府吉隆坡。

个性迟早会使他惹出大麻烦。

韩蒙德这时开始跟莱斯利聊起了当地发生的一些风流韵事，聊起了即将在新加坡举办的赛马，聊起了橡胶的价格，以及他差点儿就打死了一只近来常在附近这一带出没的老虎。莱斯利由于一心想着手头还没来得及按时绣完的蕾丝花边，想赶紧做完，好把它寄回家去，作为献给她母亲的生日礼物，所以，她又重新戴上了眼镜，把放着枕头的那只小茶桌拉到了她的座椅跟前。

"要是你不戴那种大牛角框的眼镜该多好，"他说，"我不懂好好一个美女为什么总是把自己打扮得这么平庸。"

听到他说这种话，她不免有点儿吃惊。他以前从来没有用这种腔调跟她说话。她觉得，此时最好的办法就是轻描淡写地敷衍一下。

"你也知道，我从不标榜自己是不是什么绝色美女，不过，如果你要我实话实说的话，那我就不妨告诉你，我一点儿也不在乎你认为我平庸与否。"

"我觉得你一点儿都不平庸。在我看来，你真的漂亮得很呢。"

"您可真会甜言蜜语啊，"她挖苦地回答道，"不过，你要是这么说的话，那我就只能认为，你是假心假意的。"

他咯咯地笑了起来。岂料，他突然从自己的座椅上站起身来，在她身边的另一张椅子上坐了下来。

"你总不会当面否认，你这双手就是这世上最漂亮的手吧。"他说。

他做了个姿势，仿佛要拉起她的一只手似的。她轻轻拍了他一下。

"别犯傻啦。坐到你刚才的位子上去，规规矩矩地说话，否则我要打发你回家了。"

他纹丝未动。

"难道你看不出来，我已经无可救药地爱上你了吗？"他说。

她面色冷静，不为所动。

"我看不出来。这种话我一点儿也不相信，即使这是真话，我也不想听你说出来。"

她对他的这番表白感到异常吃惊，因为在她认识他的这七年里，他从来就没有对她另眼相看过。他从战场上回来之后，他们相处的次数渐渐多了起来，有一回他生病了，是罗伯特专程开车过去把他接到他们这所平房来休养的。他跟他们在一起小住了两个星期。但是，他们的兴趣爱好各不相同，他们的关系只称得上熟人，却从未发展成友谊。在最近这两三年时间里，他们很少见到他。有时候，他会专门过来打网球，有时候，他们也会在某位种植园主举办的宴会上遇见他，但事实情况是，他们往往一个月都见不到他一次。

他此时又给自己倒了满满一杯威士忌加苏打水。莱斯利怀疑他来此之前就一直在喝酒。他的举止颇有些古怪，这使她有点儿忐忑不安。她大为不满地注视着他在那儿自斟自饮。

"我要是你的话，就不会喝那么多酒。"她依然在好言相劝。

他把杯中的酒一饮而尽，然后便放下了酒杯。

"你认为我是因为喝醉了才这样跟你说话的吗？"他唐突地问道。

"显然只有这样才说得通啊，难道不是吗？"

"唉，这不是实话。自从我第一次认识你，我就爱上你了。我一直在尽我所能压抑着自己的情感，如今该把心里话说出来了。我爱你，我爱你，我爱你。"

她腾地一下站起身来，小心翼翼地把手上的枕头放在一旁。

"晚安。"她说。

"我现在不想走。"

她终于忍无可忍，发起火来。

"可是，你这个混蛋！难道你不知道吗？除了罗伯特，我根本就没爱过别的人，就算我不爱罗伯特了，我也绝不会看上你这种人。"

"那又怎么样，我不在乎。反正罗伯特现在也不在家。"

"如果你不立即走开，我就喊用人们过来，把你轰出去！"

"他们这时候也听不见你的喊声。"

她这时真的动怒了。她拔脚就走，仿佛想冲向露台，只要走到露台上，那个护家的男仆肯定能听见她的喊声。不料，韩蒙德一把抓住了她的胳膊。

"放开我！"她气急败坏地大声吼道。

"喊也不管用。我已经把你搞到手啦。"

她张开嘴高声喊叫起来："来人啊，来人啊。"但他动作飞快地伸手捂住了她的嘴。紧接着，她还没来得及反应他想干什么时，他已经将她抱在怀中，急切地亲吻着她。她极力挣扎着，想把她的嘴唇从他滚烫的嘴巴上扭开去。

"别，别，别，"她哭喊着，"放开我。我不想这样。"

对于接下来所发生的事情，她脑子里一片混乱。在这之前的所有对话，她都记得清清楚楚，然而，此时此刻，他的话语宛若透过令人恐怖而又惊惶的薄雾，在阵阵敲打着她的耳膜。他仿佛在向她求爱。他在滔滔不绝地诉说着他那充满激情的抗议之声。他始终紧紧地将她箍在他那狂风暴雨般的怀抱中。她很无助，因为他是个身强力壮、孔武霸道的男人，她的两只胳膊被牢牢按在身子的两侧，动弹不得；她的一切挣扎都无济于事，她感到自己越来越没力气了；她很害怕自己会晕死过去，男人滚烫的呼吸喷在她脸上，让她感到无比的恶心。他亲吻着她的嘴巴、她的眼睛、她的脸颊、她的头发。他的双臂紧紧搂着她，勒得她简直喘不过气来。他把她抱了起来，她的脚离开了地面。她拼尽全力去踢他，但他只是把她搂得更紧了。他这时已经把她扛了起来。他不再说话了，但她知道，熊熊欲火已经烧得他脸色发白，两眼热辣辣的。他抱着她朝里面的卧室走去。他已经不再是一个文明人，而是一个野蛮人。在急匆匆的奔跑中，他不小心撞在一张挡路的桌子上。他的膝盖受过伤，腿脚本来就不大灵活，加上怀中还抱着这个女人，这一撞当场便使他摔倒在地。她立即瞅准机会，拼尽全力挣脱了他的束缚。她绕着沙发奔跑着。他闪电般地爬起来，朝她猛扑过去。房间的书桌上有一把左轮手枪。她并不是个神经过敏的女人，可是，由于罗伯特当天夜里不在家，她的本意是想在上床就寝时把枪带进卧室用来防身的。这就是为什么卧室里有枪的缘由。她这时已经恐惧得简直要发疯了。她根本不知道自己在干什么。突然间，她听到了一声枪响。她看到韩蒙德趔趄了一下。她听见他大叫了一声。他好像嘟哝了一句什么，可她没听清他在说什么。他跟跟跄跄地走出房间，朝露台上走去。她此时正处于一派狂乱的状态，她紧跟在他后面冲了出来，没错，当时的情况就是这样的，她肯定是紧追在他身后冲出屋来的，尽管对于后来的情况，她什么也不记得了，她随后又机械地开枪了，一枪又一枪，直到把枪膛里的六发子弹全部打光。韩蒙德倒在露台的地板上。他蜷作一团，躺在一大摊血泊之中。

仆人们被枪声惊醒，匆匆奔上前来，他们看到她站在韩蒙德的尸体旁，手里依然握着那把左轮手枪，而韩蒙德早已一命呜呼。她呆呆地望了他们一会儿，什么也没说。他们惊恐万状，挤成一团，愣愣地站在那儿。她任由手枪从手中滑落，然后就一声不吭地转身走进客厅。他们望着她走进卧室，锁上了房门。他们不敢动韩蒙德的尸体，个个都面露惧色，在激动地交头接耳。过了一会儿，领头的男仆总算镇定下来。他跟随罗伯特夫妇多年，是个中国人，做事沉着冷静，有条不紊。罗伯特是骑摩托车去新加坡的，所以，那辆小轿车还停在车库里。他吩咐司机把车开出来，他们必须马上动身向那位区域长官助理报案，告诉他这里发生的一切。他捡起地上的左轮手枪，把它放进自己的口袋里。区域长官助理是一位名叫威瑟斯的人，住在附近那座市镇的郊外，离此地大约有三十五英里远。他们开了一个半小时的车才找到他家。夜阑更深，人人都已入眠，他们不得不叫醒了他家的用人。威瑟斯马上就出来了，他们向他报告说，他们是专程前来报案的。领头的男仆掏出那把左轮手枪给他看，以证明他所言不虚。区域长官助理随即便进屋换了身衣服，派人去开来了他的小轿车，不一会儿便跟随着他们的车子行驶在返程的杳无人迹的公路上。天色刚刚破晓时，他就抵达了克罗斯比家的那幢平房。他匆匆奔上通往露台的台阶，一看到韩蒙德的尸体还原封未动地躺在那里，他猛然收住了脚步。他摸了摸死者的脸。尸体已经冷冰冰的了。

"夫人在哪儿？"他朝管家的仆人问道。

那个中国仆人朝卧室指了指。威瑟斯走上前来，敲了敲门。里面没人应答。他又敲了敲门。

"克罗斯比夫人。"他在门外喊道。

"是谁？"

"威瑟斯。"

又是一阵沉默。过了一会儿，里面传来开锁声，门缓缓地打开了。莱斯利站在他面前。她一夜未眠，身上依然还穿着昨夜吃晚饭时穿的那件茶色长裙。她伫立在那儿，默默地看着这位区域长官助理。

"是您的管家专程去请我过来的，"他说，"韩蒙德是怎么回事。您究竟干了些什么？"

"他企图强奸我，我就开枪打死了他。"

"我的上帝啊。这样吧，您最好出来跟我走一趟。您必须如实告诉我事情的来龙去脉。"

"现在不行。我不能跟你走。请你给我些时间。请派人叫我丈夫回来。"

威瑟斯毕竟太年轻，不知道该如何处理这种紧急状况，因为这件事已经完全超出了他的职责范围。莱斯利什么也不肯说，直到罗伯特终于赶回家来。这时，她才一五一十地把事情的经过跟他们二人说了一遍，从那以后到现在，尽管她把此事重复了一遍又一遍，但她连细枝末节都描述得完全一致，分毫不差。

　　乔伊斯先生反复权衡的关键点是枪击的次数。作为一名律师，他感到非常棘手的是，莱斯利开了不止一枪，而是六枪，而且对死者的检验结果也显示，其中有四枪是紧贴着他的躯体射击的。这不禁让人感到，韩蒙德倒下时，她就站在他身边，而且对着他打光了手枪里的所有子弹。她坦白说，她对开枪之前所发生的一切事情都记得清清楚楚，唯独不记得随后发生的情况。她的脑子一片空白。这也足以证明，她当时由于怒不可遏，情绪已经完全失控；但是，你又很难想象这种失控的愤怒情绪怎么可能会发生在这位如此贤淑、端庄的小女子的身上。乔伊斯先生与她相识好多年了，总觉得她就是一个从不轻易动感情的人；在这桩悲剧发生以来的这几个星期里，她那沉着冷静的态度着实令人惊叹不已。

　　乔伊斯先生耸了耸肩。

　　"我估计，事实情况是，"他暗暗思忖道，"你或许永远也想不到，即使是那些最令人敬仰的良家女子，她们身上也大有可能蕴藏着十分野蛮的行径。"

　　门外传来了敲门声。

　　"进来吧。"

　　那名华人职员走进屋来，一进屋便随手关上了门。他关门的动作很轻柔，既谨小慎微，又毅然决然，接着便径直朝乔伊斯先生正襟危坐的办公桌前走来。

　　"先生，打扰您一下，我能跟您说几句仅限于您我之间的私心话吗?"他说。

这名华人职员在措辞上总是费尽心思地力求准确无误,这让乔伊斯先生觉得颇有点儿好笑,于是,他微微笑了笑。

"没关系呀,志成。"他回答道。

"先生,我想对您说的这件事,很微妙,也很机密。"

"直言不讳地说出来吧。"

乔伊斯先生抬起头来,直视着他手下的那双狡黠的眼睛。王志成一如往常,一身打扮紧跟当地最入时的潮流。他脚蹬一双锃亮的漆皮皮鞋,里面穿着一双花哨的丝绸袜子。黑色领带上别着一根镶嵌着珍珠和红宝石的领带夹,左手的无名指上戴着一枚钻戒。他身上那件整洁的白色外套的口袋里插着一支金光闪闪的自来水笔和一支金光闪闪的铅笔。他手腕上戴着一块金光闪闪的手表,鼻梁上架着一副很不显眼的夹鼻眼睛[1]。他清了清嗓子,说道:

"先生,这件事关系到克罗斯比夫人的这宗案子呢。"

"是吗?"

"先生,据我所知,现在有这样一个相关的证据,在我看来,这个证据大概会使案子的性质发生改变。"

"什么证据?"

"先生,据我所知,现在确实有这样一封信,这封信是被告写给这桩惨案里的那个不幸的受害者的。"

"这一点我倒觉得不足为奇。最近这七年以来,我想,克罗斯比夫人经常会碰到一些需要给韩蒙德先生写信的时机,这是毫无疑问的。"

乔伊斯先生向来对他这位职员的智商评价甚高,他说话总是字斟

---

[1] 夹鼻眼镜(Pincer-nez),眼镜的一种类型,流行于 19 世纪。这种眼镜可以夹住鼻子以提供支撑,所以不需要耳架(earpieces)部分。其名称来源于法语的"pincer"意为"夹住","nez"意为"鼻子"。

句酌，刻意隐藏着他内心的真实想法。

"先生，这种情况大有可能。克罗斯比夫人肯定跟死者有频繁的书信往来，比方说，邀请他来陪她共进晚餐，或者约他去打一场网球。我注意到这种情况时的第一反应也是这样的。然而，这封信的落款日期恰好是那位已经作古的韩蒙德先生死亡的那一天。"

乔伊斯先生连眼皮都没有眨一下。他一直在注视着王志成，脸上挂着淡淡的戏谑的笑容，一如他平时跟王志成说话时的模样。

"这件事是谁告诉你的？"

"这些情况是我偶尔得知的，先生，是我一个朋友告诉我的。"

乔伊斯先生深知自己不该再追问下去了。

"先生，您肯定还记得，克罗斯比夫人已经陈述过，截止到这起惨案发生之前的那个晚上，她已经有好几个星期与死者没有任何书信往来了。"

"你手头有这封信吗？"

"没有，先生。"

"这封信里有哪些内容？"

"我朋友给了我一份抄写件。您想仔细看看吗，先生？"

"我当然要看看。"

王志成从衣服的内口袋里掏出一个鼓鼓囊囊的钱包，钱包里满满当当地装着各种证件、新加坡钱币和一些香烟卡①。他马上从这一堆乱糟糟的东西中抽出了半张质地很薄的便笺，把它放在乔伊斯先生面前。这封信的内容如下：

　　　　R 今晚外出不回家。我绝对必须见你一面。晚上十一点我等

---

① 香烟卡（cigarette card），是烟草制造商发行的用于加强卷烟包装和宣传卷烟品牌的卡片。

你。我已经绝望至极，如果你不来，我就不承担后果了。别把车开上来。L。

这封信的字体很流畅，出自中国人在外国学校专门学过的那种手笔。这种书写体由于太缺乏个性特点，与这些有不祥之兆的字眼很不协调，显得颇有些诡异。

"你凭什么认为这个便条就是克罗斯比夫人写的？"

"我对我那个爆料人的可靠性有十足的信心，先生，"王志成回答道，"再说，这件事也是很容易加以验证的。毫无疑问，克罗斯比夫人可以就马上告诉您，她到底有没有写过这样一封信。"

自两人开始谈话以来，乔伊斯先生压根儿就没把目光从他这位职员看似正派的脸上移开过。他此时有些疑惑，不知对方是否从他的目光中察觉出了一丝嘲弄的表情。

"克罗斯比太太竟然写过这样一封信，这太令人难以置信啦。"乔伊斯先生说。

"如果这是您的想法的话，先生，这件事当然就到此为止了。我朋友之所以肯就这个话题向我透露些消息，完全是因为他觉得我在您的事务所里工作，在与那位副检察官交涉之前，您也许应当知道有这封信的存在。"

"信的原件在谁手里？"乔伊斯先生语气尖锐地问道。

王志成并没有直接回答，他仿佛没听清这个问题，也没有察觉到问话人的态度已经有了转变。

"先生，毫无疑问，您应当记得，韩蒙德先生死后，据调查发现，他生前跟一个中国女人关系很密切。这封信目前就在她的手里。"

这就是让公众舆论改变了方向，转而猛烈抨击韩蒙德的事件之一。此事后来闹得沸沸扬扬，人人都知道，韩蒙德把一个中国女人弄到自己家里来同居了好几个月。

有那么一会儿，俩人都没有开口说话。的确，该说的都说了，彼此也都十分清楚对方的心思。

"我很感谢你，志成。我会考虑这个问题的。"

"很好，先生。您希望我把您的意思大致与我那位朋友沟通一下吗？"

"我想，你不妨跟他保持联系吧。"乔伊斯先生严肃地回答道。

"是，先生。"

这名职员不声不响地离开了房间，再次谨小慎微地关上了门，留下乔伊斯先生独自在那儿苦思冥想。他愣愣地望着莱斯利那封信的抄写本，字体虽然整洁，却毫无个性特征。脑海中那些模糊不定的怀疑在困扰着他。这些疑点实在搅得人心神不宁，他竭力想把这些疑点从脑海中排除出来。必须有一个简单的说明来解释这封信，毫无疑问，莱斯利可以马上做出这种解释，但是，不管怎样，这件事需要有一个解释。他从椅子上站起来，把信揣进兜里，拿上遮阳帽。他出门时，王志成正在桌前忙着写着东西。

"志成，我要出去一会儿。"他说。

"先生，乔治·里德先生约了十二点要与您见面的，您要是出去的话，我该怎么跟他说呢？"

乔伊斯先生朝他淡淡一笑。

"你可以说，你根本不知道我去哪儿了。"

但是，他很清楚，王志成知道他要去监狱一趟。尽管犯罪的现场在布兰达[①]，而审判却要在新布兰达[②]进行，由于这里的监狱不便拘留

---

① 原文为印度尼西亚文：Belanda，意为"荷兰"。该地在 16 世纪末为荷兰的殖民地。

② 原文为印度尼西亚文：Belanda Bharu，意为"新荷兰"，即荷兰殖民地。

一个白人妇女，克罗斯比夫人便被移送到新加坡了。

她被带进了会见室，一看到乔伊斯，她便伸出了她那只非常纤细、保养得极好的手，和颜悦色地朝他微微一笑。她一如既往地打扮得整洁而又朴素，那头浓密、浅色的秀发也精心梳理过。

"我没想到你今天早上会来看我。"她亲切地说。

她仿佛像待在自己家里一样，乔伊斯先生倒真的希望听见她吩咐仆人给他这个不速之客端来一杯杜松子鸡尾酒。

"你还好吗？"他问道。

"身体状况好极啦，谢谢你。"她眼中飞快地闪过一丝打趣的笑意，"这是个修心养性的好地方。"

看守退开了，屋里只剩下他们俩人。

"快请坐。"莱斯利说。

他拉过一把椅子坐下来。他真不知道该如何开口。她太冷静了，在他看来，要想对她说明来意，几乎是难以启齿的事。尽管她不算漂亮，但她的长相中有一种让人舒心可意的气质。她确实很优雅，但这是一种具有良好教养的优雅，丝毫没有上流社会的那种附庸风雅的矫揉造作。你只需朝她看一眼，便知道她是什么样的人，知道她生活在什么样的环境之中。她的娇弱赋予了她一种独特的精致感。这副模样简直让人无法将她与那种最令人捉摸不透的粗俗不堪的肉欲念头联系到一起。

"我一直在盼着今天下午和罗伯特见面呢，"她说，语气既平和，又轻松。（听她说话是一大乐事，她的嗓音和口音都带着她这个阶层的人所特有的风范。）"可怜的人啊，这件事让他备受煎熬，伤透了脑筋。谢天谢地，再过几天，这件事就全部了结啦。"

"现在只剩下五天了。"

"我知道。每天早上醒来时，我都情不自禁地遐想着，'又过去一天啦'，"说到这儿，她笑了笑，"就像我从前在学校念书时，总是盼着快要放假了那样。"

"顺便提一下，灾祸发生之前，你已经有好几个星期跟韩蒙德没有任何书信往来了，我这样想对吗？"

"这一点我完全可以肯定。我们上次见面是在麦克法伦家举办的网球聚会上。我想，我跟他说的话不超过两句。你也知道，他们家有两个网球场，我们刚好也不在同一个球场上打球。"

"那你也一直没给他写过信？"

"啊，没有。"

"这一点你有十足的把握吗？"

"噢，当然，"她回答道，脸上挂着一丝微笑，"除了偶尔请他来吃个饭，或者打打网球，我没什么事情非要写信告诉他不可，而且我也有好几个月没写过信了。"

"有一段时间，你跟他相处得相当亲密。后来究竟发生了什么，让你不再邀请他做任何事情了呢？"

克罗斯比夫人耸了耸她那瘦削的肩膀。

"人总会厌倦跟别人打交道吧。我们也没有什么共同的爱好。当然，他生病时，罗伯特和我都尽心尽意地照料过他，不过，最近这一两年来，他的身体状况很好，再说他人缘也很好。他风华正茂，应酬多得很，我们好像也没必要再频频邀请他了。"

"你十分肯定就这些吗？"

克罗斯比夫人犹豫了片刻。

"好吧，我不妨就实话告诉你说吧。听说他跟一个中国女人同居了，这话也传到我们耳朵里了，于是，罗伯特说，他不会再邀请他来家里了。我也亲眼看见过那个女人。"

乔伊斯先生此刻坐在一张硬靠背椅子上，一只手支着下巴，双眼紧盯着莱斯利。她刚才说这番话时，有一瞬间，那双黑黑的眼珠子里突然布满了暗红色的怒火，难道这是他的幻觉？这一幕令他大吃一惊。乔伊斯先生稍许调整了一下坐姿。他把十指的指尖搭在一起。他放慢了语速，搜肠刮肚地挑着字眼。

"我觉得我还是应当告诉你，现在有这么一封信的存在，是你写给杰夫·韩蒙德的一封亲笔信。"

他密切注视着她。她一动不动，脸色也没变，但是，她明显迟疑了一会儿才来回答这个问题。

"在从前那段日子里，我时常给他寄一些内容很简短的便条，目的是请他来参加这样或那样的活动，或者在得知他要去新加坡时，托他给我带点儿东西来。"

"这封信的内容是你要求他来见你，因为罗伯特马上要去新加坡。"

"这不可能，我从没做过那种事。"

"你最好还是亲自看看这封信吧。"他从衣兜里掏出那封信，把它递给了她。她只瞥了一眼，轻蔑地笑了笑，随即便把信还给了他。

"这不是我本人的字迹。"

"我知道。据说这确实是那封原件的手抄本。"

她这时才开始仔细看起信中的内容来。看着看着，她脸上就浮现出了一阵狰狞可怖的变化。她那毫无血色的面庞看上去变得越来越吓人了。她脸都变绿了，脸上的肉似乎突然间垮塌下来，皮肤紧绷绷地包裹着骨头。她的嘴唇歪斜着，露出了牙齿，表情很是怪异，像在做鬼脸。她死死地盯着乔伊斯先生，眼睛瞪得仿佛要从眼窝儿里蹦出来似的。他此刻看到的仿佛是一个在口齿不清地胡言乱语的亡灵的脑袋。

"这是什么意思？"她喃喃地说。

她嘴巴发干，发出的只能是嘶哑的声音，听上去再也不像正常人的说话声了。

"这个意思应该由你自己来说才对呀。"他回答道。

"这封信不是我写的。我发誓，我没写过这封信。"

"要特别当心你所说的话。倘若原件是你的字迹，那你否认也没用。"

"那也许是别人伪造的。"

"这一点要加以证明会很困难。但要证明这封信是真的却很容易。"

她清瘦的身躯颤栗了一下。但是她的前额上却冒出了一颗颗豆大的汗珠。她从包里掏出一块手绢，擦拭着手心。她又朝那封信瞥了一眼，接着又斜眼望着乔伊斯先生。

"这封信没有注明日期。即使这封信是我写的，那也可能是几年前写的，我早就不记得了。如果你给我些时间，我会尽力回想一下当时的情况。"

"我早就注意到这封信没有日期。假如这封信落在原告律师的手里，他们肯定会盘问那些用人。他们很快就能查明，在韩蒙德死亡的那天是否有人给他送过信。"

克罗斯比夫人猛然攥紧了双手，整个人在椅子上剧烈摇晃起来，乔伊斯先生感到她快要晕过去了。

"我向你发誓，我没写过那封信。"

乔伊斯先生沉默了一会儿。他把目光从她那张扭曲变形的脸上移开，低下头来望着地面。他陷入了沉思。

"既然是这种情况，那我们就无须再进一步深究这件事了，"他终于打破沉默，慢条斯理地说道，"如果持有这封信的人在他认为合适的时候将信交到了原告律师的手里，那你可得做好思想准备啊。"

他这话的意思表明，他没有过多的话可以对她说了，但他并没有要立即起身离开的意思。他在等待着。对他自己而言，他仿佛已经等待了很久很久。他虽然没再望着莱斯利，但他心里很清楚，她一动不动地坐在那儿。她一言不发。最后，还是他先开了口。

"如果你没有什么话要对我说了，我想，我该回事务所去啦。"

"看过这封信的人会怎么想？"她问道。

"他会认为，你故意撒了个弥天大谎。"乔伊斯先生厉声回答道。

"什么时候？"

"你已经一口咬定，你至少已经有三个月跟韩蒙德没有任何书信来往了。"

"这件事对我的打击实在太可怕了。那个惊魂之夜所发生的种种事件就像一场噩梦。要是我记性不佳，有一两个细节一时回想不起来了，那也不足为怪呀。"

"你的记性能够使你如此准确地回想出你跟韩蒙德面谈时的每一个细节，而他死亡的那个晚上为什么会按照你十万火急的要求到你家的平房来跟你见面，对如此重要的一个关键问题，你却偏偏忘了，这可就太不幸啦。"

"我没忘。事情发生之后，我太害怕了，就没敢提这一点。我当时以为，我要是承认他是应我的邀请而来的，你们恐怕谁也不会相信我交代的情况了。我想，这都怪我当时太愚蠢；可是，我当时完全丧失了理智，况且我已经说过一遍，我跟韩蒙德早就没有任何书信往来了，我只好就这样说下去了。"

莱斯利这时已经恢复了她那令人钦佩的镇定自若的神态，她坦然地迎着乔伊斯先生那审视的目光。她那温顺谦和的态度顿时消除了一切怀疑。

"那么，你就必须做出解释，你为什么要求韩蒙德趁罗伯特不在家的那天晚上前来见你。"

她两眼圆睁，全神贯注地望着这位律师。他本来以为这双眼睛并没有什么特别之处，他显然弄错了，这是一双相当迷人的眼睛，倘若他没看错的话，这双眼睛此时正闪烁着晶莹的泪珠。她的说话声也夹带着阵阵哽咽。

"我那时正在准备我打算送给罗伯特的一份惊喜。他下个月过生日。我心里有数，他想要一把新手枪，你也知道，我对狩猎运动这方面的事情一窍不通。我想跟杰夫聊聊这件事。我当时想，我是否可以请他出面，帮我订购一支手枪。"

"也许这封信的内容你记得不是很清楚。你需要再看看吗？"

"不用了，我不想看。"她回答得很迅速。

"难道在你看来，因为一个女人想找一个关系多少已有些冷淡的熟人来咨询一下有关买枪的事，她就会给他写这种信吗？"

"我想，这种做法恐怕既有些过头，又感情用事。你也知道，我确实是以这种方式来表达心声的。我现在有思想准备了，我不得不承认，这种做法很傻，"她笑着说，"不管怎么说，杰夫·韩蒙德也不完全是一个关系已经很冷淡的熟人。他生病的时候，我像个母亲似的悉心照料过他。我让他在罗伯特外出的时候过来，是因为罗伯特不喜欢他来我们家。"

乔伊斯先生用一直不变的姿势坐得太久，感觉有点儿累了。他站起身来，在屋子里踱着方步走了一两个来回，边走边思忖着接下来该怎么说。过了一会儿，他俯伏在刚才他一直坐着的那张椅子的靠背上。他用深沉而又严肃的口气缓缓说道：

"克罗斯比夫人，我想非常非常严肃地跟你谈一谈。这件案子目前的进展相对来说还算顺利。唯独有一点在我看来需要解释清楚：根据我的判断，在韩蒙德已经躺倒在地时，你朝他身上开了不止四枪。一个娇生惯养、惊恐不已而且平日里向来很有自控能力的女子，一个性格温柔、天生举止高雅的女子，竟然会情不自禁地做出如此失控、绝对疯狂的举动来，这种可能性很难让人接受。当然，这在法庭上倒是可以接受的。尽管杰弗里·韩蒙德人缘颇佳，从总体上说，口碑也不错，我已做好准备，会根据你对其犯罪行为的指控为你辩护，证明他就是那种犯有此罪的人。他生前一直在跟一个中国女人同居，虽然这一事实是在他死后发现的，却给我们提供了非常明确的线索去进一步展开调查。这件事或许已经使人们对他仅有的一点同情荡然无存了。我们拿定主意，要充分利用他在这种事情上所引起的公愤，因为这是所有尊奉传统礼仪的人对他的态度。我今天早晨跟你丈夫说过，我有把握，此案的结果必定是无罪释放。我这么说并不是为了宽慰他。我相信，陪审团在对你做出无罪释放的判决之前是不会离开法庭的。”

他们彼此都直视着对方的眼睛。克罗斯比夫人还是莫名其妙地一动不动。她那副模样活像被一条蛇震慑得动弹不得的小鸟。他以同样的口吻继续不紧不慢地说着：

“但是，这封信已经使此案的性质发生了颠覆性的变化。我是你的法律顾问，我理应代表你出席法庭。我姑且接受你的这番说辞，我也会按照你的陈述为你做辩护。我可以相信你的话，我也可以有所怀疑。辩护律师的职责就是要说服法院，摆在法庭面前的这一证据尚不足以让法庭做出有罪的判决，而他所提出的关于他的当事人有罪或者无罪的任何个人意见全都与这一疑点无关。”

他十分惊讶地看到，莱斯利的眼中竟闪过了一丝笑意。他虽然有些愠怒，但还是继续说着，口气却变得有点儿生硬起来。

“你不会否认，韩蒙德是收到你十万火急的邀请，我甚至可以说，是收到你那歇斯底里的邀请，才前来你家找你的吧？”

克罗斯比夫人顿时犹豫起来，似乎在权衡该怎么说。

“他们可以去验证，这封信是家里一个用人送到他家平房去的。那个用人是骑自行车去送信的。”

“你千万不要以为别人都比你愚蠢。这封信会引起人家的怀疑的，尽管目前还没有人想到过这一点。我不想告诉你，我看到这封信的时候，我自己是怎么想的。为了能保住你的脑袋，除了那些非说不可的话，我可不希望你再对我说什么节外生枝的话。"

克罗斯比夫人突然发出了一声尖叫。她猛然跳了起来，脸吓得惨白。

"难道你认为他们会绞死我吗？"

"假如他们最终得出的结论是，你并不是出于自卫才杀死韩蒙德的，陪审员们出于责任感，就会做出有罪的判决。罪名是谋杀。法官出于责任感，就会宣判你死刑。"

"可是，他们能证明什么呢？"她不禁倒吸了一口冷气。

"我不知道他们能证明什么。这一点你是心知肚明的。我可不想知道。不过，如果引起他们的怀疑了，如果他们着手调查了，如果他们去盘问那些当地人了——你认为他们会发现什么呢？"

她突然痛苦得弯下腰来。他还没来得及伸手去扶住她，就见她轰然跌倒在地板上。她晕了过去。他环顾四周，想找点儿水，可惜屋里没有水，但他也不想有人来打搅。他把她翻过身来，让她平躺在地板上，然后守护在她身边，等着她苏醒过来。等她睁开眼睛时，他看到她眼中充满了极度恐惧的神色，这让他感到有些仓皇失措。

"安安静静地躺着别动，"他说，"再躺一会儿，你就好些了。"

"你不会让他们绞死我吧。"她喃喃地说。

她哭了起来，哭得歇斯底里，而他也只能细声细气地哄着她，尽量使她镇静下来。

"看在上帝的分上，振作起来吧。"他说。

"给我点儿时间。"

她的勇气着实令人惊讶。他看得出来，她在努力地恢复自制力，不一会儿，她便再次平静下来。

"让我起来吧。"

他帮了她一下，扶着她站起身来。随后，他搀着她的胳膊，扶着她走到椅子旁。她疲惫不堪地坐了下来。

"暂时先不要跟我说话。"她说。

"好的。"

等她终于开口说话时，她要说的却很可能是他不想听到的话。她微微叹息了一声。

"我恐怕已经把事情弄得一团糟了。"她说。

他没回答，两人再次陷入默然无语的局面。

"有没有办法拿到那封信?"她终于说道。

"假如掌握着这封信的人根本就没打算把它卖掉的话，我想，我也拿不出什么好办法来处理这件事。"

"这封信在谁手里?"

"一直住在韩蒙德家里的那个中国女人。"莱斯利的脸颊上顿时泛起了一片红晕。

"她是不是想要一大笔钱?"

"我猜想，她对这封信的价值大概早就非常精明地盘算好啦。依我看，除非拿出很大的一笔钱，否则是不可能把这封信弄到手的。"

"你打算眼睁睁地看我被绞死吗?"

"你以为要万无一失地拿到一条上不了台面的证物有那么容易吗? 这就跟收买证人没什么两样。你没有权利向我提出这样的要求。"

"要是这样的话，那我会有什么样的下场?"

"正义必须得到伸张。"

她的脸色愈发苍白起来。她浑身上下都在微微颤抖。

"我把我的性命交给你了。当然，我没有权利要求你去做任何不合理的事情。"

乔伊斯先生没有再继续说下去，因为她那一贯很矜持的说话声中已经夹杂着阵阵哽咽，楚楚动人，实在让人于心不忍。她用那双谦卑恭顺的眼睛望着他，他暗暗思忖，要是他拒绝了那双眼睛里流露出的哀求的神色，那双眼睛准会魂牵梦绕地缠着他，使他下半辈子都不得安生。不管怎么说，已经没有任何办法能够让可怜的韩蒙德死而复生了。他很想弄清这封信的背后到底有什么隐情。仅凭这封信来推断，她在没有受到任何挑衅的情况下就动手杀了韩蒙德，这是不公正的。他在东方国家生活了很久，他的职业荣誉感或许已经不如二十年前那么敏锐了。他愣愣地望着地板。他早已拿定主意，要去做他明知似乎有失公允的事情了，然而这种事情却如鲠在喉，竟使他对莱斯利产生了难以言说的怨恨之情。一时间，他尴尬得有点儿不知该怎么说才好。

"我不大了解你丈夫的情况到底怎么样。"

她飞快地扫了他一眼，脸涨得通红。

"他有很多锡矿股份，在两三家橡胶园也有一些股份。我想，他能筹到这笔钱。"

"那就必须告诉他，这笔钱是用来做什么的。"

她沉默了一会儿。她似乎在斟酌。

"他依然还爱着我。他会不惜一切代价救我出去的。有必要让他看那封信吗？"

乔伊斯先生微微皱了一下眉头，她很快便注意到了，又继续说道：

"罗伯特是你的老朋友了。我不是在请求你为我做什么，我是在请求你救救这个心地相当单纯、相当善良的人，他从来没有伤害过你，求你尽一切可能把他从这种痛苦中解救出来吧。"

乔伊斯先生没有回答她。他起身准备离开了，克罗斯比夫人以她那天生优雅的姿态朝他伸出手来。她被这一幕吓坏了，面容显得十分憔悴，但她仍然敢于努力打起精神，彬彬有礼地走上前来跟他握手告别。

"非常感谢你为我处理这些麻烦事。千言万语也表达不尽我对你的感激之情。"

乔伊斯返身回到事务所。他坐在自己的办公室里，一动不动地坐着，不想处理任何公务，心里却思绪万千。他的胡思乱想使他产生了很多稀奇古怪的念头。他禁不住打了个寒噤。终于，门外响起了他等待已久的那种谨小慎微的敲门声。王志成走了进来。

"先生，我刚才正准备出去吃午饭呢。"他说。

"没关系。"

"我也不知道，在我出去之前，您是否有什么需要我做的事。"

"没什么事吧。你为瑞德先生另行安排见面时间了吗？"

"安排好了，先生。他三点钟过来。"

"好的。"

说完这话，王志成转身走开了，走到门前时，把他那修长纤细的手指放在门把手上。接着，仿佛经过再三思考之后似的，他又转过身来。

"先生，您有没有什么话需要我转达给我那个朋友？"

尽管王志成的英文说得那么让人钦佩，可他还是发不好字母 R这个音，他竟然把朋友说成了"fliend"①。

"什么朋友？"

"有关那封信的事，有关克罗斯比夫人写给已经死亡的韩蒙德先生的那封信的事啊，先生。"

"哦！我已经忘了这事了。我跟克罗斯比夫人提起过这件事，但是她否认自己写过那种东西。那封信显然是伪造的。"

乔伊斯从口袋中拿出那封誊写件，把它递给了王志成。王志成对这个动作视而不见，并没有把信接过来。

---

① 本应为 friend，意为"朋友"。这里是指王志成把 r 的音发成了 l。

"如果这样的话，先生，我猜想，要是我朋友把这封信交给副检察长了，您不会有什么异议吧。"

"当然没有。不过，我看不出这样做对你那个朋友有什么好处。"

"先生，我朋友认为他有责任伸张正义。"

"我绝不会干涉任何一个想履行自己职责的人的，志成。"

律师的目光和华人职员的目光针锋相对地对视着。两人挂在嘴角边的笑意都不见了踪影，但彼此都明白对方话中有话。

"我十分理解您，先生，"王志成说，"不过，根据我对 R. 克罗斯比夫人这桩案子的研究来看，我认为，'伪造'这样一封信，对我们的当事人势必会很不利。"

"我向来十分欣赏你在法律事务上的敏锐性，志成。"

"先生，我突然想到，假如我能动员我那个朋友，让他去劝解那个掌握着这封信的中国女人，让她把这封信交到我们手里来，这样也许能省掉我们一大堆的麻烦呢。"

乔伊斯先生漫不经心地把脸凑在他手头的那张吸墨纸上。

"我猜想，你那个朋友大概是个生意人吧。你认为，应该开出什么样的条件才能说动他放弃这封信呢？"

"他还没拿到那封信呢。信在那个中国女人手里。他不过是那个中国女人的一个亲戚。她是个无知的女人；她根本不知道那封信所具有的价值，还是我朋友告诉她的。"

"他要价多少？"

"一万美金，先生。"

"我的老天！你估计克罗斯比夫人究竟能从哪儿搞到这一万美金！我实话告诉你，那封信就是伪造的！"

他说这话时，抬头看了看王志成。尽管面对这突如其来的愤怒，这位职员竟然不为所动。他伫立在桌子的另一边，看上去依然彬彬有礼、沉着冷静，而且在察言观色。

"克罗斯比先生拥有勿洞①橡胶园八分之一的股份，拥有南河②橡胶园六分之一的股份。如果他肯用他的财产作抵押，我有一个朋友可以借给他这笔钱。"

"你的朋友圈真大啊，志成。"

"是的，先生。"

"好吧，你不妨告诉他们，让他们统统见鬼去吧。对于那封很容易就能解释清楚的信，我只会建议克罗斯比先生至多出五千美金，决不多出一分钱。"

"那个中国女人还不想卖掉这封信呢，先生。我朋友费了很大劲儿才说动了她。要是给她的价码小于刚才提到的那个数目，这事是办不成的。"

乔伊斯先生盯着王志成看了至少有三分钟。这位职员承受着这种被窥破人心机的审视的目光，脸上竟毫无尴尬之色。他毕恭毕敬地站在那儿，两眼低垂着。乔伊斯先生很了解他这位员工。他暗暗思忖道，志成啊，你可真是个聪明绝顶的家伙，我倒真想知道，你究竟能从中抽几成。

"一万美金可不是一笔小数目啊。"

"先生，克罗斯比先生肯定愿意出这笔钱，他总不至于眼睁睁地看着自己的妻子被处以绞刑吧。"

乔伊斯先生再一次沉默了。除了已经说过的这些话，志成还知道多少内幕呢？很明显，要是他这么不愿讨价还价，那他对自己的底价一定很有把握。之所以提出这个一口咬定的数目，是因为不管是谁在

---

① 勿洞（Betong），泰国南部与马来西亚吉打州毗邻的一个边陲重镇，聚居着泰人、马来人和华人。

② 原文为印度尼西亚文：Selantan River，意为"南方"。

背后操控这件事，这个人都很清楚，十万美金是罗伯特·克罗斯比先生所能筹集到的最大的数额。

"那个中国女人如今在什么地方？"乔伊斯先生问道。

"她现在就住在我朋友家里，先生。"

"她愿意到这儿来吗？"

"我想，还是您去找她更好，先生。我今晚就可以带您去他家，她会把那封信交给您的。她是个非常孤陋寡闻的女人，先生，她都不懂什么是支票。"

"我还没想到要给她开支票呢。我会带现金过去的。"

"要是不带足一万美金的话，那恐怕就是在浪费您的宝贵时间啦，先生。"

"我完全明白。"

"我吃完午饭后，就把这个消息转告给我的朋友，先生。"

"很好。你最好今晚十点在俱乐部外面跟我会面。"

"一切听您吩咐，先生。"王志成说。

他朝乔伊斯先生微微一躬，随即便离开了办公室。乔伊斯先生也想外出去吃午饭。他去了那家俱乐部，果然不出所料，他在这儿看到了克罗斯比先生。他当时正坐在一张挤挤插插坐满了客人的桌子边，克罗斯比先生从他身旁经过，想找一个座位时，乔伊斯先生拍了拍他的肩膀。

"趁你没走之前，我有一两句话想跟你谈一谈。"他说道。

"你说得对。你要是准备好了，就告诉我一声。"

乔伊斯先生早已在心里盘算好该怎么应付他了。吃完午饭后，他在俱乐部里打了一局桥牌，目的是想等俱乐部里的人都自然而然地走空了。在这件非同小可的事情上，他不想在事务所里跟克罗斯比见面。不一会儿，克罗斯比也走进了棋牌室，在一旁观看着，直到牌局结束。其他牌友都各自去处理自己的事情了，棋牌室里只剩下了他俩。

"发生了一件相当不走运的事情啊，老伙计。"乔伊斯先生说道，他想尽可能让自己说话的口吻听上去随意一些，"现在看来，韩蒙德被枪杀的那天晚上，是你夫人写信给韩蒙德，邀请他到你家来的。"

"可是，这是不可能的事情啊，"克罗斯比大声说道，"她已经反复交代过，她早就跟韩蒙德没有任何书信来往了。根据我自己了解的情况，我知道，她已经有两三个月没正眼看过他了。"

"事实情况是，这封信的确存在。这封信现在就掌握在那个一直跟韩蒙德同居的中国女人的手上。你夫人本打算在你过生日的那天送给你一份礼物，她想托韩蒙德帮她准备这份礼物。那场悲剧发生后，由于情绪过于激动，她完全忘了这件事，由于她起先否认自己跟韩蒙德有书信往来，后来便不敢再说她犯下了一个错误。当然，这一点确实很不幸，但是，我想，这种情况恐怕也还算正常吧。"

克罗斯比没说话。他那张红通通的大脸上浮现出一派茫然不知所措的表情，乔伊斯先生顿时既感到如释重负，又因为他如此缺乏理解力而感到很窝火。他真是个感觉迟钝的男人，而乔伊斯先生对这种感觉迟钝的人向来很不耐烦。然而，自从这起灾祸发生以来，他痛苦万分的模样也让这位律师动了恻隐之心。克罗斯比夫人求她帮忙时，有句话说得很对，这样做不是为了帮她，而是为了帮她丈夫。

"万一这封信神不知鬼不觉地落到了原告律师的手里，不需要我说，你也知道，那会惹来多大的麻烦。你夫人撒了谎，她就不得不来解释这个谎言。倘若韩蒙德并非擅自私闯民宅，并非不速之客，而是受邀前来你家的，情况就有点儿不一样了。这一点会很容易使陪审员们产生一定的歧义，难以做出判决了。"

乔伊斯先生犹豫起来。他现在不得不开诚布公地拿出自己的决定了。倘若现在还可以不失时机地开开玩笑的话，他或许会对自己的深思熟虑会心一笑的，因为他马上就要采取如此重大的措施了，而他要为之采取如此重大措施的这个人竟然对事情的严重性连最起码的概念都没有。假如他稍微考虑一下这件事，他或许就能想象到，乔伊斯先生打算做的事情是任何一个律师走正常流程时都会做的事情。

"亲爱的罗伯特，你不仅是我的当事人，更是我的朋友。我想，我们必须把那封信弄到手才行啊。这要花不少钱。除此之外，我也不愿意对你说其他事情了。"

"要多少钱？"

"一万美金。"

"这个要价也他妈的太大了。最近经济形势不好，再加上这样那样的事，这差不多要花掉我的全部家当了！"

"你能马上筹到这笔钱吗？"

"我想应该可以吧。老查理·梅多斯愿意让我以锡矿股份以及我非常看好的那两个庄园作为抵押，把钱借给我。"

"那你愿意吗？"

"非得这样做不可吗？"

"如果你想让你夫人无罪释放的话。"

克罗斯比的脸涨得通红。他的嘴角奇怪地向下撇着。

"但是……"他不知道该怎么说，他的脸此刻已经憋得发紫了，"但是，我还是不明白。她可以做出解释啊。你的意思不会是说，他们要判她有罪吧？他们总不能把她绞死，而放任一个为非作歹的人渣继续逍遥法外吧。"

"他们当然不会绞死她。他们也许只会判她犯了过失杀人罪。她也许得去坐两三年牢才会放出来。"

克罗斯比盯着自己的脚，通红的脸上布满了恐惧。

"三年。"

过了一会儿，他那反应迟钝的智商似乎才慢慢回过神来。此时，他那蒙昧无知的头脑宛如突然划过了一道闪电，尽管随后又陷入了深深的蒙昧无知的状态，但仍保持着一丝不明不白却似乎依稀可辨的记忆。乔伊斯先生看了看克罗斯比的那双红通通的大手，那双大手由于长期干重活儿而变得十分粗糙，布满了老茧，此时在瑟瑟发抖。

"她想送给我的是什么礼物？"

"她说，她想送你一把新手枪。"

克罗斯比的那张原本就红通通的大脸一下子变得更红了。

"你什么时候需要这笔钱派用场？"

此时，他的说话声似乎有点儿怪腔怪调。那声音听上去就像有一双无形的手在掐着他的喉咙。

"今晚十点。我想，你可以带着这笔钱六点钟到我办公室来。"

"那个女人会来见你吗？"

"不，我去见她。"

"我会把钱带来的。我跟你一起去。"

乔伊斯先生生硬地瞪了他一眼。

"你认为你有必要这么做吗？我认为，假如你让我独自去处理这件事，情况也许会更好些。"

"这是我的钱，不是吗？我得去。"

乔伊斯先生耸了耸肩。他们站起身来，彼此握了握手。乔伊斯先生好奇地望着他。

十点钟，他们在空无一人的俱乐部里碰头了。

"一切都准备好了吗？"乔伊斯先生问道。

"是的。这笔钱装在我口袋里呢。"

"那好，我们走吧。"

他们走下台阶。乔伊斯先生的小轿车已经在广场上等候他们了，到了这个时候，广场上一片静悄悄的，他们来到车前时，王志成忽然从一幢房屋的阴影中走了出来。王志成坐上了副驾驶的座位，给司机报了一个地址。他们驱车一路经过了欧洲大酒店，接着又从海员之家转弯驶上了维多利亚大街。这条大街上，那些华人开的商铺仍在营业，那些游手好闲的人在懒洋洋地四处游荡着，马路上人力车、汽车、出租马车川流不息，呈现出一派繁忙的景象。突然间，他们的车子停了下来，志成转过身来。

"先生，我想，我们从这儿步行过去要更加方便些。"他说。

他们下了车，王志成在前面带路。他们跟在他后面，拉开了一两步的距离。走了一会儿之后，王志成让他们停下了脚步。

"请您在这儿等着，先生。我进去跟我朋友打声招呼。"

他走进了一家商店，商店的门面朝大街开着，店里有三四个华人站在柜台后。这家商店跟那些不可思议的店铺一样，店里什么商品也看不到，让人不禁想知道它们究竟出售什么东西。他们看到王志成在跟一个膘肥体壮的男人打着招呼，那人身着一身帆布装，脖子上套着的一条又粗又大的金项链横跨在他胸前，只见他往门外的夜色中敏锐地扫了一眼。那人给了志成一把钥匙，志成随即便走了出来。他朝门外在等着的两个人招了招手，接着便悄然溜进了商店的侧门。他们跟在他身后，一路摸索着来到一段楼梯下。

"你们稍等一下，我来划根火柴，"他说道，依然一如既往地足智多谋，"你们上楼来吧，请这边走。"

他走在前头，手里拿着一根日本火柴，但火柴的光亮简直无法驱散黑暗，他们只好继续跟在他身后一路摸索着走上来。爬上二楼时，他打开了一扇门的锁，接着便走了进去，顺手点亮了一盏煤气灯。

"请进。"他说。

这是一间四方形的小屋子，屋里仅有一扇窗户，两张铺着草席的中国式的矮床是屋里唯一的家具。角落里有一只大箱子，上面挂着一把样式精致的锁，这只箱子上还摆放着一只脏兮兮的托盘，托盘上放着一杆大烟枪①和一盏烟灯②。屋子里透着吸完鸦片后留下的一股淡淡的、辛辣的气味。他俩坐了下来，王志成给二人递上香烟。片刻之后，房门开了，一个肥硕的华裔男人走进屋来，他们刚才看见过此人站在柜台后。他用非常标准的英文跟二人道了声晚安，随后便在他同胞的身边坐了下来。

"那个中国女人马上就来。"志成说。

一名店员从店铺里端来了托盘，上面放着一只茶壶和几只茶杯，那个华裔男人起身给他们斟了杯茶。克罗斯比谢绝了。两个华裔男人交头接耳地低声商量起来，但克罗斯比和乔伊斯先生都没吭声。终于，门外传来了说话声，有人在压着嗓子低声叫门；那个华裔男人走到门边。他打开房门，说了几句话，接着便把一个中国女人领进屋来。乔伊斯先生打量着她。自韩蒙德死后，他已经听说了很多关于她的情况，却从没见过她。她是个体型微胖的女人，已经不算很年轻了，生着一张宽宽的、表情冷漠的脸。她施了粉黛，涂了口红，眉毛画着细细的黑眼线，但她给人的印象是一个很有个性的女人。

她上身穿着一件浅蓝色的夹克，下身是一条白色的裙子，衣服的款式既不算太欧化，也算不太中国化，但是脚上却趿了一双小巧的中国式的丝绸拖鞋。她脖子上戴着一条沉甸甸的金项链，腕上套着一对金手镯，耳朵上坠着一副金耳环，黑色的头发里还别了几只精美的金发夹。她款款走进屋来，带着自信的女人所特有的神态，但她的步态却有些迟缓，只见她紧挨着王志成在那张床铺上坐了下来。王志成跟她说了

---

① 烟枪（opium pipe），用来吸食鸦片、烟的用具。因其外形类似枪支形状而得名。
② 烟灯（lamp），19世纪中叶，英国人将鸦片贩入中国后的历史特定产物，是点燃鸦片的专用灯具。它的作用不是为了照明，而是为了吞食鸦片而特制的。

句什么，她点点头，然后漫不经心地朝来访的两个白人瞥了一眼。

"她把那封信带来了吗?"乔伊斯先生问道。

"带来了，先生。"

克罗斯比什么也没说，直接掏出了一卷面额为五百美金的钞票。他数出二十张，把这些钱递给了志成。

"请你看一看，这笔钱对不对?"

这位职员点了一下钱数，然后把钱交给了那个肥硕的华裔男人。

"分毫不差，先生。"

那个肥硕的华裔男人把这笔钱再次点了一遍，然后把钱塞进了自己的口袋。他又对那女人说了句什么，于是，那个女人便从怀里抽出了一封信。她把信交给了正目不转睛地盯着那封信的志成。

"先生，这就是那封信的原件。"他说，然而，就在他刚要把那封信交给乔伊斯先生时，克罗斯比手疾眼快地一把将信从他手里夺了过去。

"让我看看。"他说。

乔伊斯先生目睹他看完了这封信，然后才伸出手来向他讨要这封信。

"你还是把信交给我来保管为好。"

克罗斯比不慌不忙地把信折叠起来，放进了自己的口袋。

"不，我要自己留着。这封信花了我不少钱呢。"

乔伊斯先生没再反驳。那三个华人注视着他俩之间的这场小小的争论，至于他们心里在想什么，或者是否在想，从他们那无动于衷的脸色上，你也根本看不出来。乔伊斯先生站起身来准备离开这里了。

"您今晚还需要我做什么吗，先生?"王志成说。

"不用了。"他知道，他的这位职员巴不得要背着他留下来，好收取他自己应得的那份钱。于是，他转过身来对克罗斯比说:"马上就走吗？"

克罗斯比虽然没应声，却也跟着站起身来。那个肥硕的华裔男人走到门边，为他们打开了门。志成找来一支蜡烛点上，好让他们借着烛光下楼，两个华裔男人一直把他们送到了大街上。他们留下了那个中国女人，任由她静静地坐在床上抽烟。四人走到大街上时，两个华裔男人便告辞了，转身又上了楼。

"你准备怎么处理这封信？"乔伊斯先生问道。

"留着它。"

他们径直走到停车的地方，那辆车仍在那儿等候着他们，这时，乔伊斯先生提出要顺路送克罗斯比一程。克罗斯比摇了摇头。

"我想走一走。"他犹豫了片刻，两只脚在挪来挪去。"韩蒙德死亡的那天晚上，我到新加坡去了，其中一个目的就是为了去买一支新枪，我认识的一个人，他恰好要处理的那支枪。晚安。"

他很快便消失在茫茫夜色之中了。

乔伊斯先生对审判的结果把握得很准确。陪审员们在法庭上众口一词地做出决定：应该判克罗斯比夫人无罪释放。她代表自己这一方出示了证据。她简单陈述了自己亲身经历的事情，而且说得直截了当，毫不含糊。代理检察官是个老好人，而且显而易见，他对自己的这份职业并没有多大兴趣。他敷衍了事地问了几个必问不可的问题。他对控告方的那番言辞简直等于在为被告方提供辩词，陪审员们也只花了不到五分钟就做出了众望所归众的裁决。审判当天，人们把法院挤得水泄不通，听到裁决后，法庭上顿时爆发出一阵阵热烈的掌声，想拦都拦不住。法官祝贺克罗斯比夫人获得了自由，于是，她成了一个重获新生的女人。

倘若数落起韩蒙德大逆不道的罪行来，恐怕没人能比得上乔伊斯太太这般言辞激烈、深恶痛绝。她是个对朋友赤胆忠心的女人，审判结束之后，她坚持让克罗斯比夫妇在她家小住一段时日，她也和其他人一样，对审判的结果早已胸有成竹，他们把能够作出安排的一应事务都安排妥当后才离开法院。毫无疑问，可怜的、亲爱的、勇敢的莱斯利没法再回那个发生过飞来横祸的平房去了。审判是十二点半结束的，他们来到乔伊斯夫妇家时，一顿丰盛的午餐正等着他们呢。鸡尾酒已经准备就绪，乔伊斯太太那价值百万美金的鸡尾酒会在马来各邦可谓远近闻名，随后，乔伊斯太太便举杯庆祝莱斯利的平安归来了。她本来就是个非常健谈、活泼开朗的女人，此时此刻，她尤为兴奋，情绪高涨。幸好其他几位都默不作声。她也没多想，因为她丈夫向来寡言少语，而另外那两位由于这段时间以来一直精神紧绷，当然早已被折腾得身心疲惫。席间，她仍然在滔滔不绝地唱独角戏，说得兴高采烈、眉飞色舞。饭毕，用人又将咖啡端了上来。

"现在，孩子们，"她以她所特有的喜气洋洋、热热闹闹的方式说，"你们该好好休息一下啦，喝完下午茶之后，我开车带你们两个去海边玩。"

乔伊斯先生只有在特殊情况下才在家里吃午饭，吃完饭后，他当然得回他的事务所去。

"我恐怕去不成啦，乔伊斯太太，"克罗斯比说，"我得马上赶回庄园去。"

"非得今天回去不可吗？"她叫了起来。

"是的，马上就得赶回去。那边的事情我已经荒废得太久啦，再说，我也有些急事要去处理。不过，在我们做出决定下一步该怎么办之前，你要是能收留她一阵子的话，我将不胜感激。"

乔伊斯太太还想再劝告他几句，但她丈夫没让她再说下去。

"如果他非走不可，就让他走吧，凡事总得有个了结嘛。"

律师的口气似乎有点儿反常，迫使她敏锐地朝丈夫看了一眼。她立即缄口不语了，大家一时都默然无语。过了一会儿，克罗斯比又开口说道：

"要是你们肯原谅我的话，我想马上动身，这样我就能在天黑之前赶到那儿了。"他从餐桌边站起身来，"你能出来送我一下吗，莱斯利？"

"当然。"

他俩肩并肩地一同走出了餐室。

"在我看来，他也太不懂得体贴人啦，"乔伊斯太太说，"他应该知道，这个时候，莱斯利最想和他待在一起了。"

"我敢肯定，如果不是迫不得已的事情，他也不会走的。"

"好吧，我这就去查看一下，给莱斯利准备的房间收拾好了没有。当然啦，她需要彻底休整一下，然后再去参加娱乐活动。"

乔伊斯太太走出了餐室，乔伊斯先生又重新坐了下来。不一会儿，他听见克罗斯比在发动摩托车的引擎，随后便传来了车辆碾压在花园砂砾小径上的嘎吱声。他站起身来，朝客厅走去。克罗斯比夫人此刻正伫立在客厅的中央，两眼一片茫然，手里拿着一封展开的信。他明白了，就是那封信。看见他走进屋来，她立即朝他瞥了一眼，在他看来，她的脸色已经苍白得跟死人一样。

"他知道啦。"她喃喃地说。

乔伊斯先生走上前来，从她手里夺下了那封信。他划着了一根火柴，把这张纸点燃了。她目睹着这封信燃烧起来。眼看火快要烧到手时，乔伊斯先生顺势把信丢在铺着瓷砖的地板上，俩人都眼睁睁地望着那张纸被烧得蜷曲起来，变成了黑乎乎的一团。随后，他伸出脚去，将它踩成了灰烬。

"他知道了什么？"

她愣愣地盯着他看了很久很久，那双眼睛里流露出的是一种异样的神色。那究竟是蔑视的眼光，还是绝望的眼光？乔伊斯先生实在分辨不出来。

"他知道了，杰奥夫是我的情人。"

乔伊斯先生既没做任何手势，也没说一句话。

"这些年来，他一直是我的情人。他从战场上回来之后不久就成了我的情人。我们很清楚，我们必须多加小心才行。我们成为情人后，我表面上假装很讨厌他，而且罗伯特在家的时候，他也很少来我家。我通常总是开车去一个只有我们俩知道的地方，他在那儿等着我，一星期有两到三次。每当罗伯特去新加坡了，他一般总要等到半夜时分才到平房来，那个时候，用人们全都睡觉去了。我们经常见面，一直这样，从来也没有什么人对此产生过一丝一毫的怀疑。可是，没过多久，大概一年前吧，他开始变了。我不知道究竟出了什么问题。我无法相信他不再爱我了。他总是矢口否认这一点。我气疯了。我跟他大吵大闹。有时候，我甚至觉得他很讨厌我。哦！但愿你能明白我承受了多大的痛苦！我备受煎熬，简直度日如年。我知道他不想要我了，可我又不愿放他走！悲哀啊！太悲哀啦！我爱他。我把什么都给了他。他就是我的命。又过了一段时日，我听说他跟一个中国女人同居了。我没法相信这是真的！我不愿相信这是真的！最后，我看见那个女人了。我亲眼见到她了，看到她在村子里走动，戴着金手镯和金项链，一个又老又胖的中国女人！她年纪比我大。真可怕！那个部落里的人全都知道，她是韩蒙德的情妇。我从她身边经过时，她朝我看了一眼，我顿时就知道，她知道我也是他的情妇。我给他发了一封信。我告诉他说，我必须见他一面。这封信你已经看过了。我发了疯似的写了那封信。我根本不知道自己在做什么。反正我也不在乎了。我已经有十天没见到他了。那是一段终生难忘的日子啊。我们上次别离时，他还把我抱在怀里，亲吻我，告诉我不必担心，可他一离开我的怀抱就投向了那个女人的怀抱！"

她一直在以低沉的嗓音诉说着，情绪十分激动，话说到这里时，她停了下来，使劲儿绞着两只手。

"那封该死的信。我们一直都很小心。每次我写信给他，他一看完就把信撕得粉碎。我怎么会知道他唯独留下了那封信呢？他那天来找我了，我立即告诉他，我知道他跟那个中国女人的事情。他矢口否认。他说，那不过是流言蜚语罢了。我气昏了头。我至今都不知道我当时跟他说了些什么。啊！我恨他！我不要命地跟他撕扯起来。我骂他薄情寡义，凡是能骂得出口的话，我都用上了。我羞辱他。我恨不得当面朝他脸上啐唾沫。最后，他真跟我翻脸了。他对我说，他讨厌我、腻烦我，从此再也不想见到我了。他说，我让他烦得要死。接着，他便承认，他跟那个中国女人确实有一腿！他说，他跟她已经相识多年了，在战争爆发之前就认识她，说她是他唯一真心相爱的女人，而其他人都不过是逢场作戏。他还说，他很庆幸，我已经知道事情的真相了，现在，我总算可以不再来打扰他了。紧接着，我至今也不知道当时发生了什么，我完全丧失了理智，我怒火冲天、忍无可忍了。我一把抓起那支左轮手枪，接着就开枪了！他狂喊了一声，我才明白，我击中了他。他跌跌跄跄地冲向了外面的露台，我紧跟着追了过去，又开了一枪。他跌倒在地，随后，我站在他身旁，继续朝他射击，直到手枪发出咔嚓咔嚓的声音，这时，我才知道，枪里已经没有子弹了。"

她终于停了下来，喘了口气。她那张脸已经没了人样，由于残忍、愤怒、痛苦的缘故，那张脸已经扭曲变形，面目可怖。你绝对想不到，这个文静、优雅的女人竟然能够做出如此凶恶、色胆包天的事情来。乔伊斯先生不禁倒退了一步。他确实被她的这副模样吓得目瞪口呆了。这哪是一张人脸，这分明就是一张在胡言乱语、面目可憎的面具。就在这时，他们听见另一个房间传来了一阵呼喊声，是一个高亢、友好、兴致勃勃的大嗓门。那是乔伊斯太太的喊声。

"快过来呀，亲爱的莱斯利，你的房间已经准备好啦！你肯定困得不行了，一躺下就能睡着。"

克罗斯比夫人的五官渐渐恢复了原先的模样。刚才那些愤激不已的情绪，那分明十分狰狞的面目，都已舒缓下来了，如同你平时用手把一张皱巴巴的纸抚平了一样。还不到一分钟，那张脸就恢复了往日的冷静和镇定，连皱纹都消失了。她面色虽然还略有点儿苍白，但嘴角却绽开了一丝和颜悦色、亲切友好的笑容。她又变成了那个具有良好修养甚至算得上贵妇的女人。

"我来啦，亲爱的多萝西。给你添了这么多麻烦，真是太过意不去了。"

（孙中瑾　周玉姣　吴建国　译）

驻地行署

新来的助手将于今天下午到达本行署。驻地的特派代表[1]，也就是沃伯顿先生，在得知那个新助手乘坐的普拉胡帆船[2]即将到达时，他戴上遮阳帽，朝南面的栈桥走去。他一路走来时，那些在站岗的警卫人员，那八个身材瘦小的迪雅克[3]士兵，都保持着立正的姿势，朝他行注目礼。他很满意地注意到，他们都很有军人的风姿，他们的制服都整整齐齐、干干净净，他们的枪支也擦得油光锃亮。他们值得他大加称赞。他站在栈桥上，注视着河道的拐弯处，那里只要有船经过，他一眼就能看到。他穿着一尘不染的帆布裤，脚蹬一双白皮鞋，显得十分干练。他腋下夹着一根马六甲金头白藤手杖[4]，那是霹雳州[5]的苏丹[6]赠送给他的礼物。他虽然在等待这位新助手的到来，心里却是五味杂陈。驻地

---

[1] 特派代表（Resident），这里指英国派驻印度等殖民地的行政长官。

[2] 普拉胡帆船（prahu），东南亚旧时常见的一种快速帆船。

[3] 迪亚克（Dyak，Dayak），东南亚土著居民。

[4] 马六甲（Malacca），马来西亚港市，以盛产白藤手杖而闻名。

[5] 霹雳州（Perak），马来西亚13个州之一，首府怡保（Ipoh），位于马来西亚半岛北部与中部地区，北邻泰国，马六甲海峡处于霹雳州西边。Perak是马来语，意为银，由于霹雳州从前发现有锡矿，被误认为银，后来虽辨认出是锡，但"霹雳州"名却依旧保留至今。

[6] 苏丹（Sultan），某些伊斯兰教国家或地区最高统治者的称号。

的工作实在太多，单靠某一个人的力量未必能妥善处理好，在定期巡视他所管辖的这片地区时，若是将行署里的工作完全交给一名本土职员去管理也多有不便，然而，这么长时间以来，他一直是当地唯独仅有的一个白人，因此，面对另一个白人的到来，他总感到有些惴惴不安。他已经习惯了这种孤独的生活。在战争期间，他整整三年都没看见过一个英国人的面孔，有一回，他接到上级的命令，要他接待一位负责植树造林的军官，他当即就感到有点儿诚惶诚恐，所以，当那个素不相识的人眼看就要到来时，他把接待此人的一应事务都安排妥当后，提笔给那人写了一个留言，说他因公务缠身，不得不去上游地区巡察，随后便溜之大吉了。他一直躲在外地，直到一名信息员来通知他说，他的客人已经走了，他才回来。

此时，那艘普拉胡快速帆船已经驶入这片宽阔的河面。这条船上的壮劳力都是被判了各种不同刑期的迪雅克囚犯，有两名狱卒正等候在栈桥上，准备将他们押回监狱去。这些囚犯个个都是身强力壮的汉子，他们熟悉这条河流，在有力地划着船桨。船靠岸时，一个男人从船上用棕榈树叶制成的天篷下钻了出来，健步登上岸。警卫们持枪向他致军礼。

"终于到啦。上帝啊，我被挤压得喘不过气来了。我给你捎来了你的邮件。"

他精力充沛、心情愉快地说道。沃伯顿先生彬彬有礼地朝他伸出手来。

"我猜想，你就是库柏先生吧？"

"没错。难道你在等别的什么人吗？"

他问这个问题旨在开个玩笑，但这位特派代表并没有笑。

"我叫沃伯顿，我会带你去你的住处的。他们会把你的行李送过去的。"

他领着库柏沿着狭窄的小路向前走去，不一会儿，他们便走进了一个大杂院，院落里矗立着一幢小平房。

"我已经尽我所能，把它整修得能够让人入住了，不过，话说回来，这个地方已经有好多年没有人愿意入住了。"

这座房屋由成堆的木头建造而成。屋子里有一个长条形的起居室，起居室的门通向外面一个宽阔的露台，露台后有一条过道，过道的两侧是两间卧室。

"这地方倒挺适合我。"库柏说。

"我估计，你肯定想洗个澡，换身衣服。如果你愿意今晚与我共进晚餐，我将不胜荣幸。你觉得八点怎么样？"

"随便什么时候，我都行。"

特派代表彬彬有礼而又有点儿局促不安地微微一笑，随后便抽身走开了。他返身回到他自己居住的要塞。艾伦·库柏留给他的第一印象并不太好，但他是个光明磊落的人，何况他也知道，仅凭如此简短的一个照面就给人家下定义，这种做法未免有失公允。库柏看上去三十来岁，是个身材高挑、体格精瘦的小伙子，生着一张蜡黄的脸，脸上没有一点儿血色。这张脸上只有一个色调。他的鼻梁很大，是个大大的鹰钩鼻，还有一双蓝眼睛。他一走进平房，就脱下了遮阳帽，把它扔给了等在一旁的男佣，沃伯顿先生这时才注意到，他的颅骨很大，有一头浓密的棕褐色短发，与他那瘦削、细小的下巴颏儿比起来，多少有些不相称。他虽然穿着卡其布短裤和卡其布衬衫，但是看上去既寒酸，又邋遢，那顶遮阳帽也很破旧，看来已经有多日没打理过了。沃伯顿先生暗暗寻思，这小伙子已经在一艘沿海岸线航行的轮船上度过了一个星期，接着又在一条普拉胡帆船的舱底躺了四十八个小时。

"等他来赴宴时，我倒要看看他是个什么样子。"

他走进自己房间，房间里的东西都整整齐齐地摆放着，仿佛他有一个英国贴身随从似的。他脱掉衣服，走下楼梯，来到浴室，自己动手用冷水冲了个澡。对于这种气候，他只能将就着妥协一下，穿上一件白色的无尾礼服；否则，他会穿着非常挺括的白衬衫，配上高领，脚穿丝质短袜，再加上一双漆皮鞋，他会以这种非常正式的着装打扮出现，仿佛他要在伦敦蓓尔美尔街①他自己的俱乐部里用餐似的。作为一个细心的东道主，他走进餐室，想查看一下餐桌布设得是否合适。餐桌布设得颇有欢快气氛，摆放着鲜艳的兰花，银质餐具闪闪发光。餐巾都叠成了精美的形状，插在枝形银烛台上的蜡烛加了灯罩，燃放出柔和的光亮。沃伯顿先生赞许地笑了笑，返身回到客厅，坐等客人的到来。没过一会儿，库柏就出现在他眼前。只见他依然穿着那条卡其布短裤，那件卡其布衬衫，外加他登岸时穿在身上的那件破旧的夹克衫。沃伯顿先生那迎宾的笑容顿时化为冰霜，冻结在脸上了。

"喂，你完全是一派很正式的打扮呀，"库柏说，"我不知道你要来这一套。我差点儿要穿一条纱笼②来呢。"

"没关系。我猜想，你们这些小伙子恐怕都很忙。"

"你知道的，你大可不必因为我的缘故这么费心打扮。"

"我可不是因为你。我向来都穿戴得整整齐齐来吃晚饭的。"

"你独自一人来吃晚饭时，也这样吗？"

"尤其在我独自一人来吃晚饭时是这样。"沃伯顿先生回答道，两眼冷冰冰地瞪着。

发觉库柏的眼睛里露出了一丝戏谑的神色，他顿时气得脸都红了。沃伯顿先生是个脾气暴躁的人；看看他那张棱角分明、爱争强好胜的红脸膛，再看看他那如今已变得越来越花白的红头发，你大概也

---

① 蓓尔美尔街（Pall Mall），伦敦一街名，以俱乐部多而出名。
② 纱笼（Sarong），马来人的民族服装，类似筒裙，由一块长方形的布系于腰间。

能估计到这一点；他那双蓝眼睛，通常都很严峻，而且在察言观色时，冷不防会闪现出怒色；他虽是一个老于世故的人，但也希望做一个正直的人。要想同眼前这个家伙处好关系，他必须尽自己的最大努力。

"想当年生活在伦敦的时候，我人脉很广，我社交圈里的人都认为，每天晚上赴宴时如果不穿燕尾服，就跟每天早上不洗澡一样，是一种非常古怪的行为。来到婆罗洲①后，我觉得没有理由不把如此良好的生活习惯继续保持下去。在战争期间，我有整整三年没有看见过一个白人。即便这样，我也从来没有疏忽过着装，在每一个重要场合都会穿上正装，这样，我才可以相当体面地进屋吃晚饭。你来这个国家的时间还不长；相信我，若想保持你内心应有的这份正统的自豪感，就必须这样做，找不到更好的办法。倘若一个白人对他周围的各种势力哪怕有一星半点儿的迁就，那他很快就会丧失自尊，一旦丧失了自尊，你对这一点大概也很清楚，当地人很快就不再尊重他了。"

"好吧，在这么炎热的天气里，如果你指望我穿上那种非常挺括的白衬衫，再配上硬邦邦的高领，那我恐怕会让你失望了。"

"当然，如果在你自己的平房里用餐，只要你觉得合适，穿什么都行，但是，如果你给我这个面子，愿意过来与我共进晚餐，你也许应该有这个预料，身穿文明社会里常司空见惯的礼服才是合乎礼仪的举止。"

两个马来男佣走进屋来，俩人都围着纱笼，头戴宋谷帽②，身穿整洁的白色外套，佩戴着黄铜小徽章，一个托着杜松子酒瓶和酒杯，另一个端着一只托盘，托盘上放着橄榄和凤尾鱼。于是，他们津津有味地开始享用起晚餐来。沃伯顿先生自卖自夸地说，他有婆罗洲最好的厨师，是一名中国厨师，即使在这困难重重的环境下，他还会不辞

---

① 婆罗洲（Borneo），也译作加里曼丹岛（Kalimantan Island），是世界第三大岛，一半属于马来西亚，一半属于印尼。

② 宋谷帽（Songkok），马来族男性所穿戴的头饰，为椭圆形无檐帽。

劳苦，想方设法做出美味可口的饭菜来。在充分利用食材方面，他发挥了许多聪明才智。

"你要不要看看菜单？"他说，随手把菜单递给了库柏。

菜单是用法语写的，这些菜肴都有响亮的名字。两个男佣殷勤地在餐桌边伺候他们。对面角落里还有两个男佣在挥舞着巨大的扇子，使室内闷热的空气流动起来。饭菜非常丰盛，香槟酒也好极了。

"你自己每天也都像这样用餐吗？"库柏说。

沃伯顿先生漫不经心地瞥了一眼菜单。

"我还没看出来这顿晚餐与平时有什么不同，"他说，"我自己吃得很少，但我特意要求他们每天晚上都要为我准备一份正式的晚餐。这样做不仅能锻炼厨师的厨艺，也能很好地训练这些用人。"

俩人的交谈进行得很费劲儿。沃伯顿先生煞费苦心地摆出一副客客气气的样子，但他似乎发现，他的所作所为偶尔会使这位同伴感到尴尬，继而又觉得这种尴尬的场面略有点儿恶作剧的味道。库柏在塞姆布鲁①待的时间没几个月，然而，当沃伯顿先生向他打听起他在吉隆坡泰阳公司工作的那几个朋友的情况时，谈资也很快告罄，一时竟无话可说了。

"顺便问一下，"过了一会儿，他说，"你碰到过一个名叫亨纳利的小伙子吗？我想，他最近应该出来了。"

"哦，碰到过，他在警察局。一个非常堕落的无赖。"

"我真没想到他居然会变成这种人。他叔叔，巴拉克劳勋爵，是我的朋友。就在前几天，我还收到过巴拉克劳夫人的一封来信，要我照顾一下他。"

"我听说，他跟某某人攀上了亲戚。依我看，他就是凭这层关系

---

① 塞姆布鲁（Sembulu），马来西亚一部落，位于 Pembuang 河东岸高山密林中的 Belajau 湖区。

找到工作的。他在伊顿公学 [1] 和牛津大学念过书，这一点他向来会念念不忘地让别人知道。"

"你的想法真令我惊讶，"沃伯顿先生说，"两三百年来，他们家族的所有人都就读于伊顿公学和牛津大学。我应该料想到他会这样说，他觉得这是很平常的事。"

"我觉得，他就是个该死的自命不凡的人。"

"那你毕业于哪所学校呢？"

"我出生在巴巴多斯 [2]。我在那儿上的学。"

"噢，我明白了。"

沃伯顿先生在他这句简短的回答中添加了些惹人不高兴的意味，库柏果然涨红了脸。一时间，他默然无语了。

"我收到了两三封从吉隆坡寄来的信，"沃伯顿先生接着说，"在我的印象中，小亨纳利是个赫赫有名的成功人士。人家都说，他是一流的运动员呢。"

"噢，是的，他名气很响。他就是那种在吉隆坡大家都喜欢的人。对我个人来说，这个一流的运动员并没有多大用处。从长远看，即使一个人高尔夫球、网球打得比别人好，这能说明什么呢？再说，谁在乎他能否在台球桌上打破七十五分的记录呢？在英国，人们总他妈的过于看重这种事情。"

"你当真是这样认为的？我好像记得，这个一流运动员在战场上的表现是出类拔萃的，肯定不会比任何人差。"

"噢，如果你打算谈论战争，那我就知道我该怎么说了。我以前和亨纳利在同一个军团里服役，我也可以告诉你，那时候，那帮士兵

---

[1] 伊顿公学（Eton），位于伦敦西面，是英国著名的贵族中学。

[2] 巴巴多斯（Barbados），拉丁美洲国家，原为英国殖民地，1966 年 11 月 30 日独立，成为英联邦国家。

无论付出多大代价，都敲不了他的竹杠。"

"你怎么知道的？"

"因为我就是那些士兵中的一员。"

"哦，你没有取得军官资格嘛。"

"我取得军官资格的机会非常渺茫。我就是所谓的殖民地的居民。我从没去公立学校上过学，我也没有任何势力。我在部队里一直就他妈的是个普通士兵。"

库柏皱着眉头。他似乎很难克制自己不爆粗口。沃伯顿先生密切注视着库柏，他那双蓝色的小眼睛眯缝着，在密切注视着他，同时也有了他自己的看法。由于交谈已经变了味儿，他便向库柏谈起了要求他必须履行的工作，当十点的钟声敲响时，沃伯顿先生站起身来。

"好吧，我不能再留你了。我想，经过这么久的舟车劳顿，你肯定很累了。"

他们握了握手。

"哦，我说，听我说，"库柏说，"我想知道，你能不能帮我找一个男佣。从我即将动身从吉隆坡出发的时候起，我以前雇的那个男佣根本就没露过面。他只是把我的行李送上了船，仅此而已，然后就不见踪影。直到我们启航离开港口，行驶到这条河上之后，我才知道，他压根儿就没上船。"

"我问问我那个领班吧。我有把握，他准能帮你找到合适的人。"

"好吧。你就对他说，让那个男佣直接来找我好了，如果我看得上他的模样，我就把他留下来。"

一轮明月当空，所以就用不着再打灯笼了。库柏离开要塞，穿过花园，朝对面他自己的平房走去。

"我真纳闷儿，不知他们为什么偏偏给我派来了这样一个家伙？"沃伯顿先生暗暗寻思，"如果这就是他们如今要派遣出来的那号人，我认为他们这种做法也不怎么样。"

他悠闲地朝下面的花园走去。他的要塞建造在一个小山岗的最高处，而这座花园则一直延伸到了河流的边缘；河岸上是一个凉亭，因此，晚餐后来这儿散散步，抽一支雪茄，已经成了他的习惯。况且，透过下方哗哗流淌的河水，他还时常能听到有人在说话的声音，那些话是某些马来人由于过分胆怯而不敢在光天化日之下说的话，而区区一句埋怨的话或者是一句谴责的话就这样轻飘飘地传到了他的耳边，他们私下里议论的一条情报或者是一条有用的线索就这样说给他听了，否则，这些话根本进不了他的官方视野。在一条长长的藤椅上，他闷闷不乐地一屁股坐了下来。库柏！一个嫉妒心强、没有教养的家伙，狂妄自大、主观武断而且还十分自负。不过，沃伯顿先生的恼火却敌不过这静谧、美丽的夜景。凉亭的入口处生长着一棵树，树上盛开着一朵朵令人赏心悦目的鲜花，空气中弥漫着沁人心脾的花香；萤火虫忽明忽暗地闪烁着，飞来飞去地划出了一条条柔和的银光。月亮为湿婆的新娘[1]那双轻盈的脚在宽阔的河面上开辟了一条通道，远处的河岸上，在夜空的映衬下，成行的棕榈树的轮廓显得格外雅致。息事宁人的念头悄然涌上了沃伯顿先生的心灵。

他是个性格怪僻的人，也曾有过一段不同凡响的人生经历。二十一岁时，他继承了一笔数额相当可观的财富，有十万英镑之巨，从牛津大学毕业以后，他放浪不羁地沉溺在花天酒地的生活中，在那个年头（沃伯顿先生如今是一个五十四岁的人了），这笔财富自然而然地使他拥有了富家子弟的名声。他在芒特大街[2]有属于自己的公

---

① 湿婆的新娘（Sila's bride），湿婆，印度教三相神之一，是毁灭之神；湿婆的新娘为雪山神女（Pārvatī）。

② 芒特街（Mount Street），位于伦敦的一条街道，是世上最高雅的购物街之一。

寓，有属于自己的私家双轮双座马车，在沃里克郡[①]有属于自己的猎舍。时髦人士聚集在哪里，他就去哪里。他相貌英俊、幽默风趣，为人也慷慨大方，在十九世纪初叶的伦敦上流社会里，他可是个赫赫有名的人物，上流社会那时候还没有丢掉其唯我独尊的作派，也没有失去其富丽堂皇的架势。谁也不曾想到，布尔战争[②]居然使这个社会阶层分崩离析了；这场大战摧毁了这个社会阶层的事实，也只有那些悲观主义者曾预言过。在那个时代，成为一个富有的年轻人并不是一件令人不快的坏事，在圣诞节日里，沃伯顿先生的壁炉架上琳琅满目地摆放着一场又一场盛大酒会的请帖。他怀着满心的喜悦展示着这些请帖。因为沃伯顿先生就是个势利小人。不过，他并不是那种唯唯诺诺的势利小人，不会因为那些比他更厉害的角色在他面前耀武扬威就感到有点儿自惭形秽；也不是那种爱攀龙附凤的势利小人，不会去巴结那些摇身一变就成了政界名流或在文艺界臭名远扬的人；更不是那种被钱财迷惑得眼花缭乱的势利小人；他就是那种彻头彻尾、毫不作假、普普通通、打心眼儿里热爱贵族阶层的势利小人。他性情急躁、爱发脾气，但他宁可被一个地位高的人冷落在一旁，也不愿接受一个普通人的阿谀奉承。他的名字在《伯克贵族名谱》[③]中无足轻重，然而在提到他的远房亲戚与他所属的这个贵族家庭的关系时，倘若看到他是如何运用聪明才智的，你一定会感到惊叹不已；但是，他对那个忠厚老实的利物浦制造商却向来讳莫如深、只字不提，尽管他从那个制造商那儿，通过他母亲——格宾斯家族的一位千金小姐，继承到了这笔遗产。真正令人惊骇不已的还是他那极为时尚的生活方式，在考

---

① 沃里克郡（Warwickshire），又译华威郡，英国英格兰西米德兰兹的郡，沃里克是郡治。
② 布尔战争（Boer War），1880 年—1902 年英国人和南非布尔人之间的一场战争。
③《伯克贵族名谱》（Burke's Peerage），由约翰·伯克（John Burke）编撰。该书记载了英国世袭贵族和准男爵的姓名。

斯①，大概是吧，或者在阿斯科特②，每当他陪伴在某个公爵夫人的身边时，甚或陪同在某个嫡亲王子的左右时，这些亲戚中总有人会声称，他们是老相识了。

他的这个毛病确实太明显，久而久之，难免不弄得声名狼藉，不过，这种过于夸张的表现倒也不至于卑劣得一无是处。他所崇拜的那些大人物固然会嘲笑他，但他们打心眼儿里感到，他的崇拜并不是矫揉造作地装出来的。当然，可怜的沃伯顿就是个势利得一塌糊涂的小人，但他毕竟还是个挺不错的人。他向来乐善好施，愿意为某个落魄得身无分文的贵族人士付账，倘若你陷入了走投无路的困境，你保准可以指望他送给你一百英镑。他经常举办盛宴款待亲朋好友。玩惠斯特纸牌时，他的牌技虽然很烂，但是，只要在一起打牌的人是上流社会的精英分子，输多少钱他都毫不在乎。他恰好也是个赌徒，一个手气很差的赌徒，但他是个输得起的人，哪怕一局输掉五百英镑，他也照样处之泰然，让人不得不佩服。他酷爱打牌的癖好，与他酷爱贵族头衔的癖好几乎一样强烈，这是导致他无所作为的根本原因。他所过的那种生活极为奢侈，他输掉的赌资也十分惊人。他的赌瘾变得越来越大，起先赌赛马，后来又转向了伦敦证券交易所。他具有性格朴实、头脑简单的特点，因此，那些寡廉鲜耻的家伙便把他当成了一个胸无城府的猎物。我真不知道他究竟有没有察觉到，他那些精明过人的朋友其实都在背后嘲笑他。不过，在我看来，他有一种隐隐约约的直觉，总感到他丢不起这个面子，只能挥金如土地乱花钱。他渐渐落入了放高利贷者的魔掌。三十四岁那年，他终于输得倾家荡产了。

他那个社会阶层的处世态度对他影响太深，因此，在决定下一步

---

① 考斯（Cowes），英格兰海滨城镇，位于怀特岛（the Isle of Wight）。

② 阿斯科特（Ascot），英格兰伯克郡境内的一座小镇，英国最著名的阿斯科特赛马场即坐落在此，因此，该地区的房价向来高居英国之最。

该何去何从时，他不会徘徊不定。他那个社交圈里的人如果有谁输光了所有的钱，就会漂洋过海到殖民地去寻找出路。从来没有人听见过沃伯顿先生发过一句牢骚。他从不抱怨，因为有一个品德高尚的朋友曾经劝告过他，让他千万别干那种会造成惨重损失的投机买卖。对于那些借过他钱的人，他从不催逼人家还钱，但他却还清了自己的债务（但愿他知道，在这方面，是他所看不起的那个利物浦制造商的血统在他身上彰显出来了），他也没有找任何人寻求帮助，话说回来，由于他这辈子压根儿就没干过任何工作，他不得不寻找一条谋生的路径。他依然兴致勃勃、无忧无虑，而且充满了幽默感。即使他曾经跟什么人闹过不愉快，他也不希望让人家去重演他的不幸。沃伯顿先生是个势利小人，但也是个正人君子。

这些年来，他每天都陪着一大帮位高权重的朋友吃喝玩乐，就泡在这帮人当中，但他也只是央求他们当中的随便哪一位帮忙为他写一封推荐信。当时身为塞姆布鲁的苏丹的那位很有才干的人立即把沃伯顿先生招募进了自己的麾下。在即将乘船出海之前的那天晚上，他在自己的俱乐部里吃了最后一顿晚餐。

"沃伯顿，我听说你马上要走啦。"老朋友赫里福德公爵对他说。

"是的，我马上要去婆罗洲了。"

"我的老天呀，你去那种地方干什么？"

"噢，我破产了。"

"是吗？真遗憾。好吧，等你下次回来的时候，一定要让我们知道。希望你在那边过得很愉快。"

"啊，没错。那里有很多打猎的机会，你知道的。"

公爵点了点头，随后便旁若无人地扬长而去了。几个小时之后，沃伯顿先生注视着英格兰的海岸线越去越远，渐渐消失在薄雾之中，于是，他把尚且还值得过下去的那种生活中的一切也都抛在了身后。

光阴荏苒，转眼二十年过去了。他依然与形形色色的名门淑女和贵妇们保持着频繁的书信联系，他的那些信读起来既令人捧腹，又像在拉家常。他从未丧失对那些拥有贵族头衔的人物的满腔热情，而且特别注意登载在《泰晤士报》上的关于这些大人物来访和出访的预告（这份报纸出版六个星期之后才能到他手里）。他会仔细阅读发布在那个专栏里的有关出生、死亡和婚礼的消息，而且向来都要及时发出他表示祝贺或表示慰问的信函。那些配有图片的画报可以让他了解到人们如今的面貌，这样，在定期回英国休假时，他就能抓住这些线索继续融入上流社会，仿佛他们之间的关系从未间断过似的，对任何一个或许刚在上流社会崭露头角的新晋贵族的情况，他都了如指掌。他对这个时髦社会男男女女的兴趣与他当年自己也身在其中时一样浓厚。在他看来，这才是他唯一不可懈怠的头等大事。

没想到，另一个兴趣爱好竟浑然不觉地融入了他的生活之中。他深感意外地发现，他所处的这个职位使他的虚荣心得到了极大的满足；他再也不是从前那个为博得那些权贵人物的粲然一笑而曲意逢迎的马屁精了，他就是辖地的主人，他说的话就是法律。他感到非常欣慰的是，所到之处，那些担任警卫的迪雅克士兵都会举枪向他致敬。他喜欢为他辖区的民众主持公道。他也很乐意去调解两个敌对酋长之间的争端。在过去那段日子里，每当原始部落中的那些以割取敌人首级作为战利品的野蛮人在胡作非为时，他会怀着凛然不可冒犯的傲慢态度，亲自上阵去惩戒他们。他太刚愎自用，因而具有无所畏惧的勇气也在所难免，据说，他曾单枪匹马地闯进一个壁垒森严的村落，命令一帮嗜血成性的海盗立即缴械投降，他那种临危不惧的冷静态度早已被人们传为佳话。他成了一个经验丰富的行政长官。他执政严格、公正，而且也值得信任。

于是，在潜移默化中，他发觉自己竟深深爱上了马来人。他不知不觉间对马来人的生活习惯和风俗产生了浓厚的兴趣，他对马来人的传说百听不厌。他很欣赏马来人的美德，对他们的恶习也既往不咎，只是耸耸肩，一笑了之。

"想当年，"他常说，"我与英国不少大名鼎鼎的绅士都是关系非常亲密的朋友，但是，我认识的那些绅士无论有多高贵，也比不上某些出身名门的马来人，我为能够称他们是我的朋友而感到自豪。"

他喜欢马来人谦恭有礼的言谈举止和他们别具一格的生活方式，喜欢他们温文尔雅的态度和他们突然间爆发出的激情。他本能地知道该如何恰到好处地对待他们。他对马来人采取的是名副其实的怀柔政策。但他从来没有忘记自己是一名英国绅士，他也无法容忍那些屈从于当地习俗的白人。他从未妥协变节过。他绝不会像许多白人那样娶一个土著女子为妻，因为这种事情，尽管按照当地习俗来看是完全正当的，但在本质上是一种私通行为，因此，在他看来，这种行为不仅令人震惊，也有失体统。一个曾经被威尔士亲王艾尔伯特·爱德华亲切地称作乔治的人，本来就不该跟一个土著居民缔结什么姻缘关系。当他结束去英格兰的探亲访友返回到婆罗洲时，他才如释重负地松了一口气。他的朋友们，像他自己一样，都不再年轻了，主宰世界的已是新的一代人，在这些新生代的眼里，他就是个令人厌烦的老头儿。在他看来，今天的英格兰似乎已经失去了他年轻时在英格兰所热爱的许多东西。然而婆罗洲却依然如故。如今，婆罗洲就是他的家乡。他有意要长期赖在这支部队里，越长越好，他打心底里希望自己最终会在不得不退役之前死去。他在自己的遗嘱中写得很清楚，无论他死在哪里，他都希望把他的遗体送回塞姆布鲁，埋葬在他所喜爱的人民当中，埋葬在能够听得见这条河的潺潺流水声的地方。

但是，这些情感他一直都藏在心里，不愿让手下人察觉到。看到眼前这位衣冠楚楚、身强力壮、腰板挺拔的汉子，看着他那张胡须刮得干干净净的刚毅果敢的脸膛，看着他那越来越花白的头发，人们做梦也想不到，他心中竟怀着如此深藏若虚的感情。

他知道本署的工作应该怎样处理，在接下来的几天里，他一直在用怀疑的眼光审视着这位新助手。他很快便发现，这个新助手不仅兢兢业业，而且能力也很强。在此人身上，他不得不认真对待的唯一缺点是，他对当地人太粗暴。

"马来人既胆小怕事，又非常敏感，"他对新助手说，"我认为，如果你自己多留意些，每次都表现得客客气气，很有耐心，而且态度和蔼，你就会发现，你会得到更好的效果。"

库柏简慢无礼、令人气恼地哈哈一笑。

"我出生在巴巴多斯，我也在非洲打过仗。对于那些黑鬼的情况，我认为，我不懂的事情并不多。"

"我对黑人不了解，"沃伯顿先生尖刻地说，"不过，我们并不是在讨论黑人。我们在讨论该怎么对待马来人。"

"难道他们不是黑人吗？"

"你太无知了。"沃伯顿先生回答道。

他没再说什么。

库柏到来后的第一个星期天，沃伯顿先生邀请他过来共进晚餐。他很隆重地把一切都安排得井井有条，尽管他们前一天已经在办公室里见过面，后来，在要塞的露台上，在六点钟的时候，他们又在一起喝了一杯用杜松子酒和滋补药酒调制的鸡尾酒，但他还是派一名男佣给住在对面平房里的库柏送去了一封言辞彬彬有礼的便笺。库柏无论有多不情愿，还是穿着晚礼服进来了，沃伯顿先生虽然很欣慰地看到，他的愿望得到了尊重，但他还是一脸不屑地注意到，这个年轻人的衣服做工很差，他那件衬衣也很不合身。不过，沃伯顿先生这天晚上心情很好。

"顺便说一下，"他在握手时对库柏说，"关于帮你找一个男佣的事，我已经跟我那个领班说过了，他推荐了他的侄子。我见过那个男生，他好像是个挺聪明、挺勤快的小伙子。你想见见他吗？"

　　"见不见都行。"

　　"他这会儿正等着呢。"

　　沃伯顿先生叫来了那个担任领班的男佣，吩咐他派人去把他的侄子带过来。过了一会儿，一个身材高挑、体形苗条的二十来岁的小伙子出现在他们眼前。他生着一双大大的黑眼睛，面容很清秀。他围着纱笼，身穿一件白色小风衣，头戴一顶没有黑缨的紫红色天鹅绒菲斯帽①。他回答说，他名叫阿巴斯。沃伯顿先生赞许地打量着他，用流利、地道的马来语跟他说话时，他的态度也自然而然地柔和下来。跟白人在一起时，他总忍不住要冷嘲热讽，但是，跟马来人在一起时，他既纡尊降贵，又和蔼可亲，拿捏得很有分寸。他处在苏丹的位置上。他心里十分清楚该怎样维护自己的威严，同时又能让当地人不感到拘谨。

　　"他怎么样？"沃伯顿先生转过身来，朝库柏问道。

　　"还行吧，我估计，他恐怕就是个无赖，跟他们当中的其他人没什么不同。"

　　沃伯顿先生告诉这个男生说，他已经被录用了，随后便打发他走了。

　　"能找到这样一个男佣，算你运气不错，"他对库柏说，"他出身于一个很好的家庭。他们家差不多在一百年前从马六甲那边搬过来的。"

　　"只要这个男佣能帮我擦鞋，在我想喝酒的时候能帮我斟杯酒来，我才不在乎他是不是出身名门望族呢。我的要求是，他能随时听从我的吩咐，并且能不折不扣地做好我吩咐他去做的所有事情。"

---

① 菲斯帽（fez），地中海东岸各国男子所戴的一种帽子，无帽檐，通常为红色，饰有长长的黑缨。

沃伯顿先生抿紧嘴唇，没有回答他一句话。

他们走进餐厅共进晚餐。菜肴非常丰盛，酒也不错。美酒佳肴的影响力很快便在他们身上见效了，他们的谈话不仅少了唇枪舌剑的言辞，甚至还多了一份友好。沃伯顿先生喜欢把自己打扮得整整齐齐，尤其在星期天的晚上，他甚至会把自己打扮得比平时还要再正式一点儿，这已经成了他的一个生活习惯。他渐渐觉得，自己对库柏的看法也许不太公正。当然，库柏算不上绅士，但这并不是他的过错，等你逐渐了解他了，你或许会意想不到地发现，他确实是个很不错的下属。他的过错，大概是吧，属于行事作风方面的过错。他肯定很善于处理自己的工作，雷厉风行，尽职尽责，而且周全缜密。等到他们开始用甜点时，沃伯顿先生心情好极了，简直对全人类都充满了善意。

"这是你的第一个星期天，所以，我要请你喝一杯很有特色的波尔多葡萄酒。这种酒我只剩下二十来瓶了，我专门留着在特殊场合用的。"

他朝那个男佣吩咐了几句，不一会儿，那瓶酒就拿得上来。沃伯顿先生目不转睛地看着男佣打开了那瓶酒。

"这瓶波尔多葡萄酒是我从我那个老朋友查尔斯·霍灵顿那里弄来的。他名气可响了，因为他拥有全英格兰最好的酒窖。这些酒在他那儿存了四十年，之后我又存了很多年。"

"他是个酒商吧？"

"那倒不一定，"沃伯顿先生笑着说，"我说的是卡斯尔雷[①]的霍灵顿勋爵。英国贵族里数他最有钱。是我的一个非常要好的老朋友。在伊顿公学读书时，我和他的弟弟是同学。"

这是沃伯顿先生无论如何也抵挡不住的一个绝好机会，但他讲述

---

① 卡斯尔雷（Castle Reagh），指伦敦德里的侯爵二世罗伯特·斯图亚特（Robert Steward, 2ⁿᵈ Marquess of Londonderry, 1769—1822）的家系。他通常被称"卡斯尔雷勋爵"，是爱尔兰 / 英国政治家，曾担任过爱尔兰国务大臣、英国外交大臣、英国众议院议长等重要职务。

的这个小小的轶事趣闻归结起来似乎只有一点，那就是，他认识一位伯爵。波尔多葡萄酒确实非常爽口；他喝完了一杯，随即又斟上了第二杯。他抛开了一切戒备。他已经有好几个月没跟白人交谈过了。他天花乱坠地讲起了种种生平经历。他情不自禁地炫耀起了常与他为伍的那些大人物。听他这样滔滔不绝地说着，你准会觉得，英国内阁的组建、政府部门的决策，都是听从了他在某个公爵夫人耳边窃窃私语地提出的建议，或者是他在餐桌上抛出来的建议，然后由那些备受英国君主信赖的大臣们心怀感激地去落实的。昔日在阿斯科特、在古德伍德①、在考斯度过的那些岁月又活灵活现地浮现在他眼前。再来一杯波尔多葡萄酒吧。这种盛大的家庭聚会，在约克郡和苏格兰比比皆是，他每年都去参加。

"我曾经有一个名叫福尔曼的手下，他是我从来没有碰到过的最好的贴身随从，你想知道他为什么给我留下了这种印象吗？想必你也知道，在王室的膳食大厅里，淑女贵妇们的贴身侍女和达官贵人们的贴身侍从都得按照其主人级别的高低就座。他告诉我说，他已经厌倦了一场接一场地参加这种聚会，在这些聚会上，他只不过是个平民百姓而已。他这话的意思是，他每次都不得不坐在餐桌的末席上，还没轮到他动手取菜肴，最好吃的东西全都被人家拿光了。我把这件事说给老朋友赫里福德公爵听了，他却哈哈大笑起来。'我的上帝啊，先生，'他说，'假如我是英国国王的话，我就封你一个子爵的爵位，好让你那个随从有机会去大吃一顿啊。''你自己带他去吧，公爵，'我说，'他是我迄今所找到的最好的贴身随从。'他说，'好吧，沃伯顿，如果他真值得你这么夸奖，那他也就值得我这么夸奖。直接把他送给

---

① 古德伍德（Goodwood），位于英国萨塞克斯郡的特色小镇，这里有全世界最负盛名、规模最大的赛车节"古德伍德赛车节"、"古德伍德复古艺术节"、"古德伍德咖啡艺术节"，以及全球闻名的最美丽的"古德伍德赛马场"。

我吧。'"

接下来再说说蒙特卡罗①，沃伯顿先生曾在蒙特卡罗和费奥多大公爵连手打牌，一夜之间就让那个赌场的庄家输得倾家荡产了；还要说说马里昂巴德②。沃伯顿先生曾在马里昂巴德陪爱德华七世③打过巴卡拉纸牌④。

"当然，那时候他还只是威尔士亲王。我至今还记得，他当时对我说，'乔治啊，你要是再掷出一个五点的骰子，会连衬衫都输掉的。'他说得没错；我总觉得，这是他一生中说过的最正确的一句话。他是个极好的人。我一向认为，他是欧洲最出色的外交家。不过，我当年就是个年少无知的傻瓜，压根儿没把他的忠告当回事。如果我当时听从了他的忠告，如果我没有掷那个五点的骰子，我敢说，我今天大概也不会待在这种地方。"

库柏一直在注视着他。他那双棕褐色的眼睛深陷在眼窝儿里，显得既冷峻，又傲慢，嘴角边挂着一丝嘲讽的微笑。在吉隆坡泰阳公司时，他就听说过许许多多有关沃伯顿先生的情况，是个还算不错的人，人们都说，他把自己的辖区治理得井井有条，不过，苍天在上，这是个多么势利的小人啊！人们纵然笑话他，内心里对他也很宽容，因为一个如此慷慨大方、如此亲切友好的人，人们不可能不喜欢他，况且库柏也早已听说过有关威尔士亲王和打巴卡拉纸牌的故事。但是，库柏在听他讲故事时并没有丝毫要迁就的意思。从一开始，他

---

① 蒙特卡洛（Monte Carlo），摩纳哥三个行政区之一，世界著名赌城。

② 马里昂巴德（Marienbad），捷克著名温泉疗养胜地，以其众多富有疗效的温泉和秀美的山水而闻名遐迩，是 19 世纪欧洲各国元首和社会名流的钟情之地。

③ 爱德华七世（Edward VII，1841—1910），英国国王（1901—1910）、维多利亚女王和阿尔伯特亲王之子，曾在牛津大学和剑桥大学就读，喜爱赛马和游艇，由于生活不拘礼节，有时失于检点，女王一直不许他掌管朝政事务，直到他年逾 50 岁，女王驾崩后才继位，但他是英国深受人们爱戴的君王。

④ 巴卡拉纸牌（Baccarat），又译作百家乐，流行于欧洲赌场，通常由三人玩的纸牌游戏。

就对这位特派代表的作风很不满。他是个非常敏感的人，由于老是受到沃伯顿先生笑里藏刀的冷嘲热讽，他感到非常苦恼。沃伯顿先生有一个花招，但凡听到他不认同的观点，就用一种让人心神不宁的沉默来对待。库柏几乎没在英国生活过，因此，他对英国人怀有一种匪夷所思的厌恶感。对这个曾经在英国公学就读过的学生，他尤其心怀怨恨，因为他总是提心吊胆，唯恐此人会对他摆出一副屈尊俯就的样子。他很不喜欢别人在他面前摆架子，因此，仿佛是为了抢先一步似的，他便故意摆出非常傲慢的架势，目的是让所有人都觉得他骄傲自大得令人难以容忍。

"得啦，战争至少为我们做了一件好事，"他终于开口说，"战争把贵族阶层的权力打得粉碎。从布尔战争就开始了，一九一四年则全面取缔了贵族阶层的权力。"

"英国的豪门望族都劫数难逃啊，"沃伯顿先生仿佛像法国资产阶级革命时期流亡国外的一个贵族^① 在回忆当年路易十五的宫廷似的，用那种自鸣得意而又令人感伤的口吻说，"他们再也支付不起住在那些金碧辉煌的王宫里所需要的费用啦，他们那极其讲究排场的宴请活动很快就会化为乌有，只剩下记忆了。"

"依我看，这也是他妈的一件好事。"

"我可怜的库柏啊，希腊昔日的荣耀和罗马昔日的伟大，你怎么会知道呢？"

沃伯顿先生做了个包罗万象的比画。他那双眼睛顷刻间变得恍惚起来，仿佛往事又浮现在他眼前。

"唉，相信我，我们已经受够了那帮腐朽没落的贵族阶层。我们想要的是一个由务实的人掌权的务实的政府。我出生于英王统治的殖

---

① 原文为法文：emigre。

民地，我这辈子差不多也一直生活在那些殖民地里。我对贵族老爷绝不会正眼相看。英国最大的问题就是太势利。如果这世上真有什么事情让我恼火的话，那就是势利小人。"

势利小人！沃伯顿先生的那张脸顿时气得变成了绛紫色，他那双眼睛里也燃起了熊熊怒火。追随了他一生的就是这个字眼儿。他年轻时就喜欢跟那些身份显赫的淑女贵妇打交道，她们固然不会把他对她们本人的溢美之词当作分文不值的废话，可是，即使是那些地位极高的淑女贵妇们，有时候也会乱发脾气，沃伯顿先生就不止一次地被人家当面用这个极其可恶的字眼羞辱过，让他恨得咬牙切齿。他知道，他也没法装作不知道，有不少令人作呕的人骂他是个势利小人。这世道是多么的不公平啊！唉，在他心目中，这世上没有什么恶毒的话比骂人家势利更可恨了。不管怎么说，他喜欢跟他自己这个阶层的人打成一片，况且也只有和他们在一起，他才感到如鱼得水，可是，苍天在上，无论是谁，怎能说这就是势利呢？物以类聚，人以群分嘛。

"我非常赞成你的说法，"他回答道，"势利小人是指一个仰慕或者鄙视别人的人，因为人家的社会地位比他自己高。这是我们英国中产阶级最庸俗不堪的毛病。"

他看到库柏的眼中闪烁着一丝戏谑的神色。库柏抬起手来，想掩饰从他嘴角边绽开的那种龇牙咧嘴的坏笑，可是，这个动作反而使那个粗俗的坏笑更显而易见了。沃伯顿先生的双手微微颤抖起来。

库柏也许根本不知道他已经大大地得罪了自己的顶头上司。既然自己是一个很敏感的人，他对别人的情感竟这么不敏感，真是莫名其妙。

白日里，他们的工作迫使他们时不时就要见上一面，谈上几分钟，到了六点钟的时候，他们还要再碰头，要在沃伯顿先生的露台上喝上一杯。这是本地区早已约定俗成的一个惯例，沃伯顿先生无论如何也不会打破这个惯例。但是，他们一日三餐都各吃各的了，库柏在他下榻的平房里吃，沃伯顿先生则在要塞里吃。公务处理完之后，他们就散散步，一直走到暮色四合时分，但他们各走各的路。该地区不过只有几条小路，何况莽莽丛林又紧挨着本村落的那些种植园，因此，沃伯顿先生只要一看到他的助理迈着散漫的步态沿着小道朝这边走来，他就故意兜一个圈子，免得迎面撞见他。库柏由于不讲礼貌、狂妄自大、独断专行，而且心胸狭窄，已经弄得他心烦意乱；但是，库柏在本署工作了两三个月之后发生了一件小事，这件小事使这位特派代表对他的不喜欢转化为痛恨了。

沃伯顿先生责无旁贷地必须南下去内地巡视一番，于是，他怀着格外信任的态度，把驻地的各项事务交给库柏来管理，因为他已经确凿无疑地得到了结论：库柏是一个很有能力的人。唯有一件事他不太喜欢，那就是库柏毫无宽容之心。他诚实、正直、刻苦，但他对当地人毫无同情之心。沃伯顿先生哭笑不得地注意到，这个把自己视为可以跟每一个人平起平坐的人，居然会把许多人视为比他还要卑贱。他冷酷无情，他无法容忍当地人的想法，他就是个恃强凌弱的恶霸。沃伯顿先生很快就意识到，马来人不喜欢他，甚至很畏惧他。沃伯顿先生对此也不是真的很恼火。假如他的助手享有了一定的声望，势必会与他自己的声望相抗衡，他可不太希望出现这种情况。沃伯顿先生做了周全的准备，踏上了他巡视的征程，三个星期之后，他回来了。在他外出考察期间，他的邮件也到了。他一走进起居室，首先映入他眼帘的东西是一大堆摊开的报纸。库柏早已来迎接他了，他们一起走进了这间屋子。沃伯顿先生转过身来面对着落在后面的一个用人，严厉地问他这些摊开的报纸究竟是什么意思。库柏赶紧上来做了解释。

"我当时想看看关于伍尔弗汉普顿谋杀案[①]的所有报道，所以，我就借阅了你的《泰晤士报》。我很快就把这些报纸都还回来了，我以为你不会介意的。"

沃伯顿先生转过身来面对着他，气得脸都白了。

"但我就是介意。我非常介意。"

"我很抱歉，"库柏镇定自若地说，"实际情况是，我当时的确有些迫不及待，没等你回来再看。"

"我很想知道，你是不是也把我的信件都拆开看了。"

库柏无动于衷，却嬉皮笑脸地望着他的顶头上司气急败坏的模样。

"啊，这根本就不是同一码事嘛。不管怎么说，我无法想象你会介意我看了你的报纸。报纸上压根儿也没有什么见不得人的事情啊。"

"我非常反感有人抢在我前面先看了我的报纸，不管是谁。"他冲到那堆报纸跟前。堆在那儿的报纸有将近三十来份。"我认为，你这种做法极其莽撞无礼。这些报纸全让你弄得乱七八糟。"

"我们很容易就能把它们按顺序整理好啦。"库柏一边说着，一边凑到桌子前，开始动手帮他整理。

"别碰它们！"沃伯顿先生大喝一声。

"我说，为这么一点儿小事大动肝火，未免也太耍小孩子脾气啦。"

"你竟敢用这种口气对我说话？"

"啊，见鬼去吧。"库伯说，话音刚落，他就冲出屋子，扬长而去了。

沃伯顿先生气得浑身发抖，独自一人默默地凝望着那堆报纸。他人生最大的乐趣就这样被那双无情、野蛮的手给毁掉了。大多数生活

---

① 伍尔弗汉普顿（Wolverhampton），英国英格兰中部城市，位于西米德兰都市区，伯明翰西北18公里处，早年是一个农产品集散地，后来成为工业城市，也是一座典型的大学城，时有刑事案件发生。

在穷乡僻壤地区的人在收到邮件时，都会迫不及待地拆开包装纸，拿起最上面的那一份，先浏览一遍来自家乡的最新消息。但沃伯顿先生不这样。他那位报刊经销商总是依据他的指示，在他发出的每一份报纸的包装纸外面写明发送的日期，所以，每当那一大捆邮件送达时，沃伯顿先生要先查看一下这些邮件的日期，然后用蓝色铅笔给这些邮件编上号。他那个领班会遵照他的指令，每天早晨把一份报纸放在露台的桌子上，再沏上一杯早茶。而拆开包装纸，一边品茗，一边阅读晨报，是沃伯顿先生感到分外愉快的一大乐事。这种情景会给他带来依然生活在故乡的幻觉。每个星期一的早上，他看的是六个星期以前的星期一发行的《泰晤士报》，并以此为序，像这样按部就班地看完这个星期的所有报纸。到了星期天，他就看《观察家》报。如同他总是穿戴得整整齐齐去吃晚饭的习惯一样，这是他维系文明社会的一条纽带。他引以为豪的是，无论那些新闻有多振奋人心，他都从来没有经受不住诱惑，在规定的时间还没到之前就提前打开报纸。在战争期间，悬而未决的战况往往令人无法忍受，有一天，当他在报纸上看到部队已经发动了一场大规模的攻势时，他就经历过这种对悬而未决的战况备感焦虑的煎熬，其实，他只要稍作变通，翻看一份较新的报纸，就能免除内心的焦虑了，那份报纸就摆在书架上，随时等着他来看呢。那是他迄今所面临的最为严峻的考验，但他成功地战胜了这个诱惑。那个笨手笨脚的混蛋倒好，就因为他想了解某个糟糕的女人是否谋杀了她那个丑恶的丈夫，就擅自拆开了这些整整齐齐、封得严严实实的包装纸。

沃伯顿先生叫来了男佣，吩咐他去取些包装纸来。他尽可能整齐地将这些报纸折叠起来，给每份报纸都裹上了包装纸，并标上了编号。但这是一项令人伤感的事情。

"我永远也不会原谅他，"他说，"绝不会原谅他。"

当然，他的男佣也跟随他一起去巡视了；他每次出门都带着他，因为这个男佣清楚地知道他喜好事物的程度，况且沃伯顿先生也不是那种精打细算、会省掉舒适生活方式的丛林旅行者。不过，在他们回来之后的闲暇时间里，他时常会去用人们的住处闲聊。他听说库柏和他的随从们之间产生了矛盾。除了那个名叫阿巴斯的小伙子，他手下的其他人全都走了。阿巴斯也很想走，但是，既然他叔叔已经根据驻地特派代表的指令把他安置在这里了，没有得到他叔叔的允许，他不敢擅自离开。

"我对他说，他已经干得很好了，老爷①，"那个男佣说，"可是，他很不开心，他说，这不是一个好人家，他很想知道他能不能走，因为其他人都走了。"

"不行，他必须留在那儿。那个老爷必须有用人伺候。那些走掉的用人都重新安置好了没有？"

"没有，老爷，他们一个也不肯走。"

沃伯顿先生皱起了眉头。库柏是个很蛮横的混蛋，但是他有官方任命的职位，必须给他配备与他的地位相匹配的用人才行。他的屋子要是弄得很不体面，似乎也不太像话。

"今晚去看看他们吧，告诉他们，我希望他们在明天拂晓时分回到库柏老爷家去。"

"老爷，他们说，他们不愿回去了。"

"如果这是我的命令呢？"

这名随从已经在沃伯顿先生身边工作了十五年，因此，主人说话的各种腔调他都熟悉。他并不是怕他，他们互帮互助，共同经历过太多的事情。有一回，在莽莽丛林中，这位驻地特派代表救了他的命。

---

① 原文为马来文：Tuan。

还有一回，他们在湍急的河流中翻了船，要不是他及时施以援手，这位特派代表恐怕早就淹死了；他心里有数，知道什么时候必须不折不扣地遵从这位特派代表的命令。

"我这就去村子①里看看。"他说。

沃伯顿先生满以为他的助手会趁这个机会在第一时间为他粗鲁的行为前来向他道歉，但是，库柏是个缺少教养的粗人，懊悔的话是无论如何也说不出口的，所以，第二天早上他们在办公室里碰面时，库柏已经将昨天的事情全然抛在了脑后。由于沃伯顿先生外出视察了三个星期，他们有必要进行一次时间稍微长一点儿的面谈。面谈刚一结束，沃伯顿先生就打发他走了。

"我想，没有什么别的事情要说了吧，谢谢你。"库柏转过身去正准备离开时，沃伯顿先生叫住了他，"我听说，你和你手下的那些人一直在闹矛盾嘛。"

库柏哈哈一笑，声音很刺耳。

"他们企图敲诈我。他们全他妈的厚着脸皮逃走了，都逃走啦，只剩下那个不中用的家伙阿巴斯还没走——他知道，他现在的处境已经够舒适的了——可我就是按兵不动，坐观其变。他们又像狗似的一个紧跟着一个全都回来了。"

"你这话是什么意思？"

"今天早晨，他们都回到各自的岗位上了，那个中国厨子，加上所有的用人。瞧他们那副德行，个个都泰然自若，你没准会以为他们就是此地的主人呢。我估计，他们得到的结论是，我还不是个十足的傻瓜，不像我表面看上去那么愚蠢。"

"绝对不是这回事。他们是遵照我直接下达的命令才回来的。"

---

① 原文为马来文：kampong。

库柏有点儿脸红了。

"你要是不干涉我的私事，我将不胜感激。"

"这种事情可不是你的私事啊。如果你的下人都逃走了，势必会让你遭人耻笑的。你完全可以为所欲为地去干蠢事出洋相，但我不能任凭你成为别人的笑料。你的住所倘若没有合适的人员配置，似乎也说不过去。我一听说你手下的用人都离你而去了，马上就派人去通知他们，让他们务必在拂晓时分回到他们各自的岗位上。行啦。"

沃伯顿先生点点头，意味着这次面谈到此为止了。库柏没理会他的意思。

"要不要我告诉你，我是怎么做的？我把他们召集在一起，然后就把这帮讨厌至极的乌合之众全都开除了。我限他们十分钟内滚出这个院子。"

沃伯顿先生耸了耸肩。

"你凭什么认为你能找到其他人？"

"我已经告诉过我自己的办事员，由他负责去找人。"

沃伯顿先生考虑了一会儿。

"我认为，你这次表现得非常愚蠢。你将来最好还是牢牢记住这句话：好主人才能调教出好用人。"

"你还有别的什么大道理要教给我吗？"

"我倒很想教教你该怎么做人，不过，这是个费力而不讨好的事情，我可不想白费这份工夫。我倒要看看你怎么找到用人。"

"请你不要因为我的事情而自找麻烦。我完全可以凭我自己的本事找到用人。"

沃伯顿先生刻薄地笑了笑。他已经隐隐约约地感受到，他有多不喜欢库柏，库柏就有多不喜欢他。何况他也知道，这世上最令人难堪的事情莫过于硬着头皮接受你所嫌恶的人居高临下地施舍给你的恩惠。

"请允许我告诉你，你现在甭想在这儿找到马来用人或者中国用人啦，就像你甭想在这儿找到英国管家或者法国大厨一样。没有一个人愿意到你这儿来打工了，除非我下一道命令。你要不要我下达这个命令呢？"

　　"不要。"

　　"悉听尊便。再见吧。"

　　沃伯顿先生怀着幸灾乐祸的心情注视着事态的发展。库柏的办事员没这个本事去说服马来人、迪雅克人或者中国人进入有这样一个主子的住宅。阿巴斯，就是那个依然对他忠心耿耿的随从，只知道做本地的饭菜，而库柏，一个吃惯了粗茶淡饭的大肚汉，面对这永远一成不变的大米饭，也觉得很倒胃口。他屋子里没有一个挑水工，何况在这种大热天里，他每天都需要洗好几次澡。他咒骂阿巴斯，而阿巴斯则用敢怒而不敢言的违拗来顶撞他，而且只肯做他分内的事情，别的都不愿干。这小伙子之所以留在他身边，完全是因为这位特派代表再三要求他留在这儿的，得知事情的原委后，库柏感到十分难堪。这种状况持续了两个星期，后来，有一天早上，他忽然发现，他之前开除的那帮用人又回到他的住处来了。他顿时气得勃然大怒，不过，他总算长了一点儿见识，因此，他这次一句话也没说，让他们留了下来。他咽下了所有的委屈，但是，对于沃伯顿先生的那些怪癖，他内心原有的那种无法克制的蔑视已经转化为敢怒而不敢言的仇恨了：由于这用心歹毒的突然一击，这位特派代表竟然把他折腾成了所有当地土著人的笑柄。

　　如今，这两个人已经不再召开互通信息的碰头会了。他们打破了那个由来已久的惯例，之前，尽管彼此都不喜欢对方，毕竟还能在六点钟的时候坐下来交流几句，喝上一杯酒，况且驻地恰好也没有别的白人。现在倒好，他们各自在自己的住处过日子了，仿佛另一个人不存在似的。既然库柏已经专心致志地埋头工作了，他们彼此间也就没有什么事情一定要在办公室里交谈了，这种状况实属无可奈何。要是有什么信息必须传达给他的助手，沃伯顿先生便动用他的传令兵去传达，至于他的各项指令，他就用正式信函发送给库柏。他们彼此仍经常碰面，这是不可避免的，但是，一个星期下来，相互交谈的话还不到五六句。他们都无法回避的事实是，彼此一抬眼就看见对方，这个现实问题搅得他们心烦意乱。他们都很郁闷地沉浸在敌对的情绪之中，沃伯顿先生每天去散步时，脑子里只想着自己有多嫌恶这个助手，再也考虑不了其他事情了。

话说回来，非常糟糕的情景是，他们十有八九会继续像这样僵持下去，彼此面对面地生活在极端仇视的处境之中，直至沃伯顿先生回国休假。大概还有三年吧。他找不到任何理由向总部发送一封投诉函：库柏把他分内的工作做得很出色，况且在这个节骨眼儿上也很难招到合适的人员。诚然，他也收到过一些没有确凿证据的投诉，也有一些线索可以说明，当地人认为库柏过于严苛。当地人中确实普遍存在着一种不满的情绪。但是，当沃伯顿先生深入调查具体的情况时，他也只能这么说，库柏采用了过于严酷的手段，倘若采用温和的方式，那里就不至于发生骚乱，还有，倘若他本人怀有同情心，就不至于对当地人那么冷漠。他还没有做出过什么可以让人责备的事情。不过，沃伯顿先生在密切监视着他呢。仇恨往往会使人目光锐利，何况他已经略有所知，库柏一直在不付报酬地无偿役使当地人，然而又一直保持在法律允许的范围内，因为他觉得，照这样干下去，他就可以激怒他的顶头上司。总有一天，他会做出违法的事来。没有人比沃伯顿先生更清楚，持续不断的高温天气会使人变得有多烦躁，彻夜无眠之后，要想保持人的自控能力有多难。扪心自问，他不由得轻轻笑出声来。库柏迟早会主动送到他手心里来的。

这个机会终于来了，沃伯顿先生忍不住放声大笑起来。库柏的任务是管理囚犯；那些囚犯要修筑公路、营造货棚，必要时还得去划船，把普拉胡快速帆船送往上游或者下游地区，他们还得做好本镇的保洁工作，如此等等，凡是能用得着他们的地方都派他们去。如果表现好的话，他们有时甚至还会被挑去做家仆。库柏老是逼着他们拼命干活儿。他喜欢监督这些囚犯，让他们一刻不停地忙着。他经常无中生有地找事情给他们干，以此为乐。那些囚犯很快便看出了名堂，原来他们一直在被逼无奈地干白费力气的活儿，于是，他们就不再老老实实地干活儿了。库柏便通过延长工时的方法来惩罚他们。这种做法属于故意违反规定，因此，这个问题刚被举报上来，就引起了沃伯顿先生的注意，他立即下达了命令，要求原来规定的工时必须严格遵守，而没有把这件事交给他的部下去处理。库柏在外散步时惊讶地看到，囚犯们正在慢悠悠地朝返回监狱的方向走；他明明下达过指令，这些囚犯在天黑之前不准擅自停工。他问那些负责押送的狱警为什么囚犯们提前收工了，狱警告诉他说，是特派代表刚刚下达的命令。

库柏气得脸色发白，迈开大步朝要塞奔去。此时，沃伯顿先生身着一尘不染的白色帆布裤，头戴整洁的遮阳帽，手里提着一根手杖，身后紧跟着那几条爱犬，正准备出门散步去，他平时就有午后外出溜达的习惯。他早就注意到库柏走过来了，也知道他走的是河边那条路。库柏三步并作两步地奔上台阶，径直冲到特派代表面前。

"我想知道你他妈的到底是什么意思，为什么撤销我让那些囚犯必须干到六点的命令？"他劈头盖脸地破口大骂道，愤怒得几近发狂。

沃伯顿先生把他那双冷冰冰的蓝眼睛瞪得大大的，脸上摆出了一副无比惊讶的表情。

"你精神错乱了吧？难道你真这么愚昧无知，竟然都不知道你不该用这种口气跟你的顶头上司说话？"

"啊，见鬼去吧。管理这些囚犯是我的事，你无权干涉。你管好你自己的事情就行了，我也会管好我自己的事情。我就想弄明白，你这恶魔究竟是什么意思，为什么要这样该死地出我的洋相。这个地方的每一个人很快就会知道，你已经撤销了我的命令。"

沃伯顿先生依然保持着非常冷静的态度。

"你压根儿就没有权力下达你这道命令。我之所以撤销这个命令，是因为这个命令太严苛、太暴虐。说真的，我从来没有半点儿要出你洋相的意思，是你自己犯傻，自作自受出了这么大的洋相。"

"从我刚来这儿的那一刻起，你就不喜欢我。因为我不愿卑躬屈膝地拍你的马屁，你就想尽一切办法整我，让我没法在这个地方待下去。因为我不愿阿谀奉承地讨好你，你就处处跟我过不去。"

库柏气愤得语无伦次，正在滑向丧失理智的危险境地，而沃伯顿先生的那双眼睛也在突然间变得更加冷酷、更加锋芒毕露了。

"你错了。在这之前，我认为你就是个不懂礼貌的粗人，不过，在这之前，我对你处理工作的能力还是非常满意的。"

"你这个势利小人。你这该死的势利小人。因为我没上过伊顿公学，你就认为我是个不懂礼貌的粗人。哦，当初在吉隆坡的时候，人家就告诫过我会碰到什么样的人。哼，难道你不知道你是这个国家所有人的笑柄吗？当你向我讲述关于威尔士亲王的那个尽人皆知的故事时，我差点儿就忍不住要爆出一阵狂笑了。我的上帝啊，他们在俱乐部里讲这个故事时，个个都在乱喊乱叫地嚷嚷呢。上帝作证，我宁可做我这种不懂礼貌的粗人，也不愿做你这种势利小人。"

他这下可戳到了沃伯顿先生的痛处。

"如果你不立刻滚出我的屋子，我就揍得你人仰马翻！"沃伯顿先生大声呵斥道。

对方反而朝他贴得更近了，把脸也凑了上去，直视着他的脸。

"动手吧，动手打我呀，"他说，"上帝作证，我巴不得看到你动手打我呢。你要不要我再说一遍？势利小人。势利小人。"

库柏比沃伯顿先生高三英寸，是个年轻力壮、肌肉发达的男子汉。沃伯顿先生则是身躯肥胖、年届五十四岁的人。他攥紧拳头，迅速挥了出去。库柏一把抓住了他的胳膊，把他推得连连倒退。

"别做该死的傻瓜啦。记住，我可不是绅士。我知道该怎么运用我这双手。"

他发出一声猫头鹰般的啸叫，那张毫无血色、棱角分明的脸上绽开了龇牙咧嘴的嬉笑，随即连蹦带跳地冲下露台的台阶扬长而去。沃伯顿先生憋着满腔的怒火，心脏怦怦地撞击着肋骨，精疲力竭地瘫坐在一张椅子上。他遍体刺痛，犹如浑身上下长满了针刺般的痱子。在这惊魂不定的一瞬间，他感到自己真想大哭一场。但是，他猛然意识到，他的领班还在露台上呢，出于本能，他立即恢复了自制力。那个男佣朝他走来，给他斟了一杯威士忌加苏打水。沃伯顿先生一言不发地接过杯子，把这杯酒喝得一滴不剩。

"你要对我说什么？"沃伯顿先生问道，想勉强挤出一丝笑意来缓解一下他那两瓣已被气歪了的嘴唇。

"老爷，那个助手老爷是个大坏蛋。阿巴斯恩不得又要离开他了。"

"让他再等一等。我这就给吉隆坡方面写信，要求把库柏调到别的地方去。"

"库柏老爷对马来人不好。"

"让我清静一会儿吧。"

那个男佣默默地退下了，留下沃伯顿先生独自一人坐在那儿思绪万千。他眼前油然浮现出吉隆坡那家俱乐部里的情景，那帮身穿法兰绒衬衫的家伙正围坐在窗前的桌子上，夜幕降临后，他们只好从高尔夫球场和网球场赶到这里来了，几杯威士忌和兑了滋补药酒的杜松子鸡尾酒下肚后，他们嘻嘻哈哈地说起了威尔士亲王和他自己在马里昂巴德邂逅相遇的那个尽人皆知的故事，个个都在开怀大笑。他被羞耻感和满腹苦水折腾得浑身发热。一个势利小人！他们都认为他是一个势利小人。而他还一直把他们当作很讲义气的人呢。他向来十分注重自己的绅士风度，即使他们具有非常庸劣的二等公民的习气，他也听之任之，对他并没有任何影响。他现在开始憎恨他们了。不过，比起他对库柏的憎恨，他对他们的憎恨根本算不了什么。再说，要是真动手打起来，库柏说不定会把他打得落花流水。屈辱的泪水顺着他那红通通、胖乎乎的脸膛流淌下来。他在那儿坐了两三个小时，抽了一支又一支烟，恨不得能一死了之。

那个男佣终于回来了，问他要不要换上正装去用晚餐。当然啦！他向来都是穿正装去享用晚餐的。他疲惫不堪地从座椅上站起身来，穿上他那件浆洗得笔挺的白衬衫，佩戴好高领。他在布置得非常雅致的餐桌边坐下来，晚餐一如既往地照例由那两名男佣伺候他，另外那两名男佣则在一旁使劲儿挥舞着手中的大扇子。在对面那幢平房里，在距此两百码开外的地方，库柏正在吃他那一日三餐都难以下咽的饭菜，身上则全然是一套马来人的行头——下身围着一条纱笼，上身穿着一件在马来地区常见的长袖立领衬衫①。他光着脚丫，大概在一边吃饭，一边看一本侦探小说吧。吃好晚餐之后，沃伯顿先生才坐下来提笔写信。苏丹出门在外，但他还是以私人名义给苏丹的代理写了一封推心置腹的信。库柏的确把他分内的工作做得很出色，他在信中说，不过，实际情况却是，他没法跟他合作共事。他们彼此都弄得非常难受，两人的关系变得越来越紧张了，如若能帮一个大忙，把库柏

---

① 原文为马来文：baju，意为"男式衬衫"，即"长袖立领衬衫"，是东南亚地区常见的一种传统的男式服饰。

调换到其他岗位上去，他将感激不尽。

第二天早上，他派专人把这封信送了过去。两个星期之后，回信随着这个月的邮包一起到了。回信是以私人名义写的一个短笺，内容如下：

亲爱的沃伯顿，

我不想以官方名义回你这封信，所以，我亲自提笔给你写了这几行字。当然，如果你坚持你的意见，我就把这件事提交给苏丹去处理，不过，我认为，你还是就此作罢更为明智。我知道，库柏是一块未经琢磨的钻石，但他很能干，他在战争时期也经历过一段很不愉快的苦日子，因此，我认为，应该尽可能多给他提供些机会。我觉得你有点儿过于看重一个人的社会地位了。我必须提醒你，时代已经变了。当然，能把一个人培养成一位绅士不失为一桩很好的事情，但是，如果他既能胜任工作，又能卖力地工作，岂不更好。我认为，如果你放下架子多包容一点儿，你会跟库柏相处得很好的。

致以最真诚的问候。

理查德·坦普尔

这封信从沃伯顿先生的手里滑落下来。潜藏在字里行间的意思让人一看就明白。这个迪克·坦普尔 [①]，他已经认识二十年了，这个迪克·坦普尔，虽然出身于一个家境富裕的乡绅家庭，竟然也认为他是个势利小人，而且仅凭这个理由就很不耐烦地拒绝了他的请求。沃伯顿先生突然对人生丧失了信心。他如鱼得水的那个花花世界已经渐渐

---

① 迪克（Dick）是理查德（Richard）的昵称。

消亡，未来属于更加卑贱的一代人了。库柏就是这一代人的代表，而库柏正是他最深恶痛绝的人。他伸出手去，想把酒杯斟满，一看到这个动作，他那个领班立即走上前来。

"我没注意到你在那儿。"

男佣捡起地上的公函。啊，这就是他一直等候在那儿的原因。

"老爷，库柏老爷会调走吗？"

"不会。"

"那就要出大祸了。"

由于太萎靡不振，他一时没有听出这句话的言外之意。但也只是一瞬间的事。他猛然在椅子上直起腰来，打量着这个用人。他十分留意起来。

"你说这话是什么意思？"

"库柏老爷一直待阿巴斯很不好。"

沃伯顿先生耸了耸肩。像库柏这样的人哪里知道该怎么对待下人呢？沃伯顿先生深知这种人的品性：这种人一会儿跟用人们亲昵得不分你我，一会儿又翻脸不认人，而且根本不会替别人着想。

"让阿巴斯回他自己家去吧。"

"库柏老爷扣压了他的工钱，所以，他也许还走不成。库柏老爷已经有三个月没有给阿巴斯发过一分钱了。我劝他再耐心等一等。但是他非常生气，他听不进别人的劝告了。如果库柏老爷继续像这样恶言恶语地使唤他，恐怕就要出大祸了。"

"多亏你告诉我了，你做得对。"

这个蠢货！难道他真的一点儿也不了解马来人的性格，以为自己能够像这样平安无事地任意伤害他们吗？假如他被哪个马来人用随身携带的弯刀在背后捅了一刀，那也是他咎由自取，活该这个该死的混蛋倒霉。一把马来人随身携带的弯刀。沃伯顿先生的心脏似乎陡然间骤停了一下。他只要任由事态自然而然地发展下去，总有一天，他会干掉库柏的。由于脑海中忽然冒出了一条词语："非常巧妙地静观其变"，他脸上露出了一丝淡淡的笑意。想到这里，他的心跳稍许加快了，因为他仿佛看见他所憎恨的那个人脸朝下倒卧在丛林中的小道上，背后插着一把刀。这就是那个不懂礼貌的粗人和恃强凌弱的恶霸罪有应得的下场。沃伯顿先生叹了一口气。他有责任提醒他，当然，他也必须这么做。他给库柏写了一封内容简短、言辞正统的信函，让库柏立即到要塞来一趟。

十分钟后，库柏站在了他面前。从沃伯顿先生差点儿要动手揍他那天起，他们彼此间就再没说过话。此时此刻，沃伯顿先生也没请他坐下来。

"你还希望看见我吗？"库柏问道。

他不修边幅，当然也谈不上干净利落。他脸上和手上都布满了被蚊虫叮咬出的小红包，因为他不由自主地乱抓乱挠，许多地方已经挠得出了血。他那张瘦削的长脸膛上显出一副闷闷不乐的神色。

"我听说，你跟你的那些下人又在闹矛盾了。阿巴斯，就是我那个领班的侄子，他抱怨说，你已经扣压了他三个月的工钱。我认为这是非常专横跋扈的做法。那小伙子很想离开你，我也确实没法责备他。我还是坚持我的意见，你必须付给他应得的酬劳。"

"我要是不这样做，他就会甩下我跑了。我想把他的工钱扣压下来当作保证金，为的是让他表现得好一些。"

"你不了解马来人的性格。马来人非常敏感，容易受到伤害，对别人的戏弄也很生气。他们好感情用事，而且报复心极强。我有责任提醒你，要是你把那个小伙子逼到了忍无可忍的地步，你就给自己留下了极大的隐患。"

库柏鄙夷地嗤笑了一声。

"你认为他会干什么呢？"

"我认为他会杀了你。"

"你犯得着担心这种事情吗？"

"啊，我才不担心呢，"沃伯顿先生淡淡地哈哈一笑，回答道，"我会以最顽强的毅力忍受这种事情的。不过，我觉得我有义不容辞的责任提醒你适当加以注意。"

"你认为我会怕一个该死的黑鬼吗？"

"这是你的事，跟我完全没有任何关系。"

"得啦，这种事情让我来告诉你吧，我知道该怎么照顾好我自己。那个小伙子阿巴斯就是个卑鄙下流、贼头贼脑的无赖。他要是敢跟我要什么鬼花招，上帝为证，我就扭断他那该死的脖子。"

"我想对你说的就这些，"沃伯顿先生说，"晚安。"

沃伯顿先生朝他微微点了点头，意思是要打发他走了。库柏脸涨得通红，一时间竟不知该怎么说也不知该怎么办才好，他旋即转过身去，跌跌撞撞地冲出了房间。沃伯顿先生嘴角挂着冷若冰霜的笑意，注视着他夺门而去了。他已经尽了自己应尽的义务。不过，沃伯顿先生倘若知道库柏回去后的境况，不知他会作何感想？库柏一回到他自己那幢无声无息、死气沉沉的平房后，便立即重重地扑倒在床上，由于内心的苦闷和孤独感，他突然完全失控，再也抑制不住自己了。他痛苦地抽泣着，撕心裂肺地抽泣着，沉甸甸的泪珠顺着他那瘦削的脸颊哗哗地流淌下来。

从那以后，沃伯顿先生就很少见到库柏了，也没有再跟他说过话。他照样每天早晨看《泰晤士报》，在办公室里办公，锻炼身体，穿正装用晚餐，坐在河边抽他的方头雪茄。万一恰巧迎面碰到了库柏，他也假装没看见。尽管他们每时每刻都能意识到，彼此都近在咫尺，但他们故意装着不知道，仿佛对方根本就不存在似的。时光根本无法平息他们之间的敌意。他们互相密切监视着对方的一举一动，彼此都清楚地知道对方都干了些什么。虽然沃伯顿先生年轻时是个神枪手，但是，随着年龄的增长，他已经渐渐厌倦了猎杀丛林中的野生动物，然而，一到星期天和节假日，库柏就扛着枪外出打猎去了：要是他打到了什么猎物，那就是他战胜了沃伯顿先生的象征；要是他空手而归，沃伯顿先生就会耸耸肩，不屑地嘿嘿一笑。这些跳梁小丑还妄想成为运动员！圣诞节对他们俩来说都是一个很不好过的日子：他们各自待在自己的屋子里，孤家寡人，各吃各的晚饭，而且都故意把自己灌得酩酊大醉。他们是方圆两百英里内仅有的白人，何况他们住得也很近，近得能听见彼此的喊声。这年新年伊始的时候，库柏发高烧病倒了，等到再次看见他时，沃伯顿先生吃惊地发现，他已经瘦了很多，气色很不好，而且显得很憔悴。这种孤寂落寞的状况，因为并不是迫不得已而非这样做不可，便显得十分反常，越发搅扰他心神不宁了。这种状况也在折磨着沃伯顿先生，因此，他在夜里也时常无法入眠。他睁着眼睛躺在床上苦思冥想。库柏越来越酗酒无度，毫无疑问，那个爆发点已经临近了；不过，在与当地人打交道时，他却处事谨慎，没有做出任何可以让他的上司指摘的事情。他们之间在打一场严酷而又无声的战争。这是一场考验耐力的战争。几个月过去了，他们俩谁也没有示弱。他们就像生活在永无天日的区域里的居民，因为知道永远也见不到黎明的曙光，他们的灵魂一直在备受煎熬。照此看来，他们的生命似乎要继续长此以往地消耗在这种沉闷、丑恶、单调乏味、充满仇恨的状态中了。

然而，当那件不可避免的事情终于发生时，沃伯顿先生似乎才醒悟过来，对于出乎意料的局面感到十分震惊。库柏谴责男佣阿巴斯偷了他几件衣服，当阿巴斯拒不承认自己有这种偷盗行为时，库柏就掐着他的后颈，一脚把他踹下了平房的台阶。这名男佣向库柏索要自己应得的工钱时，库柏竟劈头盖脸地臭骂了他一顿，把他能想到的污言秽语全都用上了，并告诉他说，要是他一小时之后看到他还赖在这个院子里，他就把他扭送到警察局去。第二天早晨，库柏正走在去办公室的路上，那名男佣在要塞的外面拦住了他，再次向他索要工钱。库柏抡起攥紧的拳头，一拳打在他脸上。小伙子当即被击倒在地，但随即又站立起来，鼻子里鲜血直流。

库柏照走不误，接着就开始处理手头的公务了。但他无法静下心来办公。刚才这一拳总算平息了他心中的怒气，他也知道自己做得太过分了。他被搅得心烦意乱。他感到心情很坏，很苦恼，也很沮丧。沃伯顿先生就在旁边的办公室里坐着，他忽然心念一动，想去找一下沃伯顿，把自己刚才的所作所为告诉他；他在椅子上挪了挪身子，然而他心里明白，沃伯顿会以何等冷若冰霜、嗤之以鼻的态度听他讲述这件事。他能想象到沃伯顿故意摆出的那种居高临下的笑容。他眼下有点儿局促不安，生怕阿巴斯会做出什么举动来。沃伯顿已经直言不讳地警告过他。他叹了口气。他真是个不折不扣的大傻瓜！可是，他又很不耐烦地耸了耸肩膀。他不在乎，反正他得为一大堆人和事而活着。事到如今，责任全都在沃伯顿身上；倘若沃伯顿没有惹他生气，诸如此类的事情根本就不会发生。沃伯顿从一开始就把他的生活弄得一团糟。这个势利小人。但是他们这种人全都是这副德行：就因为他是个殖民地的居民。他在战争中居然从来没有取得过军官资格，这也太他妈的倒霉啦；他并不比其他任何人差呀。他们就是一帮卑鄙下流的势利小人。要是他现在服软认输，那他简直就不是人了。当然，沃伯顿会听到刚刚发生的事情；这老家伙消息灵通得很，什么都知道。他才不怕呢。他不会怕婆罗洲的任何一个马来人，沃伯顿可以滚开了。

他准确地预料到了，沃伯顿先生会知道刚刚发生的事情的。沃伯顿先生进屋来吃午饭时，那个领班果然把这件事告诉了他。

"你侄子现在人在哪儿？"

"我不知道，老爷。他已经走了。"

沃伯顿先生没再说什么。吃好午饭之后，沃伯顿先生通常都要小憩一会儿，但是今天，他发觉自己居然怎么也睡不着。他那双眼睛老是不由自主地朝那幢平房窥探着，库柏此刻就在那幢平房里午休。

这个蠢货！沃伯顿先生脑海中想到的是：少安毋躁。这家伙知道自己处于多么危险的境地吗？他觉得自己应该派人把库柏叫过来谈一谈。但是，他每次试图跟库柏讲道理时，库柏总是出言不逊。愤怒，强烈的愤怒顿时涌上了沃伯顿先生的心头，气得他太阳穴上的根根血管都暴凸出来，他愤怒地攥紧了拳头。他已经警告过这个粗俗的混蛋了。现在就让他去承担他自己咎有应得的后果吧。这不关他的事，即便发生了什么，那也不是他的错。不过，在吉隆坡的那些人也许会寄希望于他们早就采纳了他的意见，把库柏调到别的行署去了。

这天夜里，他莫名其妙地有些坐立不安。吃好晚饭后，他在露台上走来走去。当那个贴身男佣要离开这儿回到他自己的住所时，沃伯顿先生叫住了他，问他有没有什么人发现了阿巴斯的行踪。

"没有，老爷，我估计，他也许已经跑到他舅舅所在的那个村子去了。"

沃伯顿先生目光犀利地朝他打量了一眼，不料，那个男仆正低头望着脚下，两人没有四目相对。沃伯顿先生走下坡地，来到河边，坐在他的凉亭里。但他总感到心绪不宁。河水静静流淌着，给人一种不祥的预感。这条河宛如一条巨蟒在有气无力地扭动着身子朝大海游去。莽莽丛林的那些树木黑压压地倒映在水面上，有一种令人喘不过气来的威慑力。没有鸟儿的婉转啼鸣声。没有微风吹拂肉桂树叶的沙沙声。他周围的一切仿佛都在等待着什么。

他穿过花园，朝那条公路走去。走到那儿，他就可以一览无余地看到库柏那幢平房的全貌。他的起居室里还亮着灯，一阵拉格泰姆①的音乐声从公路对面飘了过来。库柏正在播放他那台留声机呢。沃伯顿先生不禁打了个寒颤；出于本能，他向来不喜欢这种乐器，这个老毛病怎么也改不掉啦。要不是因为这一点，他倒很想走过去找库柏聊一聊。他转过身，回自己的住所去了。他挑灯夜读，一直熬到深夜时分，才终于酣然入睡了。不过，他也没有长睡不醒，他做了许多非常吓人的噩梦，而且好像是被一阵尖叫声惊醒的。当然，那也是在做梦，因为没有任何尖叫声——比方说，从库柏的那幢平房里传来的尖叫声——他自己的屋子里是不可能有尖叫声的。他睁着眼睛在床上一直躺到天亮。紧接着，他就听到了一阵急匆匆的脚步声和嘈杂的说话声，他那个领班突然风风火火地闯进屋来，连菲斯帽都没来得及戴上，沃伯顿先生的心脏骤然一紧。

"老爷！老爷！"

沃伯顿先生急忙跳下床来。

"我马上就来。"

他趿拉着拖鞋，围着纱笼，裹着长袍睡衣，匆匆穿过自己的院子，冲进了库柏的屋子。库柏一动不动地躺在床上，嘴巴大张着，一把马来人随身佩戴的弯刀扎进了他的心脏。他是在熟睡中被人杀死的。沃伯顿先生禁不住打了个激灵，却并不是因为他没料到会目睹如此这般的惨景，他之所以打了个激灵，是因为他突然感到内心深处油然泛起了一阵狂喜。压在他肩头的一副重担终于卸下了。

库柏已经浑身冰凉。沃伯顿先生把那柄弯刀从伤口里拔了出来，这柄弯刀是用如此大的力量捅进去的，因此，他不得不动了一把力气

---

① 拉格泰姆（Rag-time），美国流行音乐形式之一。产生于19世纪末，是一种采用黑人旋律，依切分音法（Syncopation）循环主题与变奏乐句等规则结合而成的早期爵士乐。

才把刀拔了出来，然后把刀拿在手里端详着。他认出了这把刀。这是一把马来人随身携带的弯刀，几个星期之前，有一个商贩曾经向他兜售过，他也知道，库柏买下了这把刀。

"阿巴斯在哪儿？"他厉声问道。

"阿巴斯还在他舅舅那个村子里。"

当地警局的那位警长此时正站在床脚边。

"带两个人到那个村子去，马上逮捕他。"

沃伯顿先生立刻采取了必要的措施。他板着面孔下达了各项命令。他的命令既言简意赅，又不容置辩。随后，他便返身回要塞去了。他刮了胡子，洗了澡，穿上正装，然后才走进了餐厅。在他的餐盘旁边，包装完好的《泰晤士报》已经摆放在那儿了，正等着他来拆阅呢。他自己动手吃了一点儿水果。那名贴身领班给他斟上了茶，另一个男佣给他递来了一盘鸡蛋。沃伯顿先生因为胃口大开，便津津有味地吃了起来。那个领班站在一旁等候着。

"有什么事吗？"沃伯顿先生问道。

"老爷，阿巴斯，我那个侄子，整整一夜都待在他舅舅家里。这一点可以得到证明。他舅舅发誓说，他从来没有离开过那个村子。"

沃伯顿先生转过身来，皱着眉头打量着他。

"库柏老爷是被阿巴斯杀死的。这一点你我都心知肚明。正义必须得到伸张。"

"老爷，你不会绞死他吧？"

沃伯顿先生犹豫了一下，尽管他的说话声依然很坚定、很严厉，但他的眼神却有了点儿变化。虽说这一变化只是一闪而过，那个马来人却反应敏捷地注意到了，于是，他也眨了眨眼睛，回了一个心领神会的眼色。

"这种寻衅滋事的行为非常严重。阿巴斯将被处以一定刑期的监禁。"说到这儿，沃伯顿先生停顿了一下，自己动手把面包涂上了橘子酱。"他在监狱里服刑一段时间后，我会接纳他到我屋里来做用人的。你可以在他正式上岗后培训他。我可以肯定，他在库柏老爷的屋子里已经养成了一些不良习惯。"

"阿巴斯应当主动去自首吗，老爷?"

"这才是他明智的做法。"

这名男佣退了下去。沃伯顿先生拿起他的《泰晤士报》，整整齐齐地裁开了包装纸。他喜欢把这些很有分量、翻动起来咔咔作响的页面铺展开来。清晨，如此清新、凉爽的清晨，真令人心旷神怡，他沉吟了一会儿，漫不经心地眺望着远处的花园，以亲切友善的目光浏览着窗外的景致。压在他心头的一大重负终于烟消云散了。他将报纸翻到了刊登出生、死亡、婚礼信息的专栏。这是他一贯首当其冲率先要看的内容。一个熟悉的名字陡然抓住了他的注意力。奥姆斯柯尔克夫人终于诞下了一个男婴。天哪，这位上了年纪的贵夫人该有多高兴啊！他要给她写一封贺信，随下一批邮件一起寄过去。

阿巴斯会成为一个非常懂事的家仆的。

库柏这个蠢货！

（王晓桐　周月媛　吴建国　译）

一位绅士的画像

我将近黄昏才到达首尔，由于从北京乘火车远道而来，我感到有些疲惫，晚饭后，为了活动活动麻木的双腿，我想去散散步。我顺着一条狭窄而又热闹的街道逍遥自在地溜达起来。那些身穿白色长袍、头戴白色小高帽的韩国人不啻为一道挺有趣的风景线，那些仍在开门营业的店铺里琳琅满目的商品也很吸引我这双外国人的眼睛。没过一会儿，有一家旧书店蓦然映入我的眼帘，看见书架上摆满了英文书籍，我便走进屋去想看一看。我浏览了一下书名，觉得颇有点儿扫兴。这些书籍有的是对《旧约全书》所做的评注，有的是研究《圣保罗书札》[①]的专著，有布道书，也有那些德高望重的神职人员的传记，可惜我对这些人的姓名并不熟悉；我是个孤陋寡闻的人。我估计，这批书籍是某位传教士的藏书，他在如日中天的辛勤传教中突然亡故了，他的藏书后来被一个日本书商购买下来。日本人虽说精明，但我无法想象在首尔这种地方有谁会去买一部研究《哥林多书》[②]的三卷本著作。然而，我正准备转身走

---

① 见《圣经·新约·哥林多书》中的使徒信札。
② 见《圣经·新约》中的《哥林多前书》和《哥林多后书》。

开时，却忽然注意到，在这部著作的第二卷与第三卷中间竟夹着一本用纸牛皮包得严严实实的小书。我不知道我当时为什么鬼使神差地要把它抽出来。这本小书名为《扑克牌玩家大全》，封面上画着一只握着四张爱司纸牌的手。我看了看扉页。作者是约翰·布莱克布里奇先生，精算师兼法律顾问，《序言》的落款日期为一八七九年。我有些疑惑，不知这本书怎么会混在一位已经作古的传教士的藏书之中，于是，我在一两本书里查了查，想看看能不能找到他的尊姓大名。这本书出现在这儿兴许纯属巧合。说不定这批书就是某个债台高筑的赌徒的全部藏书，他在变卖其财物去支付旅馆的账单时，顺便把这本小书也放在了书架上。不过，我倒宁愿相信它确实是那位传教士的私人物品，每当他在苦读神学著作时读累了，便来翻翻这些内容生动活泼的写实，藉以放松一下心情。身在异国他乡的韩国，在夜阑人静、孤身一人守在传教所里时，他也许发了无数次牌，目的是要亲自试一试，在六万五千种扑克牌玩法中，他是否真能拿到一次同花顺。不过，书店老板此时已经在满脸不高兴地朝我打量着，我便转身朝他走去，问他这本书的价格。他不屑置辩地朝这本书瞥了一眼，告诉我说，出二十文钱[①]就可以拿走。我把书放进了口袋。

我记不清当时用这么点儿小钱能否购买到比这更好的消遣读物，因为约翰·布莱克布里奇先生在他这本小书里干了一件任何作家都处心积虑地想干却干不了的事情，非但如此，他还为自己绘制了一幅完整的自画像，即使并非刻意为之，倒也为这本小书增添了一份难能可贵的韵味。他如此栩栩如生地凸显在读者眼前，使我深信不疑地认为，即使用一幅木刻作为卷首画来代表他的形象也不为过，然而，我几天前再次翻看此书时，却惊讶地发现，事情根本不是这回事。我能

---

① 钱（sen），日本、韩国等国家的铜钱，相当于 1/100 日元。

非常清晰地看出，他是一个中年人，身穿黑色燕尾服[①]，头戴高筒丝质礼帽，系着黑色的绸缎领带[②]；他胡须刮得干干净净，方下巴，薄嘴唇，目光犀利；他面色发黄，而且多少有了些皱纹。这样一副尊容不能说不严厉，不过，一旦讲故事，或者说冷笑话，他那双眼睛顿时会变得神采奕奕，脸上也会绽开令人为之倾倒的笑容。他喜欢喝勃艮第葡萄酒[③]，但我相信，他不至于喝到一醉方休的地步，致使他那卓越的才智出现混乱。他在牌桌上并不只是一味地迁就，而是时刻准备毫不留情地严惩僭越行为。他几乎不抱什么幻想，因为以下便是明证，是他从现实生活中汲取的一些经验教训："人们对自己曾伤害过的人依然怀恨在心；人们对自己曾帮扶过的人照样关爱有加；人们对自己的恩人必然避而远之；人们普遍按照其自身利益行事；感激之情铭记在心，唯因仍有所图；人们往往对别人做出的承诺念念不忘，却对自己做出的承诺常常不放在心上。"

不妨这样来推测，他是美国南方人，在谈到"累积赌注"[④]时，他称之为无伤大雅之举，不过是为了增添玩牌的乐趣而已，他认为，这种玩法在美国南方并不流行。"上述这一点，"他说，"其实大有文章，因为南方是这个国家最保守的地方，或许也是人们在各种社会活动中赖以做出正确判断的最后一着。革命家科苏特[⑤]在里士

---

① 原文为 "frockcoat"，又译 "常礼服"，是一种男式双排钮扣、长及膝部的礼袍，为牧师或教士的常见礼服。
② 原文为 "black satin stock"。
③ 勃艮第（Burgundy），位于法国东北部，是法国古老的葡萄酒产区，以其盛产精制勃艮第红、白葡萄酒而闻名于世。
④ "累积赌注"（Jack Pots），扑克牌的一种玩法，参与赌牌的人必须等有人持有一对 Jack 或者更好的牌时，方可开局下注。
⑤ 拉约什·科苏特（Lajos Kossuth，1802—1894），匈牙利政治家，律师、新闻记者，在1848年至1849年匈牙利革命期间任匈牙利新政府财政部长，次年任国家元首，大革命失败后，流亡国外，后死于意大利。

满①以南地区并未取得任何进展，诸如唯灵论、自由恋爱、共产主义等观念，也从未得到过南方人一丁点儿的青睐；正是出于这一原因，我们应当充分尊重南方人对'累积赌注'所下的结论。"在他那个时代，累积赌注乃是一项创新，而他却在对其大加谴责。"累积赌注，"他说，"是那些行事鲁莽的玩家（在俄亥俄州的托莱多）发明的，目的是为了弥补他们在与谨小慎微的玩家打牌时所蒙受的损失；其原理与人们下赌注打惠斯特②的情形大体相同，而且每隔几分钟，所有人都必须停下来，或购买彩票，或抽奖，或用基诺③来分红。"

扑克牌是绅士们消遣的游戏（他居然毫不犹豫地频频滥用"绅士"这一词语；在他所生活的那个时代，做一个绅士既要承担应尽的义务，同时也享有名副其实的特权），拿到一副同花顺固然会让人肃然起敬，却并不是因为你可以就此赢钱（"我从未见过有谁仅凭一副同花顺就能赢大钱。"），而是"因为它可以阻止任何一个牌手成为绝对立于不败之地的赢家，因此，绅士们大可不必在胜负已知的牌局上下赌注。倘若不使用顺子，更不使用同花顺，四张爱司便是锁定胜局的好牌，一旦有这副好牌在手，没有哪位绅士能够沉得住气不叫对方摊牌。"坦白地说，这一说法触及了我的痛处，因为我这辈子曾经有一次拿到过一副同花顺，便就此下注，直到对方让我摊牌。

约翰·布莱克布里奇先生有其独树一格的尊严、正直、幽默，乃至判断力。"人类的娱乐活动，"他说，"由于民法制定者们，以及不成文的社会法制定者们从中作梗，至今仍未得到应有的承认，"他无

---

① 里士满（Richmond），美国弗吉尼亚州首府，在美国南北战争期间，里士满是南方联盟的首都。
② 惠斯特（whist），类似于桥牌的一种纸牌游戏。
③ 基诺（keno），一种纸牌赌博游戏。

法容忍那些对人类所发明的这一最受欢迎的消遣方式横加指责的人，他认为，那些人之所以反对玩扑克牌，即赌博，是因为他们将其与风险挂上了钩。诚如他所言，现实生活中的每一笔交易都存在一定的风险，都会涉及成败得失这个问题。"入夜上床睡觉这一行为是无数先辈定下的规矩，也是人们所公认的安分守己、必须遵循的行为法则。即便如此，它也被各种各样的风险团团包围着。"他将这些风险逐一列举出来，最后用以下这段通情达理的文字总结了他的观点："既然社会各阶层对银行家和商人通过正大光明的冒险来获取利润的人生之道都能愉快地接受，那他们为什么丝毫也容不得一个人偶尔自我放纵一下，通过有输有赢、正大光明的冒险来逗乐解闷呢，简直莫名其妙。"不过，在下面这段话里，他的真知灼见便跃然纸上了。"在纽约市二十年的亲身体验，既从事专业技术工作（诸位看官切不可忘记，他是一名精算师兼法律顾问），又是社交场上的一名新手，使我消除了心头的疑虑，在大城市里，一个普普通通的美国绅士每年平均有不超过三千美元的费用是花在娱乐活动上的。假如他把这笔费用的三分之一以上专门用来打扑克，此举算不算正大光明？我想，谁也不会说三分之一的费用花在单单这一项娱乐上还嫌远远不够吧。因此，倘若每年花一千美元专门用来玩'抽补进扑克牌'①，那么赌注的上限应该以多少为宜？设置上限是为了让一个普普通通的美国绅士能在打牌时玩得尽兴，同时也心里有底，使他不仅能输得起，而且万一赢了，还能得到回报。"布莱克布里奇先生毫不怀疑地给出答案：两美元五十美分。"打扑克应该是一项智力活动，而不是情感游戏；若要完全排除情感因素也办不到，如果赌注下得太大，输赢得失这一问

---

① 抽补进扑克牌（Draw Poker），扑克牌的一种玩法，即：每人在下第一次赌注后，可剔除发到手的5张暗牌中的任意牌，然后再补齐，连抽3张为限。

题难免会掺入人的感情。"根据这段引文，我们或许可以看出，布莱克布里奇先生只是将扑克牌当作一种碰运气的业余活动而已。在他看来，打扑克犹如管理一个国家，或领导一支军队，需要有大气魄，有大智慧，有决断力，以及能识破对方动机的洞察力，我由此想到，从总体上说，他不妨还可以把打扑克看作一个人的心智更富有理性的运用。

我很想就这样漫无止境地引用下去，因为布莱克布里奇先生所写的每一句话几乎都无不具有个性鲜明的独到见解，他的语言也极为出色；他的笔势庄重典雅，非常适合他的话题和他的身份（他没有忘记自己是一位绅士），而且字斟句酌，条分缕析，力透纸背。在讨论人性及其弱点时，他纵横捭阖，挥洒自如，但文字却又如此直白洗练、朴实易懂，恰好契合你的心意。在形容一名专靠骗术赌牌的职业赌徒时，还有什么能够比得上以下这段简洁明快、恰如其分的描写？"他是个相貌堂堂、四十岁左右的汉子，外表很像一个温文尔雅、思维缜密、老于世故之人。"但是，箴言隽语、至理名言在他这本内涵十分丰富的著作里几乎俯拾即是，若能从中列举若干以飨读者，我就感到心满意足了。

"让筹码替你说话。缄口不语的牌手往往后发制人，这才叫莫测高深；而莫测高深总是令人惴惴不安。"

"玩这种游戏时，除非迫不得已，千万别干任何差强人意之事；只管高高兴兴地照章行事即可。"

"玩抽补进扑克牌时，凡未按游戏规则叫阵的所有报牌，或未曾得到亲眼看见的实证支持的所有报牌，均可视为虚张声势；其目的是为了助兴，为了在探明对方虚实的整个游戏过程中增添乐趣，如同夏日的鲜花可使马路的边缘平添一片生机盎然的景色一样。"

"输掉的钱永远不可能失而复得。输了之后也许会赢，但失败未必是成功之母。"

"没有哪位绅士真的会怀着每玩必赢、绝对不输的企图来打牌。"

"绅士们向来乐意为消遣娱乐付出不菲的代价。"

"思维定式常导致我们低估他人的智力,同时也常使我们高看他人的好运。"

"输掉一笔赌资所造成的屈辱,永远也不会因为你偶尔赢回了一笔同样数额的赌资而得到抚慰。"

"运气不佳的玩家往往会变本加厉地下赌注,其根本原因有二:牌没打好、运气不佳,若将两者合二为一,准能赢。微醺状态对这一缺乏理智的推断有推波助澜的作用。"

"尤克牌[①]是一种卑鄙的游戏。"

"较小的牌,较差的牌,唯有集结成对子,或集结成超级长对子时,方堪大用,但无论如何,不可依赖其获胜。"

"拿到四张爱司牌能否像拿到一对爱司牌那样安之若素,这是一大难题,不过,同桌的牌友会像拿到一对小王那样对其分量处之泰然。"

关于运气的好坏:"犯不着为这种小事闹情绪;发泄情绪更不值得。对所有人都看不起而别人早已积久成性的做法无须徒费口舌;此外,如果别人在思考,或已经深感愧惜时,也无须再徒费口舌。"

"为朋友担保乃一大恶习,不过,打扑克时略有赊欠也无伤大雅……切不可让借贷干扰玩这种游戏所需的精细、理智的算计。"

在评析一位玩家如何训练其思维能力,如何将逻辑推理应用于分析游戏规则和游戏现象时,他的话语可谓如雷贯耳:"他会因此而感到,在各种随时可能发生的大起大落的波动中,他始终能稳操胜算,

---

① 尤克牌(Euchre),起源于德国的一种纸牌游戏,也是19世纪末美国最流行的家庭游戏,由4人分两家对垒,取一副牌中最大的32张牌,胜者至少需在打过的5圈牌中赢得3墩牌。

他也决计不会去逼迫愚昧无知或智商低下的对手，而是完全超然于事外，既不以准确出牌为目的，也不以严惩作弊为目的。"

我一口气读到约翰·布莱克布里奇先生的最后这句话才放下书本，我仿佛能听见他在慢条斯理地说着，脸上却带着宽容的微笑：

"因为我们必须实事求是地看待人的本性。"

（吴建国　译）

素材

　　我老是惦记着要写一部长篇小说，小说的主角是一名专靠耍骗术赌牌的职业赌徒；因此，我走南闯北地在世界各地打拼时，也一直在瞪大眼睛努力寻找这个圈子里的人。由于人们普遍认为，干这种勾当有点儿不光彩，因此，但凡以此为业的人，一般都不愿公开承认其真实身份。他们对此讳莫如深，往往得跟他们混得相当熟了之后，甚或还得跟他们打上两三次牌，方能发现他们赖以谋生的诀窍。即便这样，他们也不肯细说他们这个行当里的诸多奥秘。他们有一个弱点：总爱把自己装扮成骑兵、商务代理、地产商之类的人。这副装腔作势的派头使他们成为世上最难打交道的族类，实在令小说家们琢磨不透。这类人士我曾有幸结识过几位，尽管我觉得他们平易近人、乐善好施，言谈举止也温文尔雅，但是，由于好奇心使然（纯粹出于职业习惯），我总想打听他们叫牌的技巧，岂料，无论我出言有多谨慎，还是很快就露出了马脚，他们顿时便起了戒心，再也不肯多说了。仅凭我在这边装模作样地洗牌作弊的手法，他们马上就摆出了一副不爱说话的样子。我可不是轻易泄气的人，何况经验也告诉我，倘若采用直截了当的办法，我休想得到什么好结果，不如采取旁敲侧击、转弯抹角的方法为好。跟他们这帮人聚在一起时，我通常都会装作很幼稚，装着对什么都满不在乎的样子。我发现他们挺关心我，甚至还很同情我。尽管他们坦言相告地对我说，他们从来就没有读过我写的一个字，但他们对我这个作家的身份很感兴趣。我估计，他们似乎朦朦胧胧地意识到，我偶尔也来赌赌牌，即非利士人①所说的：偶尔为之，决不上瘾。可是，我就不得不根据大胆的推测来收集资料了。这样做需要有耐心加勤奋才行。

也许可以做这种设想：前不久，我兴冲冲地认识了两位绅士，他们似乎大有可能为我收集到的这么点儿创作素材增添新的内容。我当时正乘着一艘从海防继续驶往东方国家去的法国班轮，他们在香港登上了这艘船。他们是去香港看赛马的，现在要返回上海了。我刚好也要去上海，然后再从那儿去北京。我很快就得知，他们是从纽约来东方国家旅游的，而且恰好也要去北京，真是无巧不成书，他们日后回美国时所乘的船，恰好也是我已经预订了船票的那艘船，这就意味着我们仍将同船而行。我的注意力自然而然地被他们吸引过去了，因为他们是举止文雅、和蔼可亲的人嘛。没想到，有一个同船的旅客后来却告诫我说，这两个家伙是职业赌徒，我这才定下神来，满心欢喜地开始跟他们套近乎了。至于他们愿不愿开诚布公地谈论他们那个饶有趣味的行当，我根本就没抱任何希望，但是，我可以根据他们时而露出的一点儿口风，时而漫不经意地说出的某句话，了解到一些非常有用的东西。

其中一位名叫坎贝尔——是个三十七八岁的男子。他个头虽不高，但体格匀称结实，很苗条，因而并不显得矮小，一双大眼睛里流露着忧郁的神色，那双手也生得很漂亮。若不是因为过早秃了顶，他

---

① 非利士人（the Philistine），《圣经》中）居住在地中海东岸、巴勒斯坦西南部的民族。

的模样应该比一般人要英俊得多。他的服饰整洁合体。他说起话来慢条斯理，声音不高，一举一动也很有分寸。另一位则是截然相反的风格。他是个身材魁梧、体格壮硕的彪形大汉，生着一张红脸膛，一头卷曲的黑发，相貌威风凛凛，胳膊强健有力，全然是一副逞强好斗的架势。他名叫彼得森。

这种相辅相成、优势互补的长处一望而知：长相俊美、格调高雅的坎贝尔具有头脑敏锐、知人善断的特点，而且有一双非常灵巧的手；但是，专靠骗术赌牌的职业赌徒一生所遇到的偶发事件多得难以计数，万一发生打架斗殴，彼得森迅猛有力的拳头肯定经常大有用武之地。据说，彼得森一拳就能把人家打得昏死过去，我不知道这个说法究竟是怎么传播开来的，反正全船人很快都知道了。不过，在香港至上海的这趟短途航行中，他们甚至压根儿就没提及打牌的事。也许他们在赛马周期间已经打得很过瘾了，也该松口气，享受一下度假的乐趣了。他们肯定在享受着暂时不生活在陆地上的种种好处，如果我认为，他们大多数情况下并不是那么老成持重，我觉得这说法也没有委屈他们。他们俩都很少谈及自己的情况，却都很乐意大谈对方的情况。坎贝尔向我透露说，彼得森是纽约最出类拔萃的一位采矿工程师，而彼得森则信誓旦旦地对我说，坎贝尔是一位大名鼎鼎的银行家。他说，坎贝尔富得简直让人难以置信。我算老几，怎能不胸无城府地全盘接受他们告诉我的这些话呢？不过，我倒觉得，坎贝尔没有佩戴品质更为贵重的首饰是他的一大疏忽。在我看来，使用银质烟盒似乎也是粗心之举。

我在上海只待了一天，尽管我在北京又再次遇见了这对活宝，但我那时正忙得不可开交，因而难得有空跟他们见面。我觉得有点儿奇怪，坎贝尔怎么把他的所有时间都耗在旅馆里呢？我估计，他甚至都没去看看天坛公园。不过，我完全能理解，在他眼里，北京实在太令人扫兴，所以，这对活宝要回上海时，我一点儿也不感到意外，因为我知道，上海的富商大贾们的玩法才叫豪赌，玩的是大钱。在运载着我们横渡太平洋的轮船上，我再次遇见了他们，看到同船的旅客都不太愿意来赌博，我不禁对这两位朋友动了恻隐之心。这批旅客中根本就没有富人。这是一群索然无趣的乌合之众。坎贝尔当然要提请大家来玩玩扑克牌，可惜没有一个人肯拿出超过二十美元的赌注放在桌上来赌一把，彼得森显然认为这样玩太不值得，便不愿掺和进来。在整个旅途中，尽管我们下午和晚间都在打牌，但他只有最后一天跟我们坐在一起。我猜想，他大概觉得，与其在这儿干耗着，倒不如泡在酒吧里跟那些涉世不深的小姑娘们调调情呢，他在那儿独占一个座位，这种事情他玩得不亦乐乎。坎贝尔显然对扑克牌的玩法情有独钟。当然，只有对其赖以谋生的事业满怀热情的人，才有可能把它玩得得心应手。对他来说，不管什么样的赌注都无所谓，所以，他整天都在打牌，天天都在打牌。他玩牌的姿势尤其耐人寻味，动作非常稳练，堪称妙手生花，让我看得如痴如醉。他那双眼睛似乎很有穿透力，能从牌的背面识破每一张牌的大小。他虽然喝了不少酒，却照样文质彬彬、镇定自若。他那张脸也木无表情。我由此断定，他就是一个不折不扣的玩牌高手，我也巴不得能看到他在专心致志地玩牌。发现他居然能够如此一丝不苟地对待区区一个休闲解闷的东西，倒使我油然多了几分对他的敬重。

我在维多利亚港与这对活宝分道扬镳了，总觉得今生今世恐怕再也不会跟他们见面了。我静下心来，着手整理起我所获得的这些观感，并把我认为今后能派得上用场的各种要点都记录在案。

我一到纽约就收到了一份请束，邀请我在丽兹饭店与一位老朋友共进午餐。我如约而至，她对我说：

"这是一次小小的聚会。有一位男士马上就到，我认为，你会喜欢他的。他是一位大名鼎鼎的银行家；他会带一个朋友一起过来。"

她还没来得及把这番话说完整，我就看见坎贝尔和彼得森在朝我们迎面走来。事实真相如闪电般掠过了我的脑际：坎贝尔果真是一位富可敌国的大银行家；彼得森果真是一位出类拔萃的工程师；他们根本不是专靠骗术赌牌的职业赌徒。我为总算保全了自己的面子而感到沾沾自喜，尽管如此，我满不在乎地跟他们握手时，还是忍不住压着嗓子、咬牙切齿地怒骂了一句：

"江湖骗子！"

（吴建国　译）

同花顺

我好歹不是个经常晕船的人，倘若迫于天气恶劣、牌局散了时，我不会溜到下层甲板去。我们有打扑克的习惯，经常会打到凌晨一两点钟，小打小闹的输赢，谁也不会因此而伤了和气。没想到，海风刮了整整一天都没停，夜幕降临时，风力已经增强到接近八级大风。我们这伙人里有一两个家伙却大言不惭地说，他们一点儿也没有觉得不舒服，还有一两个家伙竟快活得在那儿蹦来蹦去，脸上挂着非常罕见、超然物外的神态。话说回来，即使你从不晕船，在海上遇到极端恶劣的天气也大煞风景，令人不爽。世上居然有人会对你说，他酷爱暴风雨，一边神采飞扬地在甲板上奔跑着，一边仰天高呼，让暴风雨来得再猛烈些吧，这种傻瓜我最讨厌了。每当船舶开始严重倾斜，板壁嘎吱作响，桌椅来回乱晃，玻璃杯稀里哗啦地摔落在地板上，人东倒西歪地坐在椅子里时，每当狂风怒号、海浪雷鸣般地冲击着船舷时，我恨不得尽早回到干爽的陆地上去。这时，如果有一个牌友说他已经玩够了，大家也毫无异议地一致同意，这是最后一轮累积赌注时，我想，谁也不会对此感到遗憾。我独自一人留在吸烟室里，因为我心里很清楚，在这铺天盖地的海浪声中，我不可能轻轻松松地酣然入睡，有北太平洋在毫不停息地猛烈撞击着我的舷窗，我也不可能舒舒服服地躺在床上看书。我把我们一直在玩的两副牌放在一起重新洗了洗，打算来玩玩这种花样复杂的单人纸牌游戏。

我刚玩了大约十来分钟，却见舱门忽然大开，扑面而来的一阵劲风把我的扑克牌吹得四处乱飞，紧接着，有两位呼吸相当急促的旅客悄悄溜进了这间吸烟室。我们这艘船并不是乘客已满，而且我们起航离开香港也有十来天了，因此，我有的是时间，完全可以跟船上的每一个人都混得非常熟。至于此刻闯进屋来的这两个人，我已经在好几个不同场合跟他们说过话，他俩看见我孤身一人待在这儿，便立即朝我这张桌子走来。

他们是年事已高的老头儿，两个都是。或许这正是他们相伴而行的原因吧。他们是在香港上船时才初次相识的，现在倒好，你瞧，他们差不多整天都凑在一起坐在吸烟室里，他们交谈并不多，只是为了享受这份安逸，彼此肩并肩地坐着，中间放着一瓶薇姿① 矿泉水。他们也是非常富有的老人，这是维系他们之间关系的纽带。富人和富人待在一起时，彼此都感到轻松自在。他们知道，有钱就有贤德。他们对穷人的经验之谈是，穷人总是缺这少那。诚然，穷人羡慕富人，能得到别人的羡慕何尝不令人愉快呢，但是，穷人也嫉妒富人，这种嫉妒会使他们的羡慕大打折扣，变得不那么真诚坦率。罗森鲍姆先生是一位略有点儿驼背的犹太人，由于非常虚弱，他身上的那套衣服便显得过于肥大，很不合身，他给人的直观印象是：已经行将就木，只是在苟延残喘。他那老迈力衰、骨瘦如柴的躯体看上去仿佛已经感染上

---

① 薇姿（Vichy），位于法国中部的小镇，以其火山温泉水而闻名于世，17世纪即享有"温泉皇后"的美誉，薇姿的诸多产品如今已是法国欧莱雅集团旗下的著名品牌。

了坟墓的腐朽气息。他脸上唯独仅有的表情是老奸巨猾，不过，这副表情纯然出自个人习惯，是多年精于老谋深算的结果。他其实是一位慈眉善目、和蔼可亲的老人，从来烟酒不分家，他的慈善捐款举世闻名。另一位名叫唐纳森。他是苏格兰人，小小年纪就去了加利福尼亚，后来靠采矿赚了很多很多钱。他又矮又胖，长着一张瘦骨嶙峋的红脸膛，胡子刮得干干净净，头发脱落得只剩下残留在后脑勺上的一绺银发，他那双眼睛非常温和。无论他当年闯荡江湖时有多锐不可当，这份锐气也早已被岁月磨灭了，如今只是一个处世淡泊、积善行德者的形象。

"我还以为你们早就上床睡觉了呢。"我说。

"我是想早早上床睡觉的，"苏格兰人回答道，"可是，罗森鲍姆先生偏要缠着我谈谈昔日的陈年旧事。"

"你反正也睡不着，早早上床有什么用？"罗森鲍姆先生说。

"如果你明天早上跟我一起在甲板上散散步，只要来回走十趟，你就能睡得很香。"

"我这辈子从来就没有做过什么锻炼，我也不打算现在才开始锻炼。"

"纯属傻话。要是你坚持锻炼，你肯定会比现在强健得多。你看看我。你根本想不到我已经七十九岁了，对不对。"

罗森鲍姆先生用挑剔的眼光打量着唐纳森先生。

"不，我才不锻炼呢。你确实保养得很好。你看上去比我年轻多了，我才七十六岁。想当年，我根本就没有机会照顾好自己的身体。"

就在这时，服务员上来了。

"先生们，酒吧马上要打烊了。你们还想再要点儿什么吗？"

"在这个暴风雨之夜，"罗森鲍姆先生说，"让我们来一瓶香槟酒吧。"

"给我来一小瓶薇姿矿泉水。"唐纳德先生说。

"啊，好得很，干脆也给我来一小瓶薇姿矿泉水吧。"

服务员转身走开了。

"不过，你可得当心点儿，"罗森鲍姆先生继续像在考验似地说，"我少不了要干那些你从来不干的事情的，绝对不是为了钱。"

唐纳德先生文质彬彬地朝我笑了笑。

"罗森鲍姆先生对这一点始终耿耿于怀，因为我已经有五十七年没有碰过一次牌，也没有沾过一滴酒。"

"那我倒要问问你，这样活着还有什么意思呢？"

"我年轻的时候既是个嗜酒如命的酒鬼，也是个嗜赌如命的赌徒，可是，我有过一次非常可怕的经历。那是个沉痛的教训，我终生难忘。"

"跟他说说吧，"罗森鲍姆先生说，"他是作家。他会把它写下来的，他说不定还能把这篇文章拿出去卖钱呢。"

"这可不是传奇故事，如今虽然时过境迁了，但我还是不太愿意重提这件事。我尽量长话短说吧。我当年和另外三个人用界桩标定了一块地皮的所有权，我们大家都是朋友，年龄最大的还不到二十五岁呢；参与此事的有我和我的搭档，再加一对亲兄弟，他们的姓氏是麦克德莫特，不过，与其说他们是亲兄弟，倒不如说他们是好朋友。这小哥儿俩要好得无论什么东西都不分你我，假如其中一个想进城去，另一个必定也跟着去，他们弟兄两个在一起时总是嘻嘻哈哈，玩笑不断。真是一对纯而又纯的毛头小伙子，弟兄俩的身高都在六英尺以上，而且都长得很英俊。我们这一伙人向来放浪不羁，从总体上说，我们的运气也相当不错，我们只要一赚到钱，就肆无忌惮地挥霍。唉，有一天晚上，我们大家都在开怀畅饮，喝了很多酒，接着又玩起了扑克牌。我估计，我们不知不觉都喝得酩酊大醉了。也不知怎么一回事，麦克德莫特兄弟俩之间突然大吵起来。其中一个指责另一个有作弊行为。'把你这句话收回去，'杰米怒喝道。'我要看着你先下地狱，'艾迪说。我和我的搭档还没来得及上前劝架，就见杰米突然拔出枪来，当场把他兄弟打死了。"

就在这时，轮船忽然剧烈颠簸起来，大家都紧张得牢牢抓着座椅。酒吧服务员的餐具柜里传来一阵非常刺耳的乒乒乓乓的响声，所有酒瓶和玻璃酒杯都在架子上滚来滚去、相互碰撞着。听到这则阴森可怖的小故事，而且是由这位处世淡泊的老人讲述的，真让人感到匪夷所思。这是发生在另一个时代的故事，但你简直难以相信，眼前这位胖乎乎、红脸膛、后脑勺飘着一绺银发、身穿晚礼服、衬衣胸襟上佩戴着两枚大珍珠的小老头儿，果真是这则故事里的当事人。

"后来怎么处理的呢？"我问道。

"我们很快都清醒过来。杰米起初怎么也不相信艾迪已经死了。他把艾迪抱在怀里，嘴里不停地呼喊着。'艾迪，'他说，'你醒醒，老兄，快醒醒啊。'他哭喊了整整一夜，第二天，我们骑着快马，带着他进城去了，走了四十英里的路，我和我的搭档一边一个搀扶着他，把他交给了县治安官。我们与他握手告别的时候，我也忍不住大哭起来。我对我的搭档发誓说，我今生今世绝不会再碰一下牌，绝不会再喝一滴酒，我从此再也没有，今后也绝不会再碰牌和酒。"

唐纳森先生低下头来，嘴唇在不住地颤抖。很久以前发生的那一幕仿佛又重现在他眼前了。故事里有一个疑点我本想问问他的，见他显然十分激动，我便不忍心问了。他们，他那个搭档和他本人，似乎没有任何犹豫，就把这个倒霉的小伙子送交法院去审判了，仿佛这是天底下最理所当然的事情似的。由此看来，即使在那些粗犷强悍、放浪不羁的莽汉心目中，对法律的尊重多少也有几分出自本能的约束力。我不禁打了个寒颤。唐纳森先生一口喝干了他杯中的薇姿矿泉水，唐突地道了声晚安，随即便起身离开了我们。

"这老家伙越来越有点儿爱耍小孩子脾气了，"罗森鲍姆先生说，"我觉得他并不是非常非常的聪明。"

"得啦，他明摆着够聪明的，赚了那么多的钱。"

"可是，怎么赚来的呢？想当年，在加利福尼亚，你根本不需要靠头脑去赚钱，你只要运气好就行。我知道我这样说纯属经验之谈。约翰内斯堡^①才是你必须时刻保持头脑清醒的地方。八十年代的约翰内斯堡。那才让人大开眼界呢。实话对你说吧，我们当年就是一帮铁石心肠的硬汉子。人各争先、落后就要遭殃啊^②。"

他若有所思地啜了一口薇姿矿泉水。

"你们这些人可以大谈板球^③、棒球、高尔夫球、网球、足球，你们甚至可以把这些球类运动当作爱好，这些运动也都很适合小青年们玩；我倒要问问你，让一个成年人在球场上来回奔跑、抢球击球，你觉得合乎情理吗？扑克牌才是唯一适合成年人玩的游戏。玩扑克牌时，你只用手里的牌去对付每一个人，每一个人也都用手里的牌来对付你。团队协作精神？究竟有谁靠团队协作精神发过财呢？发财的路子只有一条，那就是，打败你的对手。"

"我原先并不知道你从前也是个玩扑克牌的高手，"我打断了他的话，"你哪天晚上来露一手怎么样？"

"我再也不打牌了。我也洗手不干啦，要不是因为有这条唯一能解释得通的理由，我本来还是可以打打牌的。我至今都弄不明白我主动杜绝打牌的根由，就因为我的一个朋友太不走运，也被人杀了。不管怎么说，如果一个人自己太他妈的愚蠢而惹上了杀身之祸，那他也不值得做朋友。可是，在从前那些日子里！要是你真想知道扑克牌的

---

① 约翰内斯堡（Johannesburg），南非第一大城市，世界著名的国际大都市，素享"黄金之城"美誉，是南非政治、经济、文化、旅游中心。
② 语出英语谚语："Every man for himself and the devil take the hindmost." 意为：人人都争先恐后。
③ 板球（cricket），英国人喜爱的夏季运动，分两队比赛，每队 11 人，击球员在"三柱门"前守卫，不让投球员用球击中。

奥秘，那你就该去南非看看。那是我有生以来所见过的赌注最大的赌场。那些人都是玩牌的高手；他们诡计多端，坑蒙拐骗无所不用其极。那种场面真让人大开眼界。干脆给你举个例子吧。有天晚上，我正在跟约翰内斯堡的几个头面人物打扑克，忽然有人把我叫了出去。当时那笔赌注累计有两三千英镑呢。'给我发牌吧，我不会让你们久等的。'我说。'行啊，'他们说，'你别那么急急匆匆的。'好吧，我走开还不到一分钟。我一回来就拿起我这副牌看了看，发现我拿到手的居然是一副连到 Q 的同花顺。我二话不说，就把手缩了回来。我了解我的这帮牌友。可是，你知道么，我大错特错了。"

"你这话是什么意思？我听不明白。"

"发给我的牌明明是一副地地道道的同花顺，而那笔赌注却是靠三个 7 赢的。可是，我怎么判断得出来呢？我理所当然地以为是另有人拿到了一副连到 K 的同花顺。在我看来，就因为这手牌，我说不定要输掉一万英镑了。"

"太恶劣了。"我说。

"我急得差点儿就中风了。后来因为又再次拿到了一副纯属人为的同花顺，我才彻底放弃打扑克牌的。我这辈子只打过大概五次牌。"

"我认为，拿到同花顺的概率大概是六万六千分之一。"

"在旧金山是，前年还是。我那次整个晚上手气一直很不顺。我从来就没有输过多少钱，因为我根本没有机会打牌。我几乎压根儿就没拿到过一个对子，即使拿到了一个对子，我也好不到哪里去。接下来，我拿到手的牌就跟其他人一样差了，我没有跟着下注。坐在我旁边的那个人也不想再赌下去了，于是，我便把我手里的牌亮给他看了看。'我整晚上拿到的全是这玩意儿，'我说，'像这样玩牌，人家怎么能指望赢呢？''我们绝大多数人都会凭着一手同花顺胸有成竹地下注。''这算哪门子事啊？'我大吼一声。我气得浑身直哆嗦。我又仔细看了看牌。我本来以为我拿到的是两三张小红桃和两三张小方块。没想到，这副牌居然是清一色的红桃同花顺，我起先没看出来。我的天哪！真的是一副同花顺。我当即就知道这意味着什么了。如今老啦，我不怎么乱吼乱叫了。我也不是那种人。可是，我当时实在按捺不住。我努力抑制着满腔怒火，但也憋屈得泪流满面。紧接着，我站起身来。'先生们，我不玩了，'我说，'如果一个人的眼力差到如此地步，连发给他的一副同花顺都看不出来，那他就没有资格玩扑克牌。老天爷已经提醒过我，我要接受这个提醒。我今生今世永远不会再打扑克了。'我把所有的筹码都兑了现，只留下了一枚，随后便离开了那家赌场。我从此再也没有打过牌。"

罗森鲍姆先生从马甲口袋里掏出一枚筹码，亮给我看了看。

"我把这枚筹码当作纪念品收藏起来了。我无论走到哪儿都随身带着它。我是个多愁善感的老糊涂蛋，这一点你也看得出来，可是，你瞧，扑克牌是我从前唯一喜欢的娱乐活动。现如今，我只剩下一个爱好啦。"

"这个爱好是什么呢？"我问道。

他那张老奸巨猾的小脸上漾起了一丝笑意，透过他那副厚厚的眼镜，我看到他那双泪水涟涟的眼睛里闪烁着带有讽刺意味的兴奋之情。真让人难以置信，他这副模样看上去既精明过人，又凶相毕露。他咯咯地笑了一声，那是一个老头儿感到开心时发出的尖声细气的笑声，然后仅仅用一个词回答说："慈善事业。"

（吴建国　译）

逃亡的结局

我跟船长握手道别，他也祝我一路顺风。随后，我便朝下面那层甲板走去，那里早已挤满了各路旅客，有马来人、中国人，也有迪雅克人①，我费劲儿地挤出人群，径直来到舷梯前。我放眼朝客轮的另一侧望去，看到我的行李已经卸下来，摆放在那艘帆船上了。那是一艘规模挺大、外形粗陋、竖着一面正方形大竹篷的帆船，船上已经挤挤插插塞满了打着各种手语的本地人。我爬上船后，马上便有人为我让出了一块地方。我们此时距离海岸线大约还有三海里，阵阵海风在一个劲儿地吹拂着。随着帆船离海岸越来越近，我看到了一大片郁郁葱葱的椰林，椰子树一直生长到了海水边，我还看到了掩映在椰林中的那个村落一派棕褐色的屋顶。有一位会说英语的中国人帮我指认出一幢白色的孟加拉式的平房，对我说，那就是政务专员的官邸。尽管那位政务专员还不知此事，但我马上就要与他同住一些时日了。我口袋里揣着一封写给他的介绍信。

上岸后，行囊摆放在我身边这片亮晶晶的沙滩上，不知何故，我竟油然生出一阵莫

---

① 迪雅克人（Dyaks），生活在婆罗洲等东南亚地区的土著居民。

名的孤独凄凉感。这个偏僻的去处，这座坐落在婆罗洲北海岸上的小镇，是我自己找上门来的。一想到我得主动向一个地地道道的陌生人做自我介绍，还得告知他，我接下来就要睡在他的屋檐下，吃他的饭菜，喝他的威士忌，直到另一艘船驶进这个港口，带我去我的下一个目的港，总感到有点儿羞于启齿。

不过，我也许犯不着这样瞻前顾后、自寻烦恼，因为我一来到那幢平房前，把我的介绍信呈递进去，一个身强力壮、面色红润、性情爽朗的男子汉，马上就迎出屋来，他大约有三十五岁，而且由衷地对我热情相待。他一边拉着我的手，一边大声吩咐男仆去拿酒来，接着又指派另一个男仆去照看我的行李。他不由分说地打断了我的客套话。

"啊呀，我的上帝！好不容易把你盼来了，你不知道我有多高兴呢。别以为我会不遗余力地亲自安排好你的食宿。这事应该由其他方面负责。你愿意住多久就住多久，只要你喜欢就行。住一年吧。"

我笑了笑。他把自己的日常工作统统抛开了，还安慰我说，他无论什么事情都可以暂搁一边，等到明天再干，接着便满心欢喜地在一张长椅上坐了下来。我们聊天、喝酒、促膝长谈。等到大白天的酷热暑气渐渐消散后，我们便走出屋来，在莽莽丛林里漫无目的地徒步走了很久，回来时已是汗水津津，衣服全湿透了。谢天谢地，总算能洗澡、更衣了。稍许歇息了一会儿之后，我们便共赴晚宴了。我感到疲惫不堪，尽管我的东道主明摆着很愿意继续彻夜长谈，但我不得不恳求他允许我上床睡觉去。

"好吧，那我就顺路去一趟你的房间，看看一切是否都安排妥当了。"

房间很宽敞，前后都有游廊，室内几乎没有什么家具之类的陈设，却有一张极其宽绰的大床，床上罩着蚊帐。

"这张床硬邦邦的。你介意吗？"

"一点儿也不介意。我今晚可以睡个安稳觉，不会再颠来倒去睡不着了。"

我的这位东道主若有所思地望着那张床。

"上次睡在这张床上的客人是一个荷兰人。你想不想听一个很蹊跷的故事？"

我的当务之急是想赶紧上床睡觉，可他是我的东道主，何况我自己时常也有几分幽默作家的味道，我知道，谁要是存心想讲一个饶有风趣的故事，却找不到一个愿意听的人，准会憋得很难受。

"他登上了带你上这儿来的这艘船，乘着这艘船沿着这条海岸线一直走到头才下船。他一走进我的办公室，就问我那家印度小客栈在哪里。我告诉他说，此地压根儿就没有小客栈，不过，如果他实在没有什么地方可去，我倒可以安排他暂且先住下来。他当即就欣然接受了这份邀请。我让他去找人把行李送过来。

"'这就是我的全部家当。'他说。

"他拎着一只很不起眼、已经磨损得发亮的黑色手提包。这副样子未免也太过节省啦。但是，这不关我的事，于是，我让他自个儿先到那幢平房去，我一处理完手头的工作马上就过去看他。我正说着，办公室的门忽然被人推开了，我的办事员走进屋来。那个荷兰人当时恰好背对着门，或许是因为我那个办事员推门而入的动作有点儿太突然的缘故。不管怎么说吧，反正那个荷兰人立即大吼一声，猛地向上一蹿，跳了大约有两英尺高，并飞快地拔出了一支左轮手枪。

"'你他妈的想干什么？'我说。

"等他看清进屋来的是办事员时，整个人便瘫软下来。他无力地仰靠在办公桌上，大口喘着粗气，一听到我这句话，他顿时浑身颤抖起来，像在发高烧似的。

"'请原谅，'他说，'我太神经质了。我的神经质毛病很严重。'

"'看样子是这么回事。'我说。

"我对他的态度相当不客气。实话告诉你吧，我当时真有点儿懊悔，要是没有挽留他暂住在我这儿就好了。他看上去并不像喝了很多酒的人，我心里犯起了嘀咕，不知他是不是警方正在追捕的某个家伙。我暗暗寻思，倘若这家伙就是警方正在追捕的对象，他总不至于愚蠢到这种地步，甘愿钻进这危机四伏的狮子坑①吧。

"'你最好去躺下休息一会儿。'我说。

"他一声不吭，匆匆走开了。等我再回到这幢平房时，我发现他正不动声色、腰板笔直地坐在游廊上。他已经洗了澡、刮了胡子、换了一身干净衣服，外表形象还算过得去。

"'你干吗这么直挺挺地坐在游廊正中央呢？'我问他，'坐在屋里的长椅上不是更舒服些吗？'

"'我宁愿像这样坐着。'他说。

"真奇怪，我心想。但是，这么热的天，如果一个人宁可这样直挺挺地坐着也不愿躺下来歇息，那就是他有意在跟自己过不去了。他看上去并没有什么特别之处：身材高挑、体格健壮，硬撅撅的头发修剪得很短，一个典型的荷兰佬的形象。按我的揣测，他年龄应该在四十岁左右。他浑身上下最触动我的特征莫过于他那副表情。他眼睛里有一种异样的神色，那是一双蓝眼睛，长得很小，但那种眼神实在令我困惑不解；他那张脸似乎也颓丧地耷拉着；这副模样不禁使人感到，他马上要哭了。他时不时就会机警地朝左侧扭过头去扫一眼，仿佛他自以为听到了什么动静似的。天哪！他未免也太神经紧张啦。不过，我们两杯酒下肚之后，他便拉开了话匣子。他的英语说得非常地

---

① 语出《圣经·旧约·但以理书》，描写犹太人的四大先知之一的但以理被投入狮子坑，但狮子不吃但以理，但以理最终获教成就大业。

道，若不是因为稍许有一点儿口音，你根本就听不出他是外国人，我不得不承认，他是个非常健谈的人。他什么地方都去过，而且还看过大量的书。听他侃侃而谈倒是一桩难得的乐事。

"那天下午，我们先喝了三四杯威士忌，后来又喝了很多兑了药酒的杜松子鸡尾酒[①]，所以，到了吃晚饭的时候，我们渐渐就无所拘束地开始欢闹起来，我也形成了自己的看法：他的确是一个非常不错的人。当然，我们在晚宴上又喝了很多威士忌，我正好收藏了一瓶本尼迪克特甜酒[②]，所以，我们晚饭后又喝了不少利口酒。我至今都会不由自主地回想起我们俩当时都喝得醉醺醺的情景。

"最后，他终于对我讲起了他为什么来这儿的原因。这是个非常离奇的故事。"

说到这儿，我的东道主戛然而止，嘴巴微张、欲说还休地望着我，仿佛此刻又重新回想起了当时的情景，再次被这则故事曲折离奇的情节深深打动了。

"他是从苏门答腊[③]过来的，我说的那个荷兰人，他好像得罪了一个亚齐人[④]，那个亚齐人便发誓要宰了他。起初，他根本没把这事放在眼里，没想到，那个亚齐人真三番两次地要刺杀他，这事开始变得相当麻烦起来，于是，他想，他还是趁早躲开点儿为好。他渡过海

---

① 此处原文为 "gin pahits"，是殖民时期马来亚地区流行的一种酒，本书作者曾在东南亚生活多年，熟知该地区的各种酒类，因而在其多篇作品中均有此类酒品的描写。

② 本尼迪克特甜酒（Benedictine），16 世纪初由法国本尼迪克特修道院（Benedictine Abbey）的僧侣用白兰地和草本植物调制而成的一种甜酒。

③ 苏门答腊岛（Sumatra），位于东南亚马来半岛的南方，是世界第六大岛，东北隔马六甲海峡与马来半岛相望，西濒印度洋，东临中国南海，北面为安达曼群岛，处于海上丝绸之路的要道，自古以来盛产黄金，素有"黄金岛之称"，中国古代文献中称之为"金州"，古时曾吸引不少西方探险家前来寻金。

④ 亚齐人（Achinese），印度尼西亚主要民族之一，主要分布在苏门答腊岛北部，中世纪曾建亚齐王国，信奉伊斯兰教，属于逊尼派，至今仍信奉万物有灵和巫术。

湾去了巴达维亚①，打算在那儿好好享受一番。可是，他在巴达维亚刚过了一个星期，却忽然发现那家伙竟鬼鬼祟祟地潜伏在墙根下。天哪！他一直在跟踪他呢。看样子他铁了心要动真格的了。荷兰人这才感到，这事已经远远不是在开玩笑的了，他心想，他眼下所能采取的最佳办法莫过于赶紧悄悄溜到苏腊巴亚②那边去。唉，有一天，他正在苏腊巴亚的街头闲逛，你知道那儿的大街小巷有多拥挤，他偶然转过身来看了看，却意想不到地发现那个亚齐人就在他身后，一直不声不响地尾随着他。这下可把他吓了一大跳。这情景不管换了谁都会大吃一惊的。

"荷兰人径直回到他下榻的宾馆，收拾好随身物品，立即赶下一班船去了新加坡。他理所当然住进了范沃克大酒店，因为所有荷兰人都喜欢住在那儿。有一天，他正在宾馆大门前的庭院里自斟自饮，岂料，那个亚齐人竟胆大包天、大摇大摆地走了进来，朝他看了足足有一分钟，然后又高视阔步地走了出去。荷兰人告诉我说，他当即就吓得呆若木鸡。那家伙当场就可以把他随身佩戴的马来人的那柄波纹刃短刀扎进他的胸膛，因为他根本就没有还手之力。荷兰人知道，他不过是在等待时机，那个该死的土著人存心要杀死他了，他看得出来，那人的眼睛里充满了杀机。他彻底崩溃了。"

"可是，他为什么不报警呢？"我问道。

"我也想不通啊。我估计，这种事情他大概不想让警方插手吧。"

"可是，他究竟干了什么事情得罪了那个人呢？"

"这一点我也不知道。我问过他，可他不愿告诉我。不过，根据

---

① 巴达维亚（Batavia），印尼首都雅加达的旧称，又名椰城，为东南亚第一大城市，世界著名海港，17 世纪—19 世纪为荷兰殖民地。

② 苏腊巴亚（Soerabaya 或 Surabaya），旧译"泗水"，位于印尼爪哇岛东北沿海、泗水海峡的西南侧，与马都拉岛相望，是印尼的第二大海港。

他脸上流露出的那种神色，我估计，他大概干了什么非常不对头的事。按我的猜测，他心里清楚得很，不管那个亚齐人怎么报复他，都活该他倒霉。"

我的东道主点燃了一支香烟。

"接着说呀。"我说。

"在新加坡和古晋①这两地之间有往返班船，在往返期间，船长住在范沃克大酒店里过夜，因为这班船要在拂晓时分起航。荷兰人觉得，这是甩掉那个亚齐人的大好时机。他把所有的行李都留在宾馆里，和船长肩并肩地朝那艘船走去，仿佛他纯粹是去给船长送行的，然而，船舶起锚离港时，他却留在船上了。不管怎么说，事到如今，他已经变得十分的神经过敏了。只要能摆脱那个亚齐人，无论什么损失他都在所不惜。到了古晋，他感到平安无事了。他在那家印度驿舍定了一个房间，又去中国商店购买了两套西装和几件衬衫。不过，他告诉我说，他一直睡不安稳。他老是梦见那个土著汉子，从梦中惊醒过五六次，因为他老是觉得有人在用一柄波纹刃短刀切割他的喉咙。天哪！我真替他感到难过。他对我说这番话时，还在浑身发抖，嘶哑的嗓音里也带着恐怖。这就是我注意到的那种令人寻味的表情。你还记得吧，我先前就告诉过你，他脸上有一种诡异的神色，我判断不出这究竟意味着什么。唉，那分明是充满恐惧的表情啊。

"接着，有一天，他去了古晋的那家海员俱乐部，他无意间朝窗外望去，却看见那个亚齐人就坐在窗外。他们还相互对视了一眼。荷兰人顿时吓得灵魂出窍，当场晕死过去。苏醒过来时，他首先想到的是，得赶紧逃出去。唉，你知道的，在古晋这种鬼地方，交通并不发

---

① 古晋（Kuching），马来西亚砂拉越州的首府，地处砂拉越州的西部，是马来西亚东部历史最悠久、最大的海滨城市，也是马来西亚东部的工业、商业和港口中心，素有"水上之都"的美誉。

达，带你过来的这条船是独一无二的交通工具，他只有这一个机会可以迅速逃离此地。他登上了这条船。他绝对相信，那个亚齐人不在这条船上。"

"可是，他为什么偏要到这儿来呢？"

"唉，这个老是在亡命逃窜的家伙在这条海岸线上有十多个落脚点，那个亚齐人无论如何也想不到他偏偏选中了这个地方，由于他一心只想赶紧逃走，一看那儿只有一艘船可以送旅客出海，而且船上的旅客还不到十个人，他就登上这艘船到这儿来了。

"'不管怎么样，我在这里要稍微安全一点儿，'他说，'只要能安安静静地过上一段日子，我就能恢复元气，重新振作起来了。'

"'你爱住多久就住多久吧，'我说，'你可以安安心心地住在这里，不管发生什么事，你都可以一直住到下个月，等这班船再开过来，如果你愿意，我们还可以密切监视那些从船上下来的人。'

"他对我千恩万谢。我看得出来，这对他是一个莫大的安慰。

"时辰已经很晚了，我向他建议说，我们都该上床睡觉了。我把他领进了房间，顺便也检查一下这间屋子是否妥当。尽管我告诉过他，住在这里不会有任何风险，但他还是锁上了浴室的门，闩上了百叶窗，我刚离开他，就听到他立即把门也锁上了。

"第二天早晨，男佣给我送来茶点时，我问他是否去叫醒那个荷兰人了。他说正准备去。我听到他在一遍又一遍地敲门。奇怪呀，我心想。那个男佣把门擂得震天响，却不见有任何回应。我有点儿紧张了，立即站起身来。我也亲自去敲门了。我们的敲门声响得足以能把死人吵醒，那个荷兰人却继续照睡不误。于是，我们只好强行打开了门。蚊帐整整齐齐地罩着，帐幔的下摆严丝合缝地掖在床的四周。我撩开蚊帐的门幔。他仰面朝天、两眼圆睁地躺在床上。他早已气绝身亡，成了一具僵尸。一柄波纹刃短刀横在他脖子上。你也许会说，我

223

是在撒谎，不过，我可以对上帝起誓，我说的全都是真话，他浑身上下没有一处伤口。房间里也空荡荡的。

"这事很蹊跷吧，对不对？"

"得了吧，这完全取决于你懂不懂幽默。"我回答说。

我的东道主飞快地朝我扫了一眼。

"睡在那张床上，你不会介意吧？"

"不——不介意。不过，我倒宁愿你明天早晨告诉我这个故事。"

（吴建国 译）

道听途说的绯闻事件

尽管我与本篇故事没有一点儿瓜葛，但我还是要以第一人称讲述这个故事，因为我不想在读者面前弄虚作假，把自己其实并不太了解的事情添油加醋地说得天花乱坠。实际情况就是我陈述的这些，至于其背后的缘由，我也只能猜测，读者说不定看了之后就会认为，是我搞错了。确切情况没有一个人能够说得清。不过，如果你有这份兴趣想了解人的本性的话，就该去揣摩导致某些行为得以发生的动机，世上没有几件事情比这更有意思。即使我真的听说了什么令人不快的际遇，那也纯属偶然。我当时正琢磨着要在婆罗洲北岸的一座海岛上盘桓两三天，那位政务专员①也早就非常善解人意地答应了要为我安排食宿。我已经在海上颠簸了一段时日，因此，我十分庆幸总算可以好好休息一下了。曾几何时，这座海岛是一块颇为重要的领地，有其自己的总督，可它已经风光不再了；如今，这里已经没有多少东西可资证明其昔日的重要性了，只有这幢气势恢宏的

---

① 政务专员（District Officer），简称 D.O.，是英国殖民时期派驻海外某一殖民地的军政要员，负责该地区军政事务的最高政府官员，自 20 世纪 30 年代中期起，同时兼任英国海外殖民部成员。

石砌房屋依旧还在，当年的那位总督就住在这幢房屋里，现在则由这位政务专员满腹怨言地居住在此，因为房屋的面积实在太大了，很多地方都是多余的。不过，这倒是一座挺适宜入住的房屋，里面有一间面积超大的会客厅，一间足以能容纳四十个人的餐厅，还有许多高大、宽敞的卧室。它显得很寒酸，因为当年设立在新加坡的殖民政府很会精打细算，花费在这幢房屋上的款项少之又少；但是，我倒挺喜欢现在这副样子，那些沉实厚重、用以办公的家具有一种阴森森的庄严感，颇让人觉得好笑。那个花园的面积也太大，大得简直让这位政务专员难以收拾，花园里横七竖八地长满了乱蓬蓬的热带植物。这位长官名叫亚瑟·洛；他是个性情文静、个头不高的男人，年龄大概在三十七八岁，已婚，有两个年幼的孩子。洛夫妇并未打算在这个超乎寻常的好地方定下心来安居乐业，而是把这里当作了营地暂住，如同从某个灾区逃难过来的难民一样，他们盼望着有朝一日能够被调到另一个岗位上去，到那时，他们才会在自己更加熟悉的环境里定居下来。

我马上就喜欢上了他们。这位政务专员既平易近人，又幽默风趣。我相信，他不仅能令人钦佩地履行好自己的各项职责，而且也会尽其所能地不打官腔。他爱用俚语说话，连讽刺挖苦的话也说得悦耳动听。看到他陪那两个孩子玩游戏的情景真令人赏心悦目。显而易见，他感到自己的婚姻已经处于非常美满的状态了。洛夫人是一位极其乖巧的小女人，体态丰腴，纤细的眉毛下有一双深色的眼睛，虽然算不上非常漂亮，但确实妩媚动人。她气色很好，而且总是一副兴高采烈的样子。他们夫妇俩经常互相打情骂俏，彼此似乎都把对方当成了十分滑稽可笑的小丑。他们讲的笑话其实既不怎么好听，也不怎么新颖，但他们自己认为，这些笑话简直笑死人了，弄得你不得不陪着他们哈哈大笑。

我觉得，他们夫妇俩见我来了都很高兴，特别是洛夫人，因为平时没有多少事情可做，只是照看一下家务和孩子，她便把大量精力投放在她自己喜爱的娱乐活动上了。这座海岛上本来就没有几个白人，因此，社交生活很快就变得索然无趣起来；我来这儿还没到二十四小时，她就好说歹说地劝我，要我在这儿住一个星期、一个月，或者一年也行。我刚到达的那天晚上，他们夫妇俩特意为我举行了一场晚宴，还把岛上的所有官员都请来了：政府商检员、医生、小学校长、警察局长，但是，第二天晚上就只有我们三个人自己聚在一起吃晚饭了。在那天的晚宴上，那些客人都带了各自的家仆前来帮忙，可是，第二天晚上，服侍我们三个的只有洛夫妇的一个侍童和我从家里带出来的一个仆人。他们把咖啡端上来之后，便丢下我们扬长而去。我和洛先生各要了一支方头雪茄。

　　“你知道吗，我以前见过你。”洛夫人说。

　　“在哪儿呢？”我问道。

　　“在伦敦，在一场宴会上。我听到有人把你介绍给另一个某某人了。那场宴会的地点在卡尔顿梯形大厦①里，是在卡斯特兰夫人的家里举办的。”

　　“哦？那是什么时候的事？”

　　“上次我们回国休假的时候。那场宴会上还有几个俄罗斯舞蹈演员呢。”

　　“我想起来了。那是两三年以前的事。真想不到你们当时也在场！”

　　“这句话恰恰正是我和我夫人当时在交头接耳说的话，”洛先生一

---

① 卡尔顿梯形大厦（Carlton House Terrace），英国伦敦威斯敏斯特市圣杰姆斯区的一条街道。它的主要建筑特征是街道南侧的一对白色灰面房屋的阳台，俯瞰着圣詹姆斯公园，建于1827年至1832年间，由英国前卫建筑大师约翰·纳什（John Nash，1752—1835）总体设计。

边说着，一边缓缓露出了一个迷人的微笑，"我们这辈子都没去过那么盛大的宴会。"

"你要知道，那场宴会特别引人瞩目，引起了一场巨大的轰动，"我说，"那是一场佳节宴会。你们那次玩得怎么样？"

"在那种宴会上，我一分钟都待不下去。"洛夫人说。

"我们可不能睁眼说瞎话，当时是你不依不饶地坚持要去的，贝 [①]，"洛先生说，"我早知道，周围全都是那些头面人物，我们肯定会被排斥在外的。我那套正装还是当年我在剑桥时穿的，我每次穿起来都觉得很不合身。"

"我还特地在彼得·罗宾森商场里买了一件上装。在那家商店里穿上身时，我还觉得挺好看的。等我赶到宴会现场时，我就觉得，我真不该去浪费那么多钱。我这辈子都没想到自己居然会穿得那么邋遢。"

"得啦，这也没什么大不了。反正也没谁把我们介绍给别人。"

我很清楚地记得那场宴会。在卡尔顿梯形大厦里，那些富丽堂皇的房间都装饰着用黄玫瑰做成的大型彩饰，在那个蔚为壮观的大客厅里，有一端早已搭起了舞台。舞蹈演员们穿着专门为她们设计的具有摄政时期 [②] 风格的戏服，有一位现代作曲家还特意为那两名魅力四射的芭蕾舞演员创作了音乐，让她们在这首音乐的伴奏下翩翩起舞。这种场面很难尽收眼底，也容不得一个俗人的头脑里冒出这种庸俗不堪的想法，以为这场盛事肯定耗费了数目极其庞大的钱。卡斯特兰夫人既是一位美若天仙的贵妇，也是一位很了不起的东道主，但我认为，谁也不至于因此而责怪她浩瀚无边的博爱之心，她认识的人太多，不

---

① 贝（Bee），英国女子教名 Beatrix 和 Beatrice 的昵称。

② 摄政时期，原文为 the Regency Period，是指英国国王乔治四世当政的时期，英王乔治三世因晚年精神失常，其长子威尔士亲王乔治四世自 1811 年起担任摄政王，摄理君职，直到乔治三世 1820 年驾崩为止。

可能格外垂青于哪一个人，我不由得纳闷起来，不知她为什么偏偏要把两个毫不起眼、无足轻重、身份微贱的小人物从那么遥远的海外殖民地请到如此盛大的宴会来。

"你们和卡斯特兰夫人是老相识吗？"我问道。

"我们根本不认识她。她给我们送来了一封请柬，我们就去了，因为我想看看她到底是个什么样的人。"洛夫人说。

"她是一位非常有才干的女人。"我说。

"我估计，她确实很有才干。当那个管家宣读到我们的名字时，她压根儿就不知道我们俩是谁，可是她马上就想起来了。'哦，对了，'她说，'你们是可怜的杰克的朋友嘛。快去找你们自己的座位吧，你们可以坐在那儿观看。你们会非常喜欢利法尔①的，他太令人拍案叫绝啦。'话音刚落，她就转过身去问候下一批来宾了。可是，她忍不住又瞄了我一眼。她是想知道我究竟知道多少情况，她马上就看出来了，我什么都知道。"

"别这样胡说八道，亲爱的，"洛先生说，"她只不过朝你看了一眼，她怎么会知道你的那些心思，你又怎么能判断出她心里在想什么呢？"

"这是真的，我实话告诉你，就那么看了一眼，我们把一切都表达得一清二楚了，除非是我犯了非常严重的错误，我破坏了她的宴会，扫了她的兴。"

洛先生忍不住大笑起来，我也跟着笑了笑，因为洛夫人是以那种得意洋洋、证明自己所言极是的腔调说话的。

"你也太过分，已经言行失检啦，贝。"

"她是你非常要好的朋友吗？"洛夫人问我。

---

① 利法尔（Serge Lifar, 1905—1986），出生于乌克兰的法国著名芭蕾舞演员和舞蹈编导艺术家，20世纪风靡全球的著名男芭蕾舞演员之一。

"算不上吧。十五年来，我在很多地方都遇见过她。我参加过好多次在她家举办的宴会。她举办的宴会都很精彩，她总是建议你去结识一下你想见到的人。"

"你认为她怎么样？"

"她在伦敦也算是一位名气很响的人物。她说起话来非常有趣，她的模样也很好看。她在艺术和音乐上花了很多工夫。你认为她怎么样呢？"

"我认为她就是个婊子。"洛夫人说，她说得很坦率，口气既很欢快、又很果断。

"这话可就让我们没法再说她啦。"我说。

"告诉他吧，亚瑟。"

洛先生犹豫了一会儿。

"我不知道我该不该说。"

"你要是不想说，我来说。"

"看来我夫人真要跟她过不去了，"他笑着说，"那是一件相当不幸的事情，真的。"

他吐出一个完美的烟圈，然后便出神地望着它。

"接着说嘛，亚瑟。"洛夫人说。

"哦，好吧。那件事发生在我们上一次回国之前。我当时是雪兰莪州① 的政务专员，有一天，他们跑来告诉我说，在那条河的上游有一个小镇，距离此地大概有一两个小时的路程，小镇里有一个白人死了。我当时还不知道有一个白人住在那儿。我想，我还是去了解一下情况为好，所以，我就赶紧登上汽艇溯流而上了。我一赶到那儿，马

---

① 雪兰莪州（Selangor），马来西亚的 13 个州之一，首府莎阿南（Shah Alam），位于马来西亚半岛西海岸的中部。

上就展开了调查。关于这个白人的情况，当地警方几乎一无所知，只知道他已经在那儿生活了两三年，和他同居的是一个中国妇女，在本地集市里做生意。那真是个风景如画的集市，两边都是高耸的房屋，中间有一条木板铺成的人行道，河岸上的建筑鳞次栉比，为了防止太阳暴晒，家家户户都在屋顶安装了遮阳篷。我带了两三个警员随同我一起去，他们领着我找到了那间屋子。他们楼下是出售黄铜器皿的店铺，楼上的房间都租出去了。商店的主人带着我爬了两截黑咕隆咚、摇摇晃晃的楼梯，楼梯间散发着难闻的臭气，充斥着中国人身上的各种怪味，爬到顶楼时，店老板高喊了一声。有人打开了门，开门的是一个已经人到中年的中国妇女，我看了看她那张脸，由于一直在悲痛地哭泣的缘故，她那张脸都肿胀起来了。她什么也没说，只是侧过身子，好让我们走过去。里面至多不过是一间屋顶下的斗室；有一扇小窗户可以眺望街面，但是有遮阳篷横跨在窗户上，把光线遮挡得朦朦胧胧。房间里没有什么家具，只有一张松木桌子和一把靠背已经破损的厨房用的椅子。墙脚边有一张席子，席子上躺着死者的遗体。我做的第一件事情是，赶紧让人打开窗户。屋里的霉臭味太浓，我恶心得干呕了几下，最浓烈的气味还是鸦片味。那张桌子上摆放着一盏小油灯和一根长针，我当然知道它们是派什么用场的。那杆大烟枪早就被藏起来了。那名死者仰面朝天躺在那儿，身上没穿什么衣服，只围着一条纱笼，上身是一件脏兮兮的背心。他有一头棕色的长发，但已花白，他留着短短的山羊胡子。他就是个地地道道的白人。我尽可能仔细地检查了一遍他的身体。我必须判明他的死亡是否属于自然原因。他身上没有遭受暴力的痕迹。他瘦得只剩下皮包骨头。在我看来，他似乎极有可能是活活饿死的。我向店老板和那名妇女询问了几个问题。那名警员在一旁确认他们陈述的供词。表面看来，店老板咳嗽得很厉害，时不时还会咳出点儿血来，他的面容也表明，他十有八九得了肺结核。这个中国男人说，他就是个死不改悔的鸦片吸食者。所有这一切似乎已经十分明显。幸好这类案件目前还非常罕见，不过，也并非闻所未闻——这名白人就是个活生生的例子，他破产了，于是便渐渐沉沦下去，终于走到了堕落人生的最后这个阶段。表面看来，这个中国妇女很喜欢这个白人。最近这两年来，她一直在用自己少得可怜的一点儿收入供养着他。我下了几条必不可少的指令。当然，我很想知道这个白人究竟是什么人。我估计，他大概是某个英国公司的职员，或者是某个英国商店的店员，这些单位都设立在新加坡，或者在吉隆坡。我问这名中国妇女，他是否留下了什么私人财物。就他们所生活的这种穷困潦倒的现状而论，这似乎是一个相当荒谬的问题，但她马上朝一只破旧的手提箱走去，那只手提箱放在一个角落里，她打开手提箱，拿出一个四方形的包裹给我看，那只包裹大约有两本小说书摞在一起那么大，用一张旧报纸包着。我朝那只手提箱看了看。里面没有任何值钱的东西。我接过了那只小包裹。"

洛先生的那支方头雪茄早就熄灭了，于是，他探过身去，借着桌子上的一支蜡烛把雪茄重新点燃。

"我拆开包裹。里面还包着一层纸，在这张纸上用工工整整、出自受过良好教育之人的手笔写着：**致政务专员**，指的恰好是我，接下来是这些字：请将此物亲自交给卡斯特兰子爵夫人本人，地址：伦敦西南，卡尔顿梯形大厦53号。这让我有点儿吃惊。当然，我必须检查一下里面的东西才行。我割断了包装绳，找到的第一件物品是一只用黄金和铂金制成的香烟盒。你可以想象得到，我当即就被弄得稀里糊涂。根据我了解的所有情况来看，他们这对夫妇，这名死者和这个中国妇女，几乎连饭都吃不饱，而这只香烟盒看上去似乎值一笔大钱呢。除了这只香烟盒子，包裹里别无他物，只有一沓书信。这些书信都没有信封。这些信的书写字迹与写地址的字迹一模一样，都写得工工整整，而且都签署了人名的首字母 J。这些书信有四五十份。我没法当场全部看完，不过，匆匆浏览一遍之后，我就明白了，这些信是一个男人写给一个女人的情书。我把那个中国妇女叫过来，向她询问死者的名字。她说不知道，我无法确定她是真的不知道，还是不肯告诉我。我下令必须把死者安葬好，然后便返身登上汽艇回家去了。这些事情我都说给她听了。"

他朝她甜蜜地笑了笑。

"我不得不对亚瑟严加管教，"她说，"起初，他还不肯让我看那些信呢，不过，当然啦，我也不会容忍诸如此类的愚蠢行为。"

"这不关你的事。"

"你应该尽全力找到那个人的名字。"

"你的调查具体走到哪一步啦？"

"哦，别犯傻了，"她笑着说，"你要是还不让我看那些信，我恐怕早就急疯了。"

"那你查出他的名字了没有？"我问了一句。

"没有。"

"难道信上没有地址吗？"

"有啊，当然有，是一个非常出人意料的地址。大多数信都是用外交部的信纸写的。"

"那就有意思了。"

"我真不知道究竟该怎么办。我有那么一点儿心思，想给卡斯特兰子爵夫人写信说说这些情况，可我又吃不准我这样做会惹来什么样的麻烦；那个留言写的是，要亲自把这个包裹交给她本人，所以，我就把所有东西都重新包裹起来，把它放进了保险箱。我们春天就要回国休假了，我想，最好的办法是把所有东西都放在一边，等到那时候再说。这些书信多少也算是泄露了人家的隐私嘛。"

"说得挺委婉嘛，"洛夫人咯咯地笑着说，"事实情况是，他们的嘴脸已经暴露无遗啦。"

"我觉得我们没必要再深谈这件事了。"洛先生说。

随后，他们夫妻二人便小打小闹地争辩起来；但我认为，就他这一方而言，这样做只是出于惯例，因为他肯定知道，他想保住官方人士处事谨慎的做派的愿望，不大可能敌得过他妻子想把所有事情说给我听的决心。洛夫人对卡斯特兰夫人怀有一种恶感，因此，她毫不在乎自己数落她的话。她非常同情那个死去的白人男子。洛先生竭力想规劝她收敛一下她那些轻率的言论。他不断纠正她的那些言过其实的说法。他对妻子说，她应当让她的想象力逃之夭夭，他说她已经无中生有地过度解读了那些书信的内容。她大概就是这么干的。那些书信显然给她留下了深刻的印象，根据她那活灵活现的描述，根据她丈夫屡屡打断她的做法，我对那些书信有了前后大体一致的印象。有一点是明摆着的，那些书信确实写得非常感人。

"你不知道这种事情让我有多反感，贝贪婪地盯着那些书信看的时候流露出的那副怪模样。"洛先生对我说。

"那是我这辈子看过的最精彩的情书。你从来就没有给我写过那样的信。"

"我要是写了那么肉麻的信，你肯定会觉得我是个该死的大傻瓜。"他咧嘴笑着。

她给了他一个妖媚动人、情意绵绵的笑脸。

"我想也是，不过，上帝知道，我那时候怎么就疯狂地迷恋上你了呢，我要是知道原因，我就不是人。"

这个故事已经十分清楚地浮出了水面。那沓情书的作者，那个神秘的J，大概是英国外交部的一名职员，已经爱上了卡斯特兰子爵夫人，而她也爱上了他。他们发展成了情人关系，早期的情书写得感情奔放，充满浓情蜜意。他们很幸福。他们希望他们的爱情能永远持续下去，直到天荒地老。他离开她之后就立即写信给她了，向她诉说了自己是多么的爱慕她，她在他心目中的分量有多重。他每时每刻都在思念着她。看来女方似乎也神魂颠倒地爱着他，两人迷恋的程度不分伯仲，因为在有一封信里，他在找理由为自己开脱，原因是女方指责过他，说他明明知道她会在某个地点等着他来，可他竟然没来。他在信中对她说，他对此感到痛苦万分，因为有一份突如其来的差事使他没能前来与她团聚，他当时也在十分热切地期盼着这次约会。

随后而来的就是灾难性的结局了。至于究竟是怎么一回事，或者说，为什么会发生这种情况，人们只能靠猜测了。卡斯特兰子爵得知了事情的真相。他不仅怀疑自己的妻子有婚外情，而且还拿到了确凿的证据。他们夫妇俩之间发生了一场极其吓人的激烈争吵，她一气之下离开了他，回她父亲家去了。卡斯特兰子爵对外宣布了他要与她离婚的意图。在这之后，这些书信的性质发生了变化。J马上写信请求与卡斯特兰子爵夫人见面，不料，她却恳求他不要来。她父亲坚持认为，他们不可以再见面了。J对她的不幸深感忧伤，并为自己给她造成的麻烦而懊恼不已，对于她在家里忍声吞气的处境，他也深表同情，因为她父母都对此事怒不可遏；不过，与此同时，他也感到如释重负了，因为这个决定命运的时刻终于来了，这一点是明摆着的。只要他们彼此真心相爱，别的都算不了什么。他在信里说，他痛恨卡斯特兰子爵。让他提出离婚诉讼吧。倘若他们能越快地结婚，就会越幸福。这些信件都是单方面的，根本没有见到她写来的信，我们只好根据他写的那些回信来推测，她在自己的信里都说些了什么。她显然已经被吓得不知所措了，因此，无论他说什么，都无济于事。当然，他将不得不离开外交部。他安慰她说，丢了这份工作对他也算不了什么。他随便在哪儿都能找到工作，在海外殖民地，他准能赚到比现在要多得多的钱。他深信不疑地认为，他一定能给她带来幸福。当然，这将成为一件丑闻，但很快会被人们淡忘的，而且一旦离开英国，人们就不会再计较此事了。他恳求她鼓起勇气。后来，她似乎赌气地写了一封来信：她不愿离婚，卡斯特兰既不肯把离婚的责任归罪在他自己头上，也不肯被强拉到被告席上，她不想离开伦敦，那是她全部的生命线，她也不想把自己埋葬在某个被上帝抛弃的地方，埋葬在大洋彼岸的某个无名之地。他很不高兴地回了信。他说他会满足她的所有要求。他恳求她不要削弱对他的爱恋之情，一想到这场灾难改变了她对他的绵绵情意，他就心如刀割。她责怪他把事情弄得一团糟，使他们走进了死胡同；他不想为自己辩解；他时刻准备去认错，一人承担所有责任。不久，来自上层某个方面的压力似乎已经渐渐转加到了卡斯特兰的头上，甚至还有人趁机在暗中谋划着什么。不管她给J，给这位不知姓名的J，写了什么，反正她的这封信让他很绝望。他的信几近语无伦次了。他再次恳求她和他见上一面，他哀求她坚强起来，他反反复复地说，她就是他活在这世上的全部意义所在，他害怕她会让人家牵着她的鼻子走，他请求她能破釜沉舟，和他一起私奔去巴黎。他变得疯疯癫癫的了。随后，她似乎有些日子没给他写信。他有些摸不着头脑。他不知道她有没有收到他的来信。他陷入了极度的痛苦之中。这记致命的打击终于降临了。她肯定在信中说了，如果他从外交部辞职，并离开英国，她丈夫就准备重新接纳她。他的回信是极度伤心的。

"他一时半会儿根本看不透一个女人的心。"洛夫人说。

"女人的心里有什么需要去看透的？"我问道。

"难道你不知道那女人给他写了什么吗？我知道。"

"别做这种蠢驴吧，贝。你怎么可能知道。"

"你自己才是蠢驴呢。我当然知道。那女人把一切责任都推给他了。她请求他宽恕他。她把自己的父母也牵扯进来了。她把自己的孩子们也卷进来了；我敢打赌，自从她的孩子们出生以来，这是她给他们上的第一课。她心里知道他非常爱她，知道他甘愿为她去吃尽人间的一切苦头，甚至失去她。她心里明白，他已做好准备接受这种牺牲，牺牲他的爱情，牺牲他的生命，牺牲他的事业，为了她去牺牲一切，而她竟然就让他这么做了。她让这份奉献从他这边说出来。她让他劝说她来接受这一切。"

我面带微笑在听洛夫人的讲述，但也听得很认真。她是女人，她本能地知道一个女人在那种情形下会怎样表演。她虽然认为那种行为十分可恨，但是，她从骨子里感到，她自己也会不折不扣地这样做。当然，这纯属杜撰，杜撰的根据只不过是 J 的书信，不过，我的感受是，这个说法应该八九不离十。

这是那一沓信里的最后一份了。

我深感诧异。我认识卡斯特兰子爵夫人已经有好多年了，只不过交往不深；我对她丈夫的了解则更少。他一心扑在政界的活动中，举办那场盛大宴会时，也就是我和洛夫妇应邀参加的那场盛会，他是内政部副部长；除了在他自己的家里，我从没见过他。卡斯特兰子爵夫人素来享有大美女的好名声；她个头很高，体型也很优美，是那种高大结实型的美。她的皮肤很好看。她那双蓝汪汪的眼睛很大，眼距很宽，那张脸也很大气。这副模样赋予了她颇有点儿像母牛的形象。她有一头很漂亮的浅棕色的秀发，她也很注意保持自己高贵的仪态。她是一位沉着冷静、极有自持力的女性，得知她竟然经受不住这样一种情欲的诱惑，如那些书信中所说的那样，不免让我大为惊愕。她胸怀远大，是卡斯特兰子爵政治生涯中的贤内助。我本以为她不会有任何不检点的行为呢。在绞尽脑汁回忆时，我似乎想起来了，我几年前曾经听说过，卡斯特兰夫妇俩相处得并不很好，但我从没听到过任何细节，我每次见到他们时，他们好像都很和睦，彼此相亲相爱的样子。卡斯特兰子爵是一位身躯魁梧、面色红润的大汉，一头油光锃亮的黑发，性情很开朗，说起话来嗓门也很大，然而却生了一双狡黠的小眼睛，那双小眼睛很会察言观色。他积极热心，是个很善于打动观众的演说家，只是略微有点儿爱夸夸其谈。他有点儿过于在意自己的名望。他绝不会忘记他的身份和财富。他总是以高人一等的姿态对待那些地位不如他显赫的人。

我完全相信，当他发现妻子与外交部的一个小职员有风流韵事时，一场讨厌的风波是在所难免的。卡斯特兰夫人的父亲做了多年的外交部常务副部长，自己女儿却被一个下属勾引得要闹离婚，这种尴尬恐怕比平时碰到的尴尬更让人受不了。据我所知，卡斯特兰很爱他的妻子，因此，人们也许会用很正常的猜忌来取笑他。但他又是个生性傲慢的人，不懂得幽默。他很怕被人们嘲笑。被蒙在鼓里的丈夫这一角色，通常都很难玩味尊严。我估计，他并不想要一个说不定会危及他政治前途的丑闻。或许是因为卡斯特兰夫人的律师扬言要为这个案件辩护的缘故，家丑外扬的前景让他深感恐惧。十有八九，压力已经转嫁到他身上了，只要能毫不留情地除掉她的情人，他就原谅她，重新接纳，这个方案看来似乎是最佳方案。毫无疑问，卡斯特兰夫人答应了他提出的一切要求。

她肯定被吓得不轻。我没有像洛夫人那样用如此苛刻的眼光来看待她的所作所为。她还很年轻；她现在还不到三十五岁呢。谁能说得清她是遇到什么机缘才变成 J 的情妇的？我猜想，大概是爱情不知不觉地俘虏了她，在她还不知道自己想要什么的时候，就身不由己地陷入了一桩绯闻。不管怎么说，她肯定是一个沉着冷静、很有自控能力的女人，可是，诚如我们时常碰到的那类人一样，本性往往会不可思议地乱开玩笑作弄人。我打心底里相信，她当时是慌乱得彻底昏了头。至于卡斯特兰子爵究竟是怎么发现这种越演越烈的隐情的，我们就不得而知了，不过，她保留着情人的书信这一事实表明，她太沉溺于爱情，未能保持应有的谨慎。亚瑟·洛提到过，死者的遗物里只有死者所写的信，却没有女方的信，这一点很奇怪；不过，在我看来，这个疑点很好解释。在那个灾难性的结局到来时，毋庸置疑，为了换回她自己的信，她把死者的信都退还给了他。他理所当然地珍藏着这些信。再看这些信时，他就能重温这份爱情，因为这是他活在这世上的全部意义所在。

我估计，卡斯特兰夫人由于被情欲所迷，根本考虑不到万一她的恋情败露后会有什么样的后果。灾难降临时，她被吓得不知所措了，这种情况不足为怪。她对自己的子女也许并没有多少感情，不像大多数过着她那种生活的女人那样，不过，她也许舍不得她那几个孩子，毕竟是自己的骨肉嘛。我甚至都不知道她有没有关爱过自己的丈夫，不过，根据我对她的了解，我猜想，她不至于对他的姓氏和财富无动于衷的。前景看来肯定是一片灰暗了。她即将失去一切：卡尔顿梯形大厦里的豪宅、显赫的地位，以及安全感；她父亲绝不会给她一个子儿，她那个情人依然还得去找一份差事。即使她顺从了家里人软硬兼施的请求，那也算不上英雄气短，而是可以理解的。

我正想着这一切时，亚瑟·洛又接着讲起了他的故事。

"我心里没底，不知该怎么着手与卡斯特兰夫人取得联系，"他说，"这事很棘手，因为不知道那老兄的名字。不管怎么着，我们回国后，我还是给她写信了。我介绍了自己是谁，并告诉她说，我受一个人委托，要把一些信件和一只金铂香烟盒转交给她，此人前不久已经在我的辖区里去世了。我在信中说，那人要求我务必亲自把这些东西交给她本人。我以为她也许根本就不会回信，或者通过一个律师来找我协商。没想到，她马上就回信了。她约定了一个见面时间，要我在某天上午十二点到卡尔顿梯形大厦来。当然，我这种做法很愚蠢，可是，当我终于站在门口、按响门铃时，我才感到自己很紧张。开门的是一个管家。我说，我跟卡斯特兰夫人有预约。一个男佣接过了我的帽子和大衣。我被领上楼上，来到一间面积巨大的会客厅。

"'我去向尊贵的夫人通报一下，告诉她你已经到了，先生。'管家说。

"他丢下我走了，我局促地坐在一张椅子的边沿，朝四下里张望着。墙上有很多巨幅画像，想必你也知道，都是肖像画，我不知道画上的那些人物都是些什么人，我想，那些肖像画大概都出自雷诺兹[①]和罗姆尼[②]之手，客厅里的东方瓷器琳琅满目，还有很多镀金的华表和镜子。这种金碧辉煌、奢华至极的场面，不禁使我深感卑微、自惭形秽。我的西装散发着樟脑味，裤子的膝部鼓突得像两只袋子似的。我的领带也显得有点儿俗气。那个管家再次走进屋来，要我随他一起去。我刚刚进屋时就路过了一扇门，他又从旁边打开了另一扇门，我糊里糊涂地来到了一间更靠里面的房间，这间屋子的面积虽然不及客厅那么大，但也很大，非常华丽。有一位女士站在壁炉旁边。看见我进来时，她朝我打量了一下，微微点了点头。我硬着头皮走完这间屋子的全长时，真感到尴尬得无地自容，而且还生怕会跌跌撞撞地绊倒在屋里的那些陈设上。我感到自己就是个十足的傻瓜，但愿我当时看上去没有那么蠢。她并没有请我坐下来。

"'我听说了，你有一些东西希望能亲自交给我本人，'她说，'麻烦你啦，非常感谢你。'

"她并没有笑脸相迎。她显得十分镇定自若，但我注意到，她一

---

① 雷诺兹（Sir Joshua Reynolds，1723—1792），英国著名人物肖像画家。
② 罗姆尼（George Romney，1734—1802），英国著名画家。

直在上上下下地打量着我。实话告诉你吧，我当时感到很生气。我根本没料到她居然会这样对待我，仿佛我就是个前来应聘的私人司机似的。"

"'请别客气，'我说，态度也相当生硬，'这不过是一件很平常的事。'

"'你把那些东西带来了吗？'她问道。

"我没有回答，我只是打开了随身携带的公文包，把那沓书信取了出来。我把那些书信递给了她。她一言不发地接了过去。她扫视了一眼那些书信。她虽然摆出的是一副非常和颜悦色的样子，但是，我敢发誓，她内心深处已经白热化了。她脸上的表情一点儿也没有改变。我看了看她那双手。那双手在微微颤抖。不一会儿，她好像就恢复了镇定。"

"'哦，我很抱歉，'她说。'你怎么不坐下来呢？'

"我在一张椅子上坐了下来。一时间，她似乎不知该怎么办才好。她手里一直拿着那些信。我因为知道那些信的内容，便很好奇地揣摩着她的心情。她并没有流露出多少情感。壁炉架旁边有一张书桌，她拉开一只抽屉，把那些书信放了进去。随后，她在我对面坐了下来，请我抽烟。我把那只香烟盒递给了她。我把它放在我胸前的口袋里了。

"'他让我把这个也交给你。'我说。

"她接过那只香烟盒，盯着它看了看。一时间，她默然无语了，而我还在等着她发话呢。我吃不准我是不是该起身告辞了。

"'你跟杰克很熟吗？'她突然问道。

"'我根本不认识他，'我回答说，'我跟他素未谋面，我是在他死亡之后才看见他的。'

"'接到你的信之后，我才知道，他已经死了，'她说，'我已经有很久没看见他了。当然，他是我以前的一个非常要好的老朋友。'"

"我有些疑惑，不知她会不会认为我没有看过这些信，或者说，她是不是已经忘了这些信属于哪种类型的信了。即使她乍一看见这些信时吓了一跳，她这时也已完全恢复了平静。她连说话的口气都有点儿漫不经心了。

"'就实际情况而论，他死于什么具体原因？'她问。

"'肺结核，鸦片，加上饥饿。'我回答道。

"'太可怕了。'她说。

"但是，她这句话说得非常中规中矩。无论她心里是怎么想的，她也决计不会让我看出来。虽然她泰然自若，但我可以想象到，尽管这也许只是我的臆想，她一直在注视着我，在高度警觉地注视着我，同时也在揣测我究竟知道多少底细。我认为，她肯定会大费一番周折来弄清这一点的。

"'你是怎么碰巧地拿到这些东西的？'她问我。

"'他死亡之后，我接管了他的私人物品，'我解释说，'这些东西都捆扎得好好的，放在一个包裹里，而且还嘱托我务必把这些物品转交给你。'"

"'有必要当场打开这个包裹吗？'

"她故意把这句问话说得非常冷傲，我要是能形容得出她那种腔调就好了。这种态度顿时把我气得脸色发白，可我又没法找一块遮羞布来挡着。我回答说，我认为这是我的职责所在，我要尽我所能，查明这个死者是什么人。我本来就该这样做，目的是能够与他的亲属取得联系。

"'我明白了。'她说。

"她朝我看了看，仿佛这场面谈已到此结束，她在等着我站起身来、主动告退似的。可是我没那样做。我想，我总该找回一点儿面子才行。我对她说起了我当时是怎样得到通知赶过去找他，以及我是如何找到他的。我向她描述了整个过程，并告诉她说，据我所知，在他生命的最后时刻，没有一个人怜悯他，除了一名中国女人。就在这时，房门冷不防地被人推开了，我们两个人都朝四下里张望着。一个身躯魁梧的中年汉子走进屋来，一看到我，他当即就愣住了。

"'对不起，'他说，'我不知道你正忙着。'

"'进来呀，'她说，等他走近时，她为我们互相介绍说，'这位是洛先生。这位是我的丈夫。'

"卡斯特兰勋爵朝我点了点头。

"'我只是想过来问你一下。'他说，但随即又打住了。

"他猛然看到了那只香烟盒，那个烟盒依然稳稳当当地摆在卡斯特兰夫人摊开的手上。我不知道她是否看出了她丈夫眼中的疑问。她亲切地朝他微微一笑。她可真是一位自己当家作主、令人十分惊奇的女人啊。

"'洛先生是从马来联邦来的。可怜的杰克·艾尔蒙德已经死了，他把这个香烟盒留给了我。'

"'真的吗？'卡斯特兰勋爵说，'他是什么时候死的？'"

"'大约六个月以前吧。'我说。

"卡斯特兰夫人站起身来。

"'好吧，我就不再留你了。我想，你恐怕也很忙。非常感谢你完成了杰克拜托你的事情。'

"'如果我听到这些情况都是真的，那么马来联邦目前的形势相当不妙啊。'卡斯特兰勋爵说。

"我跟他们夫妇二人握手告别，卡斯特兰夫人随即便按响了铃声。

"'你近期住在伦敦吗？'我正准备走时，她问道，'我下个星期要举办一次小小的宴会，不知你是否愿意来。'

"'我这次是带着夫人一起回国来的。'我说。

"'噢，那就太好了。我会把请柬寄给你们的。'

"两三分钟之后，我稀里糊涂地来到了大街上。我暗自庆幸总算能清静一会儿了。我刚刚遇到的可是一件令人懊恼、震惊的事情。卡斯特兰夫人一说出那个名字时，我就记住了。那个死者名叫杰克·艾尔蒙德，就是那个我在中国人家里找到的命运悲惨的无业游民，他是活活饿死的。其实我以前跟他非常熟悉。可我那会儿怎么也想不到死者竟然是他。唉，我和他一起吃过饭，一起打过牌，我们经常结伴去打网球。一想到他竟然就死在离我很近的地方，而我却毫不知情，我真感到难过。他肯定知道，他只要给我捎一封信来，我肯定会想办法帮他。我径直走进了圣·詹姆斯公园，在那儿坐了下来。我要好好想一想。"

这种心情我能理解，对于亚瑟·洛来说，终于查明了那个死去的浪荡子的真实身份，这不啻为一件令人震惊的事情，对我而言，同样也是一件令人震惊的事情。说来奇怪，我也认识他。虽然谈不上很亲密，但我在各种聚会上一般都能碰到他，也时不时会在一幢乡村别墅里见到他，因为我们俩都喜欢在那儿度周末。只可惜若干年后，我甚至都没有想起过他，说来我也真够笨的，竟然没有根据现有的事实加以推断。既然知道了他名字，关于他的所有往事便犹如电影的镜头一幕一幕走进了我的记忆中。原来这就是他之所以突然放弃了这份他非常喜爱的事业的缘故啊！那时候，恰逢刚刚打完仗，我碰巧认识了好几位在英国外交部工作的人；大家都认为，杰克·艾尔蒙德是外交部所有年轻人当中最聪明能干的一位，外交部虚位以待的那些高官要职，都在他唾手可得的范围之内。当然，这也意味着要耐心等待。没想到，他却为了去远东地区经商而抛开了这些前程似锦的机会，这种做法似乎也太荒谬了。他身边的朋友们都好说歹说地劝阻他。他说，他已经损失得够多了，而且靠这么点儿薪水也没法生活。人们或许会认为，他还是能勉强维持到日后飞黄腾达之时的。我非常清晰地记得他当年的模样。他个子很高、身材匀称、有点儿过于讲究穿着打扮，但他风华正茂，足以使他敢于精神抖擞地穿着无可挑剔的服饰招摇过市，他那头深棕色的头发向来梳理得纹丝不乱、油光闪亮，他那双蓝眼睛生着很长的睫毛，皮肤也鲜嫩得光彩照人。他看上去就是健康的化身。他风趣、乐观，而且才思敏捷。我从没碰到过比他更有魅力的人。这是一种很有杀伤力的特质，但凡具有这种特质的人都会充分利用这一点。这些人往往认为，单凭这一点就足以使他们的人生过得一帆风顺，用不着再做过多的努力。对于这类人，诸位还是小心提防为好。然而在杰克·艾尔蒙德身上，这种特质却表现为一种既温文尔雅、又豁达大度的天性。他能给人带来欢乐，因为他很讨人喜欢。他一点儿也不自负。他很有语言天赋，法语和德语说得很纯正，听不出一点儿口音，他的风度也令人赞赏不已。你会认为，只要时机一到，他准能以庄重的姿态出任英国驻某个外国列强的大使。没有人会不喜欢他。难怪卡斯特兰夫人会疯狂地爱上了他。我不禁浮想联翩。这世上还有什么会比年轻人的爱情更令人兴奋呢？在初夏时节暖融融的夜晚，这对俊男靓女相互依偎着在公园里漫步；在他们相伴而去的舞会上，他把她搂在怀里翩翩起舞；面对面地坐在餐桌上眉眼传情时，他们共同分享着那份秘而不宣、令人陶醉的乐事；以及那些激情似火的肌肤相交，纵然有几分慌乱、有几分危险，却值得千百次的冒险，只要找一个不为人知的幽会地点，他们就能忘情地满足自己的欲念。他们畅饮着天堂的琼浆玉液。

这一切的结局竟然会如此凄惨，太令人惊骇了！

"你是怎么认识他的？"现在该轮到我问洛了。

"他当时跟德克斯特和法米洛在一起。想必你也知道，就是那些做航运的人。他已经找到了一份相当不错的差事。他经常给那位总督以及诸如此类的高官送信。那时候，我还在新加坡。我想，我是在那家俱乐部里第一次认识他的。他精通各种赌博游戏以及诸如此类的项目。他会玩马球①。他网球打得很漂亮。你会情不自禁地喜欢他。"

"他酗酒吗？或者有其他不良嗜好吗？"

"没有。"亚瑟·洛言之凿凿地说，"他那时是最吃香的人之一呢。女人们都疯了似的迷上他了，你也不能责怪她们。他是我这辈子所见过的最体面的人之一。"

我转过身来面对着洛夫人。

"那时候你认识他吗？"

"只不过是泛泛之交。我和亚瑟结婚之后，我们就去了霹雳州。他很讨人喜欢，这一点我还记得。在我这辈子所看见过男人当中，就数他的眼睫毛最长。"

"他在国外漂泊了很长一段时间，一直都没有回国。我想，大概有五年吧。虽然我不想用陈词滥调来评价他，但我又苦于找不到任何别的办法来形容他，总之，他赢得了别人极高的评价。也有那么一帮人相当看不惯他，说他是被有权有势的人物硬塞进这么好的肥差里来的，不过，他们也不得不承认，他确实把工作做得很出色。我们知道，他过去一直在英国外交部工作，大家对他的了解也不过仅此而已，但是他从来没有因此而摆什么臭架子。"

"我觉得，他最吸引我的地方是，"洛夫人插了一句，"他思维敏捷，浑身充满了活力。只要跟他交谈一会儿，你马上就会变得精神抖擞。"

"他出海离开当地时，人们为他举办了一场很隆重的欢送会。我

---

① 马球（polo），骑在马上，用球杆击球入门的一种体育活动。马球在中国古代叫"击鞠"，盛行于唐宋元。其起源地目前存在争议。公元 13 世纪，马球传到印度。英国种植园主在印度东北部的阿萨姆邦发现了这项运动，并将其带入英格兰。

刚好匆匆赶到了新加坡，要在新加坡待两三天，于是，我就去参加了他出发前的那个晚上在欧洲大酒店举行的那场晚宴。大家都喝得醉醺醺的。那真是一次热闹非凡的活动。有一大批人特意赶来为他送行。他只不过要离开六个月。我觉得，人人都在盼望着他早点儿回来。要是他不走的话，他也许会过得更加风光。"

"怎么啦，后来出了什么事吗？"

"我也不清楚。我又被指派到别处去了，我离开了当地，直接去了北方。"

真让人恼火！你完全根据自己的头脑杜撰出一个故事来，真的要比讲述一个关于真实人物的故事来得简单多了，对于这些个真实人物，你不仅要推测他们的动机，而且还要在你不知道的关键时刻揣摩他们的行为。

"他的确是个非常好的小伙子，但他根本不是我们的密友，想必你也知道，新加坡这个地方有多少派系，他的圈子比我们的圈子要高贵显赫得多；我们两口子去了北方之后，我就把他给忘了。可是，有一天，我在俱乐部里听到两个小伙子在聊天。是沃尔顿和坎宁。沃尔顿刚从新加坡过来。那边刚刚举办了一场大规模的马球比赛。

"'艾尔蒙德参赛了吗？'坎宁问。

"'我可以拿命来打赌，他没来参赛，'沃尔顿回答说，'他们上个赛季就把他踢出这支队伍了。'

"我插了一句嘴。

"'你们是在聊什么呢？'我问道。

"'难道你不知道吗？'沃尔顿说，'他已经彻底完蛋了，这个可怜的家伙。'

"'他怎么啦？'我问道。

"'成天酗酒。'

"'人家说，他还吸毒呢。'坎宁说。

"'可不是嘛，这事我也听说了，'沃尔顿说，'照这样下去，他活不长了。他吸的是鸦片，对不对？'

"'要是他再不当心点儿，他会连饭碗都保不住了。'坎宁说。

"我怎么也想不通，"洛先生接着往下说了，"我一向以为，他是最不可能堕落到这种地步的人。他是这么典型的一个英国人，而且还是个很有修养的绅士，如此等等的优点都集中在他身上。如此看来，沃尔顿出国来旅行时，似乎与杰克在同一艘船上，因为杰克当时也结束休假回来上班了。杰克是在马赛①上的船。他情绪相当低落，不过，这也没什么好奇怪的；许多人在背井离乡、不得不赶回枯燥乏味的工作岗位去上班时，心情都不会太好。他喝了很多酒。人们往往也会这样借酒浇愁。可是，沃尔顿却说了一桩关于杰克的相当蹊跷的事情。他说，杰克看上去好像魂儿都没了似的。你不得不注意到这一点，因为他向来都是一副神采奕奕的样子。大家好像一致认为，杰克在英格兰被哪个姑娘迷恋住了，人们在船上匆匆下了结论：那个姑娘把他给甩了。"

"亚瑟对我讲起这件事时，我也是这么说的，"洛夫人说，"要和一个姑娘分开五年，毕竟太漫长了。"

"反正大家都觉得，回到工作中之后，他就会恢复过来了。可是，他并没有走出困境，真遗憾。他的状况变得越来越坏了。许多人都很喜欢他，大家都在想方设法地劝慰他，希望他重新振作起来。但是，无论什么办法都无济于事。他只是告诉大家不要多管闲事。他变得动辄骂人、举止粗鲁了，这是难以解释的，因为他向来对周围的每个人都那么和蔼可亲。沃尔顿说，你根本无法相信这是同一个人。总督府

---

① 马赛（Marseille），法国第二大城市和最大海港，市区人口仅次于巴黎。

降了他的职，随后，其他坏事也接踵而来。奥蒙德夫人，就是那个总督的老婆，是一个势利小人，她知道杰克与权贵阶层联系密切，知道他神通广大，她总不至于对他那么冷眼相看吧，除非事情已经糟糕到无法收拾的地步。他是个正派可靠的小伙子，杰克·艾尔蒙德，可惜的是，他似乎把一切都搞砸了。我深感遗憾，当然，这种事情不会败坏我的胃口，也不会搅扰得我夜不成寐。几个月之后，我自己恰好也来到了新加坡，因此，我一到那家俱乐部，就向人打听起了杰克的情况。他已经彻底丢掉了工作，好像是因为他经常一连两三天都不去事务所上班；人家还告诉我说，有人特意安排了他去苏门答腊的一个橡胶园当经理，就是希望他远离了新加坡的那些诱惑之后，或许能重新振作起来。你瞧，人人都那么喜欢他，一想到他就这样自甘堕落地沉沦下去，大家都感到受不了。但是，让他当经理也没用。鸦片把他毒害得太深了。他在苏门答腊没干多久，就又跑回新加坡了。我后来听说，他的模样几乎都让人无法辨认了。他向来那么服装整洁、那么英俊潇洒；现在倒好，他已经弄得衣衫褴褛、肮脏不堪、目光呆滞了。俱乐部里有一帮人凑在一起，想商量出个什么办法来。他们都觉得，必须再给他一次机会，于是，他们就把他送到沙捞越州 [①] 那边去了。可是，这一招也没有什么用。事实情况是，我想，他不愿接受别人的帮助。我认为，他就是想以他自己的方式堕落到底，而且想尽快走向灭亡。没过多久，他就消失了；有人说，他已经回国了；不管怎么说，反正他被人遗忘了。想必你也知道，在马来联邦这种地方，人是怎么销声匿迹的。我估计，就因为这个缘故，我跑到大约三十多英里开外的一个中国人家里，在一间很不起眼、散发着怪味的斗室里，发

---

① 沙捞越州（Sarawak）在历史上曾属于文莱，1963 年 9 月 16 日，正式成为马来西亚的一部分。位于婆罗洲北部，其南部和印尼交界，北接文莱及沙巴，是马来西亚面积最大的州。

现了一个围着纱笼、蓄着山羊胡子的死者时，我一时间根本想不到，这名死者有可能是杰克·艾尔蒙德。我已经有好多年没听到他的尊姓大名了。"

"你就想想吧，他在那段时光里肯定经历过什么苦难。"洛夫人说，她那双眼睛已经闪烁着晶莹的泪珠了，因为她有一颗善良、温柔的心嘛。

"这件事的来龙去脉太令人费解了。"洛先生说。

"为什么这样说？"我问道。

"唉，如果他真的想自取灭亡的话，那第一次从英国出来时，他为什么没有这样做呢？在前五年里，他活得可滋润了。那是一段最美好的时光。要是这桩风流韵事真的让他崩溃了，那么，在这桩事情刚刚败露时，他就该崩溃了。他始终都快活得像神仙。你也许会说，他已经对什么都不在乎了。根据我所听到的情况，这次休假回来之后，他才判若两人的。"

"在伦敦的那六个月里肯定发生了什么事情，"洛夫人说，"这是明摆着的。"

"我们永远都不会知道啦。"洛先生叹了口气。

"但是，我们可以来猜测一下呀，"我笑着说，"这里就需要小说家登场啦。想听听我认为发生了什么事情吗？"

"快说。"

"好吧，我认为，在前五年的那些岁月里，由于做出了那样的牺牲，他感到一身轻松，精神反倒振作起来了。他有一颗骑士般的心灵。为了拯救他在这世上爱得胜过一切的他最心爱的女人，他放弃了在他自己的人生中最宝贵的一切。我想，他怀有一种崇高的献身精神，这种精神自始至终都在伴随着他。他依然深爱着她，一心一意地爱着她；我们大部人也许会坠入爱河，而后又跳出爱河；有些男人则可能只坠入过一次爱河，我想，他大概就属于这种人吧。他获得了一种奇异的幸福感，因为他能为值得他做出牺牲的人牺牲自己的幸福。我想，他一直都在思念着她。后来，他回国了。我想，他依然一如既往地深爱着她，我估计，他深信不疑地认为，她的爱和他的爱一样牢不可破、一样坚韧不拔。我不知道他期望得到的是什么结果。他或许以为她已经想通了，用不着再这样苦苦挣扎地违背自己的心愿，愿意陪伴他一起远走高飞了。也有这种可能，得知她依然还爱着他，他感到心满意足了。他们势必还会邂逅相逢的；他们生活在同一个世界里嘛。他看到的现实是，她不再爱他了，一点儿都不在乎他了；他看到的事实是，那个激情似火的姑娘已然变成了一个老谋深算、经验丰富、深通世故的女人；他看到的事实是，她从来就没有像他所认为的那样爱过他，他也许已经起了疑心，认为她心肠冷酷地诱骗他做出了这种牺牲，目的是为了保全她自己的颜面。他在各种社交聚会上看见了她，一副泰然自若、稳操胜算的模样。他终于明白了，他过去归结在她身上的那些美好的气质特点都是他自己想象出来的，她不过就是个普普通通的女人，只是被一时的激情冲昏了头脑才丧失了自制力的，激情退去之后，她便退回到她自己的现实生活中去了。贵族的姓氏、财富、显赫的社会地位、世俗的功名利禄：这些才是她最看重的东西。他牺牲了一切：他的朋友们，他所熟悉的环境、他的职业、他在这世上可圈可点的才干，他牺牲了使人生富有意义的所有这一切——换来的却是竹篮打水一场空。他被骗了，这个骗局让他崩溃了。你的朋友沃尔顿说的是大实话，你自己也注意到了，他说，杰克看上去好像魂儿都没了似的。确实如此。打那以后，他对什么都无所谓了，也许更糟糕的是，即使到了这种地步，尽管他经明白卡斯特兰夫人是个什么样的女人了，但他仍然还爱着她。我知道，世上最令人心碎的事情莫过于全心全意地爱着一个你明明知道不值得你爱的人，而且无论你付出多大的努力，都无法使自己摆脱的这种情思。这大概就是他沉湎于鸦片的原因。为了忘却，也为了记住。"

这是我发表的长篇宏论，说到这儿，我停了下来。

"这一大通话不过是异想天开的说法罢了。"洛先生说。

"我知道，"我回答说，"不过，这个说法放在这起事件里好像还是说得通的。"

"他肯定性格有点儿软弱。要不是这样，他早就打赢这一仗，夺得全面胜利了。"

"也许吧。也许拥有如此强大魅力的人，性格上都有点儿软弱；也许没有几个人像他这样爱得那么全心全意，爱得那么死心塌地；也许他不愿打赢这一仗，不愿夺得全面胜利。反正我不忍心责备他。"

我没再多说了，因为我怕他们夫妻俩会认为我的说法有点儿玩世不恭，因为我本来还想说的是，要是杰克·艾尔蒙德没有生着那么漂亮的长睫毛就好了，他现在兴许还活着，而且活得很滋润，已经成了英国驻某个外国列强的大使，或者已经走在前往巴黎大使馆的康庄大道上了。

"我们去客厅吧，"洛夫人说，"用人要收拾餐桌了。"

杰克·艾尔蒙德的故事到此结束。

（余运礼　崔馨月　吴建国　译）

红毛

　　船长把一只手塞进裤兜，费劲儿地从里面掏出了一块很大的银质怀表，因为他那两个裤兜不在裤子的两侧，而是在前面，况且他又是个身躯肥胖的人。他看了一眼怀表，接着又再次朝正在渐渐下沉的夕阳看了看。站在舵盘前的那个卡纳卡人①朝他瞥了一眼，但没有说话。船长瞪大眼睛盯着他们正越驶越近的那座海岛。一长溜白色的浪花指明了那座岛礁的位置。他知道那里有一个大豁口，足可以让他这艘船通过，等他们再靠近一些时，他估计就能看见那个地方了。他们还有差不多一个小时的日光，然后天就要黑下来了。在那片环礁湖里，海水很深，他们可以在那儿舒舒服服地下锚泊船。他已经看得见掩映在椰树林中的村落了，那个村子的村长是大副的一个朋友，在那儿上岸过夜不失为一件令人愉快的事。就在这时，大副走上前来，于是，船长转过身来面对着他。

　　"我们要带上一瓶烈性酒，再找几个姑娘进屋来跳跳舞。"他说。

　　"我没看到那个豁口。"大副说。

　　大副是个卡纳卡人，一个相貌英俊、皮

---

① 卡纳卡人（Kanaka），夏威夷及南洋群岛的土著人。

肤黝黑的小伙子，看上去还颇有点儿像某个罗马末代皇帝，身形略显矮胖；不过，他那张脸倒是生得五官端正、眉清目秀的。

"我有十足的把握，这儿肯定有一个豁口，"船长一边说，一边用望远镜搜索着，"我真搞不懂，怎么就找不着它了呢。派一个水手爬到桅杆上面去看看。"

大副叫来一个船员，给他下达了命令。船长注视着那个卡纳卡人爬了上去，便等着他回话。可是，那个卡纳卡人朝下面喊话说，他什么也看不见，只看到了连绵不断的一排浪花。船长的萨摩亚语①说得跟当地的土著一样流利，便冲着那名水手破口大骂起来。

"还要他待在上面吗？"大副问道。

"还他娘的待在那儿顶个屁用啊？"船长说，"那个该死的笨蛋什么也看不见。我可以拿我这条小命来打赌，要是我在那上面的话，我准能找到那个豁口。"

他气呼呼地望着那根纤细的桅杆。对一个生下来就习惯爬椰树的土著来说，爬桅杆这种事情自然驾轻就熟。但他身躯肥胖、手脚笨重，只能气呼呼地看着干着急。

"下来吧，"他大声喝道，"你这个废物，还不如条死狗管用。我们干脆直接朝那个岛礁开过去，直到找见那个豁口为止。"

这是一艘载重量为七十吨的双桅纵帆船，配有煤油发动机，如果没有顶头风的话，航速大约为每小时四至五海里。这是一艘破破烂烂的旧船；很久以前曾经被漆成了白色，如今已经变得邋里邋遢、脏得发黑、斑斑驳驳了。船上散发着浓重的煤油味儿，再加上干椰子肉的味儿，因为这条船平常运载的货物就是干椰子肉。他们现在离那座岛

---

① 萨摩亚人（Samoan），生活在太平洋中萨摩亚群岛的民族，该民族分布在西萨摩亚、东萨摩亚，也有移居新西兰和斐济等国。

礁已经不到一百英尺了，船长吩咐那名舵手沿着礁脉向前航行，直到发现那个豁口。岂料，走了两三海里之后，他才忽然发觉，他们已经错过了那个豁口。他只好下令调转航向，慢慢往回开。岛礁附近的那排白色的浪花依然如故，不见有任何断开的间隔，而太阳已经渐渐没入了海平线。船长对手下的愚蠢大骂了一通之后，自己也只好听天由命，等到明天早晨再说了。

"调转航向，"他说，"我不能在这儿抛锚泊船。"

纵帆船调转船头，朝着大海行驶了一小会儿，没过多久，天色就黑了下来。他们停船抛锚了。船帆收拢起来后，船体摇晃得很厉害。在阿皮亚①时，人们都说，这条船总有一天会翻个底朝天的；这艘船的船东是一个德裔美国人，他同时还经营着一家在当地数一数二的百货商店，他说，无论出多少钱都休想引诱他来乘这条船出海。船上的厨师是个中国人，穿着一条很肮脏、破旧的白裤子，外面套着一件紧身白大褂儿，他走过来说，晚饭已经做好，可以开饭了。船长走进船舱时，发现轮机长已经在餐桌边落座了。轮机长是个颀长、精瘦的汉子，脖颈瘦得皮包骨头。他下身穿着蓝色的工装裤，上身是一件无袖针织紧身运动衫，裸露着两只瘦条条的胳膊，从胳膊肘到手腕都布满了刺青。

"真见鬼，只好在海上过夜了。"船长说。

轮机长没有回话，两个人默不作声地吃着晚饭。船舱里点着一盏昏暗的油灯。他们吃了罐头杏子这道甜品后，这顿饭就算完事了，那个中国厨子给每个人上了一杯清茶。船长点燃了一支雪茄，然后就去了上层甲板。此时，在夜色的衬托下，那座海岛只不过是更加黑乎乎的一团轮廓。夜空中群星璀璨。四周只听到无休无止的阵阵海浪声。船长在一把折叠式帆布躺椅上一屁股坐下来，懒洋洋地抽起了雪茄。

---

① 阿皮亚（Apia），西萨摩亚的首都和主要港口。

不一会儿，有三四个船员上来了，在甲板上席地而坐。其中一人带来了一把班卓琴，另一个带来的是一架六角手风琴。他们开始演奏起来，紧接着，有一个人唱起了歌。在这两件乐器的伴奏下，那土著人的歌声听起来很奇妙。随后，有两三个人伴着这歌声跳起舞来。这是一种野蛮人的舞蹈，狂野而又古朴，节奏急遽奔放，既有动作敏捷的手舞足蹈，也有躯干的摇摆扭曲；这种舞蹈很有肉感，甚至有情色意味，但情色中又缺乏激情。整个舞蹈极具动物性，直性率真，怪诞却又毫无神秘感，总而言之，这种舞姿纯粹出于自然而然的本能，你几乎可以说它如孩子般的天真稚拙。最后，他们总算玩累了，便各自七仰八叉地躺在甲板上，接着就睡着了，四下里随即又寂静下来。船长昏昏沉沉地从躺椅上站起身来，顺着升降口的舷梯爬下甲板。他走进自己的舱室，脱去身上的衣服，爬进睡铺，在那儿躺下来。在夜晚的酷热中，他感到有点儿喘不过气来。

没想到，到了第二天早晨，当晨曦悄然铺满宁静的海面时，礁脉中的那个豁口，昨晚还一直在跟他们捉迷藏的那个豁口，竟突然出现在眼前了，就在他们所在位置稍稍偏东一点儿的地方。纵帆船驶进了环礁湖。这片水面不见一丝涟漪。你可以看到五颜六色的小鱼儿在深水处的珊瑚礁丛中游来游去。船长命人将船泊好之后，便去吃了早饭，然后走上了甲板。骄阳升上了万里无云的天空，不过，清晨的空气依然沁人心脾、十分清凉。今天是星期日，四下里一派宁静，静谧得犹如大自然也在休息似的，这使他有一种别样的舒适感。他坐了下来，望着树木葱茏的海岸，感到既有些慵懒，又心清气爽。不一会儿，一抹淡淡的笑意浮上了他的嘴唇，他把雪茄的残余部分扔进了海里。

"我想，我该上岸了，"他说，"把小船放下来。"

他动作僵硬地爬下舷梯，由水手划着小船送他来到了一个小海湾。椰树林一直生长到了水边，虽然没有那么蔚然成行，倒也错落有致、条理分明。它们宛如一群跳芭蕾舞的老处女，纵然上了年纪，却依旧举止轻浮，装腔作势地站立在那儿卖弄风骚，强要表现出昔日的种种优雅。他懒洋洋地信步穿过了这片椰树林，顺着一条依稀可辨、蜿蜒曲折的小径向前走去，不一会儿就来到了一条宽阔的溪流前。溪流上横跨着一座小桥，却是一座用一根根椰子树干搭连而成的桥，大约有十多根，首尾相接地排列着，每一个连接处都由一棵树杈支撑着，树杈深深地扎在溪流的河床里。你得踩着一根连着一根浑圆溜光、圆凿方枘的树干走过去，那些树干既狭窄，又很湿滑，而且连个扶手也没有。要想走过这样一座桥，你得有稳健的脚下功夫和一颗坚强勇敢的心才行。船长有些犹豫了。但是，他已经看见了小河对岸的树林中半隐半现掩映着的一幢白人的住房；他横下心来，战战兢兢地迈出了步子。他小心翼翼地盯着脚下，但凡走到树干首尾相接的连接处，或者遇到高低不平的地方时，就忍不住有点儿摇晃。当走到最后一根树干、双脚终于踏上岸边坚实的土地时，他才如释重负地长舒了一口气。刚才由于太专心致志过如此艰险的桥，他压根儿就顾及不到有人一直在注视着他，猛然听到有人在对他说话，不免让他吃了一惊。

"如果你不习惯走这种桥，那你过这种桥时还是需要有几分胆量的。"

他抬起头来，蓦然看见一个男人正站在他面前。此人显然是从他刚才看见的那所房子里出来的。

"我看见你当时很犹豫，"这人接着说，嘴角露出了一丝微笑，"我还准备看着你跌进河里呢。"

"无论怎样也不会跌下去的。"船长说，虽然他还没有完全回过神来。

"在这之前，我自己就跌进去过。我至今还记得，有一天晚上我打猎回来，走着走着，我就摔下去了，连人带枪都掉进河里了。现在好了，我找了个小伙子替我扛枪。"

这个人已经不再年轻了，下巴颏上蓄着一小撮山羊胡子，已经略显灰白。他上身穿着一件汗衫，是没有袖子的那种，下面是一条帆布裤子。他既没有穿鞋，也没有穿袜子。他说的英语稍微带着一点儿口音。

"你是尼尔森吗？"船长问。

"我就是。"

"我听人说起过你。我之前还在想，你大概就住在附近这一带。"

在东道主的带领下，船长走进了这幢小平房，在对方请他就座的那张椅子上重重地坐了下来。趁着尼尔森出去取威士忌和酒杯的当儿，他环顾四周，仔细打量起这间屋子来。这一看不禁让他深感诧异。他从没见过这么多的书。四面墙壁全都是从地板直顶天花板的书架，而且还都塞满了各类书籍。屋子里有一架三角钢琴，钢琴上扔满了乐谱，还有一张很大的桌子，桌面上杂乱地堆放着各种书籍和报纸杂志。这间屋子让他颇有些局促不安。他记得尼尔森是个非常古怪的人。没有一个人知道他的根底，尽管他已经在附近这几个海岛上生活了这么多年，但是，那些认识他的人都一致认为，他的确很古怪。他是个瑞典人。

"你弄了这么一大堆书在这儿呀。"尼尔森回来时，他说。

"多读些书对人没什么坏处。"尼尔森面带微笑地说。

"这些书籍你全都读过吗？"船长问。

"绝大部分都读过了。"

"我自己多少也算是个爱看书的人。我让他们定期给我送《星期六晚邮报》[①]。"

尼尔森给他的这位来宾倒了满满一大杯威士忌，接着又递给了他

[①]《星期六晚邮报》(Saturday Evening Post)，美国一份历史悠久的杂志，迄今仍在出版。其前身是本杰明·富兰克林在 1728 年创办的《宾夕法尼亚通讯》，1821 年更名为《星期六晚报》。

一支雪茄。船长主动说明了情况。

"我昨天晚上就到了，只可惜找不到那个豁口，所以，我不得不在岛外下锚泊船了。在此之前，我还从来没有跑过这条航线呢，可是，我的人有点儿私货想带到这儿来。格雷，你认识他吗？"

"认识，再往前走一点儿就是他的店铺。"

"好吧，船上有一批罐头食品他想弄过去，他还想再弄一些干椰子肉。他们觉得，反正我在阿皮亚也闲着没事，不如跑一趟过来得了。我主要在阿皮亚和帕果帕果①之间来回跑，但是，他们那边最近正在闹天花，好在还没有闹得人心惶惶。"

他喝了一口威士忌，点上了雪茄。他本是个寡言少语的人，不过，尼尔森身上似乎有某种东西让他感到颇有些紧张，这种紧张感迫使他没话找话地搭讪起来。瑞典人一直在瞪着那双大大的黑眼睛望着他，那双眼睛里流露出的是略有点儿觉得好笑的神色。

"你这个小安乐窝收拾得挺整洁的。"

"我已经尽力了。"

"你一定在你那些椰子树上也花了不少工夫。那些树长得很好看。随着干椰子肉行情的上涨，现在正好可以卖个好价钱。我曾经也经营过一个小小的种植园，在乌波卢岛②，但我后来不得不把它卖掉了。"

他再次朝四下里打量着这间屋子，看到四壁书架上有那么多的书籍，真让他感到有些无法理解，甚而有些反感。

"我估计，你在这儿肯定觉得有点儿寂寞吧。"他说。

"我已经习惯了。我已经在这里生活了二十五年啦。"

话说到这儿，船长再也想不出还有什么话题可说了，于是，他便

---

① 帕果帕果（Pago-Pago），东萨摩亚首府。
② 乌波卢岛（Upolu），西萨摩亚的主岛之一，首都阿皮亚的所在地。

默默地抽着烟。尼尔森显然也无意打破沉默。他以一种喜欢苦思冥想的眼神望着这位来客。他的这位客人是个身躯魁伟的汉子，身高超过了六英尺，而且非常粗壮。他那张脸红通通的，有很多色斑，脸颊上的那些细细的紫色血管如网络般纤毫毕现，他的五官都深深地陷在肥肉里。他那双眼睛布满了血丝。他的脖颈被埋在一道道肥肉褶子里。若不是因为后脑勺上还留有一绺很长的、几乎全白了的鬈发，他完全就是个大秃头；他那宽阔、闪亮的大脑门本该赋予他一种很有睿智的假象，却反倒让他显得特别的弱智。他上身穿着一件蓝色的法兰绒衬衣，领口敞开着，露出了他那覆盖着一层淡红色胸毛的肥嘟嘟的胸脯，下身是一条已经很旧的蓝色毛哗叽长裤。他坐在那张椅子上的姿势显得既蠢笨、又难看，大肚皮向前凸挺着，两条大粗腿肥胖得没法架起二郎腿来。他的四肢已经完全看不到灵活性了。你简直没法想象这个臃肿肥硕的大胖子是否也曾有过他活蹦乱跳的少年时光。船长喝干了他杯中的威士忌，尼尔森干脆把酒瓶直接推给了他。

"请自便吧。"

船长探过身去，伸出大手一把抓住了酒瓶。

"那么，你怎么会跑到这种地方来了呢？"他问道。

"哦，我漂洋过海来到这些海岛上，完全是为了我自己的健康着想。那时候，我的肺不太好，人家还说我已经活不到一年了。你瞧，他们搞错了吧。"

"我的意思是，你怎么会在这儿定居下来了呢？"

"我是个感伤主义者。"

"哦！"

尼尔森明白，船长根本就听不懂他这话是什么意思，于是，他便朝船长看了看，那双黑黑的眼睛里闪烁着讥讽的光芒。或许正因为这位船长是个粗俗、鲁钝的大草包，他才突发奇想，愿意再继续聊下去。

"你刚才在过桥的时候，一心只顾着保持平衡了，所以你根本就没有注意看，不过，这个地方可是人家普遍公认的一块风水宝地呢。"

"你这幢小别墅真漂亮。"

"啊，我刚来的时候，这里还没有它呢。这儿从前有一间土著人的小窝棚，屋顶像马蜂窝似的，用几根柱子支撑着，被一棵枝繁叶茂、开满红花的大树遮蔽在绿荫里；那些巴豆灌木丛，叶子有黄、红、金等各种颜色，形成了一道天然的五彩缤纷的树篱环绕着那间窝棚。再看看周围，遍地都是椰子树，那些椰子树就像爱沉湎于幻想的女人一样，也像女人一样爱慕虚荣。它们伫立在水边，成天都在顾盼着自己在水中的倒影。那时候，我还是一个年纪轻轻的毛头小伙子呢——老天爷啊，这已经是四分之一个世纪以前的事了——我想在上帝留给我的这段短暂的时光里享尽人间的一切美好，然后再走向那个永恒的幽谷。我当时就觉得，这是我有生以来所见过的最美丽的地方。第一次看到这个地方时，我就为之怦然心动了，我都生怕自己会情不自禁地失声痛哭起来。我当时还不满二十五岁呢，尽管我尽量掩饰自己，假装能以随遇而安的态度来对待生死，但我真的不想死啊。不知何故，在我看来，这个地方无与伦比的美似乎能使我比较从容地接受命运对我的摆布。从我来到这里的那一刻起，我就感到，我过去的所有人生经历统统都烟消云散了，包括斯德哥尔摩和那里的大学，还有波恩：仿佛那都是另外某个不相干的人的生活，仿佛我现在终于达到了所谓'实在'①的境界，'实在论'是我们那帮哲学博士——我本人也是个博士，想必你也知道——常常大谈特谈的话题。'一年，'我不由自主地喊道，'我还有一年好活了。我要把这一年的时光放在

①　"实在"（Reality），"实在论"是中世纪经院哲学的一个派别，它和唯名论相反，主张一般的概念（共相）是真实的存在，并且是永恒的，先于个别事物的存在。黑格尔认为"实在"是本质与实存的统一。

这里度过，然后我就可以心满意足地死去了。'"

"我们在二十五岁的时候总有些犯傻，喜欢多愁善感，喜欢情景剧式的夸张，不过，如果我们年少时不这样的话，到了五十岁的时候，我们也许就没有这么明智达观了。"

"快喝吧，我的朋友。别让我说的这通胡说八道的闲话败坏了你的酒兴。"

他用那只瘦骨嶙峋的手朝酒瓶挥了挥，船长马上喝干了他杯中早已所剩无几的酒。

"你一点儿都不喝啊。"船长一边说，一边把手伸向了那瓶威士忌。

"我有节制饮酒的习惯，"瑞典人笑着说，"我喜欢用我自认为比酒更加妙不可言的方式让自己陶醉在其中。不过，也许这只是虚妄矫情的做法罢了。不管怎么说，效力却更为持久，结果也没有那么有害于身心健康。"

"据说，可卡因的买卖在美国现在很时兴呢①。"船长来了一句。

尼尔森忍不住嘿嘿地笑了一声。

"不过，我也不常见到白人，"他接着说，"再说，破例喝一次酒，我也不觉得一滴威士忌就能对我造成什么伤害。"

他给自己倒了一点儿威士忌，兑了些苏打水，然后呷了一小口。

"后来，没过多久，我就发现这个地方为什么具有这样一种超凡脱俗之美的原因所在了。这是因为，爱曾经在这里驻足停留过，就好比一只迁徙的候鸟碰巧停落在汪洋大海之中的一艘船舶上一样，它会暂时收拢起它那疲惫的翅膀，获得片刻的憩息。美的激情散发出的芬芳萦绕在这片土地上，宛如五月里在我家乡的草原上盛开的山楂花散发出的馨香。在我看来，但凡人们曾经热爱或者曾经遭受过苦难的地

---

① 船长误以为瑞典人说的是毒品，因而才这样说。

方，总归会留下些许淡淡的幽香，永远也不会完全消散。它们仿佛已经获得了某种超越世俗凡胎的深远意义，会对那些往来于此地的过客产生某种神秘的影响。但愿我能把我心里的意思表达清楚，"他微微一笑，"尽管我无法想象我是否做到了，但我希望你能理解。"

他停顿了一下。

"我认为这个地方很美，因为这里有一度曾经被欢天喜地的爱注入过美，"说到这里，他耸了耸肩膀，"不过，这或许只是由于我自己的审美感得到了满足的缘故吧，因为在这里，年轻人的爱情能够和一个与之相配的环境相得益彰地融合在一起。"

即使换了一个不像这位船长这么愚笨迟钝的人，倘若他也被尼尔森的这番言论弄得摸不着头脑了，那也是情有可原的。因为他本人似乎也对自己的这套说辞暗暗觉得好笑。这就好比是他的情感在诉说，而他的理智却认为这番话说得实在荒唐可笑。他刚才自己也说过，他是个感伤主义者，可是，一旦感伤主义的情怀中又掺杂进了怀疑主义，往往会招来极其麻烦的后果。

他立即缄口不语了，愣愣地望着船长，他那双眼睛里随后便露出了一种茫然不知所措的神色。

"你知道嘛，我不由自主地认为，我以前曾经在什么地方见过你。"他说。

"不好意思啊，我不记得了。"船长回答道。

"我有一种莫名其妙的感觉，好像我和你似曾相识似的。这个问题已经困扰了我好大一阵子啦。可是，我无论怎么绞尽脑汁地回忆，就是回想不起来我具体是在什么地方或者在什么时候曾经跟你见过一面。"

船长幅度很大地耸了耸他那肥厚的肩膀。

"自从我第一次来到这些海岛以来，一晃已经有三十年过去了。一个人不可能指望记住他平生所遇到的每一个人，何况还是这种为时很短的一面之交呢。"

瑞典人摇了摇头。

"想必你也知道，人有时候不知怎么就会有这种感觉，对于某个
以前明明没去过的地方，会莫名其妙地有一种似曾相识的味道。我看
到你的时候，好像就有这种感觉，"他诡谲地笑了笑，"也许我是在前
世的某段时间里认识你的。也许是吧，也许你那时是古罗马一艘战舰
的舰长，我是一名划桨的奴隶。从你以前来过这里到如今，真的已经
有三十年了吗？"

"不折不扣三十年了。"

"不知你是不是认识一个绰号叫'红毛'的人？"

"红毛？"

"我也只是知道他这个绰号而已。我从来没有跟他本人打过交道。
我甚至从来都没有跟他打过照面。不过，我对他的了解却好像比我所
熟悉的许多人还要清楚，比方说，我那几个兄弟，我曾经跟他们朝夕
相处过好多年的那几个亲兄弟。他那么栩栩如生地活在我的想象之
中，活像一个现实版的保罗·马拉泰斯塔 ① 或者罗密欧 ②。不过，我
想，你恐怕从来没有读过但丁或者莎士比亚的作品吧？"

"不好意思，确实没读过。"船长说。

尼尔森仰靠在椅子上，一边抽着雪茄，一边心不在焉地望着自己
喷出的浓烟，望着那片浓烟飘浮在凝滞的空气中。虽然有一丝微笑荡
漾在他的嘴唇上，他的目光却很凝重。过了一会儿，他又朝这位船长
看了看。他那肥滚滚的身躯里似乎有某种东西格外令人反感。他居然

---

① 保罗·马拉泰斯塔（Paolo Malatesta），出自但丁的《神曲》。女主角弗兰切斯卡被父亲嫁
   给丑陋的瘸子乔凡尼·马拉泰斯塔，但她爱上了乔凡尼的弟弟英俊的保罗（已婚），俩人秘
   密交往了十几年，乔凡尼最终发现了真相，将两人砍死在卧室里。
② 罗密欧（Romeo），出自莎士比亚戏剧《罗密欧与朱丽叶》(Romeo and Juliet)。

对自己如此臃肿的体型怀有一种多血症似的自我满足感。这是一副令人嫌恶的形象。这副形象让尼尔森心烦到了几近忍无可忍的地步。不过，眼前的这个俗物与他脑海中的那个美少年之间所形成的对比反差，却又令他心情好了起来。

"'红毛'肯定是你这辈子所看见过的最俊美的尤物。我从前曾经对几个认识他的人说起过他，那几个人都是白人，他们一致认为，你第一眼看到他的时候，就会被他的美貌惊愕得透不过气来。人们之所以管他叫'红毛'，就因为他那头火红色的美发。那是一种天生的自然卷曲成波浪形的头发，而且他还把头发留得很长。那种令人叹为观止的发色，一定是拉斐尔前派画家[1]们趋之若鹜的发色。但我认为，他并没有因此而骄矜自负，他太天真无邪了，根本不会把这种事情放在心上，不过，即使他为此而感到骄傲的话，也没有人会责怪他。他个头很高，有六英尺一或两英寸高呢——在原来盖在这里的那间土著人的小窝棚里，支撑屋顶的那根中央立柱上就有用刀刻的表明他身高的标记——他的相貌简直就像一尊希腊的神祗，肩膀宽阔，腰身纤细；他活像阿波罗，也同样具有普拉克西特利斯[2]赋予阿波罗的那种柔和、圆润的线条美，那种温文尔雅、柔美娇憨的优雅姿态里含有某种难以言说的气质特征，简直令人心旌摇荡，充满了神秘感。他的肌肤白皙得让人眼花缭乱，如牛奶，似锦缎；他的皮肤酷似女人的皮肤。"

"我小的时候，皮肤好像是挺白的。"船长说，他那双布满血丝的眼睛亮晶晶地倏然忽闪了一下。

只可惜尼尔森并没有把注意力放在他身上。他的故事此刻正讲到

---

① 拉斐尔前派画家（pre-Raphaelite），拉斐尔前派的作品基本上以写实的传统风格为主，画风审慎而细致，用色较清新。

② 普拉克西特利斯（Praxiteles），公元前 4 世纪的希腊雕塑家。作为古希腊古典后期雕塑艺术的代表人物，他善于把神话中传说的人物纳入平凡的日常生活中加以描写，风格柔和细腻，充满抒情感。

兴头上，船长的插话惹得他很不耐烦。

"而且他的脸庞也和他身材一样俊美。他生着一双大大的深蓝的眼睛，是特别深蓝的那种，因此，也有人说他的眼睛是黑色的，他跟大多数红头发的人不一样，他那两条眉毛又浓又黑，眼睫毛也又长又黑。他的五官生得十分端正，比例完美，他的嘴巴宛若一道猩红色的伤口。他当年才二十岁。"

说到这里，瑞典人有意停顿了一下，仿佛想制造一点儿富有戏剧性的悬念似的。他呷了一口威士忌。

"他堪称举世无双。世间绝没有任何人比他更俊美。他的美貌已经无法用理性加以解释，只能说他犹如盛开在一株野生新枝上的惊艳绝伦的鲜花。他就是造物主偶然创造出的巧夺天工的奇迹。

"有一天，他从那个小海湾里上了岸，你们今天早晨肯定也把船停靠在那个小海湾里吧。他是一名美国海员；他刚从阿皮亚那边的一艘战船上叛逃出来。他说动了某个好心肠的土著人，央求他顺路搭载他一程，那个土著人当时恰好正驾着一艘独桅帆船从阿皮亚驶往萨福图①，后来，他就搭乘着一条独木舟在这里上了岸。我不知道他为什么要开小差。也许是战船上的生活以及种种约束让他恼恨得不愿再待下去了，也许是他惹上什么麻烦事了，也许是南太平洋以及这些富有浪漫情调的岛屿已经深入了他的骨髓。这片海域和这些岛屿经常会不可思议地让人迷恋得流连忘返，来到这里的人往往会觉得自己犹如一只飞虫落入了蜘蛛网一般。也许是因为他生来就有一种柔情似水的秉性的缘故，这些郁郁葱葱、微风习习的小山岗，这片碧波荡漾的大海，已经将他身上北方人的那种豪气销蚀殆尽了，如同大丽拉②魅

---

① 萨福图（Safotu，毛姆误写为 Safoto），是南太平洋萨摩亚群岛中最大也是海拔最高的岛屿萨瓦伊岛（Savaii）北岸的一个重要村落。

② 大丽拉（Delilah），《圣经·旧约》中的非利士人，即犹太人参孙的情人，后设计使参孙失去了神力。

惑得拿细耳人 ① 丧失了神力一样。不管怎么说，反正他想把自己藏起来，他觉得，躲在这个与世隔绝的角落里，一直躲到他的战船离开了萨摩亚之后，他就会太平无事了。

"小海湾边有一间土著人的小窝棚，当他站在那里犯迷糊，不知道究竟该往哪儿走时，有个年轻姑娘从窝棚里走了出来，邀请他进屋去。他对当地的土著语一句也不懂，那姑娘对英语也同样一无所知。但他心领神会地看懂了那姑娘笑盈盈地望着他的含义，看懂了她那优美的手势，于是，他就跟着她去了。他坐在一张席垫上，姑娘切了些菠萝片请他吃。我只能根据传闻来描述这个'红毛'，不过，在他们二人初次相见的三年之后，我亲眼看见了那个姑娘，她那年还不满十九岁。你无法想象她有多妖娆。她具有木槿花的那种热烈奔放的妩媚，也同样具有那样冶艳的色彩。她身材高挑，身段窈窕，她的脸蛋生得非常标致，具有她那个种族所特有的五官，一双大大的眼睛宛如棕榈树下的两泓止水；她的秀发乌黑而又卷曲，披散在她背后的腰际，她脖子上佩戴着一条香气四溢的花环。她的那双小手可爱极了。那双手生得那么纤巧，那么精致，会让你的心弦情不自禁地为之而颤动。在那些日子里，她动不动就会开怀大笑。她的笑容那么令人心动，会让你的双膝不由自主地为之而发软。她的肌肤犹如夏日里的一块成熟的玉米地。我的老天爷啊，我该怎么形容她呢？她实在太美了，美得就像仙女来到了人间。

"于是，这对金童玉女，她十六岁，他二十岁，一见之下，俩人就倾心相爱了。这才是真正的爱情，绝不是那种出自同情、出自共同的利益或者出自志趣相投的爱情，而是至真至纯的爱情。这才是亚当

---

① 拿细耳人（Nazarite），指《圣经》中所记载的以色列男女，即"离俗归耶和华为圣"的人，此处尤指犹太人士师参孙。见《圣经·旧约·民数记》第六章。

在伊甸园里一觉醒来，发觉夏娃在用那她双如露珠般晶莹的眼睛凝望着他时所感受到的那种爱。这才是将野兽，以及神仙们，吸引到一起的爱。这才是让世界变成一个奇迹的爱。这才是赋予生命以重要意义的爱。你大概从来没有听说过那位富有睿智而又愤世嫉俗的法国公爵[①] 所说的那句名言吧，他说：两个情人之间总有一个是主动献爱的，而另一个只是允许自己接受对方的爱而已；这是我们大多数人都不得不无可奈何地接受的严酷的事实；不过，这世上时不时也会有两个人既彼此相互爱慕、同时又让自己被爱的情况。如果是这样的话，你或许就能想象到，约书亚[②] 在向以色列人的上帝祷告时，太阳静止不动的情形了。

"即使是现在，过了这么多年之后，每当我想起这两个人，想起他们那么年轻、那么美丽、那么单纯，想起他们彼此相爱得如胶似漆的情景时，我就感到一阵剧痛。它把我的心都撕碎了，有时候，在某些特定的夜晚，当我凝望着一轮满月升上了万里无云的夜空、照耀在那片环礁湖上时，我就有那种撕心裂肺的剧痛感。对极致之美的凝神静观总是伴随着某种痛楚。

"他们都还是稚气未脱的孩子。她诚实、温婉、善良。我对他虽然一无所知，但是我宁愿相信，他那时无论如何也是个纯真无邪、襟怀坦荡的人。我宁愿相信，他的灵魂和他的肉体一样美丽。不过，我认为，他的灵魂至多也就跟创世之初时生活在万木葱茏的森林之中的那些造物一样，他们用芦苇制作风笛，在山间的小溪里沐浴，你偶尔

---

① 此处大概是指法国箴言作家佛朗索瓦·德·拉罗什富科（François de La Rochefoucauld, 1613—1680），他著有五卷本《箴言录》（Réflexions ou sentences et maximes morales, 简称 Maximes，1665），以犀利的笔调无情讽刺了人类的愚蠢，其内容质疑人类一切高贵行为背后的动机，开卷第一条即说："男因勇气而神勇，女因节操而守节，此未必然也。"

② 约书亚（Joshua），《圣经》中继承摩西为以色列民族领导者的人。以色列人出埃及后，他率领他们离开旷野，最终进入应许之地。见《圣经·旧约·约书亚记》。

还会看见一群群小鹿跟在那个蓄着山羊胡子的马人 ① 后面穿过林间空地奔腾而去的情景。人的灵魂是一个特别烦人的领地，当人将灵魂开发出来之后，他也就失去了伊甸园。

"唉，'红毛'来到这座海岛时，这里刚刚遭受过一场流行性传染病的侵袭，那种疾病也是由白人携带到南太平洋来的，岛上的居民有三分之一都死于这场瘟疫。那个姑娘好像也失去了她所有的至亲，她那时住在远房表亲的屋子里。那户人家有两个老态龙钟、干瘪丑陋的老婆婆，已经弓腰驼背、满脸皱纹，有两个年纪稍轻一些的女人，还有一个男人和一个小男孩。'红毛'在那户人家小住了几天。但是，也许是因为他觉得自己太靠近海边，有可能会意外碰见其他白人，他们没准会泄露了他的藏身之地；也许是因为这对恋人没法忍受终日与别人住在一起，唯恐那些人会剥夺了他们哪怕只有一时半会儿相依相拥的欢愉。有一天早晨，他们出发了，就他们两个人，随身带了几件属于那姑娘的物品，沿着椰树林下的一条绿草如茵的小径向前走去，一直走你今天看到的这条小溪边。他们必须走过你今天刚刚走过的那座桥，那姑娘因为看到他有些害怕，便喜不自胜地开怀大笑起来。她牵着他的手一直走到第一根树干的尽头，到了那儿，他还是鼓不起勇气来，只好又退了回去。他硬着头皮脱光了身上所有的衣服，这才壮起胆来，想再冒一次险，而她则甘愿替他把那些衣服顶在自己头上。他们就在原先位于这儿的那间空荡荡的小棚屋里安顿下来。至于她究竟是否拥有对那间小棚屋的所有权（在这些岛屿上，土地的占有权向来是一个非常复杂的问题），还是因为小棚屋的拥有者已经在疫情爆发期间死去了，反正我不知道，不管怎么样，既然没有人向他俩提出任何异议，这间小屋就归他们所有了。他们的家当只有两三张可供他

---

① 马人（centaur），古希腊神话中人首马身的半人半马的怪物。

们睡觉用的草席，一块破碎的梳妆镜的残片，再加上一两只碗。在这片令人心旷神怡的土地上，这些东西足可以让他们开始居家过日子了。

"人们常说，幸福的人没有过去的故事，幸福的恋人当然也没有。即使他们整天什么事情都不做，日子也似乎总嫌太短。那姑娘原本有一个土著名字，但'红毛'管她叫萨丽。他很快就学会了一些简单的土语，他时常在草席上一躺就是好几个小时，聆听她欢快地对他喋喋不休地说着话儿。他本是个沉默少言的小伙子，加之他的头脑大概也处于昏昏欲睡的状态。他老是一支接一支抽烟，那些烟都是她用当地的烟草和露兜树①的叶子为他卷的，他一边抽着烟，一边望着她用灵巧的手指编织草席。当地的一些土著人经常会进屋来串门，没完没了地拉扯着这座岛屿昔日里如何饱受部落战争之苦的陈年旧事。有时候，他会去那个岛礁附近捕鱼，常常带回家满满一篮子五颜六色的鱼儿。有时候，他也在夜里打着灯笼去抓龙虾。这间小棚屋的周围到处都有大蕉②，萨丽就把大蕉果烤熟了，当作他们的一顿便饭。她知道怎样把椰子做成美味可口的食物，小溪边的那棵面包果树③为他们提供了面包果。逢到宗教节日，他们就宰杀一头小猪仔，在滚烫的石头上把它炙熟。他们在小溪里一起沐浴；到了傍晚时分，他们就相伴着一起下海去环礁湖，乘着装有巨幅舷外托架④的独木舟，荡起船桨泛舟在环礁湖中。日落时分的海水一派湛蓝，继而还会幻化成葡萄酒的颜色，如同《荷马史诗》中对希腊大海的描述一样；然而在这片环礁

---

① 露兜树（pandanus），常绿分枝灌木，叶子带刺，生于枝顶，叶纤维可用于织席，主要分布于东半球热带地区，常生于海边沙地。

② 大蕉（plantain），产于热带地区的一种大型草本植物，类似于香蕉树，结出的果实也类似于香蕉，因而也叫大蕉，是热带地区的主要食物之一。

③ 面包果树（breadfruit tree），生长在南太平洋诸岛的一种常青树木，结有可食用的大而圆的淡黄色果实。

④ 舷外托架（outrigger），绑附在独木舟等小船上的舷外浮材，用于支桨、拴缆绳、防翻船等。

湖里，海水的颜色却呈现出一派变幻莫测的多样性，时而如蓝宝石，时而似紫翡翠、时而又宛若祖母绿；而渐渐西沉的残阳又在一瞬间将其化作了一片流金。随后，这片海域又再次幻化出了珊瑚红、棕、白、粉、红、紫等诸般色彩；它的形状也千姿百态，奇幻得令人目不暇接。这片海域犹如一座经魔法点化而成的花园，那些来去匆匆的鱼儿则宛如在翩翩起舞的彩蝶。这真是个美妙得缺乏真实感的去处。珊瑚礁之间有一处处水潭，潭底是一层洁白的细沙，在这个地方，海水澄澈得能照得见晃动的人影，正是洗澡戏水的绝佳去处。之后，他们遍体凉爽、满心幸福，俩人手挽着手，沐浴着漫天的晚霞，踏着如茵的草地，漫步朝那条小溪走去，此时，八哥也亮开了它们嘹亮的歌喉，把椰树林渲染得一片欢腾。转眼间，夜幕降临了，这片美丽的夜空闪烁着满天的金光，仿佛比欧洲的天空还要寥廓；柔和的晚风徐徐拂过敞开的棚屋，这绵长的夜晚也同样只让人觉得太短。她才十六岁，他也不过刚满二十岁。黎明的微曦不知何时悄然钻进了小棚屋，在木柱间徘徊着，凝望着这对在彼此的怀抱中睡得正香的可爱的孩子。太阳躲在大蕉裂开的大叶片后面，生怕打扰到他们，随后，仿佛想淘气地捉弄一下他们，便像波斯猫伸出了爪子似的，把一道金色的光芒照射在他们的脸蛋上。他们睁开惺忪的睡眼，两人相视一笑，迎来了新的一天。斗转星移，周而复月，转眼一年过去了。他们依然相亲相爱——我不愿说他们依然爱得如何激情四溢，因为激情总是伴随着一抹忧伤的阴影，伴随着一丝苦涩或者苦闷，我宁愿说他们依然爱得那样全心全意，依然爱得那样单纯、自然，就像他们第一天相遇时那样，他们明白，他们的初次相遇就是神明的旨意，是天合之作。

"如果你问他们的话，我深信不疑地认为，他们准会觉得，他们之间的爱情永远也不会休止。难道我们不知道爱的基本要素就是坚信它本身所具有的永恒性吗？不过，'红毛'的心里兴许早已经埋下了一粒小小的种子，尽管他自己并不知道，那姑娘也丝毫没有察觉，然而这粒种子总有一天会生根发芽，成长为厌倦。因为有一天，有个土著人来到了这个小海湾，他告诉他们说，在距离海岸不远的锚地那边停泊着一艘英国的捕鲸船。

"'哎呀，'他说，'不知道我能不能拿些坚果和大蕉去换一两磅烟草来。'

"虽然萨丽用她那双不知疲倦的手为他卷的露兜叶香烟抽起来很够劲儿，也很惬意，可是，那种卷烟总让他感到意犹未尽；他突然萌生出渴望弄到真正的烟草的念头，渴望那种浓烈、刺鼻、辛辣的烟草味儿。他已经有好多个月没抽过烟斗了。一想到烟斗，他竟然馋得口水都流出来了。人们或许会觉得，某种不祥的预感应该会促使萨丽去努力劝阻他，但是，她的整个身心已经完全被爱情所主宰，她万万想不到这世上还有什么力量能够把他从她身边夺走。他们一起爬上山去，采了一大筐野橘子，这种橘子虽然皮色泛青，却甘甜又多汁；他们又从小棚屋周围摘了些大蕉，从附近的树上摘了些椰子、面包果和芒果；之后，他们把这些水果抬到了小海湾边。他们把这批货装上了一条摇摇晃晃的独木舟，'红毛'和那个向他们通风报信的土著少年摇起船桨，沿着那座岛礁把船划了出去。

"从此以后，她再也没有见到他。

"第二天，那个土著少年孤身一人回来了。他哭得满脸是泪。以下便是他讲述的事情的经过。他们那天划了很长一段距离，才终于划到了那艘捕鲸船跟前，'红毛'亮起嗓门朝船上喊了一通话，有一个白人趴在船舷边朝他们打量了一下，随后便叫他们上船来。他们把带来的水果搬上了捕鲸船，'红毛'把那些水果堆放在甲板上。那个白人和他交谈起来，他们好像还达成了什么协议。有一个人立即走下甲板，从船舱里拿来了一些烟草。'红毛'马上取了些烟丝，点燃了烟斗。土著少年模仿了一下他在那儿津津有味地吞云吐雾的模样。随后，那帮人又对'红毛'说了句什么，他就跟着他们进了船舱。透过敞开的舱门，土著少年好奇地朝里面张望着，看到有人拿出了一瓶酒和几只玻璃酒杯。'红毛'抽着烟、喝着酒。他们好像在问他什么事情，因为他摇了摇头，接着又哈哈一笑。那个人，就是起先招呼他们上船来的那个人，也跟着嘿嘿一笑，并再次把'红毛'的酒杯倒满了酒。他们一直在不停地喝酒、聊天，由于弄不懂他们究竟在聊些什么，土著少年很快便看腻了，随后就自个儿蜷起身子，躺在甲板上睡着了。后来，他被人一脚踢醒了；他慌慌张张地站起身来时，却发现那艘捕鲸船正在慢慢驶出环礁湖。他看到'红毛'照样还坐在那张酒桌边，脑袋昏沉沉地枕在胳膊上，睡得不省人事。土著少年抬脚向前冲去，想去把他叫醒，不料，一只粗壮的大手一把扭住了他的胳膊，只见有个人在恶狠狠地怒视着他，还冲他吼了几句他听不懂的话，接着又朝船舷边指了指。土著少年朝'红毛'大声呼喊着，可他立刻就被人牢牢摁住了，接着就被直接扔进了海里。无奈之下，他只好奋力朝自己的独木舟游去，那条独木舟已经漂离得有点儿远了。他追上了独木舟，把它推到了岛礁旁边。他爬上独木舟，一路哭哭啼啼地把船划到了岸边。

"这件事的前因后果十分明显。那艘捕鲸船，由于船员开小差或者生病，正缺少人手，'红毛'上船时，船长想拉他入伙；一看他拒绝了，船长就把他灌醉，把他绑架走了。

"萨丽悲痛得简直要发疯了。她大哭大喊了整整三天。当地的土著们想尽一切办法来安慰她，却怎么也安慰不了她。她什么也不肯吃。后来，由于精疲力竭，她陷入了一种闷声不响的冷漠状态。她成天守在小海湾边，眺望着那片环礁湖，期盼着'红毛'能够找到什么办法逃回来，可她总是失望而归。在那片白色的沙滩上，她常常一坐就是好几个小时，眼泪哗哗地从脸颊上流淌下来，直至守候到夜幕降临时，她才拖着疲惫的身子，走到小溪的对岸，回到那个原本美满温馨的小棚屋。在'红毛'没来这座海岛之前，原先和她住在一起的那几个亲戚都希望让她重新回到他们身边去，但她不肯；她坚信'红毛'迟早会回来的，她想让'红毛'在当初离开她的地方找到她。四个月之后，她产下了一个死婴，在她分娩期间前来照顾她的那个老婆婆留了下来，陪她一起住在这间小窝棚里。她生活中的一切欢乐都荡然无存了。即使她那悲痛欲绝的心情随着时间的流逝而变得不再那么令人肝肠寸断了，取而代之的却是郁结在心中的万般惆怅。你大概想不到吧，在这些感情虽然如此炽烈、却转瞬即过的土著人当中，竟会有这样一个对爱情如此坚贞不渝的女人。她从未丧失过她深信不疑的那个信念：'红毛'总有一天会回来的。她在翘首期盼着他的归来，每当有人走上这座用椰子树搭成的悠悠荡荡的小独木桥时，她都会凝目张望。那兴许就是他终于回来了。"

说到这里，尼尔森停下了来，轻轻叹息了一声。

"她后来的结局到底怎么样？"船长问道。

尼尔森苦涩地笑了笑。

"哦，三年过后，她同意跟另一个白人生活在一起了。"

船长呆头呆脑、含讥带讽地嘿嘿一笑。

"她们这种人一般都是这种结局。"他说。

瑞典人嫌恶地瞪了他一眼。他也说不清究竟是什么原因，眼前这个俗不可耐、过于臃肿的大胖子竟激起了他如此强烈的反感。不过，由于思绪恍惚起来，他又情不自禁地回想起了那一幕幕如烟的往事。二十五年前的情景又浮现在他眼前。那是他第一次来到这座海岛，他那时已经厌倦了阿皮亚，厌倦了那种纵酒宴乐、巧取豪夺、肉欲横流的生活，作为一个已经病入膏肓的人，他只能万般无奈地舍弃曾经使他豪情万丈、充满憧憬的事业。他把自己原本想成名成家的所有希望统统都断然抛诸在脑后，一心只想着能心满意足地度过他那已经屈指可数、丝毫大意不得的可怜巴巴的几个月的人生。他寄居在一个欧亚混血的生意人家里，那人在距离海岸线大约有一两英里远的一个土著村落的村头开了一家杂货店。有一天，他漫无目的地顺着椰树林中那绿草如茵的小径向前走去，无意间看见了萨丽居住的那间小窝棚。这个景点的旖旎风光顿时让他大喜过望，让他惊诧得心房不住地悸动，紧接着，他就看见了萨丽。她是他这辈子所见过的最美丽的造物，她那双黑黑的眼睛显得格外美妙动人，她眼睛里的那种黯然神伤的情态尤其深深感染了他。卡纳卡人是个俊美的种族，他们当中不乏美人，但那只是一种体态匀称的动物之美。那种美是虚空的，缺少灵魂。可是，她那双幽怨的眼眸却是那样深沉而又神秘，你能感受到人的灵魂在黑暗中苦苦求索的那种悲怆而又复杂的心境。那个混血商人把萨丽的事情告诉了他，她的人生经历深深打动了他。

"你觉得他还会回来吗？"尼尔森问道。

"恐怕不会啦。怎么说呢，那条捕鲸船肯定要让他先干上两三年，然后才会给他发薪水，到那时，他说不定早就把她给忘得一干二净了。我敢打赌，他酒醒之后突然发现自己被绑架了的时候，准会气得发疯，依我看，他即使跟人家打起来也不足为奇。但是，他终究还得腆着笑脸、忍气吞声地受这份罪，我猜想，不出一个月，他慢慢就会觉得，能脱身离开那个海岛也许是他千载难逢的最好结局了。"

但是，尼尔森却没法把这段故事从脑海中排除出去。也许是因为他自己体弱多病的缘故，"红毛"所具有的那种焕发着青春活力的健康才唤起了他无限的遐想。由于自己是个长相难看的男人，外表也没有可以令人刮目相看的长处，他便特别羡慕别人拥有俊美的容貌。他还从来没有激情似火地恋爱过，当然也从来没有被激情似火地爱恋过。那两个稚气未脱的少男少女你情我愿的两性相吸，让他有一种奇特的快慰感。它具有所谓"绝对观念"①的那种不可言喻的美。他又再次来到了小溪旁的那间小茅庐。他很有语言天赋，有思维活跃的头脑，也习惯了伏案苦读，他已经花费了大量的时间来研习当地的语言。早已养成的习惯是牢不可破的，他正在搜集材料，准备撰写一篇阐述萨摩亚人的方言的论文。陪同萨丽住在小棚屋里的那个干瘪、丑陋的老婆婆邀请他进屋来坐坐。她斟上了卡瓦酒②请他喝，还拿出卷烟来请他抽。她很高兴能有个人过来陪她聊聊天，而他耳朵在听她说话，眼睛却在望着萨丽。她使他想起了那不勒斯那家博物馆里的普绪克③雕像。她的五官轮廓具有同样清晰而又纯净的线条美，尽管她曾经生育过一个孩子，可她依然具有处女的风韵。

　　直到见过她两三次面之后，他才逗引得她终于肯开口说话了。即使是这样，她也只不过问了他一声在阿皮亚是否曾见到过一个绰号叫"红毛"的人。自从他消失以后，已经整整两年过去了，很明显，她依然还在无休无止地思念着他。

　　没过多久，尼尔森忽然发觉自己竟爱上她了。事到如今，他唯有凭着一股意志力，才能勉强抑制住自己不要每天都跑到小溪边去看萨丽，而且，就算他不守在她身边，他的心思也在她身上。起初，由于把自己看作一个苟延残喘的垂死之人，他只求能看见她，能偶尔听她说说话，对萨丽的这份爱给了他一种新奇的幸福感。他为自己依然还怀有这份纯洁的爱而欣喜不已。他别无他求，只想抓住这个机遇在她

---

① 绝对观念（The Absolute），又称"绝对精神"，即德国哲学家黑格尔客观唯心主义哲学中的一个重要概念，认为在自然界和人类出现之前就存在着一个精神实体，它是世界万物的本源，客观世界是由它派生或转化而来的。

② 卡瓦酒（kava），卡瓦是生长在南太平洋岛屿的一种胡椒属植物，卡瓦酒系用胡椒根茎捣碎、加水搅拌后酿制而成。

③ 普绪克（Psyche），希腊神话中以少女形象出现的人类灵魂的化身，爱神厄洛斯的恋人。据传，意大利那不勒斯国家博物馆中的普绪克雕像是公元前 1 世纪的作品。

这个婀娜娉婷的美人周围编织出一张美丽的幻想之网。没想到，这户外的空气、稳定的气温、充足的休息，以及简单的饮食，居然开始对他的健康产生了意想不到的影响。他的体温在夜间不再飙升到那种让人惊恐的高度了，他的咳嗽已减轻，甚而连体重也开始增加了；他已经有六个月没有出现体内大出血了；突然之间，他看到自己似乎还有存活下来的可能性。他仔细研究了自己的病情，希望之光在他身上已经初见端倪，只要再多加小心，他或许就能阻止病情的发展。这使他喜出望外，他又可以展望自己的未来了。他制定出了种种计划。诚然，任何生龙活虎的生活方式都是不切实际的侈谈，但他可以在这些海岛上继续活下去，再说，他还有这份小小的收入，虽说这份收入在别的地方微薄得简直不足挂齿，然而在这里，维持他的生活还是绰绰有余的。他还可以种椰子树，这样他也就有事情可干了；他要托人把他的书籍和一架钢琴运过来；不过，他那敏慧的头脑很快就意识到了，他无非是想利用这一切来自欺欺人地掩饰那个令他魂牵梦绕的欲望罢了。

他想拥有萨丽。他爱的不仅只是她那美丽的容貌，还有他从她那双饱经苦难的眼睛后面窥测到的那个悲观的灵魂。他会用自己的激情来陶醉她。总有一天，他会让她忘记过去的。他不由自主地沉湎在一阵狂喜之中，他幻想着自己也能给她带来幸福，这种幸福的滋味他原本以为此生再也品尝不到了，然而现在却如此匪夷所思地变成了现实。

他央求她跟他住在一起。她拒绝了。这是他意料之中的事情，他绝不会为此而感到沮丧的，因为他坚信，她迟早会做出让步。他的爱是无法抗拒的。他向那个老婆婆诉说了自己的心愿，却大为惊讶地发现，那老婆婆和邻居们原来早就看出了苗头，一直都在背着他极力怂恿萨丽接受他的好意。不管怎么说，每个土著人都巴不得能为一个白人管理家务，何况按照本岛的标准，尼尔森也算得上一个富翁了。他寄居在其家中的那个商人还专门跑去找她，奉劝她千万不要犯傻；这么好的机会今后再也碰不到了，再说，已经过去这么长时间了，她不能再这样执迷不悟地认为"红毛"还会回来。那姑娘的执意不从反而愈发增强了尼尔森的欲望，原本非常纯洁的爱情，现在却变成了折磨人的激情。他决心已定，不达目的誓不罢休。他搅扰得萨丽一刻都不得安宁。最后，由于实在拗不过他坚持不懈的纠缠和再三劝说，拗不过周围所有人轮番上阵的好说歹说，她终于答应了。可是，第二天，当他兴高采烈地前来看她时，却发现她前天夜里已经将她和"红毛"曾相依为命地居住过的那间小窝棚付之一炬了。那个干瘪、丑陋的老婆婆满腔怒火地冲上前来，朝萨丽劈头盖脸地怒骂着，但他挥挥手让她走开了；这算不了什么；他们将在小窝棚的原址上重建一幢带露台的平房。如果他真要把一架钢琴和一大批书籍运过来的话，一座欧式小别墅其实要更加合适得多。

于是，这幢木质结构的小别墅就这样落成了，他已经在这幢小别墅里居住了好多年，萨丽也成了他的妻子。然而，当最初那几个星期令人销魂的高兴劲儿散去之后，诚然，萨丽在这期间也勉强给予了他那份满足感，但他几乎从来就没有品尝到幸福的滋味。经过这番让人身心俱疲的折腾之后，萨丽确实向他做出了让步，但她让出的只是她毫不珍惜的那部分。他曾隐约窥见的那个灵魂始终都在躲避着他。他心里明白，她其实一点儿也不在乎他的感受。她依然还爱着那个"红毛"，每时每刻都在期待着他回来。尼尔森知道，她只要一有他的消息，马上就会把他的爱情、他的柔情、他的同情、他的慷慨，统统弃之如敝屣，毫不犹豫地离他而去。她根本不会顾及他的悲伤痛楚。极度的痛苦左右着他无法自拔，他一次次地狠狠撞击着她那个无法捅破的自我，但她的那个自我始终在阴冷地抗拒着他。他的爱情变得苦涩起来。他竭力想用温存融化她的心，但她的那颗心依旧坚如铁石；他又故意装出冷漠的样子，可她压根儿就没有察觉到。他有时候也大发脾气，恶言恶语地辱骂她，而她只是默默地哭泣。他有时候甚至觉得，她不过就是个彻头彻尾的骗子，她的灵魂纯粹是他自己一厢情愿地凭空杜撰出来的，他之所以无法进入她心灵的圣殿，是因为她心里根本就没有这样的圣殿。他的爱情已然变成了一个他渴望逃离的牢笼，但他又没有这份底气干脆把牢笼的门打开——只需打开这扇门，一切就都迎刃而解了——他没有这份底气跨出牢笼，走向外面的世界。这种状况简直就是活受罪，熬到最后，他竟变得麻木不仁、心灰意冷了。爱情之火终于自生自灭地燃尽了，后来，每当他看到她那双眼睛刹那间又在死死地盯着那座悠悠荡荡的小独木桥时，充斥在他心中的已经不再是勃然大怒，而是不耐烦了。这么多年来，他们一直生活在一起，把他们捆绑在一起的纽带是习惯和方便，每当他再度回顾昔日的激情时，他也只是一笑置之而已。如今她也成了一个老女人了，因为岛上的女人老得很快，再说，即使他对她不再怀有爱情了，他还怀有一颗宽容的心。她从不过问他的事情。他也乐得心满意足地与自己的钢琴和书籍为伴。

他的思绪促使他又要搜索枯肠，接着说下去了。

"当我现在回首往事、反思'红毛'和萨丽的那段短暂而又激情四射的爱情时，我想，他们或许应该感谢无情的命运在他们的爱情似乎依然处于其巅峰状态的时候，棒打鸳鸯地把他们活活给拆散了。他们虽然受尽了苦难，但是，他们所遭受的那种苦难也自有其凄美之处。他们因此而避免了真正的爱情悲剧。"

"我确实搞不懂你这话究竟是什么意思。"船长说。

"爱情的悲剧并不在于生离死别。你认为他们之间的这种爱情究竟能维持多久，直至他或者她再也不一心一意地牵挂着对方了？啊，这世上最令人心寒的事情莫过于，当你眼睁睁地看着一个你曾经用你全部的心灵和灵魂去热爱的女人，你对她爱恋到了一刻都舍不得让她离开你的视线的地步时，结果却发觉，即使你今生今世再也见不着她了，你也无所谓。爱情的悲剧就在于冷漠。"

不料，就在他如此这般地侃侃而谈的时候，一件令人极其匪夷所思的事情突然发生了。尽管他表面上一直是在对这位船长说话，但他的这些话其实并不是说给他听的，他只是在把自己的思绪转化为语言诉说给他自己听的，尽管他那双眼睛一直在凝望着面前的这个人，但他一直对他视而不见。但是，此时此刻，有一个形象竟油然浮现在他眼前，并不是他所看见的这个人的形象，而是另一个人的形象。这情景就仿佛他此刻正站在一面哈哈镜前观看着，哈哈镜中的人物往往不是被扭曲得异常矮胖，就是被拉长得不堪入目，不过，眼前发生的这一幕却截然相反，在这个身躯痴肥、相貌丑陋的老男人身上，他忽然依稀瞥见了一个美少年的身影。他立即以敏锐、犀利的目光再次仔细审视他了一番。明明是一次随性而至的闲逛，可他为什么偏偏要溜达到这个地方来呢？他的心脏一阵突如其来的悸动害他有点儿喘不过气来。一个有悖常理的猜疑在左右着他的思绪。他突然间想到的那种事情是万万不可能发生的，然而那也许恰恰就是事实。

"你叫什么名字？"他唐突地问道。

船长的那张面孔顿时皱缩起来，接着便狡黠地嘿嘿一笑。随后，他便露出了一副非常恶毒、极其粗俗的嘴脸。

"我已经隔了他娘的这么长时间没听到这个名字了，连我自己差不多都把它给忘了。不过，三十年前，在这些海岛上，人家一直都叫我'红毛'。"

他猥琐地哑然一笑，他那庞大的身形也随之哆嗦了一下。那副模样真令人厌恶。尼尔森禁不住打了个寒颤。这个"红毛"反倒觉得特别开心，泪水从他那双布满血丝的眼睛里奔涌而出，顺着他的脸颊哗哗地流淌下来。

尼尔森惊讶得倒抽了一口冷气，因为偏偏就在这时，一个女人走进屋来。她是一个土著女人，一个气势颇有点儿咄咄逼人的女人，体格健壮而又不显肥胖，皮肤黝黑，因为这些土著总是随着年纪的增长而越来越黑，她的头发全都灰白了。她穿着一件黑色的宽松长罩衫，罩衫薄薄的质地使她那丰满的乳房原形毕露。这个时刻终于到来了。

她向尼尔森通报了一声有关某件家务事的看法，他随即作了回答。他暗暗有些疑惑，不知自己的说话声在她听来是否跟自己感觉到的那样不太自然。她冷漠地瞥了一眼坐在窗前椅子上的那个男人，随后便走出了屋子。这个时刻就这样来了又过去了。

一时间，尼尔森张口结舌说不出话来。他莫名其妙地被这一幕震惊得目瞪口呆。过了一会儿，他才说：

"要是你肯留下来和我一起吃点儿晚饭的话，我会很高兴的。家常便饭。"

"我想，我就不留在这儿了，""红毛"说，"我得赶紧去找这个名叫格雷的人。我得把他的货交给他，交完货之后，我就走啦。我想明天就赶回阿皮亚去。"

"我派个用人陪你一起过去吧，也好给你指指路。"

"那就太好啦。"

"红毛"吃力地硬撑着从椅子上站起身来，瑞典人赶忙去叫来了一个在种植园里干活儿的小伙子。他把船长要去地方告诉了他，于是，那小伙子便轻快地踏上了那座小桥。"红毛"准备跟着他过桥了。

"千万别跌下去啊。"尼尔森说。

"无论怎样，我也不会跌下去的。"

尼尔森目送着他一路小心翼翼地过了桥，船长的身影已经消失在那片椰林中时，他还在举目眺望着。不知过了多久，他才头昏脑涨地一屁股跌坐在椅子上。难道这就是那个阻碍他得到幸福的罪魁祸首？

难道这就是萨丽这些年来一直在深爱着、一直在不顾一切地苦苦等待着的那个人？简直太荒唐了。一阵突如其来的狂怒左右着他的心绪，他恨不得跳将起来，把周围的一切都砸个稀巴烂。他被骗了这么多年。他们俩最终还是相见了，而且他们彼此还浑然不觉。他放声大笑起来，笑得悲郁难当，他的阵阵惨笑越来越高亢，终于变成了歇斯底里。诸神跟他开了一个残酷的玩笑。他如今也老啦。

萨丽终于走进屋来，告诉他说，晚饭已经做好了。他在她面前坐下来，想勉强吃点儿东西。他心中有些纳闷，假如他现在告诉她说，刚才坐在椅子上那个肥胖的老头儿就是她至今依然还怀着少女时代的那种激情四射的任性念念不忘的那个恋人，不知她会怎么说。多少年以前，当他因为她让他过得如此不幸而憎恨她的时候，他会巴不得把这件事直接告诉她的。那时候，他就想让她伤心，如同她让他伤透了心一样。但是现在，他觉得一切都无所谓了。他无精打采地耸了耸肩。

"那个人想来干什么？"过了一会儿，她问道。

他没有立刻回答。她也老了，一个又胖又老的土著女人。他有些疑惑，不知自己当年怎么就如此疯狂地爱上她了。他曾经把自己灵魂的一切珍宝都毫无保留地敬献在她面前，而她竟然视之如粪土。浪费啊，真是人生巨大的浪费！现如今，当他看着她的时候，他心中只剩下了鄙夷。他的耐心终于耗尽了。

"他是一艘纵帆船的船长。他是从阿皮亚来的。"

"哦。"

"他给我捎来了家里的消息。我大哥病得很重，我得回去看看。"

"你会去很久吗？"

他耸了耸肩。

（余运礼　崔馨月　吴建国　译）

尼尔·麦克亚当

布里登船长为人随和温厚。当吉隆坡索洛尔博物馆馆长安格斯·门罗告诉他说，他已经嘱咐过尼尔·麦克亚当，就是他那个新来的助理，他只要一抵达新加坡，就安排他住进范·戴克大酒店，并拜托他留意一下，在他必须在此地度过的这几天里，看看这小伙子有没有惹是生非。他答应说，他会尽力而为的。布里登船长是苏丹·艾哈迈德号轮的船长，他只要来新加坡，向来都住在范·戴克大酒店里。他的妻子是个日本人，他在这家大酒店里长期包租了一套房间。这里就是他的家。布里登船长结束了沿着婆罗洲的海岸线为期两周的航行之后回到大酒店时，那位荷兰经理告诉他说，尼尔已经来这儿两天了。那小伙子此刻就坐在酒店外那个布满灰尘的小花园里，在翻阅一些过期的《海峡时报》[①]。布里登船长先打量了尼尔一眼，然后才走上前来。

"你就是麦克亚当，对吗？"

尼尔立即站起身来，那张脸涨得通红，一直红到了头发根，他腼腆地回答道："是

---

① 《海峡时报》(The Straits Times)，新加坡英语旗舰日报，报道涵盖了国际、东亚、东南亚、新加坡、体育、金融、生活等多个领域。

的，我就是。"

"我叫布里登。我是苏丹·艾哈迈德号轮的船长。下周二你将和我一起出海。门罗让我照顾你。想不想来一杯斯腾加[1]？我估计，你现在已经知道这酒是什么味道了。"

"非常感谢您，但我不喝酒。"

他说话带有很浓的苏格兰口音。

"我不是责怪你。在这个国家，酗酒已经毁了许多人的大好前程。"

布里登船长叫来了那名中国服务生，给自己点了一杯双份威士忌和一小杯苏打水。

"到这儿两天了，你都做了些什么？"

"四处逛逛罢了。"

"新加坡并没有多少可看的。"

"我倒觉得，这儿值得一看的地方多得很呢。"

当然，他做的第一件事就是去参观了那个博物馆。那里的东西他在自己的家乡差不多都看见过，但是，一想到那些形形色色的野兽和飞禽，那些千奇百怪的爬行动物，各种各样的飞蛾、彩蝶和昆虫全都是当地所特有的物种，他便感到兴奋不已。博物馆有一部分是专门展示婆罗洲的特有物种的，而吉隆坡的索洛尔则是这些物种的大都会，由于在接下来的三年时间里，这些生物将与他息息相关，他便非常专注地仔细观看了这些生物。不过，外面的世界，大街小巷上的景致，才是最令人兴奋的。要不是因为他是个性格沉稳、头脑冷静的年轻人，他准会高兴得开怀大笑起来。对他来说，一切都很新鲜。他一直走到两脚酸疼才停下了脚步。他站在热闹非凡的街头，惊奇地望着那些排成了长龙的黄包车，望着那些身材瘦小的黄包车夫手握两侧的车

---

① 斯腾加（stengah），一种加苏打水的威士忌。

辕迈着顽强的步伐奔跑而去的身影。他站在横跨运河的桥面上，望着那些舢板彼此紧紧靠拢在一起，如同挤在罐头里的沙丁鱼。他好奇地朝坐落在维多利亚大道上的那些中国商店里窥望，那里售卖的各色稀奇古怪的商品种类繁多、琳琅满目。那些肥头大耳、精力旺盛的孟买商人站在商店的门口，想方设法地试图向他兜售各种丝绸产品和各种装饰着金银丝带的珠宝。他望着那些泰米尔人，个个都面带忧色，显得忧心忡忡、孤独凄凉，连走路的步态都带着不祥的预兆；还有那些满脸胡须的阿拉伯人，头戴白色的无檐便帽，装腔作势地摆着一副满脸瞧不起人的傲慢。太阳将其火辣辣的光辉照耀在眼前这些各有千秋的场景上。他感到有些困惑。他暗暗寻思，他还要耗费多少年，才能在这个多姿多彩、令人目不暇接的世界上找到自己的定位。

那天晚上，吃过晚饭之后，布里登船长问他想不想到城里去逛一逛。

"既然你来到这儿了，你就应该稍微体验一下这儿的生活。"他说。

他们坐上了黄包车，两人直奔华人住宅区而去。这位船长从来不在出海时喝酒，这天便在从早到晚地补偿自己戒了好几天的酒。他感觉心情很好。黄包车进入了一条僻静的小巷，在一座豪宅前停了下来，他们下车去敲了敲门。有人为他们开了门。他们穿过一条狭长的过道，走进了一间面积很大的房间，房间的四周摆满了长条凳，上面铺着红色的毛绒毯。有不少女人在四下里坐着——有法国人、意大利人，也有美国人。一架机械钢琴①在吱吱呀呀地播放着刺耳的音乐声，有几对舞伴在随着音乐跳舞。布里登船长点了几杯酒。有两三个等着接客的女人频频朝他俩抛媚眼。

"喂，年轻人，这儿有你中意的人吗？"船长开玩笑似的问道。

---

① 机械钢琴（mechanical piano），一种往里投硬币就可以发出声音的钢琴。

"您的意思是，陪着上床睡觉的女人吗？不，没有。"

"你要知道，你马上要去的地方根本就没有白人姑娘。"

"嗯，知道。"

"想去看看当地的土著姑娘吗？"

"我无所谓。"

船长付了酒钱，他们悠闲地继续向前溜达着。他们来到了一幢豪宅前。这里的姑娘都是中国人，身材小巧玲珑，面容秀丽，手脚纤细；她们都穿着花团锦簇的丝绸服饰。但是，她们的脸蛋上都施了粉黛，像戴着面具似的。她们用那双似笑非笑的黑眼睛打量着来来往往的陌生人。她们看上去显得异常的超然于世。

"我之所以带你来这儿，是因为我觉得你应该来看看这种地方，"布里登船长说，那种口气听上去就像一个人在尽自己不可推卸的责任，"不过，也就是看看而已。由于某些原因，她们并不喜欢我们。在这些中国人聚集的烟花柳巷里，有些场所甚至都不允许白人进入。事实情况是，她们说，我们身上有股很难闻的味儿。这很可笑，不是吗？她们还说，我们身上散发着尸体的气味呢。"

"我们吗？"

"我比较中意日本女人，"船长说，"她们温柔体贴。你知道的，我妻子就是个日本人。你就一路跟着我来吧，我带你去一个地方，那边有日本姑娘。要是你在那儿还找不到你喜欢的女人，那我就不是人了。"

他们租的那两辆黄包车仍在路边等着他们，于是，他们便上了车。布里登船长说了个方向，两个车夫立即拉着他们出发了。来到一处住宅后，有一位体格壮硕、人到中年的日本女人朝他们深深鞠了一躬，随即便把他们引进了屋里。她带领着他们走进了一间干净、整洁的房间，地板上只摆放了几张垫子；他们席地而坐，刚坐下就有一个小姑娘端着托盘走了进来，托盘上放着两碗淡茶。她羞涩地向他们弯腰鞠躬后，分别给他们每人递上了一碗茶。船长跟那个中年妇女嘀咕了几句话后，她看了看尼尔，竟咯咯地笑出声来。她朝那个刚刚走出来的小姑娘吩咐了几句，不一会儿，他们的房间又进来了四个姑娘。她们都很甜美可爱，身上穿着和服，乌黑闪亮的头发梳理得很精致；她们都生得小巧而又丰满，都有圆圆的脸蛋和一双含笑的眼睛。她们一进屋就向客人深深地鞠躬，然后便以优雅的风度，轻声细语地向客人致以彬彬有礼的问候。她们的说话声听上去宛如小鸟儿在婉转啼鸣。随后，她们便分别跪坐在这两个男人的身边，每个男人的左右两边都各有一个姑娘陪着，在妩媚地和他们调情说笑。布里登船长很快就伸出胳膊，左拥右抱地搂上了他身边那两个女人纤细的腰肢。大家都在喋喋不休地说着话儿。大家都玩得很开心。在尼尔看来，船长的那两个姑娘似乎在嘲笑他，因为她们那风情万种的眼睛老是调皮地瞟向尼尔，害他尴尬得脸都红了。不过，另外那两个姑娘也都紧紧地依偎着尼尔，满面春风地搂抱着他，用日语跟他聊天，仿佛他能听得懂她们所说的每句话似的。她们似乎都非常快乐，而且都那么天真无邪，引得尼尔也乐呵呵地笑了起来。她们把他照顾得非常体贴周到。她们把茶碗端给尼尔，服侍他喝茶，然后再把碗挪开，这样，他就免去了端碗的麻烦。她们为他点上了香烟，其中一个姑娘还马上伸出小巧、纤细的手去接住烟灰，不让烟灰落在他衣服上。她们抚摸着他那细腻光洁的脸庞，好奇地翻看着他那双又大又嫩的手。她们顽皮得像小猫咪似的。

"行啦，你到底喜欢哪一个呢？"过了一会儿，船长问道，"还没有选好吗？"

"你这话是什么意思？"

"我就是在等着瞧呢，想看看你究竟确定下来了没有，然后我才好敲定我自己喜欢的。"

"啊，她们这两个，我一个也不想要。我要回家睡觉。"

"为什么，究竟是怎么回事？你总不至于被吓坏了吧，对不对？"

"没有，我只是不太喜欢这种事情。不过，还是别让我妨碍了你的好事吧。我可以马上回酒店去。"

"哦，如果你不打算干这种事情，我也不想干了。我不过是想表现得平易近人些罢了。"

船长跟那个中年妇女说了几句什么，他那番话顿时引得那几个姑娘惊讶地望着尼尔。那个中年妇人回答后，船长耸了耸肩膀。紧接着，其中一个姑娘不知说了句什么话，引得她们全都哈哈大笑起来。

"她说的是什么？"尼尔问道。

"她在开你的玩笑呢。"船长笑着回答说。

但是，船长用不可思议的眼光朝尼尔看了看。刚才逗得大家哄堂大笑的那个姑娘，此刻径直走过来，冲着尼尔说了句什么。尼尔虽然没听懂，但那姑娘嘲弄的眼神却让他尴尬得满面绯红，同时也让他皱起了眉头；他不喜欢被人取笑。不料，那姑娘竟放声大笑起来，还伸出胳膊搂住他的脖子，轻柔地亲了他一口。

"得啦，我们走吧。"船长说。

他们打发走车夫、走进酒店时，尼尔问船长：

"那个姑娘到底说了些什么话，才逗得她们都笑起来了？"

"她说，你还是一个处男。"

"我觉得这种话一点儿都不好笑。"尼尔一字一顿说，带着他那苏格兰人的口音。

"这是真的吗？"

"我认为是真的。"

"你多大了？"

"二十二岁。"

"那你还在等什么？"

"等到我结婚的时候。"

船长哑口无言了。到了楼梯顶部，他伸出手来。跟这小伙子道晚安时，他眼睛里闪动着异样的光芒，但尼尔却用一种平淡、坦诚、无忧无虑的目光直视着他的眼睛。

三天后，他们的船起航了。尼尔是船上唯一的白人乘客。船长工作忙碌时，他就自己看书，他在重读华莱士[①]的《马来群岛》[②]。他小时候就读过这本书，不过，现在重读这本书时，他仍然感到新鲜有趣、引人入胜。船长有闲暇时，他们就聚在一起玩克里比奇纸牌[③]，或者坐在甲板上的长条椅中，一边抽烟，一边聊天。尼尔是一名乡村医生的儿子，从小就对博物学有着浓厚的兴趣，在他的记忆中，这种兴趣从未间断过。中学毕业后，他考取了爱丁堡大学，并以优异的成绩在该校获得了理学士学位。正当他在四处寻找工作，想当一名大学实验室的生物学示教讲师时，他偶然看到了刊登在《自然》杂志上的一则广告，广告上说，吉隆坡索洛尔博物馆正在招聘一名馆长助理。那位馆长，也就是安格斯·门罗，在爱丁堡大学读书期间与尼尔的叔叔，一位格拉斯哥[④]的商人，是同窗好友，于是，他叔叔便给馆长写了封信，问他能不能给这孩子一次试用的机会。尽管尼尔对昆虫学情有独钟，但他还是一名训练有素的动物标本剥制师，这正是广告上所说的基本要求；尼尔的叔叔随函附上了尼尔以前的老师们出具的一些证明

---

① 华莱士（Wallace），英国皇家科学院院士，著名博物学家、探险家、地理学家、人类学家和生物学家。

②《马来群岛》（Malay Archipelago），即《马来群岛自然科学考察记》，华莱士在马来群岛进行了长达 8 年的科学考察，科考结束以后，他又花了 6 年时间才完成这部自然科学史上不朽的名著。

③ 克里比奇纸牌（cribbage），一种两到四个人玩的纸牌游戏。

④ 格拉斯哥（Glasgow），苏格兰第一大城市，英国第四大城市。

材料，还在信里补充说，尼尔在念大学时是校足球队的运动员。几个星期过后，尼尔就收到了一份电报，告知他已经被录用了，于是，过了两个星期，他就乘船出发了。

"门罗先生是个什么样的人？"尼尔问道。

"是个很不错的人。大家都喜欢他。"

"我检索过他发表在不少自然科学杂志上的那些论文。他在最近这一期的《鹮》①上发表了一篇论'翼龙科鸟类'的论文。"

"我对这方面的事情一无所知。我只知道他有一位俄罗斯妻子。大家都不太喜欢她。"

"我收到过他从新加坡发来一封信，信中说，他们同意接纳我先实习一段时间，在此同时，我也可以多方联系，看看我到底愿意做什么。"

此时，他们正顺着这条河向上游航行。这条河流的入口处星罗棋布地散落着一个小渔村，房屋鳞次栉比地矗立在这片水域边；河岸上生长着茂密的聂帕棕榈树和遒劲的红树林；远处则是一派黛青色的原始森林；举目望去，一座山脉崎岖不平的轮廓在蔚蓝色的天际显现出其黑魆魆的剪影。尼尔怀着抑制不住的兴奋，一颗心在怦怦直跳，他用那双如饥似渴的眼睛饱览这片美丽的景色。他感到非常惊奇。他所喜爱的康拉德②在其作品中描绘的那些景象，他几乎都熟记在心，因此，他此刻正在期待着能够将这片充满神秘感的土地尽收眼底。他没想到世间竟会有这么湛蓝、这么乳白的天空；朵朵白云飘浮在地平线上，宛如因逆风而停航的帆船，在阳光下熠熠生辉。原始森林里的那些郁郁葱葱的树木闪烁着鲜艳夺目的光芒。在这条河的左右两岸，马来人在屋顶加盖了茅草的房屋比比皆是，犹如鸟巢般舒适地掩映在果

---

① 《鹮》(The Ibis)，英国的一个收录鸟类学科的杂志。
② 约瑟夫·康拉德（Joseph Conrad，1857—1924），英国作家，曾当过水手航行于世界各地，积累了丰富的海上生活经验。康拉德最擅长写海洋冒险小说，有"海洋小说大师"之称。

树林中。当地的土著人站在独木舟上，在摇着船桨溯流而上。在这个阳光灿烂的早晨，尼尔丝毫没有那种身陷囹圄的感觉，也没有那种忧愁苦闷的感觉，反而有一种海阔天高、自由敞亮的感觉。这片原野张开双臂在热情地欢迎他的到来呢。他心里明白，他会在这里快乐地生活下去的。布里登船长从驾驶台上朝站在他下方的那个小伙子亲切地瞄了一眼。在这四天的航程里，他对这个小青年渐渐变得越来越喜欢了。尼尔确实不喝酒，而且即便你跟他开玩笑，他很可能还是照样对你摆着一副一本正经的样儿，不过，他那种一本正经的表情倒也有几分诱惑力；在他看来，样样事情都很有趣，也很重要——当然，这也是他之所以不觉得你开的玩笑有什么好笑的原因所在；然而，即使他不明白那些笑话，他听了也会哈哈一笑，因为他能感觉到，那正是你期望得到的效果；他之所以笑，是因为他感到生活很美好。他对你告诉他的每一件微不足道的小事都心怀感激。他非常懂礼貌；每当他要你给他递个什么东西的时候，他总是加上"请"，他把东西接过来时，也总是说上一句"谢谢你"。他是个相貌英俊的小伙子，这一点谁也不会否认。尼尔此刻正手扶船栏站在船舷边，没戴帽子，在凝神观望着那渐行渐远的河岸。他身材高挑，有六英尺二英寸高[1]，四肢修长而又灵活，肩膀宽阔，腰胯细窄；他身上似乎颇有几分如小马驹般迷人的闯劲儿，所以，你总觉得他随时都会给你闹出点恶作剧的动静来。他那头棕色的鬈发具有一种奇特的光泽，有时候，当阳光照在他头上时，那头鬈发便会像金子一样闪闪发亮。他那双眼睛很大，蓝汪汪的，由于心情愉快而炯炯有神。那双眼睛折射出了他开朗的性格。他的鼻梁不高，也不挺拔，但他的嘴巴很大，下巴颏儿很坚挺；他的脸庞很宽。但是，他最引人注目的特征是他的皮肤；他的皮肤非常白

---

[1] 约 1.88 米。

皙，也很光滑，左右脸颊上各有一片可爱的红晕。这种皮肤即使生在一个女人身上，也称得上是非常美丽的皮肤。布里登船长每天早晨都会跟他开同样的玩笑。

"喂，小伙子，你今天刮胡子了吗？"

尼尔用手摸摸自己的下巴。

"没有，你觉得我需要刮一下吗？"

一听到这个回答，船长每次都会忍俊不禁地哈哈大笑。

"需要吗？哎呀，你的脸蛋光滑得像婴儿的屁股一样。"

尼尔次次都会羞赧得脸红到耳根。

"我一星期刮一次胡子。"他反驳道。

话说回来，大家喜欢尼尔，并不只是因为他的容貌，还有他的天真无邪，他的襟怀坦白，以及他直面这个大千世界时的那种意气风发的精神。尽管他对待样样事情都那么专心致志，那么严肃认真，而且还喜欢钻牛角尖，对别人偶尔提出的每一个观点都要争辩几句；但他身上却似乎具有某种单纯得令人不可思议的气质特点，那种气质特点会让你觉得很奇怪。船长对这一点怎么也弄不明白。

"是不是因为他从来没有搞过女人的缘故呢，"船长暗暗思忖，"真有意思。我倒觉得，那些女孩子们恐怕绝不会放过他的。有那么一身好皮囊嘛。"

然而，苏丹·艾哈迈德号调转航向绕了一道弧线之后，正在接近那片河湾，吉隆坡索洛尔镇即将胜利在望，因此，船长的思绪便被一系列必不可少的工作打断了。他摇响了通往下面轮机舱的铃声。这艘船慢慢减缓到了一半的航速。吉隆坡索洛尔镇就分布在这条河道的左岸，这是一座洁白、整齐、一草一木都修剪得井井有条的小镇；右边的山岗上耸立着那座要塞和苏丹的宫殿。一阵微风吹来，苏丹的旗帜在蓝天的映衬下，高高飘扬在一根旗杆的顶端。他们在河道的中央抛锚泊船了。那名医生和一位警官乘着当地政府的汽艇来到这边，登上了他们的船。随同他们一起过来的还有一位身材又高又瘦、穿着白色帆布裤子的男人。船长站在舷梯口与他们握了握手。接着，他便转过身来处理这桩难分难舍的事情了。

"好吧，我已经把你这个前途无量的年轻人安然无恙地给你带过来啦。"接着，他又朝尼尔看了一眼，说："这位就是门罗。"

那个又高又瘦的男人伸出手来，一边握着尼尔的手，一边赞许地仔细打量着他。尼尔的脸上腾起了一点儿绯红，微微笑了笑。他有一口非常漂亮的牙齿。

"您好，先生。"

门罗的嘴角边并没有露出一丝微笑，但他那双灰色的眼睛里却含着淡淡的笑意。他双颊凹陷，长着一只瘦长的鹰钩鼻子，两瓣嘴唇苍白得毫无血色。他的皮肤已经被太阳晒得黝黑。他的面容看上去很疲惫，但他的表情却非常亲和，尼尔立刻对他产生了信任感。布里登船长接着又把尼尔介绍给了那位医生和警官，并建议说，大家应该坐下来喝上一杯。等大家都坐下后，服务生送上了几瓶啤酒，门罗这才摘下了他那顶遮阳帽。尼尔看到，他那头短得贴着头皮的棕褐色的头发已经开始灰白了。门罗是一位年届四十岁的人，性格文静，举止稳重，具有知识分子的气质风范，与那位身材矮小、个性张扬的医生和那位膘肥体壮、器宇轩昂的警官迥然不同。

"麦克亚当不喝酒。"服务生倒满了四杯啤酒后，船长说。

"那就再好不过了，"门罗说，"但愿你没有想方设法地把他引诱到邪路上去。"

"我在新加坡试了试，"船长一边回答，一边狡黠地挤了挤眼睛，"没想到，什么事情都没干成。"

门罗喝完杯中的啤酒，扭过头来望着尼尔。

"行啦，我们这就上岸去吧，怎么样？"

尼尔的行李已经交给门罗的随从负责提着了，于是，两个人便上了舢板。他们不一会儿就上了岸。

"你想直接去那幢平房，还是愿意先走马观花地四处逛逛？我们现在离吃午饭时间还有两三个小时呢。"

"我们可不可以去博物馆？"尼尔说。

门罗的眼睛里露出了慈祥的微笑。他感到很欣慰。尼尔性格腼腆，门罗也不是天生很健谈人，于是，两个人就默默地向前走去。河畔有许多当地土著人的小棚屋，居住在这一带的马来人依然过着他们远古时代的生活。他们虽然忙碌，却并没有那种来去匆匆的景象，你能感受到一种安居乐业、按部就班的活动。这里很有生活的节奏感，这里的生活模式就是生老病死、相亲相爱等人类所共同拥有的那些事。他们会去当地的农贸集市，去那些街面狭窄、建有拱形牌坊的街巷，那些农贸集市里挤满了中国人，他们在那里工作，在那里吃饭，在那里吵吵嚷嚷地高声说话，因为那是他们习以为常的生活方式，他们永远都在不知疲倦地奋力打拼。

"这里不太像新加坡，"门罗说，"但我一直觉得，这种生活才丰富多彩。"

门罗的苏格兰口音不像尼尔那么明显，但他那憋在喉咙里的苏格兰人所特有的舌颤音分明还在那儿，这便让尼尔放下心来。他向来没法完全置之于脑后的观点是：英国人说的英语也有装腔作势的口音。

这家博物馆是一座美观大气的石砌建筑物。他俩一走进博物馆那很有气势的入口处，门罗便本能地挺直了腰板。守在门口的那名接待员立即向门罗举手敬礼，门罗用马来语对他交代了几句，显然是在向他介绍尼尔的身份，因为那名接待员随即便朝尼尔笑了笑，并再次向他敬了个礼。与户外的酷热相比，博物馆里显得很凉爽，比起大街上那耀眼的阳光，馆内的灯光也显得很柔和。

"我估计，你恐怕会感到失望的，"门罗说，"我们收集到的这些东西还没有达到应有数量的一半。不过，到目前为止，我们还是由于缺少资金而处处为难。我们已经尽了最大的努力。所以，还得你请多包涵。"

尼尔踏入馆中，就像一名游泳运动员信心十足地潜入了夏日的大海里一样。那些标本都排列得井然有序，令人赞赏不已。门罗这样处心积虑的安排，既有要博得观众高兴的意思，也有想教育观众的意思。各种鸟类、兽类、爬行类动物的标本，都尽可能按照所它们生存的自然环境陈列在展台上，如此这般的布设，就是为了要给参观者留下关于生命的鲜活形象。尼尔的羞涩已经荡然无存，他怀着孩子般的巨大热情开始说这说那了。他问了无数的问题。他兴奋极了。他们俩都没有意识到时间的流逝，门罗看了一眼手表，这才惊讶地发现此刻已经是什么时候了。他们匆匆登上黄包车，一路催促着车夫直奔那幢平房而去。

门罗领着这个年轻人走进了客厅。一个女人正躺在沙发上看书，他们来到屋里时，她才慢慢站起身来。

"这位是我的妻子。抱歉，达丽娅，我们回来得实在太晚啦。"

"这有什么关系？"她笑着说，"还有什么东西比时间更不值得珍惜吗？"

她朝尼尔伸出一只手来，一只相当大的手，接着便目不转睛、若有所思、不乏温情地仔细端详着他。

"我估计，你一直在领着他参观博物馆吧。"

达丽娅是一位年届三十五岁的女子，中等身材，浅棕色的脸庞，肤色很匀称，长着一双淡蓝色的眼睛。她的头发很凌乱，梳的是中分发型，在脖颈后面挽成了一个发髻；她的头发具有飞蛾般鲜艳的色泽，是那种令人匪夷所思的淡褐色。她的脸庞很宽，颧骨也很高，她还生着一个相当有肉感的鼻子。她虽然算不上一个漂亮的女人，但那从容不迫的举手投足间却含有某种非常性感的韵味；就她的言行举止而言，可以说，那就是一种很有肉欲感的随性而为的表现，只有感觉非常迟钝的人或许才看不出那种让人想入非非的魅力。她穿着一身绿色的纯棉连衣裙。她的英语说得十分地道，只略带有一点儿轻微的口音。

他们坐下来吃午饭。尼尔再次不由自主地害羞起来，好在达丽娅似乎并没有注意到。她随心所欲、轻松自如地谈笑着。她向他问起了旅途上的事情，还问了他对新加坡的看法如何。她向他描述了他接下来必须结识的那些人。她说，当天下午，门罗就会带他去拜访那位特派代表，苏丹号船马上就要启航离开此地了，之后，他们会去那家俱乐部。到了那儿，他就会见到所有人了。

"你会很有人缘的，"达丽娅说，她那双淡蓝色的眼睛一直那么神情专注地落在他身上。即使换了一个不像尼尔这么胸无城府的人也该看得出来，她是在估量他的尺寸大小和青春勃发的阳刚之气，在觊觎他那头闪闪发亮的鬈发和他那人见人爱的皮肤，"他们不太喜欢我们。"

"噢，别胡说啦，达丽娅。是你自己过于神经敏感了。他们不过是英国人罢了，这算不了什么。"

"那些人认为安格斯非常可笑，根本不配当一名科学家；他们还认为我非常庸俗，根本不配做一名俄罗斯人。我才不在乎呢。他们都是蠢货。他们才是这世上最平淡无奇、最心胸狭隘、最墨守成规的人，生活在这些人当中真是我这辈子最大的不幸。"

"别让麦克亚当刚来到这儿就感到灰心丧气。他以后会发现，那些人既心地善良，又热情好客。"

"你叫什么名字？"她朝这个小青年问道。

"尼尔。"

"我以后就叫你尼尔吧。你干脆也叫我达丽娅得了。我不喜欢别人称呼我门罗夫人。那种称呼让我觉得我好像是哪个牧师的老婆似的。"

尼尔羞得满脸绯红。达丽娅竟然要求他这么快就把关系拉得这么亲昵，他感到很尴尬。达丽娅还在不停地说着。

"那些人里面有几个还算不错。"

"他们工作能力很强，把他们分内的事情做得很出色，这也是他们愿意来这儿的原因。"门罗说。

"他们会射击。他们会踢足球、打网球、玩板球。我跟他们相处得很好。那些女人才是最让人无法容忍的。她们天生爱嫉妒，而且心肠恶毒，还很懒惰。她们无论什么也谈不了。如果你提出了某个需要用智力来讨论的话题，她们马上就会瞧不起你，好像你是个很不正经的人似的。她们能谈论什么呢？她们对什么都不感兴趣。如果你谈论身体方面的事情，她们会认为你有失体统，如果你讨论人的灵魂，她们会认为你自命不凡。"

"你可千万别把我妻子说的这些话太当真了，"门罗用他所特有的那种儒雅、大度的方式笑着说，"这个社区里的人们跟东方国家任何别的社区里的人们都一样，既不算太聪明，也不算太愚笨，但是对人很友好、很亲切。再说，这种人也好打交道呀。"

"我可不希望人们都表现得很友好、很亲切，我希望他们能充满活力和激情。我希望他们能关注人类的命运。我希望他们能更加重视那些精神层面的东西，而不是只盯着一杯用苦味滋补药酒调制的杜松子鸡尾酒或者一顿咖喱饭。我希望艺术对他们很重要，还有文学。"她突然转过身来朝尼尔问道："你有灵魂吗？"

"啊？我不知道。我不太明白你这话是什么意思。"

"我问你话的时候，你怎么会脸都羞红了？你为什么要对自己的灵魂感到羞愧呢？这可是你个人品质中最重要的东西啊。跟我讲讲你的灵魂吧。我对你很感兴趣，而且我也很想了解你这个人。"

对尼尔来说，被一个素不相识的陌生人以这种方式纠缠住了，未免让他甚为尴尬。他从未碰到过这种人。但他是个凡事都很较真的年轻人，只要有人直言不讳地向他提出了某个问题，他一定会尽力做出回答。正是因为有门罗在场，他才感到很难为情。

"我不知道你说的灵魂是什么意思。如果你指的是非物质层面的，或者说，精神层面的某种本质，指的是造物主另行创造出来，并与有血有肉的人体暂时结合在一起的那种本质属性，那么，我的回答只能是否定的。在我看来，任何一个能够冷静地看待这种观点的人都会认为，如此激进的人格二元论根本不堪一击。从另一方面看，如果你说的灵魂指的是那些心理要素，即构成我们所说的每个人的具体人格的那些精神要素，那么，我当然有。"

"你真是个非常讨人喜欢的人，你长得也很俊美，帅气得让人惊叹不已呢，"她笑着说，"不，我指的是充满渴望的心灵，怀有七情六欲的肉体，以及蕴藏在我们体内的无穷无尽的活力。跟我说说，你在旅途中都读了哪些书？还是只在甲板上玩网球了？"

尼尔对她那种前言不搭后语的回答感到非常惊愕。要不是因为看到达丽娅那轻松愉快的眼神和她那毫不扭怩作态的气质风范，尼尔准会觉得自己受到了一点儿小小的侮辱。门罗看着那个小青年茫然不知所措的样子，不动声色地笑了笑。他这一笑，从他鼻孔两翼到他两边嘴角那一条条皱纹就变成了一道道深深的沟壑。

"我读了很多康拉德的书。"

"你是为了消遣，还是为了提升自己的思想境界？"

"都有。我真的对他崇拜得五体投地。"

达丽娅举起双臂，做了个极其夸张的姿势，表示她大有异议。

"那个波兰人 [①]，"她大声数落起来，"你们这些英国人啊，怎么

---

① 指英国小说家约瑟夫·康拉德，1857 年 12 月 3 日生于波兰，1886 年加入英国籍。

会心甘情愿地让那个爱夸夸其谈的江湖骗子给蒙骗呢？在他的本国同胞当中，就数他最肤浅了。瞧那些滔滔不绝的词语，那些复杂难懂的句子，那些华而不实的修辞，那种故作深奥的矫情：等你从头至尾读完那种东西，想深究其思想时，除了一套无足轻重的陈词滥调，你还能发现什么呢？他就像一个二流演员披上了一套浪漫的外衣，在那儿慷慨激昂地朗诵维克多·雨果创作的戏剧台词。不出五分钟，你就会说，这是在夸大其词地煽情嘛。再接下来，你的整个灵魂都会极度的反感，于是，你就忍不住大喊起来：不！这是假的！假的！假的！"

她说得那么豪情勃发，尼尔从未见过有谁在谈论艺术或者文学时，会表现得如此热烈。她的脸颊，平时看起来那么毫无血色，此时却兴奋得满脸绯红，她那双浅蓝色的眼睛也在炯炯有神地大放异彩。

"没有一个人做得到像康拉德那样善于渲染气氛，"尼尔说，"读他的作品时，我能闻到、看到、体会到东方世界的那种神韵。"

"胡说八道！你怎么知道东方世界是什么样的？每个人都可以告诉你，康拉德犯了许多最低级的错误。你问问安格斯吧。"

"当然，康拉德说的也不一定都很准确，"门罗用他所特有的那种很有分寸、深思熟虑的口吻说道，"他所描写的那个婆罗洲，并不是我们实际了解的那个婆罗洲。他是从一艘商船的甲板上看婆罗洲的，况且他又不是一个目光敏锐的观察者，就算是他亲眼所见的景象，也有可能会弄错。但是，这有什么大不了的呢？我不知道虚构的小说为什么偏要被现实所牵制。我认为，能够创作出一个充满黑暗、凶险莫测、富有浪漫色彩、具有灵魂的英雄国家，就是一个不小的成就。"

"我可怜的安格斯啊，你真是个感伤主义者。"随后，达丽娅又再次扭过身来对尼尔说道："你一定要读读屠格涅夫的作品，你一定要读读托尔斯泰的作品，你一定要读读陀思妥耶夫斯基的作品。"

尼尔根本不知道该怎么形容达丽娅·门罗才好。她竟然直接跳过了初次相识的所有阶段，立即像对待她生来就非常亲昵的某个人一样对待他这个初来乍到的人。这让尼尔感到困惑不解。这种做法似乎也太草率了。尼尔不管跟什么人打交道，他与生俱来的本能都会使他谨言慎行。他虽说待人很友好，但是，在尚未摸清眼前的路数之前，他不喜欢一蹴而就地走得太远。除非他能找到充分的理由来说服自己，否则他绝不会轻易对任何人产生信任感。然而与达丽娅在一起时，你会情不自禁地把持不住自己；她会强行获得你的信任感。对于大部分人都讳莫如深的那些情感和思想，她都会口无遮拦地向你尽情倾诉，就像一个挥霍成性的浪子在朝着一大群你争我夺的乌合之众肆意抛撒金币一样。她的谈吐方式，她的行事作风，与他迄今所认识的任何人都截然不同。她不管说到什么话题都毫不在乎。她时常会谈论关于人的动物属性天生所具有的那些功能，常常说得他脸颊布满了潮红。他那满面潮红的窘态往往会激发起她的讥笑。

"啊哈，你还真是个一本正经的人呢！莫非脑子里装着什么下流的想法吧？当我想要去清洗一下的时候，我为什么就不能直接说出来呢？如果我觉得你也需要去清洗一下的时候，我为什么就不该直接告诉你呢？"

"从理论上说，我认为你这番话恐怕是对的。"尼尔说，因为他向来都那么卓有见识、那么通情达理。

她让他跟她讲讲他的父母、他的兄弟们的情况，讲讲他在高中时代和大学时代的生活。她也把自己的身世告诉了他。她父亲是一位将军，后来在那场战争中战死在疆场了；她母亲是卢奇科夫家族的一位公主，他们一直生活在俄罗斯东部，布尔什维克夺取了政权后，他们便逃到了日本横滨。在那儿，她和母亲靠变卖珠宝和艺术品之类的东西惨淡经营地维持最基本的生计，因为她们勉强还能积攒点儿这类东西，她后来嫁给了一个同样流亡在日本的同胞。她和他的婚姻并不幸福，所以她不到两年便跟他离了婚。她母亲去世后，由于身无分文，她迫于无奈，只好竭尽全力去挣钱养活自己。她曾经被美国政府的一个救济机构聘用过。她曾经在一所教会学校教过书。她曾经在一家医院工作过。她的这些经历既让尼尔听得热血沸腾，同时又让他感到非常难为情，因为她也说起了那些男人如何利用她孤立无援、生活贫困的遭遇，想趁机对她图谋不轨的事情。她毫不保留地把具体细节都说给他听了。

"这帮人面兽心的家伙。"尼尔说。

"啊哈，所有男人全都是这副德行。"她耸了耸肩，回答说。

她对他讲述了有一回她是怎样在左轮手枪的威逼下捍卫自己的贞操的。

"我发誓，如果他再往前走一步，我就当场杀了他，假如他迈出了这一步，我说不定真会一枪打死他，就像打死了一条狗一样。"

"天哪!"尼尔说。

她就是在横滨遇见安格斯的。他那时正好在日本休假。安格斯的襟怀坦白、谦恭有礼是他身上有目共睹的气质特点，再加上他的温柔体贴和善解人意，当即就俘获了她的芳心。他不是商人；他是一位科学家，而科学与艺术是吃着同一个母亲的奶水长大的兄弟。他给她带来了平安的生活。他给她带来了安全感。何况她那时也已厌倦了日本。婆罗洲是一个充满神秘色彩的地方。他们已经结婚五年了。

她建议尼尔去读一读俄国小说家们的作品。她建议他先读一读《父与子》①、《安娜·卡列尼娜》②和《卡拉马佐夫兄弟》③这三本书。

---

① 《父与子》（*Fathers and Sons*），俄国作家屠格涅夫创作的长篇小说，反映农奴制改革前夕民主主义阵营和自由主义阵营之间的尖锐的思想斗争。
② 《安娜·卡列尼娜》（*Anna Karenina*），俄国作家列夫·托尔斯泰创作的长篇小说，讲述贵族妇女安娜追求爱情幸福，最终落得卧轨自杀、陈尸车站的下场。
③ 《卡拉马佐夫兄弟》（*The Brothers Karamazov*），俄国作家陀思妥耶夫斯基创作的长篇小说，通过一桩真实的弑父案，描写老卡拉马佐夫与三个儿子的两代人之间的尖锐冲突。

"这可是我国文学的三座巅峰啊。你都读一读吧。它们是当今世界有史以来所见到过的最伟大的小说。"

如同她的许多俄罗斯同胞一样，她谈论起俄国文学来，宛如其他国家的文学作品统统都不值一提似的，仿佛有了几部长篇小说和短篇小说，有了几部无关紧要的诗歌，有了五六部出色的戏剧，就让全天下的人所创作出的其他作品，无论是什么作品，一概都可以忽略不计似的。尼尔被迷恋得神魂颠倒，而且钦佩得五体投地了。

"尼尔啊，你自己长得就很像阿廖沙①呢，"她两眼盯着他说，她那双眼睛此时竟显得那么温婉，那么柔情似水，"一个具有苏格兰人的冷峻性格的阿廖沙，多疑而又谨慎，这种性格是不会让你的灵魂、你精神层面的那种美，轻易流露出的。"

"我一点儿也不像阿廖沙呀。"尼尔不好意思地回答道。

"你哪儿知道自己是个什么样的人呢。你对你自己的事情一点儿也不了解。你为什么要当一名自然科学家呢？是为了钱吗？只要你进了你叔叔在格拉斯哥的那家公司，你准能挣到比这儿要多得多的钱。我觉得你这个人有点儿不可思议，有点儿超凡脱俗。我恨不得能像佐西马神父②对德米特里③那样，拜倒在你的脚下呢。"

"请不要这样。"尼尔笑着说，但是也有点儿羞红了脸。

不过，他读过的那些小说似乎使她变得有点儿不那么陌生了。那些小说简直就是她本人的真实写照，他渐渐看出了她身上所具有的那些性格特点，那些性格特点如果放在他所认识的那些苏格兰女人的身

---

① 阿廖沙（Alyosha），《卡拉马佐夫兄弟》中的主人公，儿时生活在修道院佐西马长老的身边。他是天使般的人物，能看见一切却不加任何责备。

② 佐西马神父（Father Zossima），修道院中的长老，能预知未来、替人治病，在镇中也是个名人，同时也为他在众僧侣中带来了崇拜与嫉妒。

③ 德米特里（Dimitri），也译为米嘉、米剑卡、米特里，是老卡拉马佐夫的长子，继承了父亲好色的特质，这也使他常常与父亲冲突。

上，放在他母亲的身上，放在他叔叔在格拉斯哥的那几个女儿的身上，不知有多格格不入，然而她的这些性格特点却与俄国小说里的诸多人物如出一辙。对于她为什么喜欢熬夜到那么晚，为什么要喝无数杯的茶，为什么几乎一整天都躺在沙发上看书，而且还老是不停地吸烟的这些特点，他再也不感到纳闷了。她可以连续好多天什么事情都不做，也不会觉得无聊乏味。她既慵懒，又饱含激情，不可思议地将这两者融为一体了。她常常耸耸肩膀说，她就是个东方人，而生成了一个欧洲人则纯属机缘。她的言谈举止宛若猫咪般优雅，而这一点倒确实是东方人的性格特征。她大大咧咧，常常弄得凌乱不堪，他们的起居室里满地都是烟蒂、过期的报纸、空罐头盒，等等，这种乱糟糟的景象看来对她也毫无影响。不过，在他的心目中，她似乎与安娜·卡列尼娜颇有几分相像，于是，他便把自己对小说中那位哀婉动人的女主人公的怜悯之情转移到了她的身上。他理解她的傲慢。她确实瞧不起生活在这个社群里的那些女人，她的这种态度其实也算不上不正常，他已经渐渐认识了那些女人；她们就是些非常平庸的女人；她的思维比她们更敏捷，更具有广博的文化修养，最为重要的是，她有一种很容易激动、敏感得简直一触即发的特点，就凭这一点，便会使那些女人相形见绌、黯然失色。她当然不会曲意奉承去博得她们的好感。平时在家里，她总是很随意地围着一条纱笼，套着一件宽松的套衫①懒洋洋地走来走去，但是，一旦要陪安格斯外出去赴宴时，她就会穿着一身华丽得有些出格的服饰。她喜欢展露自己丰满的乳胸和线条优美的后背。她精心施好脂粉、化好眼妆，把自己打扮得像个即将登台亮相的女演员。她的这副容貌往往会招来别人的艳羡或怨怼，虽说尼尔看到那些不怀好意的目光会很生气，但她居然把自己打扮成

---

① 套衫（Baju），马来常用语，也作衣服的统称。

了这样一副花枝招展的模样，他也不由得在心里为之而叹息。当然，她看上去就是一副高高在上的样子，可是，如果你不了解她是个什么样的人，你或许会觉得这个女人并不值得尊敬。她身上确实有些东西让尼尔怎么也揣摩不透。她的胃口特别大，他常常感到愕然的是，她吃得居然比他和安格斯两个人加在一起还要多。他也始终不习惯她谈论起性爱问题时的那种直言不讳的态度。她想当然地认为，他在家乡和在爱丁堡大学读书时，一定跟许多女人都有过风流韵事。她硬要他讲讲他那些浪漫情史的细节。他以苏格兰人所特有的冷峻巧妙地挡开了她一次次的追问，他以与生俱来的谨小慎微的态度避而不答她提出的种种问题。看到他那言不尽意的样子，她就忍不住哈哈大笑起来。

有时候，她也会让他大为震惊。他已经渐渐习惯了她赞赏他的英俊相貌时的那种毫不避讳的态度，所以，当她告诉他说，他长得像北欧神话中的某位年轻的神仙一样美丽时，他也不动声色了；这些溢美之词落在他身上，就像水落在一只鸭子的身上一样。她的手虽然很大，却非常柔软，手指也很细嫩，但他不喜欢她用手深情地抚摸他那头鬈发，也不喜欢她嘴唇上荡漾着笑意，伸手来抚摸他那光洁的脸庞。他无法忍受别人恣行无忌地搅乱他的生活习惯。有一天，她想喝一杯奎宁水 ①，一看桌子上放着一只玻璃杯，便二话不说地直接把奎宁水倒在那只杯子里了。

"那是我的杯子，"他赶忙说，"我就是用那只杯子喝水的。"

"得啦，那又怎么样？你又没染上梅毒 ②，对不对？"

"我讨厌别人用我的杯子喝水。"

---

① 奎宁水（tonic water），又叫汤力水、通宁汽水，是苏打水与糖、水果提取物和奎宁调配而成，现在一般被酒吧用来调酒。
② 梅毒（syphilis），由苍白（梅毒）螺旋体引起的慢性、系统性性传播疾病，主要通过性途径传播。

在抽烟这件事情上，她也很滑稽可笑。有一次，在他刚来不久的时候，他刚点上一支烟，她忽然跑过来说：

"我想抽这支烟。"

她直接把那支烟从他嘴上夺过来，放在自己嘴边抽上了。抽了两三口之后，她又说她不想再抽了，便把那支烟又递还给了他。香烟屁股在她嘴里吸过之后，沾染上了她嘴唇上的唇膏，变得红红的，他根本不想再继续抽这支烟了。但他又担心，假如他就此把这支烟扔掉的话，她恐怕会认为他这种做法很不懂礼貌。这一幕多少有点儿让他感到厌恶。此后，她经常找他要烟抽，当他把烟递给她时，她说：

"噢，帮我点着吧，行吗？"

当他点燃香烟，把烟从自己嘴边拿下来递给她时，她便张开嘴巴等着，于是，他只好把那支香烟再放进她的嘴里。他点烟的时候难免会把烟蒂弄得有点儿潮湿，而她竟然可以忍受把他嘴里吸过的那支香烟再叼在她自己的嘴上，他对此感到很惊讶。久而久之，这种事情对他来说似乎已经驾轻就熟了。他心里明白，门罗肯定不会喜欢这种事情。她甚至在俱乐部里也公然这样干过一两次。尼尔当时就感到自己脸都变紫了。要是她没有这些令人不快的习惯就好了，可是，他又觉得，这些习惯大概都是俄罗斯人所特有的吧，何况人们谁也不能否认，她就是个有说有笑、妙趣横生的良伴。跟她交谈总让人感到非常兴奋，"从隐喻角度说"，就像香槟一样（尼尔曾经品尝过一次香槟酒，觉得这玩意儿喝下去很难受）。压根儿没有什么她不能谈论的话题。她说话跟男人不一样，跟男人在一起说话时，你大体知道他接下来会说什么，但是跟她一起，你永远不知道她接下来会说什么；她有着惊人的直觉。她能给你灵感。她能发散你的思维、激发你的想象力。尼尔感到浑身充满了活力，他以前从来没有像这样周身焕发着勃勃生机。他仿佛漫步在高山之巅，连精神境界都变得广阔无垠了。每当他停下来反思他是在怎样一个被陡然拔高了的水平上与她交流思想时，尼尔总能体会到某种满足感。这种交谈会让那种大吹大擂的愉悦感变得微不足道。她在很多方面都堪称他有生以来所遇见过的最聪颖的女人（由于生性谨慎，他很少直抒己见，甚至对自己也不妄下评论）。此外，她还是安格斯·门罗的妻子。

这是因为，无论尼尔对达丽娅的评价怎样有所保留，他对门罗却毫无保留，若不是凭着他心中对她丈夫所怀有的无限敬仰，她或许根本就算不上一个出类拔萃的女人。与门罗在一起时，尼尔会毫不拘束地畅所欲言。他以前从来没有对任何人怀有这种崇敬之情。门罗那么头脑清晰、那么沉着稳重、那么虚怀若谷。尼尔希望自己将来随着年龄的增长也能成为他这样的人。门罗话虽不多，但他说出的话都很有见地。他十分睿智，具有一种尼尔能心领神会的冷幽默。这种冷幽默会使俱乐部里的男人们常开的那种能引人大笑的英国式笑话显得空洞无物。门罗待人亲切，也很有耐心。他身上具有一种令人肃然起敬的高贵气质，让人实在想象不出有谁会胆敢在他面前放肆，但是，他既不会虚与委蛇地浮夸，也不会一本正经地板着面孔。他为人真诚，而且绝对实话实说。不过，相比他的为人，尼尔更钦佩他是一位不折不扣的科学家。他有丰富的想象力，做事一丝不苟，而且能吃苦耐劳。尽管他的兴趣是在科学研究上，但他仍然尽心竭力地做着博物馆的日常工作。他当时恰好对竹节虫① 很感兴趣，想写一篇关于竹节虫单性繁殖能力的论文。有一起意外事件直接牵涉到了他正在做的那些实验，那起意外事件给尼尔留下了极为深刻难忘的印象。有一天，一只圈养的小长臂猿挣脱锁链逃走了，而且吃掉了所有竹节虫的幼虫，毁

---

① 竹节虫（stick-insects），又称竹节鞭，形状细长似竹节，中至大型，体长 6 至 24 厘米，绿色或褐色。常可孤雌生殖，由于雄虫较少，未受精卵多发育为雌虫，受伤害时，虫足会自行脱落、再生。

掉了门罗的所有实验结果。尼尔几乎要哭了。安格斯·门罗把那只长臂猿抱在怀里，面带微笑地抚摸着它。

"黛蒙德啊，黛蒙德，"他借用艾萨克·牛顿爵士的话说道，"你哪儿知道你造成了多大的损失呢。"

门罗同时也在研究拟态，并经常向尼尔灌输他专心致志地关注着的这个颇有争议的话题。他们没完没了地讨论着这个话题。尼尔对这位博物馆馆长极其广博的知识惊讶不已。这位馆长的知识渊博得像百科全书一样，尼尔不禁为自己的孤陋寡闻深感惭愧。门罗在谈到自己如何一次次地深入乡野去采集标本的经历时，他那饱含热情的言辞极富感染力。这才是尽善尽美的生活，这种生活纵然千辛万苦，纵然困难重重，常常会面临生活必需品的匮乏，有时候还会遇到危险，却很有收获，因为你说不定能万分惊喜地发现某个难得觅见的稀有物种，甚至发现某个新的物种，而且还能饱览美丽的山水风光，能亲密无间地观察大自然的奥秘，最重要的是，能享受那种摆脱了一切束缚的自由感。尼尔主要参与的正是这部分的工作。门罗由于一心扑在他的研究工作中，倘若一连好几个星期都离家外出，势必会让他感到很为难，而达丽娅又向来坚决不肯陪着他一起去野外考察。她对莽莽丛林怀有一种缺乏理性的恐惧感。她对野兽、毒蛇，以及会分泌毒液的昆虫都十分害怕。尽管门罗反复再三地告诉过她，只要你不惊扰或吓唬那些动物，它们是不会伤害你的，但她还是摆脱不掉那种出自本能的惶恐。门罗并不愿离开妻子。她对当地上流社会的那些社交活动不太感兴趣，一旦他离开了，他心里很清楚，她的生活肯定会变得无聊透顶。可是，那位苏丹却偏偏对博物学怀有十分浓厚的兴趣，迫切希望这个博物馆能成为该地区收藏珍禽奇兽种类齐全的典型。一次远距离的实地考察已势在必行，门罗和尼尔必将结伴而行，这样一来，尼尔必须学会怎样投入到工作中去，因此，他们为这次出行的方案商量了好几个月。尼尔在翘首期盼着这次外出考察之行，因为他有生以来还从来没有如此心情迫切地期待过任何事情。

在这期间，他学会了马来语，还掌握了一点点在今后的旅途中或许能用得上的当地土语。他喜欢打网球和踢足球。他很快就和这个群体里的人都混熟了。在足球场上，他把对科学的专注和对俄国小说的喜爱都抛在脑后，尽情享受着足球比赛的乐趣。他身强力壮、反应敏捷，在运动场上生龙活虎。球赛结束后，最惬意的事情就是先去淋漓畅快地冲个澡，再喝上一大杯加柠檬片的奎宁水，然后再和队友们聚集在一起，从头至尾地回顾这场赛事。尼尔根本就没打算要长此以往地和门罗夫妇住在一起。吉隆坡索洛尔镇上有一个宽敞的招待所，但是有明文规定，任何人在这里暂住的时间都不允许超过两周，于是，这帮没有分配到正式住所的单身汉们便轮流出钱，各自都长期霸占着一间屋子。尼尔刚来的时候，招待所竟然全都被这些临时拼凑在一起的伙食团占满了，连一间空余的房间都没有。然而，有一天晚上，在他来这个殖民地大约四个月之后，有两个家伙，就是韦林和琼森，在打完一场网球之后坐在一起聊天时告诉他说，他们这个伙食团里有一名成员即将回国了，如果尼尔愿意加入进来，他们将很乐意接纳他入伙。他们都是和尼尔年龄相仿的年轻小伙子，而且还是同一支足球队的成员，尼尔也挺喜欢这两个人。韦林在当地海关工作，琼森在警察局工作。他欣然接受了他俩的建议。他们告诉他该出多少份子钱，并且订好了日子，就在两周以后，只要尼尔觉得方便，随时都可以搬进来。

这天吃晚饭时，尼尔将此事告诉了门罗夫妇。

"非常感谢你们的盛情厚意，让我在这儿住了这么长时间，像这样长期仰仗你们为我提供吃住，让我感到非常不安，我一直觉得很不好意思，不过，我现在已经没有理由再这样住下去了。"

"可是，我们喜欢你住在这儿呀，"达丽娅说，"你不需要有任何理由。"

"我不能再这样没完没了地在你们这儿住下去了。"

"怎么不能？你那份工资少得可怜，干吗要把它浪费在膳宿上呢？跟琼森和韦林住在一起，你烦都烦死了。那两个蠢蛋。他们除了放留声机 ① 和到处乱搞女人，脑子里再也想不出别的事情。"

这倒是一句大实话，没有任何开销地过日子确实让人非常逍遥自在。他把大部分工资都节省下来了。他有一颗奉行勤俭节约的心灵，在不需要花钱的时候，他从来不肯乱花钱，但他也是有自尊心的。他不能再继续让别人来负担自己的生活费用了。达丽娅在用她那双不动声色、却很善于察言观色的眼睛打量着他。

"我和安格斯如今已经习惯你住在这儿啦。我觉得，我们会很想念你的。如果你愿意，你可以把你的膳食费付给我们。多你一个人其实也用不了多少钱，但是，如果这样做会让你觉得好受一些的话，我可以在厨娘的账簿里查出你在我们的饮食上究竟造成了多大的差别，你可以付那部分的钱。"

"有一个陌生人住在家里，肯定是一件挺烦人的事。"他很没底气地回答道。

"你在那边会过得很凄惨的。天哪！他们吃的全都是那种垃圾食物。"

这也是一句大实话，在门罗夫妇家里，你吃得比吉隆坡索洛尔镇上的任何地方都要好。他时不时也在外面吃饭，不过，即使在那位驻地特派代表的官邸里，你也吃不到一顿非常丰盛的晚餐。达丽娅喜欢美食，而且让那位厨师也要达到这样的水准。他做的俄罗斯饭菜果然

---

① 留声机（gramophone），一种用来放送唱片录音的电动设备，由美国发明家爱迪生 1877 年发明。留声机唱片能较简易地大量复制，放音时间也比大多数筒形录音介质长，因此，留声机被称为爱迪生最伟大的发明之一。

色香味俱全。达丽娅做的那道卷心菜汤味道好极了，步行五公里过来品尝也值得。但是门罗却什么也没说。

"如果你愿意住在这里，我也很乐意，"门罗现在才说，"有你近在眼前确实也非常方便。要是有谁忽然想到了什么事情，我们随时就能加以讨论。韦林和琼森都是非常不错的小伙子，不过，我敢说，用不了多久，你准会发现，他们的知识面相当有限。"

"哦，好吧，如果是这样，我就恭敬不如从命了。老天爷知道，这是我求之不得的生活呢。我只担心自己太打扰你们了。"

第二天下起了瓢泼大雨，这种天气是不可能出去打网球或者踢足球的，不过，熬到将近下午六点钟的时候，尼尔还是穿上了一件马金托什雨衣，到俱乐部去了一趟。俱乐部里空荡荡的，只有那位驻地特派代表独自一人坐在一张扶手椅上翻阅《半月谈》杂志。这位特派代表名叫特里维廉，他经常口口声声说自己跟拜伦的那位朋友是亲戚[1]。他是个身材魁伟的大胖子，一头理得很短的头发已经花白，他那张大红脸酷似一名喜剧演员。他喜欢参加业余舞台剧的演出，尤其擅长扮演玩世不恭的公爵和爱乱开玩笑的男管家。他至今仍是个单身汉，不过，大家都说，他对那几个姑娘情有独钟，他还喜欢在晚饭前喝上一杯杜松子鸡尾酒。多亏那位苏丹讲交情，他才谋到了现在这个职位。他是个懒懒散散、安于现状的人，喜欢海阔天空地侃大山，却不太热心于处理公务，他巴不得天下太平，万事大吉，谁也不要惹是生非找麻烦。尽管大家普遍认为特里维廉并不是特别称职，但他在这个社群里却很有威望，因为他为人随和、宽容大度，比起他雷厉风行、讲求效率地去履行他的职责，他的这种状态当然会使生活过得更

---

[1] 拜伦（George Gordon Byron，1788—1824），英国19世纪初伟大的浪漫主义诗人，著有《恰尔德·哈洛尔德游记》《唐璜》等作品。拜伦一生最要好的朋友是雪莱（Percy Bysshe Shelley，1792—1822），英国浪漫主义诗人，受空想社会主义思想影响颇深。

加逍遥自在。看到尼尔，特里维廉朝他点了点头。

"喂，小伙子，臭小子们今天还好吗？"

"感觉天气不太好，先生。"尼尔一本正经地说。

"嘿嘿。"

几分钟后，韦林、琼森，还有一个名叫毕晓普的人走了进来。毕晓普在当地政府的行政部门工作。尼尔不会打桥牌，所以，毕晓普便走上前来邀请特派代表。

"先生，我们刚好三缺一，您愿意跟我们凑成一桌打桥牌吗？"他问道，"俱乐部里今天没什么人。"

特派代表朝其余几个人瞥了一眼。

"行啊。我得先把这篇文章看完，然后就来加入你们的活动。你们先帮我切牌，决定好出牌的顺序。我只需要五分钟就能看完这篇文章。"

尼尔走到他们三个身边。

"哦，听我说，韦林，非常感谢你，可是，不管怎么说，我恐怕不能搬到你们这边来了。门罗夫妇邀请我一直像这样继续跟他们住在一起。"

韦林的脸上顿时露出了龇牙咧嘴的笑容。

"那种情景可以想象得到。"

"他们实在太客气了，对吧？他们对这件事相当重视。我也不好意思过分地拒绝。"

"我原先是怎么跟你说的？"毕晓普说。

"我不怪这个小男生。"韦林说。

他们说话的方式隐隐约约含有某种暧昧的意味，尼尔听了很不喜欢。他们似乎津津乐道于那种事情。尼尔涨红了脸。

"你们他妈的到底在说什么？"尼尔大声喝道。

"哦，你就别再瞎嚷嚷啦，"毕晓普说，"我们都认识我们的达丽

娅。你不是第一个她喜欢打情骂俏地勾引的英俊小伙子，你也不会是
最后一个。"

毕晓普嘴里的话还没来得及说完，尼尔就捏紧拳头闪电般地击了
出去。他一拳打在毕晓普脸上，打得他重重地摔倒在地板上。琼森赶
紧扑向了尼尔，拦腰死死抱住了他，因为尼尔已经愤怒得失去了理智。

"放开我!"尼尔怒吼道，"如果他不收回刚才说的话，我就宰了他。"

特派代表被这场混乱的殴斗吓了一大跳，抬起头来看了看，随即
便站起身来。他心情沉重地朝他们走来。

"这是怎么回事？这是怎么回事？你们这帮小子究竟在搞什么
名堂？"

他们都吓得噤若寒蝉了。他们竟然忘了这位长官的存在。他才是
他们真正的首领。琼森放开了尼尔，毕晓普也从地上爬了起来。特派
代表眉头紧皱，声色俱厉地对尼尔说：

"这是什么意思？你揍了毕晓普？"

"没错，先生。"

"为什么？"

"他说了一大通污秽言语，含沙射影地玷污了一个女人的名誉。"
尼尔说，他说话的态度非常傲慢，而且仍然愤怒得脸色煞白。

特派代表的眼睛眨了眨，但他依然板着面孔。

"哪个女人？"

"我拒绝回答。"尼尔一边说着，一边高傲地昂起头来，同时还情
不自禁地挺直了腰板，充分显示出他那伟岸的身躯。

要不是因为这位特派代表足足比他高出了两英寸①，体格也比他
强壮得多，效果肯定会更好。

---

① 约5厘米。

"别表现得像个该死的小傻瓜。"

"是达丽娅·门罗。"琼森说。

"毕晓普，你刚才说些了什么？"

"我忘了我的原话是怎么说的了。我刚才的确说过，达丽娅跟这儿的好多小伙子都活蹦乱跳地上过床，我估计，她同样也不会错过勾引麦克亚当上床的机会。"

"这是一种非常得罪人的联想。你们干脆老老实实地向对方道歉，然后就握手言和得了。我说的是你们俩。"

"先生，我已经挨了一顿暴打啦。我的眼睛都疼得快要睁不开了。我要是因为说了句真话而道歉的话，那我就不是人了。"

"你都这么大岁数了，应该懂得，你虽然说的是真话，但结果只会更加得罪人。至于你的眼睛嘛，我听说生牛排对治疗这种伤情非常灵验。尽管我已经表过态，我是出于礼貌才提出这个要求的，希望你们相互道个歉，但是，实事求是地说，这就是一项命令。"

大家沉默了片刻。特派代表的脸色缓和下来。

"我为我说过的话道歉，先生。"毕晓普满脸不高兴地说。

"现在轮到你了，麦克亚当。"

"先生，我很抱歉我揍了他。我也道歉。"

"握手吧。"

两个年轻人神情严肃地握了手。

"我绝不允许这种事情再发展下去。再这样下去就对门罗很不厚道啦，我觉得，我们大家都很喜欢他。希望你们都管住自己的嘴巴，行不行？"

他们点点头。

"你们现在可以滚蛋了。麦克亚当，你留下，我有几句话要跟你说说。"

等到屋里只剩下他们这两个人时，特派代表坐下来，顺手给自己点燃了一支方头雪茄。他也给尼尔递了一支，但尼尔只抽香烟。

"你可真是个脾气非常暴烈的年轻人啊，"特派代表微笑着说，"我不喜欢我手下的官员在这类公共场所大打出手。"

"门罗夫人是我非常敬重的一个朋友。她完全是出于好意一直在帮我。我不愿听到任何污蔑她的话。"

"那么，依我看，如果你待在这里的时间再长一些的话，你恐怕就不适宜做你现在的这份工作啦。"

尼尔一时竟说不出话来。他愣愣地站在特派代表的面前，身材高挑而又苗条，那张神情庄重的稚嫩的脸庞反映出他诚实得毫无心机。他挑衅般地昂首挺立着。他那愤激的情绪使他开口说话时的苏格兰口音比平时更重了。

"我已经和门罗夫妇在一起生活了四个月，我以我的名誉向您保证，就我自己而言，毕晓普那个混蛋所说的话里没有一丁点儿事实根据。门罗夫人从来就没有用那种所谓的过分亲昵的态度对待过我。无论是言语还是在行为上，她从来就没给过我哪怕是细微得让人察觉不出来的暗示，根本不能表明她脑子里对我怀有什么不恰当的想法。她对我一直就像母亲或者姐姐一样。"

特派代表用他那双玩世不恭的眼睛注视着尼尔。

"我很高兴能听到这些话。这么长时间以来，这是我听到的有关达丽娅的最好的评价。"

"先生，您相信我说的话，对不对？"

"当然。或许是你让她改邪归正了，"他扬声喊道，"服务生，给我来一杯杜松子酒鸡尾酒，"接着又对尼尔说，"行。如果你想走的话，现在就可以走了。但是，务必记住，不许再打架了，否则，你会接到被解雇的命令的。"

尼尔步行回到门罗夫妇家的那幢平房时，这场雨已经停了，天鹅绒般的苍穹群星璀璨，一派明净。花园里，萤火虫在此起彼伏地四处飞舞。大地升腾起了一阵阵香气四溢的暖意，你仿佛觉得，只要停下脚步，似乎就能听见那繁茂丰饶的草木在茁壮生长的声音。夜间盛开的洁白的鲜花散发着阵阵醉人心脾的芳香。在外面的露台上，门罗正在打字机前打几份草稿，达丽娅正全身舒展地躺在一张长椅上看书。她身后的那盏台灯映照着她那烟灰色的秀发，把她那头秀发烘托得宛如神像头部的光环一样熠熠生辉。她抬起头来看了看尼尔，接着便放下书本，朝他嫣然一笑。她的微笑非常亲切。

"尼尔，你去哪儿啦？"

"俱乐部。"

"那儿有人吗？"

这种场面多么温馨、多么富有家庭气息，达丽娅的举止那么娴雅宁静、那么毫不张扬地充满了自信，看到这些难免不让人深受触动。他们夫妇俩各自都在忙着自己的事情，显得那么珠联璧合，他们亲密无间的关系显得那么浑然天成，因此，谁也无法想象这对夫妇彼此间会不感到幸福美满。毕晓普的那番言辞和特派代表那种话里有话的暗示，尼尔连一个字也不信。不管怎么样，反正他心里明白，他们那帮人对他的猜疑是毫无根据的，所以，还有什么理由要去考虑别的话有几分是真的呢？他们思想龌龊，他们所有人都这样；因为他们自己就是一群肮脏的猪猡，便以为其他人都和他们一样品行不端。他感到自己的指关节有点儿疼。他很高兴自己揍了毕晓普。要是他知道那个下流谣言的始作俑者究竟是谁就好了。他一定会拧断他的脖子。

现在倒好，门罗已经为他们反复讨论过多次的远行实地考察定下了出发的日期，并且按照他一贯仔细的作风在着手准备了，免得在最后关头遗漏了什么。他们计划要沿着这条河溯流而上，尽可能走得远一些，然后再一路穿过莽莽丛林，到那座鲜为人知的希塔姆山上去猎取标本。他们打算出门两个月。随着他们即将出发的日子越来越临近，门罗的精神也越来越高涨，尽管他对此并没有说很多，尽管他照样不露声色、镇定自若，不过，根据他那双炯炯有神的眼睛和他那轻快矫健的步伐，你就看得出来，他对这次远行寄予了多高的期望。有一天早上，在博物馆里，他兴奋得简直神采飞扬了。

"我有好消息要告诉你，"在观察了一番他们正在做的几项实验之后，门罗忽然对尼尔说道，"达丽娅答应要和我们一起去了。"

"她答应了？那就太好啦。"

尼尔感到喜出望外。这样一来，这次远行就堪称完美了。

"这是我迄今第一次居然能说动她陪同我一起去。我告诉她说，她准能享受到在野外实地考察的快乐，可她从来都听不进我的话。女人啊，真是一群不可理喻的怪物，我都已经放弃了，而且也从没考虑过这次要让她一起去，但是，昨天晚上，她突然破天荒地说，她愿意和我们一起去。"

"我真是太高兴了！"尼尔说。

"我也不太愿意丢下她，让她独自一人经受这么长时间的煎熬；现在好啦，我们可以想待多久就待多久了。"

这天清晨，他们乘着四艘由马来人当船夫的普拉胡快速帆船出发了。在这支考察团中，除了他们自己，还有他们家的几名用人和雇请来的四名迪雅克族①猎人。他们三人肩并肩地躺在甲板遮阳棚下的软垫上；那几名中国用人和迪雅克猎人则在另外那三条船上。他们携带了足够整个团队吃的一袋袋大米，携带了供他们自己用的生活必需

---

① 迪雅克族（the Dyaks），婆罗洲岛上的土著民族，现有约 800 万人，内部分为数个支族，每个支族有不同的方言。

品，还有不少衣服和书籍，以及他们工作时不可或缺的一应器材。能够远离人类文明是一件神圣的事情，所有人都感到兴奋不已。旅途中，他们聊天。他们抽烟。他们读书。哗哗流淌的河水令人心旷神怡、令人百骸舒缓。到了中午时分，他们就在绿草如茵的河岸上吃午饭。黄昏来临时，他们便泊好船只上岸过夜。他们借宿在一座长屋①里，他们的迪雅克族东道主们拿出了当地的烧酒，用他们能言善辩的口才和风情万种的舞姿热情款待他们的到来。第二天，河道就变得越来越窄了，使他们更加确信无疑地感受到，他们正在朝着那个充满未知的世界探险前进，河流两岸富有异域情调的草木密密麻麻，一直生长到了水边，宛如一群兴奋的民众被其背后的一大群人推挤到了前面，这扣人心弦的景色让尼尔看得心醉神迷。哇！多么神奇、多么美妙的景致啊！到了第三天，因为水道越来越浅，水流也愈发湍急起来，他们只好换上更加轻捷的小船。没过多久，随着流速的不断增强，船夫们再也划不动船桨了，于是，他们便拿起竹竿，以强健有力、气吞山河的姿态撑着船迎着风浪逆流而上。他们时不时会遇上急流险滩，便不得不下船登岸，卸下船上的东西，再拖着船穿过乱石嶙峋的通道。五天之后，他们到达了一个前方已经无路可走的去处。那里有一幢当地政府的平房，他们便在这里落脚，住了两夜，在这期间，门罗为他们要继续深入腹地的旅程做好了一应安排。他需要脚夫负责搬运他们的行李，到达希塔姆山后，他还需要人手为他们搭建一个住所。门罗责无旁贷地要去会见附近村落的头人，他觉得，与其让那个头人过来见他，还不如自己亲自去登门拜访，这样会更节省时间，于是，在他们到达此地第二天，门罗天一亮就带着一名向导和两三名迪雅克人出发了。他估计几个小时之后就能回来。尼尔目送他离

---

① 长屋（long house），北美易洛魁人和其他印第安部落的一种长条形公共住所或议事厅。

开之后，便寻思着该去洗个澡了。在这幢平房的不远处有一泓池潭，潭水十分清澈，潭底的一颗颗沙砾都清晰可见。池潭边的那条小河非常狭窄，郁郁葱葱的树木连成了一道拱廊悬浮在水面上。好一个风景秀丽的去处！尼尔情不自禁地回想起了苏格兰小溪边的那些池潭，他小时候曾在那些池潭中洗过澡，然而眼前的景致却别有天地。它散发着一种浪漫的气息，它让人有一种置身于处女般的大自然中的感觉，这种感觉充溢在他心中，令他激动不已，令他难以言说。当然，他也试着分析过，不过，连那些比他年长的老脑筋们都认为，要想细细剖析幸福感是一件很困难的事情。一只翠鸟此刻正栖息在悬浮在小溪上的一根树枝上，它那鲜蓝色的倩影同样鲜蓝地倒映在清澈见底的溪水中。当尼尔悄然脱下纱笼和套衫、匆匆潜入到水中时，那只翠鸟拍打着宝石般的羽翼，挟着一道闪电般的光华振翅飞走了。潭水清凉爽身，并不寒冷。他在池潭中欢快地翻腾戏水，溅起了阵阵浪花。他尽情享受着自己强有力的四肢在水中的运动。他时而浮在水面上，透过树叶间的缝隙仰望着湛蓝色的天空，欣赏着朝阳在一处处水面上金煌煌地闪烁着。突然间，他听见有人说话的声音。

"你的身子好白呀，尼尔！"

他吓得倒抽了一口冷气，赶紧把身子沉入水里，然后才扭头四处张望着，他看见达丽娅正站在岸边。

"喂，我身上什么衣服也没穿啊。"

"所以我就看见了嘛。不穿衣服洗澡快活多啦。等一下，我也要下水了，这个地方看上去很可爱啊。"

她也围着一条纱笼，穿着一件套衫。他连忙偏过头去望着别处，因为他看见她正在脱衣服。他听到她扑通一声跳进了水里。他立即向前游了两三下，目的是为了让她有游泳的空间，同时也让她与自己保持适当的距离，可她却迅速朝他游了过来。

"身子浸在水里的感觉是不是很舒服？"她说。

她放声大笑着，接着便张开手，掀起阵阵水花扑溅在他的脸上。他感到非常尴尬，不知道眼睛该往哪儿看才好。在这澄澈透明的水中，难免要看到她那赤裸裸一丝不挂的身子。眼下这种状况还不算太难堪，但他不由自主地想到了，待会儿要从水中出来该有多难为情。她似乎正玩得很开心。

"即使把我的头发弄湿了，我也无所谓。"她说。

她翻过身来面朝蓝天，用力划着水在池潭里游来游去。他暗暗寻思着，待会儿她要从水里出来时，最好的办法莫过于他自己背过身去，等她穿好衣服、可以离开时，他再从水里出来也不迟。她似乎全然没有意识到眼前这种尴尬的局面。他为她的这种做法感到颇有些恼火。这种行为实在太有失体统了。她照样在若无其事地跟他说着话，仿佛他们都很体面地穿着衣服、站在陆地上讲话一样。她甚至还叫他注意看她的身姿。

"我的头发显得乱糟糟的吧？我的头发太细，一旦弄湿了，看着就像老鼠尾巴似的。过来扶我一下吧，用手在我的肩膀下面撑住我，我要把头发盘起来。"

"哦，头发湿了没关系，"他说，"你现在最好还是别去管头发吧。"

"我饿得要命，"她紧接着又说，"我们去吃早餐好吗？"

"你要是能先从水里出来，穿上你那些东西，那我随后就跟你一起去。"

"好吧。"

她划了两下就游到了池潭边，他只好羞怯地转眼望着别处，这样他就看不到她赤裸着身子从水里出来的情景了。

"我上不去，"她喊道，"你得过来扶我上去才行。"

下水游泳虽然十分容易，但是河岸很陡，几乎垂直于水面之上，你得扯拽着树枝才能把身子拉起来，自己爬上岸。

"不行。我身上还一丝不挂呢。"

"我知道。别那么讲究你那套苏格兰人的礼仪吧。快上岸，再来帮我一下。"

真拿她没办法。尼尔只好迅速抽身爬上岸，然后再把她拉上来。她早先就把自己的纱笼放在他的衣服旁边了。她满不在乎地拿起纱笼，用它擦拭着自己的身子。他别无他法，只能像她一样拿起纱笼擦干身子，不过，为了顾及礼义廉耻，他转过身去，背对着她。

"你果然生了一副极其好看的皮囊，"她说，"你的皮肤这么光润、这么白皙，就像女人的皮肤一样。真有意思，这么好看的皮肤居然生在一个很有男人味、很有阳刚之气的成年男子的身上。而且你的胸脯上居然连一根汗毛都没有。"

尼尔用纱笼裹住身子，接着又把胳膊伸进了马来套衫。

"你收拾好了没有？"

回到营地后，她准备了麦片粥、鸡蛋、培根、冷盘牛肉和马茉兰果酱当早餐。尼尔有些闷闷不乐。她把俄罗斯人的那一套表现得实在太明显了。她太愚蠢了，竟然会做出那种举动来；当然，那种行为并没有造成什么损害，但是，这种事情岂不正好让人们觉得，他们所谣传的关于她的那些事情是有根有据的。最糟糕的是，你甚至都没法旁敲侧击地提醒她。她只会嘲笑你。但实际情况却是，万一吉隆坡索洛尔镇上的那些男人有谁窥见到了他们俩赤裸裸一丝不挂地在一起洗澡，无论如何也不会相信他们俩没有发生过什么不正当的关系。按照他自己的见识来判断，尼尔不得不承认，你几乎没法去责怪他们。都怪她做得太过分了。她没有权利让人家平白无故地处于这么尴尬的境地。他觉得自己简直就是个傻子。你想怎么说就怎么说吧，反正这就是寡廉鲜耻的行为。

第二天早晨，他们雇来的脚夫们上路了，只见他们鱼贯而行，排成了一支逶迤的长队，每个人都背负着一只沉甸甸的装满了货物的背篓，接着是他们的家仆、几名向导和那几个猎人，门罗他们随后也迈步踏上了征程。他们沿着这条小路翻山越岭，穿过低矮的灌木丛和长势很高的草丛，他们时不时就会遇到一条狭窄的涧溪，大家便踏着摇摇晃晃的小竹桥走过去。骄阳一路烤灼这支远行的队伍。午后时分，他们走进了一片竹林的翠荫中，经受过耀眼的阳光暴晒后，大家都感到神清气爽；这些竹子生长得修长而又风雅，令人难以置信地挺拔高耸、直冲霄汉，那翠绿色的光泽犹如深海中折射出的绿光。他们终于到达了那片原始森林，只见一棵棵参天大树被枝叶繁茂的攀缘藤蔓密密实实地裹缠着，盘绕得难分难解，那扶摇直上的架势真令人惊叹不已。他们披荆斩棘地穿行在林下的灌木丛中，在暮色中向前跋涉，只能时不时地透过头顶上方浓密的叶片瞥见一缕阳光。这里既杳无人迹，也不见野兽的踪迹，因为丛林里自然化的动物生性胆怯，一听见脚步声就消失得无影无踪了。他们听见高高的树梢间有鸟儿的啼鸣回荡在空中，却什么也没发现，只看到了几只叽叽喳喳的太阳鸟在林下灌木里飞来飞去，在搔首弄姿地和那些盛开的野花嬉戏欢闹。他们停下来过夜了。脚夫们用树枝搭好地铺，在上面铺上了防水床单。中国厨师为大家做好了晚饭，吃过晚饭后，他们就上床睡觉了。

这是尼尔生平第一次在莽莽丛林里过夜，可他怎么也睡不着。茫茫黑夜深沉得令人发慌，无数昆虫制造出的吵闹声震耳欲聋，不过，犹如繁华大都市里那车水马龙的喧嚣声一样，这种吵闹声来得那么恒定不变，须臾间便会陷入一种无法打破的沉寂，因此，如果这时候突然听到了一只猴子被一条毒蛇缠住时发出的尖叫声，或者一只猫头鹰发出的啸叫声，他准会吓得魂不附体。他有一种莫名其妙的紧张感，总觉得周围所有的生物都在虎视眈眈地盯着他们。如果篝火外围的那片地方发生了野蛮的战争，他们这三个躺在树枝铺成的床上的人将毫无还击之力，只能默然地面对这恐怖的大自然。躺在他身边的门罗平稳地呼吸着，已经睡得很沉了。

"尼尔，你还没睡吗？"达丽娅小声问道。

"没有。有什么要紧的事吗？"

"我好害怕。"

"没事。这儿没有什么好怕的。"

"这么静悄悄的气氛太让人难受了。我要是没来这儿就好了。"

她点燃了一支香烟。

尼尔终于打了个盹儿，没想到却让一只啄木鸟的啄击声给吵醒了，它从一棵树飞向另一棵树时发出的那种洋洋得意的笑声仿佛是在嘲弄这帮懒惰的人。匆匆吃完早饭后，这支穿越在无人区的考察队又出发了。长臂猿们不停地在树枝间荡来荡去，在采食树叶上的晨露，它们那奇特的叫唤声宛如鸟儿的啁啾。曙光驱散了达丽娅心头的恐惧感；尽管一夜无眠，但她依然精神抖擞，有说有笑。他们继续翻山越岭。这天下午，他们总算抵达了向导们所说的地点，向导们告诉他们说，这是个很适合安营扎寨的好地方，于是，门罗决定就在这里营造一个住所。所有人员立即行动起来。他们用随身携带的长刀砍下棕榈叶和小树苗，很快就在垒起的土堆上搭建了一座两居室的小屋。这座小屋干净整洁、新颖别致，呈现出一派翠绿色。屋子里散发着温馨的气息。

门罗早已习惯了这种环境，而达丽娅因为多年来一直在世界各地漂泊，具有猫一般的本领，无论走到哪里总有办法让自己过得很舒服，因此，门罗夫妇无论身在何方，都能做到像在自己家里一样安逸自在。他们一天之内就布置好了一切，安顿下来了。他们的日常生活堪称千篇一律。每天早晨，尼尔和门罗分头出发，去采集物种。下午回到营地时，他们就专心致志地忙着把昆虫钉在盒子里、把蝴蝶夹在两层纸中间、剥制鸟类的标本。到了黄昏时分，他们便去捕捉飞蛾。达丽娅则忙着整理小屋，管理用人，缝补衣服，阅读书籍，当然也吸了无数支香烟。日子就这样令人非常惬意地一天天过去了，虽然单调，却很充实。尼尔欣喜若狂地投入在工作中。他把这座山的四面八方都仔细勘察了一遍。有一天，尼尔发现了竹节虫的一个新品种，这让他十分自豪。门罗将这个新物种命名为"卡尼库林娜·麦克亚当米"。有了这个命名，就等于有了名气。尼尔（才二十二岁）实现了自己的愿望：他并没有碌碌无为地虚度人生。不料，有一天，他差点儿就被一条蝰蛇咬伤了。由于这条毒蛇通体呈绿色，他没看见，多亏那位与他同行的迪雅克猎人及时相救，他才没有跟跟跄跄地一脚踩在这条毒蛇上。他们杀死了这条蛇，把它带回了营地。达丽娅一看到这条蛇就吓得浑身直哆嗦。她生来就对丛林里的野生动物怀有一种恐惧感，惧怕得几乎到了歇斯底里的地步。由于害怕自己会迷路，她从来不愿到距离营地几米以外的地方去。

"安格斯有没有把他自己如何在丛林里迷路的经历告诉过你？"有一天晚上，他们吃过晚饭后默默地坐在一起时，她朝尼尔问道。

"那可不是一次非常愉快的经历。"门罗笑着说。

"安格斯，你就跟他讲讲呗。"

他有点儿犹豫。这并不是一件他很乐意去回忆的事情。

"那是几年前的事啦，我带着那张捕蝶网走了出去。我的运气很好，捕捉到了好几种我长期以来一直在到处寻找的稀有品种。后来，我觉得肚子越来越饿了，于是，我就调转方向往回走。走了一段时间之后，我才忽然意识到，自己已经远远走出了我所认识的范围。突然间，我看见了一只空火柴盒。我在动身返回时就把那个空火柴盒扔掉了；原来我一直在兜圈子，最后又原地踏步似的回到了我一小时前所在的地点。我感到有点儿憋气。不过，我仔细察看了一下周围的情况，又重新出发了。天气热得让人受不了，我已经热得简直汗水淋淋了。我多少也知道营地所在的方位，便四处寻找出来时走过的那条路的踪迹，想弄清是不是走对了路。我满以为我已经找到了一两处迹象，便满怀希望地继续往前走。我渴得简直要虚脱了。我一刻不停地走啊走，拨开横七竖八的枯枝树桩和蔓生植物艰难地向前走去，走着走着，我猛然发现自己已经迷路了。如果方向正确，我不可能走了这么远还没有看见营地。实话告诉你吧，我当时真被吓得六神无主了。我知道，我必须保持头脑冷静，于是，我坐了下来，把眼前的处境仔细考虑了一遍。我渴得难受极了。天色早已过了正午时分，再过三四个小时天就要黑了。我根本不想在这莽莽丛林里过夜。我能想到的唯一办法就是努力去找到一条小溪；只要我顺着溪流向前走，终究能找到一条更大的溪流，早晚会走到江边。当然，这可能要花两三天时间。我狠狠咒骂着自己为什么如此愚蠢，但是眼下已找不到更好的办法了，我只有硬着头皮继续向前走。不管怎样，只要找到一条小溪，我就能喝上一口水。可我无论走到哪儿都找不到一线水源，就连有可能流向某个类似于小溪的最微不足道的小水沟都没看见。我开始恐慌起来。我孤零零地继续向前走去，走到最后，我终于精疲力竭地倒下了。我知道森林里有很多野兽，万一碰见犀牛，我就完蛋了。最让人抓狂的事情是，我明明知道自己距离营地大概不超过十英里，却怎么也找不到回去的路。我强迫自己一定要保持冷静。天色渐渐暗下来，而丛林深处已经越来越黑了。如果我带着枪，我准会开枪的。一听到枪声，他们在营地里肯定就意识到我已经迷路了，就会出来找我。林下灌木丛实在太稠密，能见度还不到六英尺远，我至今都不知道究竟是不是我精神太过紧张的缘故，反正没过一会儿，我就感觉到有什么动物一直鬼鬼祟祟地走在我身边。我停下脚步时，它也停了下来。我接着往前走时，它也跟着往前走。我看不见它。我也没看出林下灌木里有什么动静。我甚至都没听见细枝嫩杈的哗哗声，或者是身体钻过树叶时带出的簌簌声，但我知道那些野兽行动起来时有多悄无声息，我确实感到有什么东西在悄悄地跟踪我。我的心脏在猛烈撞击着我的胸腔，我觉得肋骨都快要断了。我吓得魂不附体。我用尽仅存的一点儿自制力，才勉强克制住自己没有拔脚就跑。我知道，只要一跑，我这条命就完了。跑不出二十码，那些纵横交错的树根就会把我绊倒在地，一旦我跌倒在地，它就会朝我猛扑过来。再说，即使我拔脚就跑，上帝知道我该往哪儿跑才对。况且我还得节省体力。我急得简直要哭了。再加上口渴得实在让人受不了。我这辈子都从来没有被惊吓到那种地步。信不信由你，如果我当时有一把左轮手枪，我想，我准会把自己打得脑浆四溅的。那种感觉真是太可怕了，我就想不如一死了之得了。我已经精疲力竭得几乎走不动了。即使是某个曾经对我造成过致命伤害的仇敌，我也不希望他遭受我当时的那种痛苦。突然间，我听见了两声枪响。我激动得心脏都停止了跳动。他们找我来了。我当即就高兴得昏了头。我朝着枪响的方向狂奔而去，一边跑，一边声嘶力竭地呼喊着。我跌倒了，又赶紧爬起来，我不停地向前狂奔，我一路呼喊着，喊到我觉得肺都快要爆裂了，那边又传来了一声枪响，离得更近，我再次呼喊起来，我总算听到了回应的呼喊声；那边的林下灌木丛中来了一大群人。不到一分钟，我就被迪雅克猎人团团围住了。他们紧紧握住我的手亲吻着。他们又哭又笑。我也快要哭了。我已经疲惫不堪，幸亏他们给我喝了水。我们当时距离营地只有三英里。等我们回到营地时，天已经黑得伸手不见五指了。上帝啊，这真是一次死里逃生的经历啊！"

达丽娅听得浑身直哆嗦。

"说真的，我可不想再次在丛林里迷路了。"

"假如他们没找到你，结果会发生什么事呢？"

"实话告诉你，我准会疯掉的。即使没被蛇咬或者没遭到犀牛的袭击，我也会没头没脑地继续走下去，一直走到我筋疲力尽地倒下来。我十有八九会活活饿死。我十有八九会活活渴死。野兽会吃了我的身体，接着，蚂蚁会把我的骨头啃噬得干干净净。"

大家顿时都噤若寒蝉了。

后来果然出事了，那是他们在希塔姆山上度过了将近一个月的时候，尽管门罗早就嘱咐过尼尔务必要定期服用奎宁[①]，但他还是发起了高烧。虽然不是感染了一场大病，可他内心里却感到非常遗憾，而且还不得不卧床静养。达丽娅精心护理着他。给她增添了这么多麻烦，他感到很过意不去，但她并不理会他的一再推辞。她确实非常能干。他只好恭敬不如从命，让她为自己做了好多事情，这些事情要是换成一名中国男佣来做，同样也可以做得很好。他非常感动。她殷勤而又周到地服侍着他。不过，在他发烧最严重的时候，每当她用海绵蘸着冷水给他擦洗全身时，虽说周身舒服得简直无法形容，可他仍然觉得极其尴尬。她坚持不懈地每天早晚都要帮他把浑身上下擦洗一遍。

"如果连最起码的日常护理工作都没学会，那我在横滨的那家英国医院里岂不是白待了六个月啦。"她满面春风地笑着说。

每次帮他擦洗完之后，她都要在他的嘴唇上亲吻一下。她表现得既亲切又甜蜜。他很喜欢她亲吻他，但他并没有太往心里去；对他来说，这是很难得的事情，他甚至还会过分到不知轻重地拿这件事来乱开玩笑。

"你在那家医院里工作时，也总是亲吻你的病人吗？"他问她。

"难道你不喜欢我亲吻你？"她微笑着说。

---

① 奎宁（quinine），俗称金鸡纳霜，是一种重要的抗疟药，对恶性疟的红细胞内型症原虫有抑制其繁殖或将其杀灭的作用。

"这种亲吻对我又没什么坏处。"

"甚至还会促使你早日恢复健康呢。"她嘲弄地说。

有一天夜里，他梦见她了。他猛然惊醒过来。他通体汗流不止。这种排解果然富有奇效，他知道自己的体温已经降下来了；他已经康复了。他并不在意这些。因为他梦中的情景使他内心充满了羞耻感。他感到无比震惊。他竟然会有这种念头，即便只是在睡梦里，这一点使他感到很可怕。他肯定是个道德败坏的恶魔。天快要亮了，他听见隔壁房间里门罗起床了，门罗和达丽娅就住在那间屋子里。她睡得很晚，门罗为了不吵醒她，动作小心翼翼。他穿过尼尔的房间出来时，尼尔压低嗓门叫了他一声。

"喂，你醒啦？"

"是的，我已经渡过了危机。我现在没事了。"

"很好。你今天还是在床上待着为好。明天整个人就会神采奕奕了。"

"您吃完早饭后，派人把阿谭带到我这儿来，行吗？"

"没问题。"

他听到门罗出发了。那个中国男佣来了，问他有什么吩咐。一小时后，达丽娅醒了。她走进屋来向他说了声"早安"。他几乎不敢看她。

"我去吃个早饭，然后就来给你擦洗身子。"她说。

"我已经洗过了。我让阿谭帮我擦的。"

"为什么？"

"我不想再给你添麻烦了。"

"这算什么麻烦。我喜欢做这件事。"

她径直来到床前，弯下身子要亲吻他，但他扭过了头去。

"哦，不。"

"为什么不？"

"这样做很荒唐。"

她愣愣地朝他打量了一会儿，显得很惊讶，随后便微微耸了耸肩，离他而去了。过了一小会儿，她又返身回来了，想看看他有没有什么需要她帮忙的事情。他假装睡着了。她非常温柔地抚摸着他的脸颊。

"看在上帝的分上，别做这种事情！"他大声叫道。

"我还以为你睡着了呢。你今天怎么啦？"

"没什么。"

"你为什么对我这么凶？我做了什么事情得罪了你吗？"

"没有。"

"告诉我，到底是怎么一回事。"

她坐在床上，握着他的手。他别过脸去面朝着墙。他羞惭得简直说不出话来了。

"你好像忘记我是个男人了。你这样对待我，好像我就是个十二岁的小男生一样。"

"哦？"

他因为恼羞成怒，竟然气得满脸绯红。他既是在生自己的气，同时也对她感到很恼火。她确实应该多检点一下自己的行为。他紧张地揪扯着床单。

"我知道，这种事情对你来说算不了什么，对我来说，也不应该有什么特别的意味。等我身体好起来，能够挺直腰板、能够四处走动时，情况就大不一样了。人虽然无法控制自己的梦境，但是梦境是一种暗示，会在潜意识里提醒你接下来要发生的事。"

"你是不是一直都在梦中想着我啊？嗯，我觉得这也没有什么不好。"

他转过头来，朝她看了看。她的眼睛含情脉脉地闪动着，而他的眼睛却因为悔恨而黯淡无光。

"你不了解男人。"他说。

她噗嗤一声笑了。她弯下腰来，张开双臂搂着他的脖颈。她身上除了纱笼和套衫，竟然什么都没有穿。

"亲爱的，"她大声说，"告诉我，你都梦见些什么了？"

他被吓得茫然不知所措。他用力把她掀在一边。

"你这是在干什么？你疯了吧！"

他直起身子，差点儿要从床上跳起来。

"难道你不知道我已经疯狂地爱上你了吗？"她说。

"你在胡说什么呀？"

他在床边坐下来。他晕头转向，脑子里一片空白。她乐呵呵地笑了起来。

"你以为我是为什么辛辛苦苦地跑到这个可怕的地方来的？是为了跟你在一起呀，亲爱的小宝贝儿。你难道不知道我对丛林恐惧得要命吗？即使在这里，我也非常害怕会有毒蛇、蝎子，或者其他什么东西。我非常喜爱你这个人啊。"

"你没有权力这样对我说话。"他正颜厉色地说道。

"哦，别装得这么一本正经的。"她笑着说。

"我们出去说吧。"

他走出屋子，来到外面的走廊上，她也跟着他走过来。他没好气地一屁股坐在一张椅子里。她盘膝跪坐在他的身边，想握住他的双手，但他把手缩了回去。

"我想，你一定是疯了。上帝作证，我希望你说的不是真心话。"

"我当然说的是真心话。我说的每一个字都是真心的。"她微笑着说。

他感到非常气恼的是，她似乎全然没有意识到，她的这种表白有多令人震惊。

"难道你已经忘记你丈夫的存在了？"

"哦，这跟他有什么关系？"

"达丽娅！"

"我现在不能让安格斯打扰了我的好事情。"

"你恐怕真是个非常邪恶的女人。"他一字一顿地说着，紧锁的眉头使他那光润的前额变得暗淡起来。

她咯咯地笑着。

"是因为我已经爱上你了吗？亲爱的，你真不该长得这么俊美，俊美得简直有些不合情理了。"

"看在上帝的分上，别笑了！"

"我忍不住嘛；你这副模样太有喜感了——但是仍然非常招人喜爱。我爱你这身白皙的皮肤，我爱你这头亮丽的鬈发。我之所以爱你，是因为你那么拘谨、那么吝啬、那么缺乏幽默感。我爱你的阳刚之气。我爱你充满青春的活力。"

她的眼睛燃烧着炽热的激情，她的呼吸也变得急促起来。她弯下腰肢，亲吻着他那赤裸裸的双脚。他迅速把脚抽开了，抗拒地大叫了一声，他那焦躁不安的动作差点儿就把这张摇摇晃晃的椅子给掀翻了。

"你这个女人，你神经错乱了吧。难道你真的没有一点儿羞耻感吗？"

"对。"

"你想从我身上得到什么呢？"他言辞激烈地问道。

"爱情。"

"你把我当成什么样的人了？"

"一个普通的男人呗。"她心平气和地回答道。

"不管怎么说，安格斯·门罗也帮了我那么多，你觉得我能做这种该死的畜生，跟他的老婆搞不正当的性关系吗？在我迄今所认识的任何人当中，我最崇拜他。他很伟大。即使是十来个我和你这样的人加在一起，也不及他一分。我宁可杀了我自己，也不愿背叛他。我不知道你怎么会觉得我能做出这种卑鄙的行为来。"

"哦，亲爱的，不要说这种废话。这能对他造成什么伤害呢？你不能这么悲观地对待这种事情。不管怎么说，人生非常短暂，如果我们不能尽情地享受从中得到的快乐，那我们就是傻瓜。"

"即使这样说，你也不能把错误的看法硬当成正确的选择。"

"我听不懂你这种话。我认为这是个很有争议的说法。"

他惊奇地望着她。她依然坐在他脚边，全然是一副非常冷静、镇定自若的样子，她似乎很享受这种状态。她似乎一点儿也没意识到这种事情的严重性。

"你知道吗？我在俱乐部里把一个家伙打倒在地了，就因为他说了一句侮辱你的话。"

"谁？"

"毕晓普。"

"这个坏小子。他说什么了？"

"他说，你跟很多男人都有风流韵事。"

"我真搞不懂，他们为什么不管好自己的事呢。随他们说去吧，谁在乎他们说什么呢？我爱你。我从来没有像爱你这样爱过任何人。我爱你爱得绝对要得相思病了。"

"别说了，别说了！"

"听着，今天晚上，等安格斯睡着之后，我要悄悄溜到你的房间里来。他睡得像死猪一样。没有任何风险。"

"你不能做这种事情。"

"为什么不行？"

"不行，不行，不行！"

他惊恐得不知该怎么办才好。突然间，她腾地一下站起身来，径直进屋去了。

门罗在正午时分回到了营地，午后，他们一如既往地忙着自己的事。达丽娅由于偶尔也来帮忙，便跟他们在一起忙碌着。她情绪高涨。看到她这么兴高采烈的样子，门罗以为她渐渐开始喜欢这种生活了。

"这种生活不算太糟，"她承认说，"我今天感到很开心。"

她时而还调笑一下尼尔。她似乎并没有留意到，他一直沉默不语，他那双眼睛也一直在躲避着她。

"尼尔今天很文静嘛，"门罗说，"我估计，你依然感觉有点儿虚弱吧。"

"没有。我只是不想多说话。"

他忧心忡忡。他深知达丽娅什么事情都干得出来。他想起了《白痴》① 中纳斯塔霞·菲利波夫纳② 的那种歇斯底里的疯狂，他觉得达丽娅也会怀着这种很不恰当的失衡心理我行我素。他曾不止一次地看到过她对一名中国用人大发脾气的场面，他知道她完全失去自制时会发展到何等地步。抗拒只会更加激怒她。如果她不能立刻得到她想要的东西，她会恼怒到近乎丧心病狂的程度。幸运的是，她有时会突然心血来潮地追求某个东西，也会同样突然地对这件东西失去兴趣，倘若你能分散一会儿她的注意力，她很快就会彻底忘记这件事。正因为有这种情况，尼尔才特别钦佩门罗的机智圆通。达丽娅经常会耍弄女人的小性子大发脾气，每当他看到门罗采用那种冷面幽默和不乏柔情

---

① 《白痴》(The Idiot)，俄国作家费奥多尔·米哈伊洛维奇·陀思妥耶夫斯基 1868 年发表的长篇小说。小说对农奴制改革后俄国上层社会作了广泛的描绘，涉及人们复杂的心理和道德问题。

② 纳斯塔霞·菲利波夫纳 (Nastasya Filipovna)，《白痴》的女主人公，19 世纪 60 年代出身贵族家庭的绝色女子，常年受地主托茨基蹂躏，后托茨基愿出一大笔钱把她嫁给卑鄙无耻的加尼亚，在她的生日晚会上，被人们视为白痴的年轻公爵梅诗金突然出现，并愿无条件娶她为妻，使她深受感动，在即将与公爵举行婚礼的那天，尽管她深爱着公爵，却还是跟花花公子罗果仁私奔了，最后被罗果仁所杀害。

的狡黠来安抚她时，尼尔都会偷着乐。正是出于对门罗的敬重，尼尔的义愤才变得如此强烈。门罗是一位德高望重的圣贤，要是他当初没有把她从那种备受屈辱、穷困潦倒、颠沛流离的状态中解救出来，没有娶她为妻，那该多好啊！她的一切都归功于门罗。是门罗这个名字保护了她。她拥有体面的社会地位。如果她对门罗心存最基本的感恩之情，就不可能怀有诸如她这天早晨所表白的那些非分之想。男人勾引女人虽说很正常，这是男人的拿手好戏，但女人勾引男人只会让人反感。他的谦恭有礼竟遭到了粗暴的亵渎。他亲眼看到了荡漾在她脸上的那种炽热的情欲，还有她平日里的那些不雅的举止，令他感到十分震惊。

他有些疑惑，不知她是否真的会兑现她扬言要溜进他的房间里来的那句话。他认为她不敢这样色胆包天。但是，等到夜幕降临、大家都上床睡觉后，他却心慌得怎么也不敢入睡。他躺在床上，焦急地听着外面的动静。这寂静的夜晚只有猫头鹰那重复、单调的叫声。透过用棕榈叶编织而成的薄薄的墙壁，他听得见门罗均匀的呼吸声。突然间，他意识到有人偷偷钻进了他的房间。他已经拿定主意该怎样应付了。

"门罗先生，是您吗？"他故意抬高嗓门大声问道。

达丽娅陡然收住脚步。门罗从睡眠中醒来。

"有人进了我的房间。我还以为是你呢。"

"得了吧，"达丽娅说，"这个人就是我，我睡不着，所以，我想出来走走，到外面的走廊上去抽支烟。"

"哦，是吗？"门罗说，"别着凉了。"

她穿过尼尔的房间走了出去。他看见她点燃了一支烟。没过一会儿，她就回屋了，他听见了她回到床上的声音。

第二天早晨，他没有见到她，因为他在她起床之前就出发采集标本去了，他还多留了个心眼儿，在没有确切弄清门罗何时才会回来之前，决不进屋。他是在刻意回避，免得单独跟她待在一起，他一直躲避到了天黑时分，门罗为了布置捕蛾器，下山来待了几分钟，他才不得不回来了。

"昨天晚上你为什么要叫醒安格斯？"她生气地低声说。

他耸了耸肩，继续忙着手头的活儿，没有回答她。

"你害怕了吗？"

"我还有一点儿礼义廉耻观。"

"啊哈，别装得像个假充正经的道学先生似的。"

"我宁可做一个假充正经的道学先生，也不愿做一个卑鄙龌龊的下流胚。"

"我恨你。"

"那就别再来烦我了。"

她没有回答，却叉开五指，响亮地给了他一记耳光。他脸涨得通红，却什么话也没说。门罗回来了，他们俩便假装在全神贯注地忙着各自手头的工作。

在接下来的几天里，除了在吃饭的时候和晚上这段时间里，达丽娅从来没有和尼尔说过一句话。他们俩不约而同地都在竭力掩饰着，不想让门罗知道他们的关系已经闹得很紧张了。达丽娅想振作起来，摆脱这种令人压抑的肃穆气氛，不过，她所做出的那些努力，在任何一个比安格斯疑心重的人看来，都显得太直露，有时候，她甚至会不由自主地娇声呵斥尼尔。她有时会善意地取笑他，但她那善意的取笑总是话中带刺。她知道用什么办法伤人，并且总能抓住他的痛处，而他却只能处处多加小心，免得让她看出自己的痛处。他隐隐约约地察觉到，他装出来的那份好心情反而激怒了她。

后来，有一天，当尼尔结束在野外的采集工作回到营地时，尽管他一直拖延到午饭前的最后一分钟才回来，却惊讶地发现，门罗还没有回来。在门外走廊上，达丽娅正躺在一张草席上，一边呷着杜松子鸡尾酒，一边抽着烟。他穿过走廊进屋去洗漱时，她也没有和他打招呼。过了一会儿，那个中国用人来到他的房间，告诉他午饭已经做好了。他走出了房间。

"门罗先生在哪儿？"他问。

"他不回来了，"达丽娅说，"他派人捎来了一个口信，说他找到了一个非常好的地方，天黑之前不会下山回来了。"

门罗那天早晨就出发了，目标是希塔姆山的最高峰。山势较低的地方不利于观察哺乳类动物的生活规律，难以取得好结果，因此，门罗的想法是，如果能在高处找到一个有水源的好地方，就把营地迁过去。达丽娅和尼尔默不作声地吃着这顿饭。两人吃完饭之后，他进屋去了，随后又戴着遮阳帽、拿着他那套采集用具出来了。他下午通常是不出门的。

"你要去哪儿？"她冷不防地问道。

"出去。"

"为什么？"

"我现在还不觉得累。我今天下午也没什么事情可做。"

她突然泪水涟涟地哭了起来。

"你怎么能对我这么薄情寡义呢？"她抽泣着说，"哦，你竟然这样对待我，真是太狠心了。"

他长身而立，居高临下地俯视着她，他那张英俊而又多少有些麻木不仁的脸上露出的是一种不堪烦扰的表情。

"我做错什么了？"

"你对我太无情了。就算是我不好，我也不该受这种折磨啊。我为你做了天底下一切我能做到的事情。哪怕是一件最微不足道的小事情，只要是我能做的，你说有哪件事我没有高高兴兴地为你做。我怎么落到这么不幸的下场啊。"

他忐忑不安地来回挪动着。她在诉说的这些话让人听得毛骨悚然。他对她既厌恶、又畏惧，但他心中依然对她怀有那份敬意，因为他一直都很尊敬她，一是因为她是女人，二是因为她是安格斯·门罗的妻子。她抑制不住地哭泣着。幸好那几个迪雅克猎人早晨都跟随门罗走了，营地周围除了那三个中国用人，再没有别的人了，况且午饭后，那三个用人也都在五十码开外他们自己的营帐里睡觉。这儿只有他们俩。

"我不想让你不幸福。这种事情实在太缺乏理智了。你这样的女人爱上我这样的人未免太荒唐了。这种事情弄得我像个傻子似的。你难道就没有一点儿自控能力吗？"

"哦，上帝啊！自控能力！"

"我的意思是，假如你真的很在乎我，你就不能让我做这种卑鄙小人。你丈夫打心眼儿里相信我们，这对你难道就一文不值吗？事实上，他既然允许我们像这样孤男寡女地待在一起，就是要让我们对自己的良心负责。他这个人连一只苍蝇都不会伤害。假如我背叛了他对我的信任，我会永远看不起自己。"

她突然抬起头来。

"你凭什么认为他连一只苍蝇都不会伤害？啊哟，你瞧瞧这些瓶子和箱子，全都装满了他杀死的无害动物。"

"有助于科学研究。这完全是另一码事嘛。"

"哦，你这个笨蛋！你这个笨蛋！"

"好吧，就算我是个笨蛋，我也没办法改变。你为什么要操心我的事呢？"

"你以为我想爱上你吗？"

"你应该为自己感到羞耻。"

"羞耻？多可笑的蠢话！我的上帝啊，我到底做了什么，要让自己为了这头自视清高的蠢驴而忧伤得心力憔悴？"

"你大谈你为我做过的那些事情。你怎么不想想门罗为你做了些什么呢？"

"门罗让我厌烦得要命。我讨厌他。对他讨厌得要死。"

"这么说，我不是第一个人吧？"

自从听了她那番让人为之愕然的表白以来，他就痛苦不堪地猜疑起来，总觉得吉隆坡索洛尔镇上那些男人所说的话都是真的。他过去对那种传言连一个字都不肯相信，即使是现在，他也无法说服自己，认为她就是这样一个腐化堕落的怪物。安格斯·门罗那么值得信赖、那么温柔体贴，竟然生活在一个傻子的天堂里，想想都让人觉得可怕。但愿她没有别人所说的那么道德败坏。可她却误会了他的意思。她破涕而笑了。

"当然不是。你怎么能这么傻？哦，亲爱的，别这么装模作样，这么死要面子活受罪啦。我爱你。"

看来这是真的。他试图说服自己，她对他的感情是一个特例，是一种他们能共同与之作斗争，并最终将其抑制住的疯狂。岂料，她只不过是滥交而已。

"你不怕门罗发现吗？"

她不再哭泣了。她津津有味地谈起了她自己的事，她甚而觉得，她能用甜言蜜语引诱尼尔对她产生新的兴趣。

"我有时也觉得纳闷，不知他是不是知道了，如果说他在理智上还蒙在鼓里的话，那他在感情上也会有所察觉。他既有女人般的直觉，又像女人一样敏感。有时候，我确信无疑地感觉到，他已经起了疑心，而我却在他的极度痛苦中体会到了一种异样的、精神上的极度亢奋。我一直很疑惑，不知他有没有在这种痛苦中寻找到一种难以言说、其乐无穷的快感。想必你知道，人的灵魂能在撕裂的伤口中感受到一种富有肉感的欢乐。"

"太令人毛骨悚然了！"尼尔无法容忍这些不着边际的想法，"你只有一个借口，那就是：你已经精神错乱了。"

她此刻更加自信了。她露骨地直视着他。

"难道你不觉得我很有吸引力吗？好多男人都不止跟一个女人发生过性关系。你在苏格兰肯定也跟几十个女人发生过性关系，她们都没有我这么匀称的好身材吧。"

她怀着镇定自若的自豪感低头打量着自己优美、性感的身材。

"我从来没有跟任何一个女人发生过性关系。"他板着脸说。

"为什么没有？"

她惊讶得从地上一跃而起。他耸了耸肩。他不会自讨没趣地告诉她说，他一想到性交这种事情就感到非常恶心。他在爱丁堡大学读书时就认为，他身边的那些同学乱搞不正当男女关系的滥交行为十分可耻。他对自己的贞洁怀有一种具有心灵象征意义的欣慰感。爱情是神圣的。性交行为令他感到很恐怖，唯有繁衍后代，以及使婚姻正当化，才是发生性行为的理由。然而达丽娅已经呆若木鸡，两眼直勾勾地盯着他，喘着粗气；突然间，随着一阵抽抽搭搭的呜咽声，这呜咽声中既含有极度的兴奋，同时又含有放荡不羁的欲望，她不由自主地双膝一软跪倒在地，一把抓住他的手，激情似火地狂吻着。

"阿廖沙，"她喘息着说，"阿廖沙。"

紧接着，她哭着、笑着，身子蜷缩成一团俯伏在他的脚前。她的喉咙里发出一连串非常奇怪、简直不属于人类的声音，她的整个身躯也在痉挛般地颤栗着，看到这一幕，你准会以为，她遭受到了一阵又一阵的电击。尼尔不知道她这副模样究竟是突然犯了歇斯底里的癔病，还是癫痫病的突然发作。

"别这样！"他叫道，"别这样！"

他舒开健壮有力双臂把她抱了起来，把她放在椅子上。不料，当他正要抽身离开她时，她却怎么也不肯放他走。她抬起胳膊揽住他的脖颈，把他紧紧拥在怀里。她狂乱地在他脸上到处亲吻着。他拼命挣扎着。他扭过脸去。他举起一只手横挡在他和她的脸庞之间，想护住自己。她冷不防地一口咬住了他的手。她咬得实在太疼了，所以他想也没想，就闪电般地抡起拳头狠狠捶了她一下。

"你这个魔鬼！"他大声喝道。

他这粗暴的动作迫使她松开了他。他抬起手来看了看。她刚才一口咬在他手上肉质较厚的那个部位，被她咬过的牙印正在流血。她的眼睛里燃烧着熊熊烈焰。她摆出了一副随时要猛扑过来的架势。

"这种事情我已经受够了！我要出去了。"他说。

她倏地一下从椅子上一跃而起。

"我跟你一起走。"

他戴上遮阳帽，一声不吭地抓起他的采集标本用具，转身走开了。他一个阔步冲下了三级台阶，从屋子的地基直接跳到了屋外的地面上。她紧跟在他后面。

"我要到丛林里去。"他说。

"我不在乎。"

在这种如饥似渴的欲望的支配下，她已经全然忘却自己对莽莽丛林的那种病态的恐惧了。她一点儿也不忌惮毒蛇和野兽了。她一点儿不在乎那些会抽打她的脸庞的树枝、会缠绕她的双脚的藤蔓了。一个月来，尼尔已把这座森林的每一个角落都勘查了一遍，因此，他对这里的每一寸土地都了如指掌。他暗暗拿定主意，要好好教训她一顿，免得她老是纠缠着他。他硬着头皮、大步流星地闯进了林下灌木；她紧跟在他身后，虽然跑得跌跌撞撞，却铁下心来要跟着他；他气愤得对什么都视而不见，继续横冲直撞地向前发力狂奔着，而她也紧跟在他后面横冲直撞地追赶着。她跟他说话；他什么话也不听。她恳求他可怜一下她。她悲叹着自己的命运。她低声下气地哀求着。她哭哭啼啼，把两只手都绞得变了形。她试图用甜言蜜语哄骗他回心转意。她那两瓣朱唇在滔滔不绝地诉说着。她简直就像个疯疯癫癫的女人。最后，在一小块林间空地上，他猛然收住脚步，转过身来面对着她。

"这是不可能的事情，"他叫道，"我已经受够了。等安格斯回来，我一定要告诉他，我非走不可了。我明天早晨就回吉隆坡索洛尔镇，随后就从那儿回国。"

"安格斯不会放你走的，他需要你。他觉得你是个非常宝贵的人才呢。"

"我不在乎。我可以临时编造个理由。"

"什么理由呢？"

他误解了她的意思。

"哦，你用不着害怕，我绝不会把事情的真相告诉他的。你可以一意孤行地伤他的心；我可做不到。"

"你崇拜他，对不对？那个无聊透顶、感情冷漠的人。"

"他比你强一百倍。"

"假如我对他说，你之所以要一走了之，是因为我不肯委身于你死皮赖脸的勾引，这样恐怕更有意思吧。"

他有点儿吃惊，于是便抬眼朝她看了看，想弄清她是不是当真要这么干。

"别做这种傻瓜吧。你心里有数，他不会相信这种鬼话的，对不对？他知道，这种事情绝不会发生在我身上。"

"别太自以为是吧。"

她满不在乎地说着，无非是想就这个话题继续争论下去，并不是怀着什么别有用心的意图，但是，她看得出来，他害怕了，于是，心狠手辣的本能便使她得寸进尺地想进一步利用她已经占了上风的这个局面。

"你想不想让我放你一马？你已经把我羞辱得忍无可忍了。你一直视我为粪土。我发誓，要是你胆敢流露出一丝一毫要走的迹象，我就直接找安格斯告状去，说你趁他不在营地的时候企图性侵我。"

"我可以否认。不管怎么说，这只是你针对我那番话的一面之词。"

"没错，但是我的话很有分量。我可以拿出证据来证明我说的话。"

"你这话是什么意思？"

"我在身上弄出一个青紫色的肿块容易得很。我可以让他看那个青紫色的肿块，就说是你打我造成的。再看看你那只手吧。"他扭过身去，飞快地瞄了一眼自己的手。"你手上的那些牙印是怎么造成的呢？"

他呆头呆脑地望着她。他已经脸色煞白。他该怎么解释那个青紫色的肿块和自己手上的这道伤痕呢？如果说他是在自卫过程中不得已而为之的，他可以说出事情的真相，但是安格斯会不会相信他的话呢？他对达丽娅宠爱有加。他只会听信她的一面之词而根本听不进任何人的话。门罗的一片善良之心似乎只换来了如此令人发指的忘恩负义，那么肝胆相照的信任换来的回报竟然是背叛！门罗准会把他当成一个卑鄙、龌龊的小人，而且还出自他那一贯公正的立场。这才是最让他方寸大乱的要害之处，为了门罗，他即使献出自己的生命也在所不惜，一想到门罗会因此而对他产生很坏的看法，他便心如刀割。他难过得连泪水都止不住涌上了眼眶，尽管他向来讨厌男人没有骨气地流泪。她看得出来，他已经崩溃了。她高兴得神采飞扬。既然他让她受苦受难，她也要以牙还牙地报复他。她终于把他制服了。他现在可以任凭她摆布了。她体验到了大获全胜的滋味，虽然痛苦万分，心里却在得意地笑着，因为他果然是这样一个大笨蛋。此时此刻，她竟不知道自己究竟是爱他还是鄙视他。

"你现在愿不愿乖乖听我话了?"她说。

他呜咽了一声,紧接着,出于一种突如其来的想要逃离这个面目可憎的女人的本能,他竟糊里糊涂地抱头鼠窜、亡命狂奔起来。他纵身窜进了莽莽丛林,活像一只受了伤的野兽,根本顾不上自己是在朝哪儿逃窜,直到跑得上气不接下气。不知跑了多久,他才气喘吁吁地停下了脚步。汗水淌进了眼睛里,害得他两眼模糊,他掏出手帕,擦干眼里的汗水。他已经精疲力竭,为了歇歇脚,他坐了下来。

"我必须多加小心,千万不能迷路。"他暗暗告诫自己。

对他来说,这根本不算什么问题,但他依然很庆幸自己随身带了一只袖珍指南针,他知道自己该往哪个方向走。他深深吁了一口气,疲惫地站起身来。他撇开大步向前走去。他一边观察着沿途的动静,一边愁肠百结地扪心自问:他究竟该怎么办才好。毫无疑问,达丽娅准会做出她扬言要做的那种事情。他们还要在这个万恶的地方再待上三个星期。他不敢一走了之;他也不敢继续留在这里。他脑子里一片混乱。他眼下唯一能做的事情是,尽快赶回营地去,然后再静下心来仔细想一想。大约过了十五分钟,他来到了一处他认识的地点。一小时之后,他回到了营地。他忧心忡忡、浑身无力地在一张椅子里坐下来。他满脑子里想着的仍旧还是门罗。他的心在为他流血。尼尔现在终于看清了他以前蒙在鼓里的形形色色的事情。那些事情在一种快如闪电、令人酸楚的顿悟中昭然若揭地呈现在他眼前。他终于明白吉隆坡索洛尔镇上的那些女人为什么如此敌视达丽娅,为什么会用那么奇怪的眼光朝安格斯打量了。她们是怀着一种充满深情的轻薄态度对待他的。尼尔本来以为,那是因为安格斯是一位从事科学研究的人的缘故,所以,在那些目光短浅的女人看来,他多少有几分荒诞无稽。他现在才明白,那是因为她们既为他感到遗憾,同时又觉得他愚蠢得可笑的缘故。是达丽娅让他成了所有人的笑柄。如果说这世上果真有哪个男人不该背这种黑锅，居然会被一个女人玩弄于股掌之间的话，这个人就是他。刹那间，尼尔倒抽了一口冷气，禁不住浑身哆嗦起来。他这时才忽然想到，达丽娅不知道该怎么走出那片丛林；他当时由于极度痛苦，几乎没意识到他们是朝哪儿去的。万一她找不到回家的路怎么办？她会吓得魂不附体的。他想起了安格斯曾经跟他们讲起过的他在森林里迷了路的那个可怕经历。他的第一反应是：赶紧回去，一定要找到她，于是，他立即站起身来。就在这时，一股遏制不住的怒气攫住了他。不，让她自己尽量想办法去应付吧。是她自己为所欲为地跑掉的。那就让她自己去寻找回来的路吧。这个令人讨厌的女人，即使她遇到什么不测，那也是她咎由自取。尼尔蔑视一切地昂起头来，由于义愤填膺，他那光洁、年轻的额头上眉头紧锁，他那两只手也攥成了拳头。要敢作敢为！他横下心来。对于安格斯来说，她最好永远也别回来了。他坐下来，开始动手剥制一只山咬鹃的皮。不料，这只山咬鹃的皮竟薄得像潮湿的卫生纸一样，而且他的手也在不停地颤抖着。他试图把心思都集中在手头的工作上，而他的万千思绪却像落入捕蛾器的众多飞蛾一样在左冲右突地拼命扑腾着，所以，他怎么也静不下神来。那边丛林里的情况究竟怎么样？他当时突然像脱缰的野马仓皇逃走的时候，她是怎么做的？他每隔一会儿就不由自主地抬起头来张望一下。她也许随时会出现在那片林间空地上，接着就会若无其事地朝这座屋子走来。这不是他的错。这是上帝的安排。他禁不住打了个寒颤。此时，预示着暴风雨即将来临的大团大团的乌云已经在天空中越积越厚，夜幕也很快降临了。

天刚擦黑的时候，门罗回来了。

"幸好赶得及时，"门罗说，"一场吓人的暴风雨马上就要来了。"

门罗情绪高涨。他偶然发现了一片极好的高地，那里水源充足，面朝大海，景色十分优美。他还发现了两三种非常罕见的蝴蝶和一种会飞的松鼠。他雄心勃勃地谋划着，要把营地搬到那个新发现的地方去。他已经在那片高地的周围找到了大量野生动物生存的证据。为了脱下沉重的步行靴，他没说几句话就进屋去了。他立即从屋子里冲了出来。

"达丽娅去哪儿啦？"

尼尔挺直身板，想尽量表现得自然一点儿。

"她不在自己的房间里吗？"

"没有。她大概到坡地下面用人们的住处去拿什么东西了吧。"

他走下台阶，东张西望地走出了几码远的距离。

"达丽娅，"门罗呼唤着，"达丽娅。"没有人回应。"小伙子！"

一个中国用人一路小跑着来到他面前，安格斯问他知不知道女主人在哪儿。用人说他不知道。他自从吃完午饭之后就没看见过她。

"她能去哪儿呢？"门罗回来后，一脸疑惑地问道。

他转到屋后，高声呼喊起来。

"她不可能跑出去的。这儿也没有什么地方可去。尼尔，你最后一次见到她是在什么时候？"

"我午饭过后出门去采集标本的时候见她。我对上午的工作不太满意，所以我就寻思着，我不妨再出去碰碰运气。"

"奇怪。"

他们找遍了营地四周的每一个地方。门罗心想，她大概自己跑到什么地方享清福去了，而且还在那儿睡着了。"她太任性了，让人家这么担心！"

考察队的全体人员都加入了搜寻。门罗越来越慌张了。

"她总不至于跑到丛林里去闲逛，找不到回来的路了吧。据我所知，自从我们驻扎在这里以来，她从来就没有去过距离这座屋子一百码开外的地方。"

尼尔看得出来，门罗眼里流露出了恐慌的神色，便连忙低下了头。

"我们最好把每个人都动员起来，大家立即出发去搜寻。有一点，她不可能走远的。她知道，万一有人迷路了，最好的办法就是待在原地不动，等着人家来找你。她这下要被吓得六神无主了，可怜的人啊。"

门罗把那几名迪雅克猎人召集起来，并叮嘱那几名中国用人务必拿上灯笼。他以鸣枪作为信号。他们分成了两队，一队由门罗率领，另一队由尼尔率领，分头沿着两条崎岖不平的羊肠小道搜索下去，这两条羊肠小道是他们在这一个月里来来往往踩踏出来的。按照事先的约定，不论是谁，只要找到了达丽娅，就连开三枪示意。尼尔表情冷峻、镇定自若地走着。他问心无愧。他仿佛已经拿到了存在于宇宙万物之中的正义①的法令。尼尔知道，他们永远也找不到达丽娅了。两支队伍会合了。不用看门罗的脸色也知道结果。他急得简直要精神错乱了。尼尔觉得自己犹如一名外科医生，要在没有助手或器械的情况下，迫不得已地做一次充满危险的外科手术来拯救自己所爱之人的生命。他理应保持坚定的立场。

"她绝不可能跑到这么远的地方来，"门罗说，"我们必须回去，在营地周围方圆一英里的范围内一英寸一英寸地仔细搜索那片丛林。唯一的解释是，她被什么东西吓坏了，或者晕过去了，要不就是被毒蛇咬了。"

尼尔没有回答。他们再次出发了，大家成横列队形散开，像梳头一样在林下灌木中仔细搜索着。他们高声呼唤着。他们每隔一会儿就放一枪，侧耳细听有没有微弱的回应声。他们提着灯笼向前搜寻时，夜间栖息在林中的鸟儿由于受到惊吓，展开翅膀呼呼地飞了出来；他们时不时会若隐若现地看到或者隐隐约约地猜测到有一只动物，不知

---

① 原文为：immanent justice，指"无处不在的上帝"。

是麋鹿，还是野猪，抑或是一条犀牛，只要一走近，它们就飞快地逃走了。顷刻间，暴风雨骤然大作。狂风呼啸，闪电划破了黑暗，宛如女人痛苦的尖叫声，翘首摆尾的闪电忽明忽暗，一道又一道地接踵而来，如同狂热的里尔舞①中一个个精力旺盛的舞者，在夜色中扭摆蠕动着。森林的恐怖在这个神秘的日子里露出了真容。滚滚惊雷在夜空中赫然炸响，轰隆隆的雷声一阵紧似一阵，犹如浩浩荡荡、来自远古的波涛在冲刷着永恒国度的海岸。这骇人的喧嚣声在天地间碰撞出阵阵轰鸣，仿佛连声音也有其体积和重量似的。倾盆大雨犹如汹涌的激流从天而降。无数石块和参天大树一路翻滚着从山上倾塌下来。这惊天动地的喧哗声实在令人畏惧。那几个迪雅克猎人胆怯得抖抖索索，被那些在暴风雨中倾诉的愤怒的幽灵吓得语无伦次，而门罗却在一个劲儿地敦促他们继续搜寻。这场暴风雨伴随着电闪雷鸣下了整整一夜，直到第二天黎明才渐渐停下来。他们返回营地时，所有人都淋得浑身透湿，冻得直打颤。他们已经筋疲力尽。吃过饭后，门罗有意要继续进行这种人命关天的搜索。但他心里知道，已经没希望了。他们永远也见不到活着的达丽娅了。他有气无力地跌坐在地上。他的面容疲惫、苍白、万分悲痛。

"可怜的孩子。可怜的孩子啊！"

（袁伟伟　周蕊芯　吴建国　译）

---

① 里尔舞（reel），一种轻快活泼的苏格兰双人舞，里尔舞曲通常为快 4/4 节拍。

后　记

　　以《月亮和六便士》《人生的枷锁》等长篇小说闻名于世的英国作家毛姆在短篇小说创作上也是一流的。一九五一年，他亲自甄选九十一篇精品佳作，汇集为三大卷本《短篇小说全集》。一九六三年，英国企鹅出版公司将其作为四大卷本重新刊印。三年前的一天，著名翻译家吴建国教授告诉我，九久读书人有意将该《短篇小说全集》翻译出版，问我有无兴趣和勇气牵头，尽快组织人员做成这件事。我二话没说，非常爽快地答应下来，根本没有充分考虑可能会遇到的各种困难。

　　众所周知，毛姆的短篇小说大体可分为三种类型：以欧美为背景的"西方故事"，以南太平洋、东南亚和中国、印度等为背景的"东方故事"以及"阿申登间谍故事"。这些故事：1）内容源于生活又高于生活。既能满足读者的猎奇心理，激发其心灵共鸣，也能帮助读者认识历史原貌，感悟人生；2）语言谐谑风趣，寓庄于谐，就连讥诮、讽刺也不乏幽默感，意味深长；3）半数以上采用了第一人称讲述，亲切自然，仿佛在和家人以及朋友们闲聊社会各个阶层的世情风貌和生活姿态；4）具有一种愤世嫉俗、悲天悯人的基调，人情味浓郁，道德意义深刻，而且结局出人意料，非常契合普通读者的心理诉求和审美品位。掩卷之余，令人难以忘怀。迄今为止，不仅在欧美各国一版再版，而且被翻译成多种文字，在世界各地广为流传。

我们本次翻译任务所恪守的一个总原则可以用四个字来概括：达信兼备。所谓"达"，意思是译文语言须符合汉语的"语文习惯"。用钱钟书先生的话来讲就是，译文语言"不因（英汉[①]）语文习惯的差异而露出生硬牵强的痕迹"。所谓"信"：一是译文语义"不倍原文"；二是译文语效与原文相同或相似。用钱钟书先生的话来讲就是，尽量"完全保存原作风味"。实话说，译文语义"不倍原文"，做到这一点不是太难；难就难在使得"译文语效与原文相同或相似"，其前提自然是译文语言须符合汉语的"语文习惯"。众所周知，毛姆的短篇小说语言清新流畅、简洁朴实、诙谐幽默、通俗易懂，鲜有诘屈聱牙的辞藻堆砌以及艰涩难懂的句法结构，可读性极强。这也是他能够拥有众多读者的重要原因。这就是说，若要译好毛姆的短篇小说，就必须全力保存其语言风格，即要在译文语义"不倍原文"、译文语言须符合汉语"语文习惯"的同时，尽最大努力实现"译文语效与原文相同或相似"。

值得一提的是，我们经过反复讨论，最后决定将英国企鹅四卷本《毛姆短篇小说全集》拆分成7册，其中第一卷拆分成第1—2册；第二卷拆分成第3—4册；第三卷不作拆分，为第5册；第四卷拆分成第6—7册。而且，我们将每一册都加以命名。我本人主译第1册《雨》，邀请哈尔滨工业大学齐桂芹副教授主译第2册《狮子的外衣》，山东大学赵巍教授主译第3册《带伤疤的男人》，上海海事大学青年教师李佳韵和才女董明志女士主译第4册《丛林里的脚印》，上海交通大学王越西教授主译第5册《英国特工》，上海电机学院李和庆教授主译第6册《贪食忘忧果的人》，上海海事大学吴建国教授主译第

---

① 作者加。

7 册《一位绅士的画像》。

　　最后，请允许我借此机会表示我由衷的谢意。首先，感谢九久读书人和人民文学出版社，感谢他们"为人作嫁衣"的奉献精神，感谢他们"吹毛求疵"的敬业精神。第二，感谢各位译者，感谢他们不畏艰难的笔耕，以及他们的家人所给予的莫大支持。最后，衷心感谢作为读者的您，如蒙批评指正，我和各位译者将倍感荣幸！

薄振杰

2020 年 3 月